암리타

AMURITA

by Banana YOSHIMOTO

Copyright © 1997 by Banana Yoshimoto
All rights reserved.
Japanese original edition published by
Kadokawa Shoten Publishing Co., Ltd., Japan in 1997.

Korean Translation Copyright © 2001, 2011, 2013 by Minumsa

Korean translation rights arranged with
Banana Yoshimoto through ZIPANGO, S.L.

이 책의 한국어 판 저작권은 ZIPANGO, S.L.을 통해
Banana Yoshimoto와 독점 계약한 **(주)민음사**에 있습니다.

저작권법에 의해 한국 내에서 보호를 받는 저작물이므로
무단 전재와 무단 복제를 금합니다.

암리타

요시모토 바나나

김난주 옮김

민음사

차례

멜랑콜리아 · 7

암리타 · 45

아무것도 변하지 않는다 · 489

역자 후기 · 499

멜랑콜리아

나는 지독한 올빼미 체질이라, 대개 새벽녘이 되어서야 잠자리에 든다. 그리고 기본적으로 오전중에는 절대로 눈을 뜨는 법이 없다.

그러나 그날은 예외 중에서도 예외였다. 그날이란, 류이치로(龍一郎)에게서 첫 소포가 온 날을 말한다.

그렇다, 그날 아침, 어린 남동생이 느닷없이 방문을 쫘다당 열어젖히고 들어와, 무지막지하게 나를 흔들어 깨웠다.

「일어나, 사쿠(朔) 누나. 소포가 왔단 말이야!」

나는 몽롱한 정신으로 몸을 일으키고,

「뭐라고?」

하고 말했다.

「누나한테 무지 큰 소포가 왔다니까!」

동생은 완벽하게 들떠 있어서, 나 몰라라 하고 다시 잠들었다가는 당장이라도 침대 위로 뛰어올라올 것만 같았다. 할 수 없이 나는 눈을 똑바로 뜨고, 아래층으로 내려가기로 했다. 내게 동동 매달리듯 동생도 계단을 내려왔다.

부엌 문을 열자, 어머니가 식탁에서 빵을 먹고 있었다. 향긋한 커피 냄새가 둥실 흘러나왔다.

「안녕히 주무셨어요?」

나는 말했다.

「그래. 웬일이니? 이렇게 일찍」

어머니는 놀랍다는 표정으로, 그렇게 말했다.

「저 녀석이 와서 다짜고짜로 깨우잖아요. 그런데 왜 오늘은 유치원에 안 갔어요, 쟤?」

「나, 열이 좀 있어」

동생은 의자에 풀썩 앉아 빵을 집으며 말했다.

「그래서 그렇게 조잘대는 거로구나」

나는 수긍이 갔다

「너도 어렸을 땐 그랬어. 웬일로 저렇게 조잘대는가 싶으면, 열이 있곤 했지」

어머니는 말했다.

「다른 식구들은?」

「다들 아직 자고 있지」

「하긴, 아직 9시 반밖에 안 됐으니」

나는 한숨을 쉬고 말했다. 새벽 5시에 잠들었었다. 꼬마 녀석이 갑자기 흔들어 깨운 바람에, 머리가 어질어질했다.

「너도 커피 마실래?」

「네, 주세요」

나는 의자에 앉았다. 바로 앞에 있는 창문으로 똑바로 해가 비쳐, 오랜만에 보는 아침 햇살이 온몸으로 스며드는 듯했다. 그리고 아침에 부엌에 서 있는 자그마하고 깔끔한 어머니의 뒷모습은, 마치 신혼놀이를 하고 있는 여고생처럼 보였다.

어머니는 실제로, 젊디젊은 열아홉 나이에 나를 낳았다. 그러니까 지금의 내 나이 무렵에, 어머니는 이미 두 아이를 거느리고 있었던 셈이다. 끔찍한 얘기다.

「자, 커피. 빵도 먹지 그러니?」

커피잔을 내미는 손도 아름답다. 20년 넘게 집안일을 해온 손이라고는 도저히 생각되지 않았다. 나는 그런 어머니를 좋아하지만, 조금은 미묘한 반감이 들기도 했다. 왠지 무슨 교활한 짓을 하여 다른 사람들보다 나이를 덜 먹고 있는 듯한 느낌이 들었다.

딱히 미인도 아니면서 묘하게 세련되고 섹시하여, 연상의 남자들에게 죽자 살자 사랑받는 여자애가 반에 한 명씩은 꼭 있게 마련인데, 옛날에 어머니가 바로 그랬던 모양이다. 열아홉 어머니와 결혼할 때, 아버지는 마흔이었다. 아버지는 나와 내 여동생 마유(眞由)가 태어난 후, 뇌혈전증으로 쓰러져 돌아가셨다.

6년 전, 어머니는 두번째 결혼을 했다. 그리고 남동생이 태어났지만, 두 사람은 1년 전에 헤어지고 말았다.

남편과 아내와 아이들, 이란 가족의 형태를 상실하고부

터, 우리 집은 하숙집으로 변해 갔다.

지금 이 집에는, 어머니와 나와 남동생 외에 하숙을 하고 있는 사촌 미키코(幹子), 사연이 있어 함께 살게 된 어머니의 소꿉동무 준코(純子) 아줌마, 그렇게 다섯 명이 살고 있다.

일그러진 가족 구성이지만 여자들의 천국처럼 조화롭게 어울려 살고 있어, 나는 이런 가족 형태가 은근히 좋았다. 남동생이 아직 어려서, 마치 애완동물처럼 모두의 마음을 온화하게 누그러뜨리기도 하고, 하나로 화합시키기도 했다.

어머니는 이번에 연하의 애인이 생겼는데, 남동생이 아직 너무 어리다는 이유와 다시는 결혼에 실패하고 싶지 않다는 이유로, 당분간은 결혼할 마음이 없는 모양이었다. 그 애인은 집에도 곧잘 놀러 와, 남동생과도 꽤 사이가 좋아졌으니, 머잖아 함께 살 가능성도 없지는 않으리라. 그날까지는, 이 묘한 가족 형태가 그대로 유지될 것이다.

생활하는 데 핏줄 따위는 하등 관계가 없는 모양이다.

두번째 아버지와 살 때도 그렇게 생각했다. 그는 내성적이고 친절한 사람이어서, 그가 이 집을 떠났을 때는 몹시 허전했다. 한 사람의 빈자리가 만드는 이루 형용할 수 없는 우울함, 그 어둡고 무거운 분위기에서 도무지 벗어날 길이 없었다.

아마도 그래서, 어느 정도 성격이 원만하고 구성원들 간의 질서를 유지시킬 수 있는 인물(바로 어머니였다)이 한 사람 중심에 있으면, 같은 집에 모여 사는 사람들은 언젠가는 가족이 되어간다는 생각을 하기 시작했을 것이다.

그리고 또 한 가지.

같은 집에 오래도록 함께 있지 않으면, 설령 같은 핏줄이라도 그리운 풍경의 하나로 멀어져 간다.
　여동생, 마유처럼.

　커피를 마시고 딱딱한 호두빵을 씹으면서, 나도 모르는 사이에 그런 생각을 하고 있었다.
　식탁과 아침 햇살의 조화가, 나로 하여금 가족이란 것을 깊이 생각하게 한 것이리라.
「자, 이제 요시오는 그만 자도록 하자, 감기가 더 심해질라」
　어머니는 남동생을 방으로 떠밀려고 했다.
「그런데, 소포는 정말 와 있는 거예요?」
　내가 물었다
「으응, 현관에」
　방문을 닫다가 돌아다보며, 어머니가 말했다.
　나는 일어서서, 현관 쪽으로 걸어갔다.
　그러자, 햇볕에 바래 누리끼리한 마룻바닥에, 길쭉하고 거대한 종이상자가 흰 조각처럼 우뚝 서 있었다.
　처음에는 꽃인가, 여겼다.
　그러나 들어올려 보니 묵직했다. 보내는 사람은 〈야마자키(山崎) 류이치로〉, 치바 현에 있는 여관 주소가 적혀 있었다. 여행하고 있는 곳이다.
　뭘까, 하고 궁금해진 나는 그자리에서 포장을 북북 뜯고 상자를 열었다.

편지는 들어 있지 않았다.

상자 안에서 그저 무겁고 비닐로 꼼꼼하게 포장한 〈빅터의 개〉가 나왔다. 비닐 포장 너머로 보아도 왠지 정겨운 느낌이 드는 그것은, 비닐을 한겹 한겹 벗겨낼 때마다, 마치 깊은 바닷속에서 떠오르는 것처럼, 내 눈길을 사로잡았다. 색 바랜 매끈한 몸에, 저 애처로운 각도로 고개를 갸우뚱하고 있는 개였다.

「어머나, 귀여워라」

그렇게 말하고, 나는 아직 잠이 덜 깨어 부스스한 눈으로 꼼짝않고 선 채, 구겨진 비닐과 골판지 한가운데다 그것을 놓고, 한참이나 바라보았다.

아침 햇살과 먼지 냄새 속에서 개는, 마치 하얀 눈으로 뒤덮인 풍경 속에 있는 것처럼 청결하게 보였다.

어째서 그가 〈빅터의 개〉를 보냈는지는 알 수 없었다. 그러나 우연히 고물상 앞에서 그걸 발견하고는, 〈도저히 눈을 뗄 수가 없어서 사고 말았다〉는, 여행지에서의 절실한 마음이 전해지는 듯한 기분이 들었다.

그리고, 그것은 분명 무언가를 말하고 있었다.

내가 무슨 일이 있어도 꼭 듣고 싶어하는 어떤 말을.

나는 그 말을 들으려고 개처럼 고개를 갸우뚱하고 귀기울여 보았지만, 역시 들리지 않았다.

류이치로는, 여동생 마유의 애인이었던 사람이다.

마유는 죽었다.

반년 전, 차를 몰고 가다가 전신주에 충돌하여 죽었다. 음주운전에다, 수면제까지 잔뜩 먹은 상태였다.

마유는 태어날 때부터 우리 가족 누구와도 전혀 닮지 않았었다. 어쩐 일인지 그녀만 유독 이목구비가 또렷하고, 그렇다고 우리들이 딱히 절망적인 얼굴이라는 것은 아니지만, 나머지 세 사람이 공통적으로 갖고 있는, 좋게 말하면 냉철하고 나쁘게 말하면 심술궂어 보이는 분위기가 그녀에게만은 전혀 없었다. 그래서 어렸을 때는 거의 천사인형 같았다.

그 외모 탓에 그녀는 보통사람들이 가는 길을 걸을 수 없었다. 영문도 모른 채 스카우트되어 아역 모델이 되었고, 텔레비전에 조연급으로 출연하게 되었고, 어른이 되어서는 영화배우가 되었다. 그러다 보니 마유는 연예계를 가정으로 여기고 자라났고, 꽤 오래전부터 집을 떠나 있었다.

그래서, 너무 바빠 좀처럼 만날 수 없었던 그녀가 노이로제 증세로 갑자기 은퇴했을 때, 우리는 무척이나 놀랐다. 일이 순조롭지 못한 것처럼 보인 적은 한번도 없었고, 만나면 늘 활기차게 행동했기 때문이다.

연예계가 성장기의 소녀에게 끼친 영향은 참으로 끔찍했던 모양이다. 은퇴 직전의 그녀는 얼굴도 스타일도 화장도 옷도, 마치 혼자 사는 남자의 망상을 여자란 형태로 뭉뚱그려 놓은 듯한 상태였다. 아무리 연예인이라 해도 그런 상태에 빠지지 않는 사람들도 얼마든지 있을 테니까, 마유는 애당초 적성에 안 맞았던 것이라고 생각한다. 자신의 나약함을, 그때그때 형편에 따라 임기응변식의 보강을 해가며 얼버무리는 사이에 덕지덕지 기워댄 누더기 같은 자아가 형성된 것인지도 모르겠다. 노이로제는, 그녀의 생명력의 울부짖음이었던 것이다.

그래서 은퇴를 한 다음 주변의 남자친구들을 싹 정리하고 류이치로와 동거하기 시작했을 때, 나는 마유가 인생을 백지에서부터 다시 시작할 작정인가 보다고 생각했다.

류이치로는 작가인데, 마유와 알게 되었을 무렵에는 시나리오 작가의 대필 작가로 일하고 있었다고 한다. 마유는 류이치로의 시나리오를 좋아하였고, 그가 누구를 대신하여 작품을 쓰든 금방 찾아내곤 했다. 그렇게 하여 사이가 좋아졌다고 한다.

작가라고 해봐야 그는, 3년 전에 장편소설을 한 편 발표했을 뿐 그후에는 전혀 책을 내지 않았다. 그러나 신기하게도 그 한 권의 책이 어떤 부류의 사람들에게는 마치 고전처럼 추앙받고 있고, 지금도 소리 없이 팔리고 있다.

그 소설은 진실한 마음이 없는 젊은이들을 그린 극히 추상적이고 농밀한 내용으로, 마유가 권유하여 당사자를 만나기 전에 그 책을 읽은 나는, 이런 사람은 무서워서 만나고 싶지 않다고 생각했었다. 미친 사람이 아닐까 싶었던 것이다. 그러나 정작 만나고 보니 그는 아주 평범한 청년이었다. 그래서 나는, 그리도 농밀한 소설을 써내기 위해 이 사람에게는 엄청난 시간의 응축이 필요했을 것이라고 짐작했다. 그의 재능은 그런 것이었다.

마유는 은퇴를 하고서는 일정한 직업을 갖지 않고 아르바이트를 하면서 그와 동거했다. 너무도 오랫동안 그들의 그런 관계가 지속되었기에, 나나 엄마나 그들이 결혼하지 않았다는 사실조차 잊고 있었다. 나는 툭하면 그들이 사는 아파트에 놀러 갔고, 그들도 종종 우리 집으로 놀러 왔다. 그리고 두 사람은 늘 아무 탈 없이 행복하게 지내는 듯했기에, 어째서 그녀가 그런 일을 저지를 만큼 술이니 약이니 하는 것들에 빠져 있었는지, 사실은 아무것도 알지 못한다.

잠이 오지 않는다고 하여 마시는 술이나 수면제, 그리고 햇살 찬란한 오후에 냉장고에서 꺼내 오는 맥주 같은 것이 딱히 이상하다고는 느끼지 못했다. 그러나 다시 생각해 보면 그녀는 항상 그런 것들을 섭취하고 있었던 것 같다. 다만 그 모든 것이 너무나 자연스러워서 미처 알지 못했던 것이다.

하지만 지금, 어렸을 적 천사처럼 고이 잠든 마유의 얼굴에서, 그 긴 속눈썹과 그 어떤 것으로부터도 지켜지지 않을 것처럼 연약하고 하얀 피부까지 거슬러 올라가 생각해 보면, 그것은 연예계에 들어가기 전부터, 류이치로를 만나기 훨씬 이전부터 시작되었던 것으로 생각된다.

그러나 그런 일들이 진정, 언제 어디에서 시작되어 어디에서 끝맺을지는 아무도 모른다. 웃고 있는 본인의 내면에서 마음만이 가난해진다. 점점 벌레 먹은 자리만 커져 간다.

「단순히 약을 잘못 알고 먹었을 가능성은 없을까?」

마유가 병원으로 옮겨졌을 때, 복도에서 류이치로는 말했다. 상황은 이미 절망적이었다.

「글쎄. ……아직 젊은데」

하고 나는 대답했지만,

나도 류이치로도 옆에서 그런 말을 듣고 있던 어머니도, 실은 조금도 그렇게 생각하고 있지 않았다. 모두가 손바닥 들여다보듯 알고는 있었지만, 불미스러워 아무도 입 밖에 내지 않았다.

그녀가?

지나치게 꼼꼼하여, 여행이라도 떠날 때면 상비약을 종류별로 다른 용기에, 날짜에 맞춰 필요한 양만큼 넣어 가는, 그런 그녀가?

더구나, 그 즈음의 그녀는 생을 끝맺음하려는 불씨처럼, 실제 나이보다 훨씬 늙어버려, 아직 젊고 앞으로도 많은 가능성을 가진 사람으로는 도저히 보이지 않았다.

〈못 살아날 거야. 본인도 살아나고 싶은 생각은 없을 거야.〉

모두가 그녀의 살붙이인데, 게다가 모두들 그녀를 사랑하고 있는데, 그런 생각은 우리들이 앉아 있는 차가운 비닐소파 주변을 떠나지 않았고, 마치 커다란 목소리로 되뇌듯 마음으로 울려 퍼져 병원의 희고 공허한 벽에 메아리쳤다.

어머니는 한동안, 매일매일 눈이 새빨갛게 되도록 울었지만, 나는 도무지 눈물이 안 나왔다.

마유 때문에 운 것은 딱 한 번뿐이다.

〈빅터의 개〉가 배달된 지 이삼 일이 지난 밤의 일이었다. 남동생이 미키코와 함께 비디오 가게에서 「옆집에 사는 토토로」란 비디오테이프를 빌려왔다. 둘이서 내 방으로 찾아와 함께 보자고 하길래, 나는 1층으로 내려갔다. 그들에게 나쁜 뜻은 전혀 없었다. 그리고 나 역시 그 테이프가 어떤 내용인지 모른 채, 과자와 커피 같은 군것질거리가 놓여 있는 교자상 앞으로 다가가 함께 보기 시작했다.

시작되고 불과 5분이 지나자, 나는 〈이거 큰일인데……〉 하고 생각했다.

그것은 자매가 나오는 만화영화였다. 그리고 그 모든 노스텔지어가 개인의 과거를 넘어선 보편적 이미지로 영상화되어, 이래도 안 울 거야, 이래도, 란 식으로 파도처럼 밀려왔다. 자매가 둘 다 어린아이였던 짧은 기간, 그 시절 그녀들의 눈에 비친 행복이 넘치는 바람과 빛의 색상이 고스란히 묘사되어 있었다.

나는 그때 사실 마유를 떠올리고 있지는 않았다.

어렸을 적, 가족 셋이서 고원으로 놀러 갔던 일이며, 모기장 속에서 무서운 얘기를 하다가 꼭 껴안고 잔 일이며, 마유의 부드러운 갈색 머리칼이며, 갓난아기 같은 냄새…… 그런 것들을 구체적으로 되새기고 있지는 않았다, 절대로. 하지만, 그런 것들이 지니고 있는, 마치 강력 펀치 같은 그리움에 휩싸여 나는 눈앞이 캄캄해질 것만 같았다.

물론 그런 생각을 하고 있었던 것은 나뿐이었다.

남동생은 입 한번 뻥끗하지 않고 화면에 몰두하고 있었고, 미키코는 리포트를 쓰면서 곁눈으로 보고 있는 듯했다. 그리고는 이따금 평소처럼 명랑하게 말을 걸기도 했다.

「있잖아 사쿠 언니, 이토이 시게사토(絲井重里) 아버지, 더 빙 순 엉터리지」

「하긴. 그래도 잘 맞아떨어지잖아」

「맞아, 그게 바로 재주라는 거지」

남동생이 그렇게 끼여들곤 했다.

그래서 나는 그때, 같은 장소에서 같은 영화를 보며 말을 주고받고 있는데도, 나 혼자만 점차 초현실적인 다른 공간으로 분리되어 가는 듯한, 이상한 느낌을 맛보고 있었다.

그리고 그 느낌이 울적함이 아니라 오히려 밝은 응시에 그칠 수 있었던 것은, 나 혼자서가 아니고 가족과 함께 보았기 때문이라고 생각한다. 영화가 끝나, 나는 화장실에 가려고 방에서 나왔다. 처음에 받았던 충격은 이미 사라지고, 그저 평범하게 〈아아, 좋은 영화였다〉 하고 생각하면서 화장실 문을 열었다.

그런데 거기에 〈빅터의 개〉가 있었다. 내 방에는 놔둘 자리가 없어서, 1층 화장실에 두기로 했던 것이다.

앉아서 〈빅터의 개〉를, 그 애틋하게 기울어진 각도를 보고 있으려니, 갑자기 나는 다시 울고 싶어졌고, 정신을 차렸을 땐 이미 울고 있었다. 불과 5분 사이에 벌어진 일이었다. 뭐가 뭔지 알 수 없어질 만큼, 세상이 빙글빙글 돌 정도로 심하게 울었다. 그 울음은 마치 구토 같았다. 나는 숨을 삼켜가며 울었다. 늘 술에 취해 있거나 불안정하여 희로애락의 감정마저도 희미해졌던, 저 두꺼운 화장으로 얼굴을 가린 만년의 마유를 위해서가 아니고, 이 세상 모든 자매들의 잃어버린 시간을 위하여.

화장실에서 나와 방으로 돌아가자 남동생이,

「사쿠 누나, 긴 똥 눴어?」

하고 물었다.

「그래, 안 되니?」

하고 내가 대답하자, 미키코가 웃었다.

그때 비로소 울었고, 더 이상 나는 울지 않았다.

그것이 〈빅터의 개〉가 말하려던 것?

봄이 머지않은 어느 밤, 여행을 떠나기 전의 류이치로와 딱 한 번 만났다.

나는 그 얼마 전, 다니던 회사에서 상사와 싸운 바람에 해고당하고 말았다. 일단은 아르바이트라도 하자 싶어서 평소에 잘 가던 해묵은 술집에서 일주일의 닷새를 일했다.

그 밤은, 불가사의하도록 긴 밤이었다. 길고, 수많은 단층으로 나뉜, 그러나 내내 한 가지 톤을 유지한 인상적인 밤이었다.

나는 지각을 할 것 같아 저녁나절의 거리를, 술집을 향해 체면 불구하고 허둥대며 걷고 있었다. 비 개인 역 앞은 밤의 호숫가처럼 뽀얀 빛으로 아로새겨져 있어, 열심히 걷고 있던 나는 그 눈부심에 눈이 어질어질했다.

길거리에는 지나가는 사람을 불러 세워놓고 〈행복이란 무엇이라고 생각합니까?〉하고 매달리듯 열심히 묻는 사람들이 있었다. 내게도 몇 번이나 질문을 던졌지만,

「몰라요」

라고 대답하면, 그 사람들은 되감기 스위치라도 누른 것처럼 소리 없이 물러섰다.

그러나 그 덕분에, 조급한 내 마음에 한순간 행복이란 상념의 잔상이 휙— 하고 핑크빛 꼬리를 그었다. 행복을 노래한 몇몇 명곡의 멜로디도 차례차례로 마음속에 흘렀던 것 같다.

그러나, 하고 나는 생각했다.

결코 도달할 수 없는 먼 곳에, 훨씬 더 강렬한 금빛으로 반짝이는 이미지가 있어, 모두가 진정으로 원하는 것은 바로 그것인 듯한 기분이 든다. 희망이나 빛, 그런 것들을 전부 끌어모은 것보다 훨씬 더 강렬한 것.

그것은 역 앞에서 행복에 관해 묻다 보면 점점 멀어져 가고, 취하도록 술을 마시면 쓰윽 다가와, 마치 손에 잡힐 듯한 것.

그래서일까, 하고 생각했다. 그러고 보면 마유는 행복에는 탐욕스럽고, 무모하고, 집요하고, 표리부동했고, 성미가 고약했다.

딱 한 가지 굉장한 것이 있었다.

모든 것을 잊고 존경하고 싶어지는 재능, 그것은 그녀의 미소 띤 얼굴.

영업용 미소라면 백 가지도 넘는 변주를 갖고 있었던 그녀가 문득, 아무런 목적도 의도도 없이 무심하게 웃을 때, 그 미소는 그녀의 모든 결점을 싹 지워버릴 만큼 사람을 감동시켰다.

입술 끝자락이 살짝 올라가고 눈꼬리가 부드럽게 내려오는 바로 그 속도로, 구름이 활짝 개면서 푸른 하늘과 햇빛이 쏟아지는 듯한 달콤한 미소.

눈부시도록 청아하고, 눈물이 흐를 만큼 애틋하고 건강한 천연의 미소.

간장이 완전히 제 기능을 잃어, 안색이 나빠지고 피부가 거칠어졌어도, 그 위력은 조금도 흐려지지 않았었는데.

무덤 속으로 가지고 가버렸다.

말해 주었더라면 좋았을 것을. 그 미소를 띨 때마다. 숨죽이며 보고 있지만 말고, 말해 주었더라면 좋았을 것을.

시간에 늦지 않으려고 있는 힘을 다해 도착했는데, 술집에는 손님이 한 명도 없었다. 카운터 안쪽에서 지배인과 다른 아르바이트생이 따분하다는 듯 레코드를 고르는 중이었다. 음악이 그 흐름을 멈춘 실내는 마치 깊은 바닷속처럼 잠잠하게 가라앉아, 목소리가 크게 울리는 듯하였다.

「왜 이렇게 손님이 없어요, 금요일인데?」

내가 말하자,

「비가 오니까 그렇겠지」

하고 지배인이 태평스럽게 말했다. 그래서 나는 앞치마를 두르고, 그 불모함에 동참하였다. 나는 내가 손님이었을 때도 이 가게를 즐겨 찾았다.

무엇보다도 조명이 어두워 마음이 차분해졌다. 내 손이 안 보일 정도였다. 실내가 늘, 이미 해가 기울었는데도 일부러

불을 켜지 않고 손님을 기다리는 듯한 분위기였다. 한산한 것도 매력이었다. 테이블도 의자도 제각각 여러 종류이고, 하나같이 오래되고 낡아서 묘한 정감을 자아냈다. 옛날의 중학교 교실처럼 기름내 나는 나뭇바닥, 갈색을 바탕으로 한 고풍스런 인테리어, 힘껏 기댔다가는 삐그덕 소리가 날 것만 같은 카운터. 손님이 가득일 때와 이렇듯 조용할 때, 전혀 다른 얼굴을 보여주는 가게의 불가사의함을 나는 그저 멍하니 바라보고 있었다.

그때 갑자기, 문이 콰당 열리고,

「여」

하며 류이치로가 성큼 실내로 들어섰다. 우리들은 모두 깜짝 놀랐다. 나는 간신히 「어서 오세요」라고 말했다.

「이 술집은, 왜 손님이 오는데 깜짝 놀라지?」

류이치로가 카운터 자리에 앉으면서 말했다.

「오늘은 손님이 한 명도 없을 거라고 다들 생각하고 있었거든요」

나는 말했다.

「제법 넓은데 말이야, 아깝군」

류이치로는 실내를 휘 돌아보며 말했다.

「그래도 어쩌다 붐빌 때는 꽤 붐벼요. 게다가 손님이 많으면 이 가게는 별로니까」

나는 웃었다.

「다른 손님이 올 때까지, 나가 있어도 괜찮아」

지배인이 말했다. 그는 삼십대 후반의 풍류객으로, 손님이 없어 가게가 한가하면 자기가 좋아하는 음악을 몇 번이고 틀 수 있다고 오히려 좋아한다.

나는 카운터에서 나와 앞치마를 옆자리에 두고, 언제라도 스탠바이할 수 있는 바람잡이가 되었다(결국, 그 밤엔 더 이상 아무도 오지 않았지만).

아무튼 그 밤에는 그런 나른한 기분으로 마시기 시작했다. 게다가 한 가지 재즈 테이프를 끝없이 되풀이하여 들으며.

이런저런 얘기를 하다가 불쑥 그가 말했다.

「그럼 과연 행복이란 뭘까?」

우스갯소리의 일부였지만, 나는 순간 흠칫 놀라며,

「혹시 당신도 오늘밤 역 앞에서 질문받았어요?」

하고 물었다.

「왜? 뭔데 그게?」

「행복이란 말, 사람들이 흔히 쓰는 말 아니잖아요?」

나는 말했다. 잔 속에서는 말간 차(茶)가 차가운 얼음의 색을 비추며 천천히 녹아들고 있었다. 나는 그 모습을 가만히 바라보았다. 마음의 초점이 묘하게 무엇에든 잘 맞는 밤이 있다. 그날 밤이 그랬다. 이미 취기가 돌기 시작했는데, 그 마음은 조금도 흩어지지 않았다. 어두컴컴한 실내와, 멀리서 발소리처럼 규칙적으로 밀려오는 피아노의 멜로디가 오히려 집중을 조장했다.

「아니, 너희 자매는 보통사람들보다 그 말을 사용하는 빈도가 잦았어」

류이치로가 말했다.

「네가 우리 집에 오면, 마유하고 둘이 얼굴을 마주 대고 참새들이 짹짹거리는 것처럼 〈행복〉이란 말만 해댔다고」
「과연 작가다운 표현이로군요」
나는 말했다.
「지금의 가족 구성만 해도 말이야, 무슨 미국 영화 같잖아. 젊은 어머니와 어린 아들에, 사촌이었나? 그리고 또?」
「엄마 친구」
「그것 봐. 행복에 대해 생각할 기회가 다른 사람보다 많을 거야. 그 나이에 유치원에 다니는 남동생이라니, 드문 일이잖아」
「하지만 그런 꼬맹이가 집 안에 있으면 재미있기도 하고, 모두들 젊어져요. 시끄럽긴 하지만. 하루가 다르게 쑥쑥 자라는 것 같은 느낌도 들고, 얼마나 재밌다고요」
「하지만 연상의 여자들에게 에워싸여서 좀 별난 남자로 성장하는 거 아냐」
「멋진 남자로 컸으면 좋겠어요. 그래서 그애가 고등학생쯤 되면…… 나는, 서른이 넘는단 말이지, 아 싫다 싫어. 하지만 하이힐을 신고, 선글라스 끼고, 데이트를 하는 거예요. 젊은 여자애들이 샘나게」
「그렇게는 안 될걸. 그런 녀석들은 대체로 마마보이가 되기 쉬우니까」
「뭐가 되든 기대가 커요. 아이들이란 참 좋겠어요. 가능성 그 자체니까」
「하긴 그렇지, 모든 가능성이 열려 있잖아. 입학식도, 첫사랑도, 성에 눈뜨는 것도, 수학여행도……」

「수학여행?」

「놀랐나? 나 고등학교 수학여행, 열나는 바람에 못 갔거든. 그래서 얼마나 부러워하는데」

「여행, 안 다니나요?」

나는 물었다.

왜 그런 질문을 했는지 나 자신도 알 수 없었다. 그저 아주 당연한 일처럼, 마음에 떠오른 생각을 순간적으로 내뱉었을 뿐이었다.

「여행이라…… 좋지. 갈 수 없는 건 아닌데 말이야. 언제든」

류이치로는 마치 태어나서 처음으로 알게 된 달착지근하고 아름다운 단어를 입에 담듯 황홀하게, 그렇게 말했다.

「옛날처럼 가난하게 여행하지 않아도 될 테고 말이야」

「돈도 없이 몇 달이고 여행하면 몸에도 안 좋고 말이죠」

나는 뭔지 모르지만 고개를 끄덕거렸다. 류이치로는 갑자기 무엇인가를 깨닫고 흥분한 사람처럼 활기차게 말을 이었다.

「가끔씩 일 관계로 큐슈(九州)나 간사이(關西) 지방 같은 데를 가잖아? ……기행문 쓰는 아르바이트 같은 일로 편집자하고 카메라맨하고 같이 말이야. 대개가 아는 사람이라서 대충하고 때우는 별 볼일 없는 일이지만. 그래도 혼자서 아무 생각 없이 떠나는 여행하고는 달라서, 자료도 수집하고 메모도 하면서 여행하지. 그렇게 이틀이고 사흘이고 정신을 집중한 채 여행을 계속하다 보면 왠지 머리가 맑아져서, 돌아가고 싶지가 않아. 이대로 마냥 돌아다니는 편이 자연스럽지 않을까, 이상한 일이지만, 정말 그런 생각이 들어. 딱히 책임지고 해야 할 일도 없고, 집세 같은 것도 어느 은행에서나 보낼 수 있고. 신분 증명을 위해서 항상 여권을 갖고 다니니까, 장소에 따라서는 외국에도 갈 수 있고. 저금도 있고. 이대로 타고 가다가 어느 역에선가 갈아타기만 하면, 어디든 갈 수 있다고, 그런 생각에 돌아오는 비행기나 신칸센 속에서 가슴이 두근거리지. 그런 때면, 바로 그곳에서 새로운 인생이 다시 시작되는 듯한 느낌이야. 필요한 것들은 사고, 빨래는 호텔 목욕탕에서 하고, 원고는 팩스로 보내면 되고. 그러고 보니 누구누구가 어디어디 경치가 최고로 좋다는 말을 했는데, 그 도시의 축제가 언제였더라, 하고 점점 구체적으로 상상하게 돼. ……거기까지 생각하고선, 이렇게 마음이 들뜨는데 어째서 나는 가지 않는 것일까, 하고 의문스러워하면서 내 방으로 돌아오고 말아. 실은 돌아오고 싶은 마음이 있는 걸까」

「마유가 있었기 때문 아니에요?」

「지금은 없어」

「그렇군요」

그때 나는 갑자기, 다시는 돌아오지 않을 먼 곳으로 떠날 사람을 위해서 송별회를 하고 있는 듯한 울적한 기분이 들었다. 장소는 늘 아르바이트를 하는 곳인데, 여느 때와는 다른 불온한 어둠이 깔려 있었다. 서럽거나 슬퍼지기가 두려웠다. 도움을 청하려고 카운터 안쪽을 들여다보았지만, 지배인과 아르바이트생은 아까부터 무슨 얘기를 그렇게 심각하게 하는지, 도저히 재치 있는 농담으로 우리들 얘기에 끼여들어 줄 것 같지 않았다.

「마유는, 여행스런 여자였어」

류이치로가 불쑥 말했다. 그날 밤, 그가 먼저 마유 얘기를 꺼내기는 처음이었다.

「〈여행스런〉이라니 무슨 뜻이죠? 작가가 사용하는 특별한 형용사인가요?」

나는 웃었다.

「제대로 설명하려고 생각하고 있었어」

류이치로도 웃으며 말했다.

「그녀는 자기가 하고 있는 일과도 동떨어져 있었고 매사에 꽤 냉정했지만, 예측 불가능한 좀 이상한 부분이 있었고 그게 순수했었다는 뜻이야. 그리고 그런 부분이 그녀의 매력이기도 했지……. 여행이란 불가사의한 것이니까……. 그렇다고 〈인생은 여행〉이니 〈여행의 동반자〉라느니 그런 얘기를 하고 싶은 건 아니고, 이틀이고 사흘이고 같은 일행이 함께 여행을 하다 보면, 남녀의 구별도 일거리도 점차 없어지고, 피로한 탓인지 묘하게 기분만 고조되잖아? 돌아오는 차 속에서는 헤어지기가 싫어서, 필요 이상 명랑해지기도 하고, 무슨 얘기를 해도 재미있고 우스워서, 이렇게 사는 인생이 어쩌면 진짜가 아닐까 하는 착각이 들 정도로 즐거워지기도 하고. 집으로 돌아가서도 그들의 존재감이 사방에 잔상처럼 머물러 있어서, 이튿날 아침 혼자 잠에서 깨어나, 아니? 그 사람들은? 하고 멍해 있다가, 아침 햇살 속에서 괜스레 서글퍼지곤 하잖아? 그러나 뭐 어른들이란, 그런 건 다 지나가고 말기에 아름다운 것이라고 치부하며 살아가지. 그런데 마유는 달랐어. 단 한 번이라도 그런 걸 느끼면, 책임지고 지속시키지 않으면 안 된다고 믿는 어리숙함이 있었지. 게다가 이 세상 모든 호의 중에서 그 느낌이야말로 사랑이라고 생각했었어. 내가 일정한 직장을 갖고 있지 않았고, 마유가 외계(外界)란 것에 대해 생각하는 비중이 컸던 만큼, 그녀는 사랑이라고 믿고 있었던 것 같은 기분이 들어. 결혼을 하자느니 둘이서 뭔가 하고 싶다느니, 하는 장래에 관한 얘기는 한마디도 하지 않았어. 그녀에겐 미래가 없었던 거야. 여행만 있었던 거지. 그래서 오히려 두려웠어. ……나마저 왠지 그녀의 〈불로불사(不老不死)〉 같은 어떤 흐름에 휩쓸리고 말 것 같아서」

「그건, 마유가 하필이면 영화배우였기 때문이었겠죠」

나는 말했다. 이 일에 관해서는, 마유가 죽었을 때 꽤나 생각했었기에.

「감독이나 스태프, 캐스트. 일정한 기간에, 어떤 일정한 목적을 가지고 똑같은 얼굴들이 함께 일하잖아요? 밤낮의 구별도 없이, 나중에는 지쳐 꼬부라질 만큼 집중적으로. 가족보다도, 사랑하는 사람보다도 훨씬 깊게 밀착되어, 물리적으로나 정신적으로도 말이에요. 하지만 그것은 한 시나리오를 위해 모인 사람들이고, 영화 제작이 끝나면 순식간에 해체되고 말죠. 그리고는 각자 서로의 일상으로 돌아가요. 뒤에 남는 것은 그 나날의 잔상인 영상뿐. 시사회 때면 틀림없이, 한 장면 한 장면이 지나갈 때마다 지난 나날들을 되새기겠죠. 하지만 두 번 다시 돌아오지 않아요. 바로 그게 인생 자체의 축소판

일 테지만, 평범한 생활을 하는 사람들은 그다지 절실하게 느끼지 않아도 상관없는 일이잖아요. 마유는 술이나 약에 중독돼 있었던 게 아니고, 어쩌면 그 만남과 헤어짐의 자극적인 사이클에 중독돼 있었던 건지도 모르겠어요」
「그럴까. 그렇다면 너희들은 중독 담당 자매로군」
류이치로가 웃었다.
「난 달라요」
나는 깜짝 놀라 말했다.
「죽어버릴 만큼 믿지 않는걸요, 그런 거」
「하하, 그런가, 그렇지. 타입이 전혀 다르니까」
그는 그렇게 말했지만, 나는 잠시 생각에 빠졌다.

정말 그렇다고 말할 수 있을까?
홍차에 마들렌을 적셔 먹으며, 과거의 행복감으로 여행을 떠나는 그런 인간이 아니라고 단언할 수 있을까?
지금의 생활을, 저 동거인들을, 한때의 여행이라고 생각지 않는다고 말할 수 있을까?
하지만 잘 모르겠다. 알려고 하면 위험하다는 생각이 들었다. 무서웠다.
끝까지 파고들면, 우리 모두가 마유가 될지도 모르기 때문에.
2시가 되어 가게 문을 닫고, 뒷정리를 한 후 바깥으로 나왔다. 비는 완전히 그쳐 별이 반짝이고 있었다. 희미한 봄 냄새가 아스라이 느껴지는 쌀쌀한 밤이었다. 얇은 코트 자락을 뚫고 들어온 달착지근한 밤바람이 온몸을 감쌌다.

수고했어요, 라는 인사말을 나눈 뒤 지배인과 헤어지고, 류이치로와 둘이 남았다. 그리고 물었다.

「택시 타고 갈 거예요?」

「달리 방법이 없잖아」

「그럼, 나 먼저 내려주고 갈래요?」

「좋아, 가는 길이니…… 잠깐, 내 책 혹시 사쿠네 집에 없나?」

「어떤 무슨 책?」

「어제부터 찾고 있는데, 안 보여. 그냥 갑자기 읽고 싶어져서 말이야, 동네 책방에 가서 찾아봤는데도 없고. 틀림없이 마유 책에 섞여서 그 집에 간 것 같은데. 필립 K. 딕의 『흘러라 나의 눈물, 이라고 경찰관은 말했다』. 문고본이니까 별 상관은 없지만, 있다면 지금 잠시 들러서 가지고 갔으면 좋겠는데?」

「……어떤 내용인지, 알고 있어요?」

나는 흠칫 놀라 물었다.

이미 어두운 그림자로 변한 거리로, 밤을 가르며 택시가 강물처럼 커브길을 돌아 흘러왔다. 어둠은 계절이 바뀌는 길목의 음울한 싱그러움을 띠고 있었고, 숨쉬는 공기 속에도 꿈처럼 투명한 향기가 담뿍 실려 있었다.

대답은 뜻밖에도 너무 단순했다.

「아니, 너무 오래전에 읽은 거라서, 그의 다른 작품들이랑 마구 뒤섞여 전혀 기억나지 않아. 알고 있어?」

「아니요」

나는 말했다. 그래, 라고 시큰둥하게 말하며 그는 택시를 잡았다.

집은 이미 캄캄한 어둠 속에 잠겨 있었다. 나는 류이치로를 데리고 살금살금 계단을 올라 내 방으로 직행했다.

마유의 책은 내가 간수하고 있지만, 아직 정리를 채 못한 상태였다. 문고본은 침대 옆에 네 줄로 쌓여 있고, 그 대부분은 커버가 씌워져 있다.

「잠깐 기다려요, 이 중에서 본격적으로 찾아볼 테니까」

「거들까?」

「괜찮아요, 거기 아무데나 앉아 있어요」

등을 돌리고, 책더미를 향하며 나는 말했다.

「음악 들어도 괜찮을까?」

「물론이에요. 저기 CD하고 테이프 한데 모아져 있으니까, 좋아하는 곡 골라요」

「오케이」

그는 내 뒤쪽에서 바스락바스락 소리를 내며 음악을 고르기 시작했다. 나는 안심하고 한 권 한 권 커버를 벗기고 책을 찾았다.

나는 실은 그 책을 읽었고, 줄거리까지 선명하게 기억하고 있었다. 그러나 도무지 그렇다는 말을 하고 싶지 않았다. 어떤 경찰관의 예쁜 여동생이 약물중독에 빠져 이상한 약을 복용하고 사건을 일으킨 나머지, 가엾게 죽어가는 얘기였다. 그 인물의 이미지가 마유랑 똑같았다.

얼이 빠져 멍한 게 아니라면(그렇지 않다는 것을 알고 있었다), 그는 틀림없이 울고 싶은 것이리라.

나는 생각했다.

울고 싶은데 울 수가 없어서, 무의식적으로 그런 계기를 찾거나 고르고 있는 것이다.

그가 껴안고 있는 고통의 크기.

아무리 그래도 내용이 너무 노골적이라 거북하니까, 책을 못 찾았다고 해야 하나…… 하고 망설이고 있는데, 느닷없이 뒤에 있는 스피커에서 자글자글한 웅성거림이 들려왔다.

조율하고 있는 현의 울림, 사람들 목소리, 일그러진 배경음악의 음색, 블라우스가 스치는 소리.

「뭐예요? 그거?」

나는 계속 책을 찾으며 큰 소리로 물었다. 그는 카세트테이프 케이스에 씌어 있는 타이틀을 무심하게 읽었다.

「음, 〈88년 4월, 밴드 옴니버스〉라고 씌어 있는데. 라이브 콘서트를 녹음한 거 아닌가? 나, 이때 가고 싶었는데 못 갔었어. 이 라이브 콘서트 후에 곧바로 해산한 OO이란 밴드를 좋아했거든……」

뭐라 뭐라 그가 말을 계속했지만, 나는 그때 이미 어떤 감회에 사로잡혀 그의 목소리가 귀에 들리지 않았다.

같은 생각이었을까? 아니면 내 기분을 눈치 챘던 것일까?

그러는 동안에도 테이프는 쉬지 않고 돌아가, 내 소리 없는 목소리는 점점 더 의문을 증폭시키고 있었다. 어떻게? 어떻게 찾아냈지? 난 그런 테이프가 있다는 사실조차 잊고 있었는데.

그후, 내 마음에 생겨난 미묘한 선택의 갈림길, 몇천 가지 생각으로 가득 찬 결단의 단층을 뭐라 표현할 수 있을까. 안 돼, 지금 저걸 꺼버리면 뭐라고든 얼버무릴 수 있다는 마음과, 그 책이며 우연이라지만 저렇게 많은 테이프 중에서 딱 한 개밖에 없는 그 테이프를 그가 골라낸 것이며, 그의 마음 속 깊이 숨겨져 있는 탄식이 그렇게 울부짖고 있다면 들려줘야 하는 건지도 모르겠다는 마음이 섬광처럼 엇갈렸다.

천 갈래 만 갈래로 흔들리는 친절과 심술, 그보다 더더욱 깊은 친절과 심술, 멜로드라마와 논픽션, 그런 수만 가지가 뒤죽박죽되어 움직일 수도 없는데, 로맨틱하게도 들려주는 쪽으로 기울었다.

하늘에서 어떤 커플의 종언을 지켜보는 마리아처럼 애처로운 결단이었다.

그 테이프는, 잠시 돌아가다가 웅성거림 속에서 아는 사람의 목소리가 불쑥 튀어나온다.

「언니, 이거 어떻게 하면 녹음되는 거야? 이러면 돼?」

마유였다.

그날 마유가 갑자기 내게 전화를 걸어, 오기로 한 류이치로가 올 수 없게 되었다면서 녹음기를 빌려달라고 했다. 나는 할 수 없이 라이브 하우스로 향했다. 2년 전, 그때만 해도 마유는 건강했다. 적어도 좋아하는 음악을 녹음하고 싶어할 정도로는. 그리고 그것은 마유의 목소리가 몇 마디 들어 있는 유일한 테이프가 되었다.

콘서트가 시작되기 전, 마유는 그렇게 내게 말을 걸었다.

조명이 꺼지고, 스포트라이트가 무대 위를 밝게 비추고, 사람들은 소곤소곤 목소리를 죽여 얘기하며 공연이 시작되기를 기다렸다.

그리고 나의 목소리.

「됐어 됐어. 빨간 불이 들어와 있지. REC라고. 그래, 그럼 됐어」

「응, 불 들어와 있어. 고마워」

마유가 말한다. 그 정겨운 목소리. 매끄럽게 울려 퍼지는 높은 목소리. 마치 무한한 가치를 지닌 무엇처럼 여운을 남긴다.

「그런데 언니, 정말 테이프 돌아가고 있는 거야?」

「괜찮다니까, 염려 마. 안 건드리는 게 좋을 거야」

「나도 참 괜한 걱정이 많다니까」

마유는 고개를 약간 숙이고 테이프를 보며 살짝 웃었다. 어둠 탓에 전혀 보이지 않았지만, 그것은 저 미소, 오로지 웃기 위해 존재하는 저 아름다운 미소였다.

「그 성미는 엄마한테 물려받았나 보다」

내가 말하자, 마유는 고개를 숙인 채,

「엄마, 요즘 잘 있어?」

하고 물었다. 그때 격렬한 박수와 환호성.

「아, 시작한다 시작해」

그때, 마유는 꿈처럼 천천히 무대를 올려다보았다.
그때까지 그녀가 출연했던 어떤 영화에서보다도 아름다운

각도로.

옆얼굴만이, 태양빛을 받은 달처럼 파르스름하게 어둠 위로 떠올라 빛나고 있었다. 꿈꾸듯 활짝 열린 눈동자와 은빛으로 떨리는 귀밑머리, 도톰하고 자그마한 귀는 그 모든 음을 하나도 빠짐없이 들으려는 맑고 깨끗한 소망으로 곤두서 있었다.

이윽고 음악이 시작되고, 나는 홀연히 〈지금〉으로 돌아왔다. 류이치로가 말했다.
「잘도 들려주었군」
돌아보니, 그는 울고 있지 않았다. 다만 부드럽게 눈을 찡그리며 쓸쓸히 웃고 있을 뿐이었다.
「몰랐어요」
나는 그 밤의 두번째 거짓말을 했다. 그리하여 간신히 긴장이 풀리고, 시간의 흐름이 제자리로 돌아왔다. 나는 다시 등을 돌리고 책을 찾았다.

그 밤, 혼자가 된 그는 울었을까.

어렵잖게 책을 찾아냈다. 모처럼 왔으니 커피라도 마시고 가요, 하고 우리는 살금살금 계단을 내려왔다. 그런데 살며시 부엌 문을 열자 놀랍게도 어머니와 준코 아줌마가 식탁에 앉아 스탠드 불빛 아래서 맥주를 마시고 있었다. 나는 당황하여,
「아니, 아까부터 여기 있었어요?」
하고 물었다.

「응, 내내 여기서 얘기하느라 정신이 없었다」

준코 아줌마가 웃었다. 아줌마는 어머니의 오랜 친구지만 성격은 정반대로, 차분하고 여유롭고 친절한 인상을 주는 사람이다. 그리고 한밤의 부엌에서 스탠드 불빛에 비친 그녀의 동그스름한 얼굴은 언제나, 어린 시절에 들은 동화 같은 분위기를 자아내곤 한다.

「너하고 누가 살금살금 들어오는 소리도 다 들었어. 내다봤더니, 남자 구두가 있길래, 두 시간이 지나도록 안 내려오면 평생 놀려줄 거리가 생기겠다고 얘기하고 있었는데, 15분 만에 내려온 데다 상대가 류이치로 씨라니, 재미없구나」

어머니는 그야말로 어머니답게 말하고는 웃었다.

「두 사람 다 여기 앉지 그래. 맥주 마시겠어?」

그렇게 우리 네 사람은 식탁을 둘러싸고 앉아 맥주를 마시기 시작했다. 이상한 기분이었다. 류이치로가 말했다.

「빌려준 책을 돌려받으려고 왔습니다. 곧 여행을 떠날 거거든요」

「여행?」

어머니가 말했다. 그녀는 그가 마유를 잃었음을 잘 알고 있다.

「예, 정처 없이, 한동안 좀 다녀보려고요」

류이치로는 짐짓 활달한 목소리로 말했다.

「역시 소설을 쓰는 사람이라, 그렇게 혼자 여행을 하면서 여러 가지로 취재도 하시는 모양이죠」

준코 아줌마는 감탄스럽다는 듯 말했다.

「뭐 그런 셈이죠」

류이치로가 말했다.

많은 것들을 무마시키려 하듯, 내가 말을 이었다.

「아니 그보다도, 이런 한밤중에 엄마하고 준코 아줌마가 무슨 얘기를 그렇게 속삭이고 있었을까, 그쪽이 훨씬 재미있겠는데요. 무슨 얘기죠?」

「놀리지 마. 앞으로의 일이며, 여러 가지 얘기를 심각하게 하고 있었으니까」

라고 준코 아줌마는 수줍게 웃으며 말했다.

준코 아줌마는 지금 이혼 소송중이다. 그녀에게는 어린 딸이 하나 있는데, 그 아이는 지금 남편과 남편의 애인이 사는 집에서 살고 있다. 준코 아줌마는 딸아이와 함께 살고 싶어, 그 일로 옥신각신하고 있는 것이다. 남편이 딸을 내주려 하지 않는 데다 아줌마 혼자서는 경제적으로 불안정한 탓에, 딸은 두 사람 사이에서 오도가도 못하는 형편이었다. 그런 상황에서 혼자 살면 마음이 울적해지기 쉬우니 우리 집으로 오라고, 어머니가 그녀를 불러들였다. 그래서 준코 아줌마가 우리 집에 신세를 지게 된 것이다. 류이치로 역시 그런 사정을 잘 알고 있다.

「그래, 그런 얘기를 하다 보니까 글쎄 옛사랑 얘기며, 이런 남자가 있었으면 좋겠다 저런 남자가 있었으면 좋겠다 하다가, 급기야는 이런 남자와 결혼하고 싶다는 둥 하는 데까지 얘기가 진전되고 말았지 뭐니, 한심하게. 나이는 먹을 만큼 먹어가지고 생각하는 건 여고 시절하고 요만큼도 다르지 않다고, 그런 얘기를 하던 참이었어」

어머니가 쿡쿡 웃으며 말했다.

「그래 맞아, 내가 너희 엄마 집에 가든 네 엄마가 우리 집에 오든 밤새도록, 지금이랑 정말 똑같은 얘기만 했다고 말이야」

준코 아줌마도 어처구니없다는 듯 그렇게 말했다.

「아아, 그래서 두 분 다 아직 이렇게 젊으시군요」

류이치로가 절절하게 말하자, 두 사람은 무슨 과찬의 말씀을, 하며 쿡쿡 웃었지만, 나는 아아, 이거야말로 작가의 감상이로구나, 하고 감격하여 류이치로의 옆얼굴과 화사하게 웃는 두 중년 여인을 보았다. 불빛에 비친 그녀들의 매끈매끈하고 환한 얼굴은 일상에서와는 전혀 달리, 정말 시간을 뛰어넘어 여기에 있는 것처럼 생기발랄하고 희망에 차 있었다.

한밤의 부엌, 비밀스런 얘기꽃. 소곤소곤 웃고 떠들고, 꿈을 얘기하며 젊음을 되살리는 여인들.

그 사람들과 사는 지금 나의 위치. 뭐야 대체, 하고 나는 생각했다. 아름다운 한 편의 동화인지 악몽인지 알 수 없었다.

「자, 그럼」

문 앞에서 류이치로가 말했다.

셋이서 배웅을 하였다.

「조심해요」

「잘 다녀와요」

「힘내요」

저마다 한마디씩 하고 손을 흔들었다. 되흔드는 류이치로의 손, 파란 면장갑이 어둠 속에서 마치 반딧불이처럼 빛났다.
 류이치로가 본 우리 집 문은, 세 송이 꽃이 흔들리는 것처럼 환했을까.

 얼마 후 그는 여행을 떠났다.
 전화를 걸자 자동응답기에서,
「여행중입니다. 메시지를 남겨주십시오」
라는 말만 흘러나왔다.
 그 번호는 과거 마유가 저 금빛 찬란한 미소로,
「아, 언니?」
하며, 불안정하면 할수록 더 명랑하게 전화를 받던 번호였다.
 병원, 약. 약국에서 살 수 있는 것, 살 수 없는 것. 술, 술 가게에 가면 얼마든지 살 수 있는, 수많은 나라의 수많은 술.
 어느 사이엔가 마유의 그런 몸짓에 길들어 있었다.
 너무도 맛있게 먹었으므로.
 늘 이래, 하고 마치 에너지 그 자체를 섭취하는 연기를 하듯, 그 가느다란 목을 꼴깍거리며 아름다운 옆얼굴로, 선명한 타이밍으로 먹었으므로.

 바로 사흘 전쯤에 사과가 도착했다. 택배 시리즈 제2탄이었다.
 집으로 돌아와 현관문을 열었더니, 남동생이 사과를 아작거리고 있었다. 그리고 동생 옆에는 초록색 종이상자가 묵직하게 놓여 있었고, 그 안에는 넘쳐흐를 듯 빨간 사과가 갈색 톱

밥 속에 눈부신 색채로 들어 있었다. 사방으로 새콤달콤하고 싱그러운 향기가 떠다니고 있었다.

「웬 사과니, 그거?」

나는 물었다.

「도호쿠(東北) 쪽에서 왔어」

동생이 말했다.

어머니와 준코 아줌마가 통통 소리를 내며 계단을 내려왔다. 준코 아줌마는 커다란 바구니를 껴안고,

「거실에도 좀 장식해 놓으려고 바구니를 찾아왔어. 상자 하나 가득이야, 사과」

라며 웃었다. 어머니가 말했다.

「류이치로 씨 지금, 아오모리(青森: 일본 본토의 가장 북단에 있는 현. 사과의 명산지 —— 옮긴이)에 있는 모양이더라」

「아오모리라고……」

나는 말했다.

류이치로는 지금쯤, 저 슬프디슬픈 문고본을 간직하고, 어느 하늘 아래 있을까.

다음에는 어디에서, 또 무엇을 보낼 것인가.

먼 바람 소리와 바다 내음과 함께.

그리고 나는 지금, 어떤 예감에 몸을 떨고 있다.

그런 여행을 계속하는 사이에 그는, 언젠가는 물건만으로는 다 얘기할 수 없는 무언가를 편지에 쓰게 되겠지. 왜냐하면 그는 작가니까. 그리고 지금의 그에게, 그날 밤 이후 받을 사

람의 이름은 나밖에 없다는, 그런 기분이 들었다.

그 작품을 나는 기다린다.

그날은 어린 시절의 크리스마스 아침과 닮았을 것이다.

막 눈을 뜬 순간의, 순백의 새로운 기대감. 그리고 다음 순간 머리맡에서 알록달록한 리본이 달려 있는, 부모님으로부터의 선물을 발견한다. 따뜻한 방, 겨울방학의 도래.

결코 로맨틱한 일은 아니다. 용서의, 상징.

거기에 씌어 있는 무슨 대답 같은 것, 마유를 잃은 자리를 채우기에 딱 맞는 형태의 언어. 〈빅터의 개〉나 상자 가득 담긴 사과와 꼭 닮은 그 무엇을 표현할 언어.

그것을 엮어낼 수 있는 건 그뿐.

읽으면 반드시 구원될, 나는 그것을 애절하게 기다리고 있다.

암리타

너무나 강렬한 어떤 체험을 하고 나면, 눈앞에 펼쳐진 풍경이 확 달라지고 만다는 얘기를 흔히 듣는데, 내 경우는 그런 게 아니지 않을까, 하고 때로 생각한다.

 알고 있다. 지금 나는 모든 것을 기억의 우물에서 퍼올려, 태어나서부터 28년간, 와카바야시 사쿠미(若林朔美)로서의 모든 에피소드며, 가족 구성, 좋아하는 음식, 싫어하는 일들, 내가 나이기 위한 그런 요소를 마치 소설처럼 회상할 수 있다.

 소설처럼, 그렇게밖에 할 수 없다.

 그래서 저 미미한 사건이 있기 전, 내가 나 자신의 인생에 대하여 어떤 생각을 갖고 있었는지 따위, 사실은 알 방법이 없다. 혹은 옛날부터 이런 식으로 생각하고 있었는지도 모른다. 어느쪽이었을까.

소리 없이 내리고 쌓이는 눈처럼, 그냥 지내온 세월이었을까?

나는 나 자신과의 타협점을 어디에서 찾았을까?

머리를 싹둑 자르면, 타인의 대응 방식도 조금 변하니까, 자기 성격도 미묘하게 변화한다. ……는 얘기도 곧잘 듣는데, 수술을 할 때 일단 까까머리가 되었던 나는, 겨울을 맞이한 지금 간신히 봐줄 만한 쇼트커트 스타일이 되었다.

가족과 친구들은 입을 모아 말한다.

「사쿠미의 그런 머리 스타일은 본 적이 없어서 그런지 아주 신선해, 전혀 딴사람 같은걸」

그래? 하고 미소로 대답하는 나는, 나중에 몰래 앨범을 펼친다. 틀림없는 내가 있다. 긴 머리칼에, 웃고 있다. 모든 여행지, 모든 장면. 전부 기억하고 있다. 이때 날씨는 어땠다는 둥, 실은 이때 생리통이 심해 서 있기도 힘겨웠다는 둥. 그러니까 이건 나고, 다른 어느 누구도 아니다.

하지만, 와 닿지 않는다.

불가해한 부유감이다.

이렇게 이상한 정신 상태에서도 〈나〉를 끊임없이 영위하며, 지칠 줄 모르고 숨쉬고 있는 나 자신에게 박수를 보내고 싶다.

우리 집에는 지금, 어머니와 나 그리고 초등학교 4학년짜리 남동생과 식객인 어머니의 소꿉친구 준코 아줌마와 대학생인 사촌동생 미키코가 있다. 나의 아버지는 옛날에 죽었고, 어머니는 재혼했고, 그리고 이혼했다. 그러니까 나와 남동생 요시오(由男)는 아버지가 다르다. 요시오와 나 사이에 사실은 마유가 있었다. 나와 아버지가 같은 여동생. 연예인이었지만 은퇴하고 작가와 동거하다가, 끝내는 마음의 병으로 자살했던. 꽤 오래된 옛일이다.

나는 일주일에 닷새, 아르바이트를 한다. 웨이트리스. 밤에는 술도 팔지만 절대로 저속하지 않은, 고풍스럽고 아담한 바에서. 지배인이 히피 출신이라서, 실내를 마치 대학 축제 때처럼 꾸며놓은, 흔히 있는 술집이다. 한가한 낮시간에는 친구가 다니는 회사에서 일을 거들기도 하고, 뭐 이것저것. 죽은 아버지는 상당한 부자였다. 나는 돈이 있다는 것을, 이렇게 놀면서 세월을 보낼 수 있다는 것을, 그럭저럭 순조롭고 폼나게 여겨지는 존재 방식을 줄곧 생각하던 시기가 있었던 듯한 기분이 든다. 무의식적이기는 하지만, 줄곧. 그리고 문득 나를 깨달았을 땐, 얌전한 부잣집 따님도 아니고, 반항기에 그대로 멈춰 선 것도 아닌 묘한 위치에 자리하고 있었다. 나는 나의 인생이 정말 너무도 마음에 들어, 미안할 정도다. 이까짓 일 마음먹기에 달린 거니까, 제발 모든 사람도 그렇게 생각해 주었으면, 하고 때로 진정 바란다.

어느 날, 아르바이트를 끝내고 새벽 3시에 집으로 돌아왔더니, 어머니가 눈썹을 찡그리고 식탁 의자에 앉아 있었다.

내게 뭔가 할 말이 있을 때면, 어머니는 종종 거기에 그렇게 앉아 있는다. 오래전 일로는, 어머니가 재혼을 결정했을 때도 그랬다. 기쁜 나머지 입이 근질근질하면서도, 억지로 심각함을 가장하고 있던 그날의 어머니가 떠오른다. 요즘 들어서는 무슨 일이든 준코 아줌마에게 다 털어놓아서 그런지, 그런 모습은 아주 오래간만이었다.

남동생 때문이겠지, 하고 직감했다. 동생은 범상하지 않은 구석이 있어 학교에서도 심심찮게 화제에 오르는 모양이었다. 마유가 죽은 이후, 어머니에게 자녀 교육이란 영원한 속박처럼 돼버린 것 같았다. 어머니를 생각하면 좀 슬프다. 어머니가 이따금 자신의 인생을 달갑지 않아하기 때문이다.

같은 집에 살면서 나는 이렇게 들뜬 세월을 보내고 있는데, 어머니가 고통스러워 보이면 슬프다.

「무슨 일 있었어요?」

나는 물었다.

식구들이 모두 잠들어 온 집 안이 고즈넉한데, 어두운 부엌에, 싱크대 위에 소형 형광등만 가물가물 켜져 있었다. 그 빛 아래 우두커니 앉아 있는 어머니가 마치 흑백사진처럼 보였다.

일그러진 눈썹과 입술에 짙은 음영이 어려 있었다.

「잠깐 앉아봐」

어머니가 말했다.

「응, 아, 커피 마실래요?」

내가 말하자,

「끓여줄게」

라고 어머니가 말하고 일어났다. 나는 삐익 소리를 내며 의자를 잡아당겨 풀썩 앉았다. 내내 서서 하는 일이라 앉으면 갑자기 힘이 쏙 빠진다. 허리께에 뭉쳐 있던 피로가 전신으로 싸하게 퍼져나간다.

깊은 밤에 마시는 뜨거운 커피는 왠지 애틋한 기분이 든다. 어째서일까? 어린 시절을 떠올린다. 어렸을 적에는 안 마셨을 텐데, 밤새 첫눈 내린 아침이나 태풍이 몰아치는 밤처럼, 마실 때마다 사랑스럽다.

어머니가 입을 열었다.

「요시오가 말이야」

「뭐요?」

「소설가가 되겠다지 뭐니」

처음 듣는 소리였다.

「그건 또 왜요?」

나는 말했다. 동생은 그야말로 현대판인 어린아이로, 월급도 많이 주고, 드라마에서 봤더니 되게 멋있어서 종합상사에 들어가겠다는 둥 하는 소리를 진지하게 얘기하는 허무맹랑한 꼬맹이였던 것이다.

「글쎄 말이야…… 신(神)이 머리맡에 나타났었대」

어머니가 말했다. 나는 후훗 하고 웃음을 터뜨리고 말았다.

「지금 그런 게 유행하고 있으니까 말이죠」

웃으면서 나는 말했다.

「어린애가 하는 소린데 뭘 그래요. 그냥 내버려둬요」

「그런데 좀 이상해」

어머니는 여전히 심각했다. 나는 말했다.

「아무튼, 한동안은 가만히 두고 보는 쪽이 좋을 거예요」
「싫증나면 그만둘까?」
「참 내, 소설가가 뭐 어때서요」
「어쩐지 말이야」
「우리 집에 남자애는 처음이니까. 자라는 걸 그냥 지켜보라고요」
「마유가 죽고, 너는 머리를 다치고, 그 다음이 이거야. 바람 잘 날이 없구나 싶다」
어머니는 말했다.
「무엇에 홀리기라도 한 것처럼 원고지를 메우고 있다니까」
「별난 녀석」
나는 고개를 끄덕였다. 〈어머니란 등대가 너무 휘황하게 밝으니까, 지나가는 배들이 혼돈을 일으켜 여러 가지로 기묘한 운명에 처하고 만다〉
는 걸 직감적으로 알고 있었다. 어떤 유의 매력은, 그 존재의 에너지 자체가 한결같이 변화를 추구하는 법이라고 생각한다. 그렇다는 걸 어머니도 어렴풋하게 깨달아, 상처를 받고 있다. 그래서 구태여 입에 담지 않는다.
「틀림없이 집안에 무슨 일이 생겨서, 미시마 유키오(三島由紀夫)의 『아름다운 별』처럼 될 거예요. 좋잖아요, 재미도 있고」
나는 그렇게 말했지만, 어떤 의미에서는 그 말이 맞다는 걸 나중에야 알게 된다.
어머니는 웃었다.

「내일쯤 내가 요시오와 인터뷰를 시도해 보죠」
「좀 그래 봐라. 내가 걱정하는 이유를 알게 될 거다」
「그렇게 이상해요?」
「전혀 딴사람이야」
하고 어머니는 고개를 끄덕였지만, 아까보다는 훨씬 얼굴이 밝아져 있었다. 이런 정도로 됐다고 생각한다, 사람이란 참.
혼자 있는 한밤의 부엌은 사고가 영원히 정체되는 지역이다. 거기에 오래 있으면 안 된다. 어머니를, 아내를, 딸을, 가둬두어서는 안 된다. 살의도, 맛있는 쇠고기 수프도, 알코올 중독에 걸린 주부도 거기에서 태어난다. 가정을 통괄하는 위대한 장소에서.

인간이, 지금 여기에 있는 확고부동한 덩어리가, 실은 물렁물렁 부드럽고, 무엇엔가 살짝 찔리거나 부딪히기만 해도 쉽사리 부서지고 마는 엉터리라는 걸 실감한 것은 최근의 일이다.
이렇듯 날달걀 같은 물체가 오늘도 무사히 제 기능을 완수하고 생활을 꾸리고, 내가 알고 있는 사람들, 사랑하는 사람들 모두가 오늘도 자신을 간단하게 부숴버릴 수 있는 무수한 도구를 다루면서도 무사히 하루를 넘기고 있다는 이 기적이여…… 하고 생각하기 시작했더니 도무지 생각이 멈추지를 않았다.
나는 물론 지금도 아는 사람이 죽을 때마다, 주위 사람들이 탄식하며 슬퍼하는 모습을 목격할 때마다, 이렇게 끔찍한 일이 이 세상에 있을 수 있을까 하고 생각하는 반면, 그래도 지금까지 거기에 존재했다는 기적에 비한다면 어쩔 수 없는 일인지도…… 하고 생각한다. 그러면 살아 있으면서도 거의 정지해 버린 듯한 기분이 들곤 한다.

우주며 친구며, 친구의 부모, 또 그 사람의 친구가 사랑하는 사람들. 무한한 수에, 무한한 삶과 죽음. 소름이 오싹 끼치는 수치. 여기서 보고 있기로 하자, 한없이 영원에 가까운 그 수치를.

여기에 앉아, 아직은 몽롱한 머리로.

어느 날, 친구들 사이에 〈계단에서 구른 날〉로 알려져 있는 저 초가을의, 9월 23일.

나는 아르바이트에 늦지 않으려고 발길을 서두르고 있었다. 지름길로 가자 싶어, 보통 때는 좀처럼 다니지 않는 뒷골목의 경사진 계단을 뛰어내려갔다. 중학교의 뒤켠에 있는 넓고 긴 그 돌계단은, 눈 오는 날에는 통행이 금지될 정도의 급경사로 유명하다. 해가 완전히 저물어 짙은 감색으로 물들어 가는 저녁나절, 어슴푸레한 가로등 불빛과 그 너머로 아른아른 보이는 노란 반달에 정신이 팔려 그만 발을 헛디뎠다. 그리고 머리를 세게 부딪혔던 것이다.

의식을 잃고 병원으로 실려갈 정도로.

그리하여 다시금 의식이 돌아왔을 때는 뭐가 어떻게 된 건지 도무지 알 수 없었다. 머리가 경련을 일으키듯 묘한 통증으로 가득했다. 손을 올려 더듬어보니 붕대가 감겨 있었다. 그리고 계단의 풍경과, 저 순간적인 아픔, 놀람이 되살아났다.

눈앞에서 아리따운 중년 여인이,

「사쿠미」라 부르고 있었다.

나이가 그쯤으로 보이니까, 이 자리에 있을 정도니까, 이 사람이 아마 어머니겠지.

하고 나는 생각했다.

그런 식으로밖에 느낄 수 없었다. 그 사람을 알고는 있는데, 누구인지, 어떤 사람인지 아무런 정보도 떠오르지 않았다. 여기 이 자리에 있음은, 어머니라든가, 무척 가까운 사람이란 걸 의미할 테니까……. 이 사람은 나를 닮았을까? 하고 생각해도, 나 자신의 얼굴이 생각나지 않았다.

그런 역할로 여기에 있는 것이라면…… 이 사람에게 상처를 주어서는 안 된다.

하고 생각하며 난감해하는데, 불쑥 한 기억이 되살아났다.

집에서 어머니가 울고 있는 기억이었다(우리 집이 어디였지, 어느 하늘 아래, 어떤 건물이었지? 하고 생각했지만). 기억 속에서 흐르는 눈물, 영화의 회상 장면에 뿌연 필터가 겹쳐지듯, 기억이란 호수의 투명한 수면으로부터 떠올라 왔다. 할아버지가 돌아가셨을 때, 정말 그랬다. 사람의 눈물은 정말 하염없이 흐르고 흘러, 볼을 타고 지면으로 떨어지는 것……이라고 생각했다.

그리고는 여동생.

이름은 생각나지 않았지만, 여동생이란 개념과 함께 너무 귀여운 아이가 떠올라, 나는 그 모습이 내가 날조한 동생은 아닐까 하고 생각했다. 하지만 그것은 틀림없는 마유의 모습이었다. 동생의 유품을 정리하고 있는 어머니의 뒷모습.

내가 혼자서 살았던 시절, 연애에 실패하여 나도 모르게 수화기를 든 채 울음을 터뜨렸을 때 어머니가 불쑥 했던 말.

「큰일이네, 사쿠미가 울고 있어」

나는 잘 우는 아이가 아니었으니까.

아아, 틀림없어, 엄마야…… 상처를 주어서는 안 되지.

그 생각만이 절대로 범해서는 안 될 진실한 언어처럼 되풀이되어 아픈 머릿속으로 뿌옇게 울려 퍼지고 있었다.

그녀는 내가 아직도 마취 때문에 멍한 것이라고 생각하고 있다. 눈 아래에 거뭇거뭇한 기미가 있고, 축축한 눈동자는 내가 무사히 깨어난 안도감으로 물기를 띠고 있다.

……는 것을 알 수 있었다. 이런 식으로 타인을 염려하며 그럭저럭 살아왔고, 또 이런 식으로 타인을 염려하다 지치고 지쳤겠지, 하고 나는 잘 알지도 못하는 〈사쿠미〉란 사람의 인생을 생각했다. 그러나 그것도 오늘까지만입니다, 앞으로는 닥치는 대로 살아갈 수밖에 없겠죠, 하고 각오를 다졌다.

「엄마」

하고 나는 말했다. 어머니가 천천히 고개를 끄덕였다. 참으로 다행이라는 듯, 마음이 담긴 몸짓으로. 그리고는 신부처럼 웃었다. 나는 지금, 사람이 세상에 태어나 제일 처음으로 알게 되는, 그 무엇보다도 따스한 단어를 우물거렸는데, 웬일인지 결혼 사기를 치고 있는 건달처럼 한기가 들었다. 머리가 아프고, 어머니란 개념이 농축된 찐득찐득한 즙처럼 뇌수로 스며드는 아픔이었다. 그러나 동시에 그 발음은 왼쪽 가슴 아래께로 아리하게 뜨거운 덩어리를 만들었다. 뭘까, 하고 생각했다.

돌아보니 한낮의 병실, 창밖으로 눈부시도록 강렬한 하늘이 보였다. 나의 기억처럼 텅 빈, 새파란 하늘이었다.

기억은 곧, 리트머스 종이처럼 서서히 되살아났다. 다만 나와 나 사이에 있는 투명해야 할 유리막에, 마치 손목시계가 물에 젖었을 때처럼 물방울이 어리고 말았다. 도무지 지워지지 않는다. 딱히 상관은 없지만. 마음에 두고 있지는 않지만.

이튿날 저녁, 아르바이트에서 돌아와 동생의 방을 용감하게 노크했다. 이렇게 재미있는 일이 집 안에서 일어나다니 인터뷰를 안할 수 있나, 하고 생각했다.

「네」

라는 요시오의 목소리가 들렸다. 문을 열고 들어가 보니, 동생은 책상을 향하고 등을 구부리고 있었다. 빠끔 들여다보니 B5 크기의 원고지를 자잘한 글자로 열심히 메우고 있었다.

「작가가 될 거라면서?」

나는 물었다.

「응」

동생은 내 질문에는 관심도 없다는 듯 고개를 끄덕였다.

「아카카와 지로(赤川次郞: 추리소설가——옮긴이) 같은?」

나는 말했다. 동생이 그 작가의 작품을 바로 얼마 전에 열심히 읽었다는 것을 알고 있었다.
「아니, 아쿠타가와 류노스케(芥川龍之介: 일본 근대문학 초기의 소설가——옮긴이)처럼 될 거야」
하고 말하는 그의 눈빛이 진지했다. 무엇에 홀려 있군, 이라고 나는 생각했다. 내가 그랬던 것처럼, 예전에는 없었던 새로운 뉘앙스가 마음에 스며들어 있다.
「마유 누나의 애인이었던 류이치로 씨 같은 작가는 어때? 그 사람도 순문학 작가인데」
나는 말했다. 죽은 여동생과 한때 동거했던 컬트 작가 류이치로를 말하는 것이다. 내가 아는 사람 중에 작가라곤 그밖에 없었다.
「음, 존경하고 있어. 그 사람은 진짜 작가야」
류이치로. 저 추상적이고 난해한 작품을 문득 떠올리고,
「그 책 읽고 무슨 의미인지 알겠든?」
하고 묻자,
「잘 몰라. 하지만 가만히 보고 있으면 좋다는 느낌이 들어. 책 전체에서 행복한 냄새가 난다고나 할까」
「흐음, 그래」
그렇게는 생각해 본 적이 없었다. 무얼 추구하고 있는지 알 수 없을 정도로 어두운 문체인데.
「마유 누나의 웃는 얼굴 같은」
동생은 말했다. 아아, 그거라면 알 수 있다. 나는 고개를 끄덕거렸다. 완벽하게 독립해 있고, 복잡한 기능을 지닌 아름다움. 그 모든 것을 품은 미소, 그리고 혼자라는 것. 그래서

한없이 슬프다. 천연의, 폴폴 향기가 이는 달콤한 수분을 머금은 저 과장이 없는 무엇.

나는 동생의 그 미소를 사랑하고 있었다.

지금도 가끔 꿈에 본다.

만나고 싶다, 고 생각한다, 웃는 얼굴만.

「그래, 좋은 소설 써서 이 누나한테 보여줘」

나는 말했다.

「응」

요시오는 고개를 끄덕였다. 어째 어른 같은 얼굴이었다.

「하지만 말이야, 난……」

나는 말했다.

「요시오가 멋진 남자로 커주었으면 좋겠어. 센스나 생활상이 형편없으면서 문장을 잘 쓰는 사람이기보다는, 사람들한테 인기도 있고 멋지고, 게다가 좋은 글도 쓸 수 있는 사람이면 얼마나 좋을까」

「알았어, 유념할게」

「그건 그렇고, 대체 어떻게 된 거니? 갑자기 그렇게 어른처럼 똑똑해져서, 소설까지 쓰고. 나한테는 사실을 말해 주지 않을래? 엄마한테는 비밀로 할 테니까」

「머릿속에서 굉장한 일이 일어났어」

「어떤?」

「꿈에 하느님처럼 번쩍번쩍 빛나는 사람이 나타나서, 무슨 말을 하는 거야. 그러더니 뭔가 변화가 생기고 머릿속이 멈추질 않아. 인간은 매일 밥 먹고, 똥 싸고 오줌 누고, 털이 자라고, 사실은 절대로 멈출 수 없고, 지금을 살 수밖에 없도록 만들어져 있는데, 어찌된 일인지 옛날 일을 기억하고 앞날을 걱정하기도 하잖아. 그게 신기하고 이상하다고 생각하다 보니까, 그 생각을 토해 내기 위해서는 얘기를 만드는 방법밖에 없겠다는 생각이 들었어. 많은 사람들의 여러 가지 얘기를 써 나가다 보면 내가 느끼고 있는 걸 확실하게 알 수 있을 듯한 느낌이 들어서」

너무나도 그럴싸한 의견이라 감격하고 말았다.

「알았어. 널 응원해 줄게. 하지만 기억해 둬. 내 꿈은 말이지, 네가 고등학생쯤 되었을 때, 여자친구에게 줄 선물 산다고 히비야 샹테 거리의 레이디 코너에 가는 데 쫓아가서, 선물도 골라주고 돈도 좀 보태주고, 그 다음에는 찻집 세린에서 여유 부리면서 커피 마시고 그러는 거야. 구체적이지. 하지만 정말, 네가 태어난 날처럼 눈 내린 아침에 그럴 수 있으면 좋겠다고 생각하고 있으니까, 알겠지」

「기억해 둘게」

동생은 말했다 나는 안심하고 주저앉아, 방바닥에 나뒹구는 책을 들었다. 『정말 있었던 세계의 미스터리 100』이란 책이었다.

「이건 무슨 책이지?」

「그거 아주 재밌어!」

이제야 어린아이의 얼굴로 돌아온 동생이 말했다.

「호음……」

나는 팔락팔락 페이지를 넘겨보았다. 이런 얘기가 씌어 있었다.

두 사람의 기억을 지닌 여인

  텍사스 주에 사는 메리 헥터(42)는 교통사고를 당한 후 두 사람 몫의 기억을 갖게 되었다. 그녀는 고등학교 선생인 남편과 두 아들과 함께 평온한 나날을 보내고 있었는데, 어느 날 차를 몰고 남편을 마중하러 가는 도중에, 졸음 운전을 하던 맞은편 차와 충돌하였다. 중상을 입었지만 뇌에는 손상이 없었다고 한다. 그러나 두 달 후 퇴원할 때, 그녀는 자기가 이전의 기억과 더불어 전혀 다른 사람의 기억을 갖고 있다는 것을 깨달았다. 그것은 오하이오 주에 살다가 열일곱 살에 폐렴으로 죽은 메리 손튼이란 소녀의 기억이었다. 어머니의 이름, 메리 손튼이 다니던 학교의 이름을 비롯하여 사소한 기억까지 구석구석 너무도 선명하여 그녀는 그 사실을 남편에게 의논하였다. 그녀가 갖고 있는 〈또 하나의 기억〉이 너무도 일관성이 있는지라 남편이 조사해 본 결과, 과연 오하이오 주의 콜럼버스에 메리 손튼이란 소녀가 실제로 살았었다는 것을 알았다. 그 소녀는 부인이 사고를 당하기 3년 전에 폐렴으로 죽었던 것이다. 간혹 전생을 기억하는 사람은 있다지만, 이런 경우는 지극히 드물다. 두 사람을 연결시킬 수 있는 실마리는 메리라는 이름뿐인데, 이 현상을 설명하기엔 너무도 미흡한 공통항이다.

「꽤 재미있는데」
나는 말했다.
「그렇지?」

요시오는 득의에 차 말했다. 나는 책을 덮고,
「그럼 난 이만 실례」
하고 말하고 방에서 나왔다. 어떻게 잘못된 것은 아니니까 일단은 괜찮겠지, 하고 생각했다. 밤의 복도는 잠잠하고 구석구석까지 밤 내음으로 충만했다. 내 방까지는 2미터, 창문은 어둡고, 밤은 내 얼굴과 함께 잊혀진 그 모든 것을 비추어내듯 광채를 띠고 있었다.

그날 밤, 이상한 꿈을 꾸었다.
나는 앉아서 풍경을 보고 있었다. 하늘은 가슴이 조이도록 파랗고, 빨려들듯 멀고, 마치 완벽하게 만들어진 파란색 젤리처럼 손을 뻗으면 만져질 듯한 화상으로, 하늘 끝에서부터 거리낄 것 하나 없는 지평선까지 쭉 이어져 있었다. 마른 공기. 마른 지면. 드문드문 서 있는 건물이, 그 광대한 조망에 모형처럼 확연하게 보였다.

태어나서 한 번도 본 적이 없는 압도적인 풍경이었다. 나는 나무 벤치에 걸터앉아, 먼지 낀 바람을 맞으며 그저 바라보고만 있었다. 옆에는 한 여자가 앉아 있고, 꿈속에서 나는 그녀를 잘 알고 있다.

텍사스일까?
아니, 그 어느 곳도 아닌 장소. 광활한 하늘과 땅, 꿈과 꿈이 만나는 곳. 달착지근하고 메마른 바람이 불고 있는 장소.
「메리 씨, 기억에 관해 무슨 생각이 있으면 말씀해 주세요. 저, 사실은 꽤 신경 쓰고 있는 모양이거든요」

나는 말했다. 그녀는 파란 눈. 하늘로 녹아들듯한 파란색이었다.

너무나 똑같은 색으로만 둘러싸여 있어 서글퍼졌다. 두 사람 몫의 인생을 포함하는 색이라서? 기억의 바다, 밀려오는 과거의 울림, 그런 색이다.

「나만의 내가 어떤 나였는지 생각나지 않아요. 말장난 같겠지만」

그녀는 낮은 목소리로 그렇게 말했다. 나는 그녀의 눈꼬리에 깊게 패여 있는 주름을 보고 있었다.

「부엌에서 저녁 준비를 하고 있을 때나, 그저 저녁노을을 바라보고 있을 때, 그런 아무 특별할 것도 없는 때에 이따금 가눌 수 없이 슬퍼져요. 꼭 슬픔 덩어리가 가슴으로 불쑥 뛰어들어온 것처럼 말이죠. 그럴 때 이건 또 하나의 메리의 기억인지도 모르겠다, 고 생각합니다. 그러니까 지금은 그 정도로 그녀의 기억이 내 인생에 녹아들어 있는 셈이죠. 나는 아무래도, 자신의 인생에 미련을 남기고 죽어간 그녀보다도 내 인생을 소중하게 여기니까. 다만 무슨 인연인지는 몰라도 내 안으로 뛰어들어온 그녀를 소원하게 생각지는 않게 되었어요」

「더구나 나만의 나라는 것이 있었는지 없었는지조차 모르는 거니까요」

나는 먼데를 바라보듯 아련한 눈으로, 상담이라도 하는 태도로 이렇게 말을 이었다고 생각한다.

「그런 사고 방식이 아무 소용 없다는 것은 알고 있어요. 다만 가끔씩, 너무 안타깝고 애달파서, 참을 수 없을 때가 있어요. 별을 봐도, 남동생을 봐도, 모든 것이 사랑스럽고. 왠지 자신이 한번 죽었다 깨어난 사람처럼 여겨져요」

메리는 잠자코 고개를 끄덕였다. 그리고 나를 쳐다보며 희미하게 미소 지었다.

나 같은 사람보다 이 사람이야말로, 지금 여기에 이렇게 있지만 죽은 순간의 기억을 지니고 있는 사람, 이라고 나는 돌연 반성했다. 그건 어떤 기분일까. 하고 상상해 본다. 무서웠다. 눈앞에 펼쳐져 있는 풍경조차 너무 거대하여 다 수용하지 못하고 있는데, 하물며 언젠가 다시 찾아올 죽음의 맛을 알고 있다니.

「그럴 수도 있겠지만, 그보다 나는…… 처음에는 무척 고민했었고, 기묘한 느낌이긴 하지만, 이렇게 아름다운 풍경을, 두 개의 혼이 이렇게 내 눈을 통하여 서로 의지하듯 바싹 붙어 보고 있다고 생각하고 싶어서」

그녀는 행복한 듯이 말했다.

하늘에서 똑, 하고 물방울이 떨어졌다.

「여우비로군요」

나는 말했다. 비가 새파란 하늘의, 사라져버릴 듯 가물가물한 하얀 구름에서 빛 속으로 내렸다. 빛의 파편인가 싶었다. 잇달아 떨어져 대지를 적시고, 우리의 머리칼, 서로 색이 다른 흑과 금의 머리칼에도 내렸다. 고귀한 그 무엇처럼 단호하게 차디찬 그림자를 떨구며 따스한 대기 속으로, 그 비는 떨어져 내렸다. 이 아름다운 풍경을 서치라이트로 비추듯, 빛의 영역을 살짝 훔쳐보듯 조용한 비였다. 모든 것이 반짝반짝 달콤하게 보이고, 풍경은 촉촉이 젖어들고, 나른함과 눈부심에 내가 울고 있는 것인가 하고 생각했지만, 하늘에서 떨어지는 물이 볼을 타고 흘러내리고 있을 뿐이었다.

「그냥 지금, 합하여 네 사람의 인생이 하늘과 땅과 구름과 여우비를 보고 있을 뿐인지도 모르죠」

내가 말했다. 메리가 소리 없이 고개를 끄덕였다.

잠에서 깨어나 한동안은 그 풍경과 드넓은 하늘에서 떨어져 내리던 빛나는 비가 그리웠다. 무척 좋은 꿈이었다. 뭔지는 모르겠지만 아무튼 고마운 것을 보았다.

그렇게 생각한다.

친구가 결혼식을 올리는 날인데, 아침부터 비가 쏟아진다.

외출할 채비를 하기 위해 어쩔 수 없이 8시에 일어난 나는, 잠옷을 입은 채 빗소리에 어둡게 갇힌 아침의 복도를 걸어 부엌으로 내려갔다.

어차피 일요일이니까 아직 아무도 안 일어났겠지, 하고 생각했는데, 미키코가 있었다.

우리 집에 하숙을 하고 있는 사촌 여동생이다.

아침에야 집에 들어온 것일까, 대학생인 그녀는 뿌옇게 김 서린 창문을 배경으로, 막 목욕을 끝냈는지 머리카락이 젖은 채로 앉아 있었다. 졸린 듯한 표정으로 테이블에 팔을 괴고 있었다.

「일찍 일어났네」

하고 미키코가 말했다.

「몇 시에 돌아왔니?」
나는 물었다.
「7시. 이제부터 자려고」
그녀가 대답했다.

나는 그녀의 얼굴을 좋아한다. 눈도 코도 입도 자그마하고 단아하다. 그녀는 이모의 딸이다. 내가 외가의 얼굴들 중에서 좋다 싶은 느낌을, 그녀는 하나도 빠짐없이 모두 갖고 있다. 이렇게 눈으로 확인할 수 있다니, 핏줄이란 불가사의하다.

나는 텔레비전을 켰다.

마침 일기예보가 나오고 있었다. 해설자가 오늘의 비에 관해서 담담하게 얘기하고 있었다. 창밖에서 좍좍 쏟아지는 빗소리와 함께 그것을 듣고 있으려니, 왠지 비밀스런 프로그램을 땅속 깊은 데서 보고 있는 듯한 닫힌 기분이 들었다. 나른하고 따분하고, 오래전부터 줄곧 여기에 이렇게 있었던 것 같은, 이 비가 영원히 계속될 것 같은 느낌이었다.

「사쿠미 언니, 오늘은 웬일로 이렇게 일찍 일어났어?」
미키코가 말했다.
「요코(洋子)의 결혼식이야」
나는 대답했다.
「아, 그래. 요코 언니가. 하세가와(長谷川) 씨랑?」
미키코가 말했다.
「그래, 오랜 기다림 끝에 맞는 봄인 셈이지」
「그런데 그 언니 지금 회사에 다니던가?」
「그래 맞아, 의상 관계. 웨딩 드레스도 자기가 만들었대」

「우와, 굉장하네!」
「드레스 만드느라 매일 철야나 다름없다면서 꽤나 담담한 신부더라, 전화에서는. 왠지 달콤한 분위기 같은 게 느껴지지 않는다고나 할까, 결혼식 전날에 〈문 라이더스〉의 콘서트에 간다는 둥 그런 말까지 했으니까 말이야. 오래 사귀면 그렇게 되는 건가」
나는 말했다.
「대단하다, 여전히 정체를 알 수 없는 사람이군」
미키코는 말했다.
요코는 고등학교 동창이다.
같은 남자애를 좋아하여, 잠시 서먹서먹한 사이가 된 일도 있고(끝내는 내가 이겼지만), 내가 그녀 집에 놀러 가서 밤새도록 수다를 떤 적도 있었다. 이름이 좀 이상한 덩치 큰 개를 집 안에서 기르면서, 곧잘 배를 쓰다듬어주곤 하기도 했었다. 돌아오는 길은, 종종 남동생이 차로 데려다주었다. 요코의 어머니가 만든 명란젓 스파게티는 상큼한 맛이 일품이었다. 그리고 놀러 가면 언제나 요코는 책상 너머에서 바느질을 하고 있었다. 그녀는 정말이지 손재주가 좋아서, 그녀가 아무리 고민에 빠져 있고 아무리 심심한 표정을 지어도, 그 손은 청아하고 유연하게 일정한 질서에 따라 마술처럼 움직였다. 성당에 가면 흔히 볼 수 있는 마리아 상의 손처럼 매끄러운 손이었다. 기분이 안 좋을 때면 그녀는 노골적으로 무뚝뚝한 표정을 짓는다. 더구나 집에 있을 때면 콘택트 렌즈를 끼지 않고 낡은 은테안경을 썼다. 그 당돌하기까지 한 못생긴 얼굴이 오히려 귀여웠다. 그 풍경 속에는 영원으로 통하는 억센 힘이 있었다. 멍하니 그런 그녀의 모습을 보고 있노라면, 본인에게는 절대로 말하지 않았지만, 행복했다.

「뭐였더라, 요코 언니의 우스운 얘기」
미키코가 말했다.
「언제쯤?」
「그 질투심 많은 남자랑 사귈 때…… 심각한 분위기로 같이 커피 마셨잖아」
「아아, 알겠다. 고릴라 얘기 말이지」
나는 웃었다. 미키코도 기억이 난 듯 키득키득 웃으며 말했다.
「그야말로 심각한 얼굴로〈저 사람은 나를 우리 안의 고릴라처럼 가둬두고 싶을 뿐이라고!〉하고 얘기하는데, 안 웃고 배기겠어」
「비유가 잘못됐었지」
「본인은 아마 새장 안의 새라고 말하고 싶었을 거야」
한참을 웃었다. 멀지만 그런 기억은 달콤하여, 졸음과 비 때문에 노곤한 나는 오랜만에 잠시, 나 자신과 일치한다.
미키코가 웃으면서 불 위에 주전자를 얹었다. 짙은 재스민차 향기가 부엌 안에 가득 퍼진다.
지금이 있고, 과거가 있고, 어느 비 내리는 날 아침, 내가 나와 함께 여기에 있다. 그런 느낌의 차분하고, 밑으로 가라앉는 듯한 달착지근한 향기였다.

「아직 밖이 어두운데」
나는 말했다.
「지금이 새벽 3시라고 해도 나는 믿을 거야」
미키코가 말했다
「뭐 먹을 거 없어?」
내가 물었다.
「쿠키랑 된장국이랑 어젯밤 먹다 남은 탕수육이 있어」
「B와 C를 주식으로 하고, A는 디저트로 하겠어」
「피로연에서 먹을 거잖아?」
「그러기 전에 결혼식이 있는걸」
「하긴, 그럼 배고파지겠다, 제대로 먹고 가는 편이 좋지 않겠어? 나도 조금 먹을 테니까 말이야」
「그럼 그렇게 할까」
나는 대답했다. 미키코는 냉장고에서 랩에 덮인 접시를 꺼내 레인지에 넣었다.

여자가 부엌에서 일을 하고 있으면, 나는 늘 무슨 생각인가가 떠오를 것 같은 기분이 든다. 뭔가 슬프고도 가슴을 조이는 것. 죽음에 관계되는 것. 그리고 분명, 이 세상에 태어난 것과도 관계되는 그 어떤 생각.

「살인 얘기, 들었어?」
미키코가, 뒤돌아 선 채 불쑥 말했다.
「뭐? 뭐라구?」
깜짝 놀라 나는 물었다.
「어제 동네가 온통 살인 사건 얘기로 떠들썩했는데」

그녀는 된장국 냄비를 불에 얹으며 대답했다. 너무도 갑작스런 말이어서 마치 악몽 속에서 부자연스럽게 울리는 대사처럼 들렸다.

「아르바이트하고 돌아왔더니 모두 자고 있던걸 뭐. 알 리가 없지」

나는 말했다.

「모퉁이 집에 사는 미야모토(宮本) 씨가 남자를 살해했어」

미키코가 말했다.

「뭐라고?」

알고 있었다. 동네에서 종종 스치는 여자였다. 지나치게 수수하다 싶은 분위기이긴 했지만 예쁘장한 여자로, 내가 인사를 하면 늘 살며시 웃으며 「안녕하세요」라고 말했다. 언제나 감색 스웨터를 입고 있었다. 소매에 두 줄기 하얀 선이 들어 있어서, 나는 늘 〈에도(江戶) 시대의 죄인 문신 같군〉이라고 생각했었다.

「왜, 무슨 일로?」

나는 물었다. 미키코는 앞에 있는 의자에 앉아 몸을 내게로 쑥 내밀며 얘기했다.

「그러니까 말이지, 노이로제 증세가 있었대. 그래서, 사귀던 남자가 헤어지자는 말을 하자 찔렀다는 거야. 그 집, 몇 년 전에 아버지가 돌아가셨잖아. 아마 통장인가 그랬었지. 그래서 어머니랑 둘이 살았잖아. 미야모토 씨는 자기도 죽으려고 손목을 그었는데, 아직 채 죽지 못한 상태에서 어머니가 집에 돌아왔다는 거야」

「연예 통신처럼, 자세히도 알고 있네」
나는 그만 웃고 말았다.
「이모가 가르쳐줬다니까」
미키코가 말했다.
「역시」
우리 어머니는 그런 얘기를 무척 좋아한다.
레인지에서 땡, 하는 소리가 나길래 나는 일어섰다. 탕수육이 담긴 뜨거운 접시의 랩을 걷어내며 나는 물었다.
「그 남자 몇 살인데?」
어째서 그런 질문이 떠올랐을까. 하지만 대답이 질문의 의도를 정확하게 앞질렀다.
「그게 글쎄, 스물한 살이래. 미야모토 씨는 마흔이 다 됐는데」
미키코가 말했다.
「안타까운 얘기로군」
나는 말했다. 식사 준비가 다 되어 한동안 우리 둘은 말없이 밥을 먹었다. 나는 아주 잠깐 동안 미야모토 씨가 된 기분으로, 미야모토 씨의 인생에 대해 생각했다.
동네의 같은 길모퉁이를 보더라도, 딸렁쇠인 나와는 다르게 보였을 테지.
「요즘에는 잘 안 보였었는데, 그 사람」
「미키코는 잘 모르겠지만, 옛날에는 그 아줌마, 동네에서 평판이 자자할 정도로 눈부신 미인이었어」
「도대체 뭐가 어떻게 잘못된 걸까」

곰곰 생각해 보니, 마치 만화에 나오는 소라 씨네 옆집에 사는 언니처럼, 어린 내게 〈같은 동네에 사는 예쁜 언니〉란 전형적인 이미지는 당연히 미야모토 씨의 몫이었다. 내가 알고 있는 또 하나의 그림은, 아버지와 팔짱을 끼고 길을 걷는 미야모토 씨의 모습이었다. 옛날에는 흔히 볼 수 있었던 그 모습이 문득 떠올랐다. 우리 아버지는 이미 돌아가셨지만, 그녀처럼 나이가 먹어서도 아버지와 나는 함께 외출을 할까, 하고 어린 마음에 생각하곤 했었다.

그런 생각을 하며 아버지의 턱을 올려다본 적이 있다는 것도 기억이 났다. 아버지가 그렇게 빨리 세상을 떠나리라는 것도 모르고. 미야모토 씨가 이런 일을 당하게 되리란 것도 모르고.

불가사의했다.

「왠지, 비 오는 날이면 어린 시절 같은 느낌 들지 않아?」

느닷없이 미키코가 화제를 바꿨다.

「아아, 그래」

정말 내가 하던 생각과 꼭 같아서, 나는 고개를 끄덕였다. 비를 싫어하지 않았던 시절이 있었으리라. 비가 신선하게 느껴지고, 여느 때와는 다른 세계를 기쁨으로 쳐다보던 시절이.

「어째 그립다」

미키코가 말했다.

그리고 〈그립다〉란 말에는, 그 자체에 눈이 가늘게 조아려지는 눈부신 울림이 있다.

「어? 사쿠미, 분위기가 싹 달라졌네」
「응? 정말?」
「자세히 안 보면 넌지 모르겠어」
「신랑측 친척인 줄 알았어」

금빛으로 화려한 피로연 회장에서, 하늘하늘 치장을 하고 새하얗게 화장한 젊은 여자들에게서 한결같이 그런 얘기를 들으니, 어쩐지 묘한 기분이었다.

하늘에 있는 천사들에게 고마워서 어찌할 바를 모르겠다는 말을 듣는 것 같았다.

「그렇게?」

내가 말하자, 모두들 같은 표정으로 응, 응 하고 고개를 끄덕였다.

「너희들, 예뻐졌다든가 그렇게 말할 수는 없니?」

내가 농담 삼아 말하자,

「그런 게 아니고」

라고 또 저마다 입을 모아 말하여 숨이 콱 막혔다.

「느낌이 달라졌다니까」
「그래?」

라고 말하고 나는 입을 다물었다.

둥근 테이블에 둘러앉은 친한 친구들의 반짝반짝 빛나는, 희망에 찬 얼굴을 보고 있었다. 아름다움과 젊음은 그저 거기에 있는 것만으로도 미래란 단어를 포함한다. 정장 차림을 하고 있다는 점에서는 낯선 사람들이지만, 한참 때를 못 벗은 옛 얼굴을 알고 있다는 점에서 누구보다 가까운 사람들.

신부는 이미 자리에 얌전하게 앉아 있었다. 신랑 역시 손만 내려다보며 얌전하게 앉아 있었다. 나는 두 사람의 얌전하지 않은 얼굴을 많이 알고 있었기에 우스꽝스러웠다. 마치 관광지에서 찍는 기념사진처럼, 목만 내밀어 화면에 끼여 있는 사람들 같았다.

 하지만, 저 드레스는 그녀가 직접 만든 거지, 하고 생각했다.
 아마도 저 무뚝뚝하고 못생긴 얼굴로, 그 조그만 테이블 너머에서 바느질했을…….
 그런 생각을 했을 때, 오늘 들어 처음으로 감동이 밀려왔다.
 그때 연회장은 무척 조용했다. 왜냐하면 건배를 하기 전 긴 축사가 흐르고 있었으니까. 배에서는 쪼르륵 소리가 나고, 옷은 답답하고, 따분하여 멍해 있는 내게 갑자기 어떤 생각이 떠오를 듯하였다.

 뭘까, 하고 생각했다.
 그 당시에는 죽고 싶을 정도로 따분한데, 나중에 되새겨보면 미치도록 사랑스런 것이다.
 그리고 금방 떠올랐다. 여기에 있는 친구들과 같은 교실에 있었던 시절, 수업중에 졸았던 기억이다.
 축사를 하고 있는 아저씨의 결코 흥미롭지 못한 내용의 얘기와 낮은 음성과, 그것이 높은 천장에 부딪혀 반향하는 울림이, 어느 오후의 수업을 떠오르게 한 것이다.
 햇살이 스미는 밝은 교실에서 한참을 신나게 졸다가, 갑자기 눈을 뜰 때면 순간 내가 지금 어디에 있는 건지 알지 못한다. 아까 가물가물하게 멀어져 갔던 선생님의 음성이 똑같은 음량으로 계속되고 있다는 걸 깨닫는다. 그 이외에는 아무런 소리도 나지 않는다. 그 무음(無音)을 즐기고 있음을, 새삼스레 표시하고 있는 집단 같았다. 마른 나무 냄새, 눈부시게 쏟아지는 햇빛. 창밖으로는 푸르른 나무숲. 여기에 있는 사람들, 같은 나이의 사이좋은 사람들. 쉬는 시간이 되면 일제히 요동하기 시작하는 공기. 필통에 반사된 빛이 천장에서 춤추고, 이제 10분 후면 울릴 종소리를 모두들 고대하고 있다. 이처럼 기적 같은 공유를, 이곳을 떠나게 되면 두 번 다시 같은 친구들과 나눌 수 없다. 이 공간에는 그런 모든 정보가, 아스라한 향기처럼 포함되어 있다. 그런 느낌, 가슴을 저미는 빛의 기억.

드디어 식사가 시작되고, 샴페인과 맥주와 적포도주를 뒤섞어 마시고 취한 나는, 눈앞의 바닥으로 몇 번이고 질질 끌려다니는 신부의 드레스 자락만 보고 있었다. 수많은 구슬이 영롱하게 빛나고, 자잘한 수가 놓여져 정말 아름다웠다.

신부의 아버지는 미묘한 표정을 짓고 있었다.

울음을 터뜨릴 것 같은 표정도 아니고, 울적한 표정도 아니다. 먼데를 바라보듯 허전한 얼굴이었다.

다시금 미야모토 씨가 마음속에 떠올랐다 사라졌다. 그렇게 친한 사이도 아니었는데.

내게 이미 아버지는 없다.

아버지가 살아 있었다면 내가 당한 사고를, 마유의 죽음을, 어떻게 생각하고 어떤 표정을 지었을까.

잠시 생각하다가, 알 수 없어 그만두었다.

죽은 자는, 산 자의 마음에 부드러운 그림자만 드리운다.
하지만 그 그림자는 본인이 아니니까, 옛날 일이라고는 하지만 훨씬 더 멀어진다. 이제는 보이지 않을 정도로 멀고 멀다. 손을 흔들고 있다. 웃고 있다. 하지만 잘 보이지 않는다.

집으로 돌아와, 잠시 눈을 붙였다.
눈을 뜨니, 비는 그치고 밤이었다. 어두운 방이 조금 외로웠다.
이런 때면 늘 이상한 기분에 잠긴다. 나도 모르는 사이에 어둠이 깔려 있다. 꿈속에서 누군가에게 무슨 말을 하려다 잊은 것 같은 느낌이다.
파도에 떠밀리다 모래사장으로 올라온 물고기처럼 길게 누워 한참이나 창문을 바라보았다. 그리고 일어나 문을 열었다. 동생과 딱 마주쳤다.
「오늘 저녁밥은 준코 아줌마가 만든 비빔밥이야. 모두 먼저 먹었어」
동생이 말했다.
「요즘 소설은 어때? 계속 쓰고 있니?」
「지금은 일기를 쓰고 있어」
동생이 말했다.
「오늘의 테마는?」
나는 말했다.
「오늘은 내내 옛날 일만 생각했어」
「아주 어렸을 때의 일?」

「응, 아빠 생각이며, 사쿠 누나가 머리를 다치기 전 일이며」
「왜 또 새삼스럽게?」
나는 놀랐다.
「비가 와서 그랬나」
동생은 말했다.
「너, 꼬맹이인 주제에 제법 센스가 있단 말이야」
나는 웃었다.
「그 말, 오늘 일기의 테마랑 똑같아」
동생은 약간은 수줍어하며, 기뻐하는 투였다.
「그건 그렇고 넌, 머리를 다치기 전의 나랑 지금의 나 중에서 어느쪽이 마음에 드니?」

어린애에게 이런 질문을 해봤자 별 소용이 없다는 걸 잘 알면서도, 나는 진심으로 그렇게 물었다. 의외로 간단하게 〈대답〉이 돌아올 것 같은 기분이었다. 동생에게서가 아니고, 동생을 통한 그 무엇으로부터.

「어렸을 때의 일이라서 기억이 잘 안 나」
동생이 주저 없이 그렇게 말해, 실망했다.
「하기야 그렇기도 하겠다」
나는 말했다.
「하지만 나는 언제나 지금의 사쿠 누나랑 있으니까」
동생은 말했다.
아아, 역시.
사고가 일치하고 있다고, 생각한다.
어디에선가 날아와 나의 잠을 통하여, 어떤 형태로 그의 머리로 비집고 들어간 전파 같은 정보가, 이 아이의 어린 사고를 굼뜬 도구로 사용하고 있는 것 같았다. 그렇지 않다면 같은 집에 살아서가 아니고, 나나 동생이나, 아직 만나지 못한 사람들이나 미야모토 씨나 모두모두 연결돼 있어, 이 빗속, 하나의 잠의 우주를 오가고 있다는 뜻일까.

「알았어, 요시오를 이제 어른이라 여기고, 다음에 같이 샹테에 커피 마시러 가자!」

「우와, 신난다!」

동생은 기뻐했다. 나는 그럼 이만, 이라 말하고 1층으로 내려왔다.

불규칙하게 자고 일어나고 했더니, 상태가 좀 이상했다. 잠이 덜 깨어 멍했을 텐데, 아침의 부엌 장면에서만 머리가 선명했던 것 같은 느낌이다. 하긴 결혼식이란 경사스런 자리이니까, 조금 들떴었는지도 모르겠다.

아무튼 아침, 미키코가 그랬던 것과 비슷한 분위기로, 준코 아줌마가 있었다.

「어머나, 이런 시간에 다 일어났어?」

하고, 그녀는 상냥하게 말했다.

「네. 비빔밥 먹으러 내려왔어요」

나는 말했다.

「아직 잔뜩 남아 있어」

준코 아줌마는 말했다.

「엄마는?」

「데이트야」
「그래요」
 나는 고개를 끄덕였다. 준코 아줌마는 식사를 준비했다. 나는 무심코 텔레비전 아래에 있는 책꽂이에서 앨범을 꺼냈다.
 기억이 뒤죽박죽 혼란스러웠던 때, 나는 몇 번이고 여기에 와, 혼자서, 한밤의 부엌에서 이것을 펼쳤었다. 보면 볼수록 가까우면서도 멀고, 그리움과 답답함이 늘 초조함이 되어 나를 덮쳤다. 전생의 고향 같은 데를 찾아가면 이런 기분이 들까, 하고 생각했다.
 내 얼굴을 한 내가 나보다 훨씬 더 나답게 웃고 있거나, 지금은 없는 여동생이 나의 치맛자락을 부여잡고 있는, 그런 느낌.
 눈에 보이지 않는 세계가 마치 이 세상 어딘가, 절대로 도달할 수 없는 곳에서 고스란히 살아 숨쉬고 있는 듯한 애달픈 느낌.
 얼마 전까지 나는 그런 눈으로 이 앨범을 봤었다. 하지만 오늘밤은 조금 달랐다. 〈아버지〉를 찾았다.
 나와 마유의 아버지는 뇌혈전증으로 쓰러졌다. 그리고 끝내 의식을 되찾지 못한 채 눈앞에서 숨을 거두었다. 이상한 표현일지는 모르겠지만, 수긍할 만한 삶이며 죽음이었다. 하여튼 하루하루가 바쁜 사람이었고, 그러면서도 애정이 흘러 넘쳤고, 후회라는 단어와는 전혀 거리가 먼 사람이었다. 아버지와의 추억은 모두가 아름답다.
 나는 공원의 모래 놀이터에서 노는 아버지와 나를 보았다.

눅눅했던 그날의 공기 내음도 기억해 낼 수 있었다. 햇볕이 쨍쨍 내리쬐는 해변에 나란히 서 있는 아버지와 어머니와 나와 마유의 사진도 보았다.

모두 과거의 일임에는 틀림이 없는데, 거기에 떠다니는 공간의 색만큼은 마치 살아 있는 것처럼 생생하게 다가온다.

나는 오늘밤, 어쩌면 나와 비슷한 기분으로 앨범을 펼쳐보고 있을지도 모를 미야모토 씨를 생각했다. 확연하게 흔적을 남기고 있는 과거에 섞여 현재가 공중에 떠 있다는 점에서는, 나 역시 그녀와 비슷한 인종이었다.

사진에 곁들여진 아버지의 필적.

마유의 낙서.

모두 유령이다.

나는 지금, 여기에 있으면서 그것들을 보고 있다.

「자, 다 됐다」

준코 아줌마가 코앞에다 뜨거운 밥과 국을 놓아, 나는 앨범을 덮었다.

「음, 맛있다」

내가 말하자, 준코 아줌마는 웃었다.

「비빔밥은 내 주특기잖아」

준코 아줌마는 바람을 피워 가정을 잃었다. 남편의 친구와 사랑에 빠졌던 것이다. 그 사랑은 끝이 나고, 준코 아줌마는 이혼했다. 하나 있는 딸은 현재 남편과 살고 있다. 언젠가는 데리고 와 함께 사는 것이 그녀의 꿈이란다.

「앨범 보고 있었니?」
준코 아줌마가 말했다.
「네, 오늘 웬일인지 아빠 생각이 나서요」
「그래」
준코 아줌마는 고개를 끄덕였다.
「앨범이란 참 슬픈 거지. 다들 젊고 어리고」
「그야 물론 그렇죠」
나는 말했다.
「나하고 네 엄마가 여고 시절 사진을 얼마나 많이 갖고 있는 줄 아니. 밤중에 몰래 밖에 나가서 술 마시는 모습, 수학여행 때 자는 얼굴. 신기해, 지금이. 어쩌다 여기에 이렇게 있는가 싶다. 그건 내가 집을 나왔다든가, 그런 걸 두고 하는 얘기가 아니고, 불현듯, 흠칫 놀랄 때가 있어. 너희 엄마가 옛날 같은 표정으로 웃거나 하면 정신이 아득해지고. 오랜 시간의 무게를 느끼는 거겠지, 아마도」
「알 것 같아요」
나는 말했다.
마치 깃발이 팔락팔락 나부끼듯, 어머니의 얼굴 속에서 과거와 미래가 포개져 눈부시게 뒤섞이는 일이 있는 것이리라.

〈자 봐, 난 아직도 여기에 있다고.〉

이상한 날이었다.
잠의 틈바구니로 온통 과거만 들여다보였다.

어쩌면 같은 동네에서 사람이 죽어, 그래서 조금 뒤틀린 공간이 어떤 영향을 끼치고 있는 탓인지도 모르겠다.

아닐지도 모르고.

오늘밤 이 세계에서는 몇 사람이나 죽고, 울고 있는 것일까.

나는 한밤이 되어도 조금도 잠이 오지 않아 난감했다. 저녁나절에 잔 탓이다.

책이라도 사러 가자 싶어, 나는 밖으로 나갔다.

새벽 2시였다. 근처에 새벽 3시까지 문을 여는 서점이 있다. 가게의 절반은 비디오테이프 대여점이다.

나는 잡지와 신간을 몇 권 사 들고 밖으로 나왔다.

거리에서는 한겨울 냄새가 났다.

차가운 대기에 섞인, 앞으로 머지않아 닥쳐올 본격적인 추위의 예감이 몸속으로 전해진다. 메말라 앙상한 나뭇가지가 뼈처럼, 어슴푸레하게 보이는 하늘에 비치고 있다. 깎여가는 달이 먼 하늘에서 조그맣게 선연히 빛나고 있다.

나는 콧노래를 부르며 골목길을 걸었다. 앞에서 사람이 걸어왔다. 무심히 지나치려다, 알아보았다.

미야모토 씨의 어머니였다.

당연한 일이지만 이 세상에서 가장 무거운 그 표정이 가로등 불빛에 드러났을 때,

왜일까, 〈아차〉 싶었다. 이럴 때 보일 수 있는 성의 같은 것은 뭘까 하고 생각했다.

결국 평소와 다름없는, 하지만 평소와는 전혀 다른 복잡한 의미의,

「안녕하세요」
란 인사를 했다.

미야모토 씨의 연로한 어머니는, 미야모토 씨를 꼭 닮은 몸짓으로, 조용히 고개를 숙였다. 습관적인, 아스라하게 미소짓는 얼굴로.

마유가 죽었을 무렵의 엄마를 연상케 하는 무언가가 있었다. 비슷한 딱딱함이 있었다.

그리고는 말을 주고받는 일도 없이 헤어졌다.

한참 있다 뒤를 돌아다보니, 미야모토 씨의 어머니가 조용조용히, 한결같은 속도로 밤 거리를 걸어가는 모습이 보였다. 나와 스쳐지났다는 일 따위 벌써 까맣게 잊고 만 듯한 조용함이었다. 이런 시간에 어디로 가는 것일까, 나는 모른다. 집 안에 떠다니는 과거의 유령의 흔적으로부터, 그저 숨가쁘게 도망쳐 나온 것일까. 나는 달과 가로등과 어둠과 거리를 가로지르는 고양이와 주택들의 그림자 속에서 문득,

〈오늘은 미야모토 씨로 시작하여, 미야모토 씨로 끝난 날이었다.〉
라는 생각을 했다. 무례한 얘기지만, 그랬다.

그런 식으로 기억의 자료창고에 저장되어, 영원히 보존된다. 그런 기분이 들었다.

어머니는 좀 불가사의한 사람이다.

20년 넘게 함께 살고 있는데, 아직도 잘 모르겠다.

피부가 조금 까무잡잡하고, 눈은 치켜 올라가 있고, 몸집이 작다. 마쓰오카 키코(松岡きっこ : 텔런트, 방송 사회자——옮긴이)를 축소시킨 것 같다……고 비유하면 본인은 화를 내지만, 그런 분위기이다.

어머니는 아주 평범하고 예쁘장한 아줌마다. 평소에는 잘 속상해하고, 사소한 일로 금방 히스테리를 일으키곤 하지만, 때로는 아주 시원스럽고 단정적으로 자신의 의견을 말하기도 한다.

그런데 의외로 그런 때의 어머니가 상당히 보기 좋다.

그럴 때 어머니는 마치 하늘에서 들려오는 예언처럼 청명한 발음으로, 올곧은 눈동자로 얘기한다. 한 점 망설임조차 없다. 확신에 찬 울림을 발한다. 사랑 속에서 자란 딸에게는 재산이다. 오만하다고 할 정도도 아니고, 나약하지도 않은, 용서받은 자의 마음만이 지닐 수 있는 위대한 힘이다.

가령 내가 몇 주 동안이나 외국에 있으면서, 이국의 하늘 아래에서 어머니를 그린다면, 그 어머니는 어쩐 일인지 상냥하지도 않고 웃지도 않는다. 나를 낳고, 마유를 낳고, 남편을 잃고, 재혼을 하고, 요시오를 낳고, 이혼하고, 마유를 잃었다. 보통사람들보다 많은 일들이 있었다. 하지만 그렇다 해도 화를 내지도 않고 슬퍼하는 것 같지도 않다. 그러나 거기에는 분노와 통하는 강렬한 눈길이 있다. 운명에 좌지우지 놀아난 분노와 운명을 헤치고 살아온 자부심이 뒤섞인 여자의, 암흑 같은 우주. 만다라의 중심에 서 있는 시바 신 같은 얼굴로 먼 곳을 보고 있다.

그런 이미지이다.

돌아와 실물을 보면, 본인은 선물이 어떻다는 둥 내가 없는 사이에 일어난 하잘것없는 일들을 조잘조잘 떠들어대며 까르까르 웃을 뿐 실로 세속적이지만, 아무튼 떨어져 있으면 그런 식으로 마음에 비쳐진다.

어머니에게는 뭔가 감추어진 영역이 있다. 그런 생각이 든다.

아버지도 그렇게 생각했을까. 어머니를 사랑한 남자들은 모두 그랬을까.

아침 햇살 속에서 졸린 머리로 왜 그런 몽상에 빠졌을까, 집 앞에 곧바르게 나 있는 보도로 따각따각 하이힐 소리를 울리며 사라져가는 어머니의 뒷모습을 보았기 때문이다. 빛 속에서 다갈색 머리칼이 춤추고 있었다.

남동생 요시오가 며칠이나 무단 결석을 하여, 학교에 한번 와주십사 하는 연락이 있었던 것이다.

지난주 목요일의 일이었다.
「예엣, 안 갔어요?」
어머니가 당치도 않다는 목소리로 말했다.

오후 2시쯤이었다. 나는 잠에서 깨어난 지 얼마 안 돼 멍한 눈으로 텔레비전을 보고 있다가 흠칫 놀라 정신이 반짝 들었다. 잠시 듣고 있자니 요시오 얘기임을 알 수 있었다.

멍청한 녀석, 하고 나는 생각했다. 들킬 정도로 태연하게 학교를 쉬다니.

그렇게 어머니가 전화에 대고 소곤소곤 얘기하는 목소리를 무심히 듣고 있으려니, 불현듯 내 머리로 완전히 잊고 있었던 어떤 풍경이 강렬하게 되살아났다.

중학생 시절, 처음으로 학교를 빼먹고 연상의 남자와 데이트를 했던 때의 일이다. 정말 까맣게 잊고 있었을 정도라서 상대방의 얼굴은 도무지 생각나지 않았다.

그때까지도 이렇다 할 이유 없이 농땡이를 친 일은 있었지만, 그렇게 계획적으로 학교를 빼먹기는 처음이었다. 예고편이 상영되고 있는 어둠 속에서 키스를 하고, 손을 꼭 맞잡고서 영화를 보고, 한낮의 거리로 나와 전면이 유리인 카페에서 커피를 마셨다.

예쁜 테이블과 가느다란 은수저에, 레몬 향기가 아련하게 감도는 투명한 물.

에스프레소와 달콤한 케이크.

얘기를 나누며 창밖을 보았다. 길 건너편에 게임센터가 있었다. 대낮에도 네온이 번쩍이는 곳. 시끌시끌한 소리가 들려오는 듯했다.

나는 절실하게,

〈아아, 데이트보다는 게임센터 쪽이 더 재미있는데. 아직 그런 나이인가 봐〉

하고 생각했다.

키스니, 화장실에서 옷을 갈아입느니, 그런 것보다.

기억이 격렬하게 되살아났다.

기억하고 있다는 것조차 잊고 있었는데.

나는 옛날 일을 별로 기억하고 있지 않으니 어젯일이 어제의 감정을 동반하지 않는데, 먼먼 옛날 일이 이렇게 갑자기 눈앞으로 성큼 다가설 때가 있다. 그때의 공기며, 기분이며, 장면.

지금 막 일어나고 있는 일이라 여겨질 만큼 고통스럽게.

그 지나친 생생함에 정말이지 혼란스럽다.

사람을 만나고 있으면 그럭저럭 통일되어, 그 사람에 얽힌 과거 속에서 지금까지의 자신을 느낄 수 있다. 그리곤 그 한정된 정보 안에서 안도한다.

그래서일까, 헤어져야 할 시간이 되면 까닭 모를 불안이 엄습하여 미쳐버릴 것만 같다.

지난번만 해도, 오래간만에 여자친구들과 오후나절에 만나 옛날 얘기에 시간 가는 줄 모르고 있다가, 혼자가 된다는 두려움에 헤어지지 못하고 집에까지 함께 오고 말았다.

 그럼 또 보자, 하고 헤어지려 문득 거리를 내다보았더니, 반짝이는 윤곽의 빌딩이 줄지어 솟아 있고, 기우는 저녁 햇살은 번쩍번쩍 쏟아지고, 수많은 사람들이 웅성웅성 윈도 앞을 흐르고, 뭐가 뭔지, 어디로 돌아가려는 것인지 그만 아득해지고 말았다.

 지금 내가 생각하고 있는 곳이 내가 돌아가려는 장소일까? 아르바이트를 하는 곳은? 가족은 몇 명이 있었더라? 바로 오늘 아침 그곳을 나왔는데 왜 이다지도 멀게 느껴지는 것일까? 혼란스럽고 불안했다. 모든 것이 한없이 멀고, 언젠가 꾸었던 꿈처럼 여겨졌다. 그리고 공간에 나 혼자만 덩그마니 있다. 그 모든 것들과 일정하게 거리를 두고서, 혼자서.

 그런 일이 심심찮게 있었다. 그러나 그런 동요도 몇 초 후에는 깨끗이 가라앉아, 무사히 집으로 돌아가는 길을 걷는다.

 마치 헤어지기 아쉬워하는 연인들처럼 내가 갑자기 눈물을 머금었기에, 깜짝 놀란 친구는 내게 「무슨 일이 있었니?」라고 물었다. 내가 이유를 설명하자, 친절하게도 집까지 데려다주었다.

 다시 한번 병원에 가서 검사를 받아보는 게 좋지 않겠니? 라고 친구는 말했다.

 내 방에서 치즈 케이크를 먹고 커피를 마시며 부담 없이 말했다.

그 부담 없어함에 오히려 현실감을 느꼈다. 그래서 나도 진짜 〈그래야 할지도 모르겠다〉고 생각했지만, 검사를 하여 혹 이 이상한 상태에 무슨 병명이라도 붙여지면 어쩌나 싶어서 그만두었다.

머리를 다치기 이전으로 돌아가기가 슬픈 것이다. 허전한 것이다.

지금의 나 자신을 좋아한다, 언제고.

애당초 백 퍼센트 건강한 사람 따위 있을 리 없다. 나의 고독은 나의 우주의 일부이며, 제거해야 마땅한 병이 아닌 듯한 기분이 든다.

학교에서 와보라고 하는 모양인지 어머니는 시간을 확인하고 있었다. 통화가 끝나면 의논할 게 있다며 붙들 일이 귀찮아, 나는 어머니가 수화기를 내려놓기 전에 살짝 집에서 나왔다.

그리 넓지도 않은 동네라, 동생이 있을 만한 곳은 쉬 짐작할 수 있었다.

그리고 아니나다를까, 요시오는 역 앞 상점가에 있는 게임 센터에 있었다. 어둠침침한 실내에서, 요시오는 장식등의 빛을 받으며 어른 같은 얼굴로 〈코라무스〉를 하고 있었다.

「건전하지 못하군. 어렸을 때부터 보석에 관심이 많으면 안 된다고」
라고 나는 말을 걸었다.

동생은 깜짝 놀라 손을 멈췄다. 그리고는 얼굴을 들고,

「사쿠 누나, 어떻게 알고 왔어?」
라고 말했다.
「학교에서 전화가 왔더라」
 나는 웃었다. 게임은 끝났다.
「여기 화면을 좋아하거든, 나. 예뻐서」
라고 말하며, 동생은 화면 속의 헝겊주머니에서 쏟아져 나오는 알록달록한 가공의 보석을 응시했다.
「엄마, 화났어?」
「글쎄, 잘 모르겠구나」
「사쿠 누나, 지금 아르바이트하러 갈 거야?」
「응」
「나도 데리고 가」
「싫어, 나까지 엄마한테 혼나라고」
「집에 가기 싫어!」
 요시오가 말했다. 경험상 그 마음의 무게를 충분히 헤아릴 수 있었기에 반가운 기분이 들었다. 자녀 교육은 곧 자신의 체험을 반추하는 것이란 실감이 들었다. 낳아본 적은 없지만.
「그럼, 우선 뭐 좀 먹으러 가자. 음, 철판 요리 먹으러 안 갈래?」
「가」
 우리들은 게임센터에서 나와, 한낮의 상점가를 걸었다. 바로 근처에 오래된 철판 요릿집이 있다. 우윳빛 유리가 끼여 있는 미닫이문을 열자, 손님은 아무도 없었다.
「볶음국수하고 삼겹살, 해물전 1인분씩 주세요」

자리에 앉아 내가 말했다.

타닥타닥 기세등등한 소리로 그것들을 구우면서, 먹으면서, 내가 물었다.

「우리 엄마는 엄하지 않으니까, 몸이 피곤해서 쉬고 싶다고 말하면 쉬라고 했을 텐데, 왜 아무 말도 안하고 그런 짓을 했니?」

「늘 학교에 가다 보면 도중에 갑자기 가기가 싫어지는걸」

동생은 그럴싸하게 말했다.

다 먹는 순간 사방이 고요해졌다. 그리고 시끌거리는 상점가의 소음이 희미하게 들려왔다. 창문으로 스미는 오후의 햇살이 전쟁이 휩쓸고 간 자리 같은 철판을 비추고 있었다.

「엄마, 속상해할까?」

「뭘?」

「내가 변해서」

「무슨 소리야, 아직 초등학생이잖아」

그러니까 더욱 그렇겠지, 하고 생각은 했지만 말은 달리했다.

「앞으로의 인생은, 사랑하는 사람도 생기고, 술, 담배, 섹스 등등 부모한테 얘기할 수 없는 게 얼마나 많은데. 그 정도 가지고 신경 쓰면 어떻게 하니. 너 하고 싶은 대로 해, 응?」

과연 동생은 요즘 얼굴이 이상하다.

균형을 잃은 얼굴이다. 요 얼마 전과는 전혀 다른 표정을 짓고 있다.

햇빛에 드러난 무뚝뚝한 얼굴. 속눈썹이 길고 눈과 눈 사이가 벌어진 것은 그의 아버지를 닮았고, 자그마한 입술은 어머니를 닮았다.

하지만 그런 유의 변화가 아니다. 훨씬 미묘한 느낌, 갑자기 나이를 먹은 듯한, 나이에 걸맞지 않는 피곤한 얼굴이다.

「사쿠 누나는 하드보일드하네」

요시오는 말했다.

「어째서?」

「그냥, 왠지」

「그래?」

「아아, 엄마가 화내려나」

「우는 것보단 낫지. 포기하고 아무튼 집으로 돌아가」

가게 앞에서 동생과 헤어졌다.

그 길로 아르바이트를 하러 갔다. 해질녘의 상점가는 기우는 태양빛 일색이었다.

다른 나라의 시장처럼.

금성이 차가운 저녁 하늘에서 빛나고 있었다.

〈대 바겐세일〉이라고 씌어 있는 빨갛고 흰 플래카드가 줄지어 펄럭이며, 길 위로 테를 두르고 있었다.

버스 정거장까지 걸어가는 그 10분 동안, 아이를 낳는다는 것에 대해 생각했다. 아버지가 서로 다른 자식이 둘 남아 있고, 이렇게 터울이 많이 지고, 요즘 들어 동생 걱정만 하고 있는 어머니는 정말 불안해진 걸까.

분명 그녀는 변했다.

하지만 언제부터, 어떤 식으로 변했는지는 기억나지 않는다.

얼핏얼핏 화면만 떠오른다.
어머니의 핑크빛 젖꼭지며,
하얀 옷깃 속으로 들여다보이던 금목걸이며,
거울을 보고 앉아 눈썹을 뽑고 있는 뒷모습이며,
그런 것들뿐이었다.
남자도 아니고 여자도 아니고, 올려다보는 어린애의 기분으로.
그러자니 사랑스러운 것인지, 밉살맞은 것인지, 맞장구를 치고 싶은 것인지, 반박하고 싶은 건지, 금빛으로 빛나는 저녁 거리에서 종잡을 수 없어진다.
그리고 그것은 아주 좋은 느낌이었다.
향수라고 할 만큼의 적당한 수줍음이 있었다.

아르바이트를 끝내고 한밤중에 집으로 돌아왔더니, 식탁 위에 어머니가 쓴 편지가 놓여 있었다.

사쿠미에게

오늘 요시오랑 철판 요리를 먹으러 갔다면서, 고맙구나.
무사히 돌아왔단다.
내일 아침, 오라고 하니까(요시오의 학교에), 이만 자야겠구나.
잘 자거라.

고맙다는 말보다, 잘 자란 말보다, ( )의 사용법이 어머니다웠다.

 어머니가 나간 후 다시 아침잠을 자고 있는데, 전화벨이 울렸다.
 누구든 받겠지, 하고 몽롱한 의식으로 생각하고 있는데, 아무도 받는 사람 없이 벨만 계속 울렸다. 생각해 보니 준코 아줌마는 파트타임 아르바이트, 미키코와 동생은 학교, 어머니도 나가고, 아무도 없는 것이다. 나는 할 수 없이 일어나서 아래층으로 내려가 수화기를 들었다.
「여보세요?」
 모르는 여자의 목소리가 들려왔다.
「유키코(由紀子) 씨, 계세요?」
 어머니의 이름이다.
「지금 나가고 안 계시는데요」
 나는 대답했다.
「돌아오면 전해 드리죠. 실례지만 누구세요?」
「좀 아는 사인데, 아, 뵌 적은 없지만, 사사키(佐佐木)라고 하는데요…… 유키코 씨가, 요즘 아드님 일로 고민하고 있다는 얘기를 아는 사람을 통해서 전해 들은 터라, 좋은 선생님을 소개해 드릴까 싶어서…… 그래서 전화했어요」
「아, 그러세요. 전해 드리죠」
 성가셔서 적당히 받아넘겼다.
 내 목소리에 묻어 있는 명백한 거부감을 느꼈는지, 상대방은 그럼 꼭 전해 주세요, 부탁합니다, 라는 말을 남기고 전화를 끊었다.

참 별별 사람도 다 있다고 생각했다.

나는 나 자신이 정상적이라고는 전혀 생각지 않는다.

머리를 다쳐 기억도 애매하고, 가정도 복잡하고, 여러 가지로, 늘 그 점이 불안했다.

그래서 나는 살아가는 의미 같은 것만 내내 생각하고 있고, 더욱이 그 일만큼은 타인과 함께 나누고 싶지 않다. 그런 것은 잠자코 있어도 알게 모르게 서로 나누게 되는 것이다. 서로 얘기를 나누거나 이해하려 하지 않아도 된다. 그런 짓을 하면 오히려 관계가 나빠지고 만다. 처음 얘기를 꺼낸 순간부터 소중한 것들이 하나둘 사라져간다. 없어지고 만다. 그리하여 윤곽밖에 남아 있지 않은 데 안심한다. 그런 기분이 든다.

나보다 한 수 높을 정도로 정상이 아닌 친구가 있었다. 외국으로 간 후, 지금은 소식을 모른다. 강하고 명랑하고, 어디에서건 살아갈 수 있는 사람이었으니, 오늘도 어느 하늘 아래에서 인기를 한몸에 받으며 살고 있을 것이다.

그녀는 눈빛이 묘한 여자였다. 언제나 사람을 죽일 것처럼 번쩍거렸다.

그녀에게는 어머니가 두 사람이었다.

그 탓인지 아니면 지나치게 독특한 성격에서 나오는 에너지 탓인지는 모르겠지만, 아주 명랑한 아이인데도 학교 생활에 적응하지 못해 항상 노이로제에 가까운 아슬아슬한 상태에 있었다. 살풀이를 비롯해 인생 상담, 정신분석까지 한 차례씩 다 시도해 본 모양이었다.

자세한 건 알지 못하고 알고 싶지도 않지만, 〈많은 사람들이 모여 살아가는 의미 같은 것을 공부하는〉곳에도 가보았다고 한다.

「어땠어? 대체 어떤 일을 하는데?」

어제까지 갔었는데 이젠 그만뒀어, 라고 말하는 그녀에게 호기심에 물었다. 또렷이 기억하고 있다, 그 밤 해변에 있는 어떤 술집의 테라스에서 술을 마셨다. 짙은 어둠에서는 바다 냄새가 나고, 여름이 어언 끝나 갈 무렵이었다. 테이블 위에는 촛불뿐, 그녀의 긴 머리칼이 바닷바람에 흔들리고 있었다.

「이런 얘기, 다른 사람한테는 하면 안 된다고 했는데 말이지」

그녀는 말했다

「왜?」

「거기에서 체험한 일은 거기에 있었던 사람들만의 것이고, 말로는 표현할 수 없기 때문이래」

「피, 그렇다면 시험 삼아 조금만 말해 봐」

나는 웃으며 그렇게 말했다. 그러자 그녀는,

「예를 들어서? 음, 그러니까 우연히 마주하게 된 사람과 〈누구에게도 말할 수 없었던 비밀〉을 얘기하는 거야. 내 경우에는, ……상대방이 늙수그레한 할아버지였는데, 온화한 인상이었어, 그런데 그 비밀이란 것이 말이야……」

그녀는 강좌의 내용은 말할 것도 없고, 나는 전혀 본 적도 없는 할아버지의, 누구에게도 말할 수 없었을 비밀까지 술술 떠벌리고 말았다.

너무도 그녀다워 나는 웃으면서 물었다.

「그래서, 뭐 변한 거 있어? 성과는?」

「글쎄, 회사에 지각해서 핀잔을 들어도 별 신경 안 쓰게 되었어」

그녀는 진지한 표정으로 그렇게 말했다. 그 한결같음에 나는 폭소를 터뜨리고 말았다.

그리곤 십몇만 엔이나 들여 가놓고는, 그곳의 분위기에 조금도 물들지 않고 돌아온 것에 감동하였다. 나는 그런 유의 학습을 통해서 마음이 편해진 사람도, 거꾸로 악화된 사람도 알고 있다. 그러나 아무런 변화도 없는 사람은 그녀뿐이었다.

그녀는 분명 엉뚱하고 종잡을 수 없는 사람이었지만, 항상 그녀 스스로 결정했다. 스스로 결정하는 힘이 필요 이상 강한 사람이었다. 옷도, 머리 스타일도, 친구도, 회사도, 자기가 좋아하는 것과 싫어하는 것도. 아무리 사소한 것이라도.

그런 것이 쌓이고 쌓여, 훗날 진정한 〈자기〉가 자리잡게 되는 것은 아닐까 싶다.

그 사람이 그 사람임은, 망가지는 자유까지 포함하여 이다지도 아름답다, 다른 사람이 정해 주는 것 따위 무엇 하나 진짜인 것이 없다고, 빛나듯 살아가는 그녀를 보고 나는 절실하게 종종 생각했다.

어머니가 양미간에 주름을 모으고 돌아온 것은 오후 2시쯤이었다.
「다녀왔다」
고 말하자마자 식탁 의자에 털썩 앉아 윗도리도 벗지 않는 어머니에게, 동정심에 차를 끓여주었다.
「어땠어요?」
나는 물었다.
「어떻고 자시고 할 것도 없어, 난 도무지 교무실이라는 데가 적성에 안 맞거든, 옛날부터. 아아, 답답해서 혼났다」
라고 어머니는 말했다.
「요시오는?」
「글쎄, 그 아이가 학교에서 이상한 짓을 많이 하는 모양이야. 있었다가 없었다가, 체육 시간에는 농땡이치고, 수업중에는 뭔가 쓰기도 하고, 여러 가지로…… 듣고 있자니 맥이 다 빠지더라. 요즘 들어 모든 것이 한꺼번에 시작되었으니 말이다. 혼과 교신하는 애가 되고부터 말이야」
어머니는 말했다.
「엄마는 그런 얼토당토않은 얘기를……」
나는 웃었다.
「하지만 참 내, 요령도 없지, 너도 마유도 이런 일은 없었잖아」
어머니는 말했다
「왕따를 당하거나 그런 일은 없대요?」
「그런 일은 없는 모양이더라」

「그래요」

「가정에 여러 가지로 복잡한 문제가 있으면, 아이도 그걸 느낀다고 하더라, 기가 막혀서」

어머니는 말했다.

「아, 그리고 시험에 어떤 문제가 나올까 맞히기를 했나 보더라, 학교에서」

「우리 집안에 초능력을 보유한 사람이라도 있었던 걸까······ 엄마, 그런 사람 있었어요?」

「예감 능력이 뛰어나다든가? 전혀 없는데. 네 아버지가 쓰러지던 날에도 난 아무것도 못 느꼈을 정도인데. 넌?」

「없어요」

「누굴 닮은 거지?」

「정말」

DNA의 조합이라는 망망대해 어딘가 멀리에서. 혹은 그의 뇌 속에 있는 신경세포의 이음매 안에서.

「아 참, 아까 사사키란 사람한테서 전화가 왔었어요」

문득 생각이 난 나는 그 얘기를 했다.

어머니가 어떤 반응을 보일지 예상할 수 없었다. 의외로 남의 충고를 진지하게 듣는 면도 있으니까, 식구가 아닌 다른 사람과 의논했을 정도라면 그럴 마음이 있을지도 몰랐다. 직접 가보고 싶다는 말을 꺼내면 골치 아프겠는데, 하고 생각했다. 그러나 어머니는 처음에는 응, 응 하며 듣고 있더니 마침내는 눈썹을 여덟 팔 자로 찌푸리고 고개를 갸우뚱한 후 깔깔 웃으며,

「어떻게 된 거야, 모두들」
이라고 말했다.
「내가 왜 만난 적 한 번 없는 사람한테, 내 아들 일을 맡겨」

좀 이상한 논리였지만, 알기 쉬웠다.
「모두들 시간이 남아 돌아가는 건지 어쩐 건지……」
라고 얘기하며, 옷을 갈아입으러 갔다.

어째서인지는 잘 모르겠지만, 아직은 건강하다고 안심하였다.

그리고서 불현듯 생각난 일이 있다.

앞서 말한 〈지각을 해도 별 신경 안 쓰게 되었다〉는 그녀와 또 한 여자친구와 셋이서 홍콩에 간 적이 있다.

늘 빈털터리에 맨손인 그녀는 일본에 있으면 항상 답답해하는 것처럼 보였다. 그런데 외국에 도착하자마자 참방참방 제물을 만난 물고기처럼 팔팔해졌다. 나와 또 한 친구는 그런 그녀를 깊이깊이 사랑하고 있었다.

호화찬란한 호텔 방에, 창밖은 야경이고, 푹신푹신한 침대가 셋 나란히 놓여 있었다. 한 명은 테이블에서 맥주를 마셨다. 나와 그녀는 목욕을 끝내고 목욕가운 차림으로 침대에서 뒹굴었다.

그렇다, 나와 또 한 친구는 그녀를 정말이지 마음 깊이 사랑하고 이해하고 있었다.

셋이서 조잘조잘 수다를 떨었다. 내일의 일정, 남자친구, 그런 얘기들. 느닷없이 그녀가 나를 꼭 껴안았다. 그리고 말했다.
「엄마!」

나는 가슴이 조여, 장난스럽게 그녀를 밀어 넘어뜨렸다. 웃음으로 그때의 감정 모두를 흘려보냈다. 흘려보내지 않으면 감당할 수 없을 정도로, 순간적으로 한꺼번에 밀려온 것. 전부, 말로는 애기할 수 없고, 해서도 안 되는 그녀의 모든 것. 좋아하는 것, 두려워하는 것, 지켜져야만 하는 것.

 만약 내가 남자고 그런 기능이 있었다면, 안아주었을 것이다. 만약 내가 임신부였다면 커다란 배에 살며시 두 손을 갖다 대었을 것이다. 그런 감정을 순간, 강하게 품었다.

 또 다른 친구도 그랬으리라.

 그때의 기억을 떠올리고 보니 너무도 생생하여 눈물이 찔끔 흐를 것만 같았다.

아무튼 분명하고, 엄격하리만큼 선명한 광경이었다.

하늘이 파랗다.

유리 같은 딱딱한 소재로 만들어진 듯 명확하고 짙은 파랑이었다.

나는 나무들 사이로 그런 하늘을 올려다보고 있었다. 내 키 정도 되는 가느다란 나무가 온 사방을 무성하게 메우고 있었다. 자세히 들여다보니 얇은 잎사귀 뒤에 자잘한 열매가 맺혀 있었다. 초록에서 핑크, 그리고 빨강, 검정으로 변화하는 색조를 보이며 촘촘히 열려 있었다. 검정 열매를 한 개 따서 먹어보았다. 달콤한 냄새, 새콤한 맛. 알고 있다. 무슨 열매였더라…… 하고 생각했다.

생각이 안 났다.

햇볕이 쨍쨍 내리쬐고, 모든 것이 눈부셨다. 그리고 바람도 불었다.
 어디에선가 맑고 차가운 바람이 살랑살랑 불어오고 있음을 느낄 수 있었다.
 나는 눈을 감았다.
 그러자 방금 전의 짙푸른 하늘과 알록달록한 열매가 맺힌 나무들의 대비가 잔상이 되어 보다 선명하게 떠올랐다. 그 싱싱함이 전신으로 스며드는 듯했다.
 아아, 아름답다.
 아아, 시원하다.
 이 완벽한 경치 속에 서 있으면서도, 눈을 감고 있다는 호사와 쾌락을 만끽한다.
 그때 부스럭부스럭 소리가 나고, 저쪽에서 무언가 다가오는 기척이 느껴졌다. 눈을 뜨니 나무숲이 흔들리고 있었다.

 거기에서 잠이 깼다.
 꿈이었다는 걸 알기까지, 다소 시간이 걸렸다.
 무슨 일이 다가올지 모르는 채 가슴만 여전히 두근거렸다. 차가운 바람의 감촉이 가슴에 남긴 여운이 서늘했다.
 그 덕분인가, 상쾌하고 기분 좋게 잠에서 깨어났다. 아래층으로 내려가니 준코 아줌마가 아르바이트를 하러 나가려는 참이었다.
「잘 잤어요?」
 나는 말했다.
「그래, 너도 잘 잤니?」

라며 준코 아줌마는 미소 지었다.
「냉장고에 샐러드하고 프렌치 토스트가 들어 있다」
「아줌마가 만든 거예요?」
「아니, 엄마가」
「그래요? 엄마는요?」
「긴자(銀座)에 쇼핑하러 간다면서, 나갔는데……」
「그래요」
나는 식탁 의자에 앉아, 리모컨으로 텔레비전을 켰다. 준코 아줌마는 웃옷을 입고 나가려다, 아 참……이라고 말하며 되돌아왔다.
「요시오가 학교에 안 가고 자고 있어. 나중에 좀 들여다봐」
동생은 요즘 잠만 자고 있다. 학교에도 잘 안 간다. 그의 내면에서 무언가가 조금씩 빗나가고 있는 듯한 기색이다. 집안에서 이상한 일이 일어나고 있는 듯한 느낌이 든다. 그런 일들 따위 모두 기분 탓이라고도 할 수 있다, 미묘한 부분이다.
「어째 좀 이상해졌죠, 그애?」
나는 말했다.
「그런 것 같구나……」
준코 아줌마는 말했다.
「어렵구나, 이런 일은. 난 더구나 남자애가 없으니. 아이가 커가는 동안에는 어떤 가정에서건 이런 일이 일어나겠지, 많든 적든 말이야」
「그렇겠죠. 어느 날 갑자기 아주 당연한 일인 듯 찾아오겠죠」

나는 말했다.

「각 가정마다 남이 보기에는 상상도 할 수 없는 문제가 있게 마련이고, 그런데도 하루 세 끼 밥 먹고 청소하고 하는 데는 아무런 지장도 없이 하루하루가 지나가고, 시간이 지나면 아무리 비정상적인 상황에도 익숙해지고, 타인은 알 수 없는 그 가정만의 약속이 있어서, 모두들 만신창이가 되어도, 그래도 함께 살아가곤 하지」

흔해빠진 내용의 얘기라도, 가정을 잃어버린 준코 아줌마가 얘기하면 실감이 난다.

「아무리 엉망진창이 되어도 균형만 잘 잡혀 있으면 제대로 돌아간다는 걸까요?」

나는 말했다.

「그럴지도 모르지」

준코 아줌마는 고개를 끄덕였다.

「그리고 사랑」

「사랑?」

너무도 뜻밖인 그 말에 나는 깜짝 놀라 되물었다.

준코 아줌마는 웃었다.

「나도 이런 얘기는 부끄러워서 하고 싶지 않지만, 가정을 존속시키기 위해서는 사랑이 필요한단다. 사랑이란 말이지, 형태나 말이 아니고 어떤 하나의 상태야. 어떻게 힘을 발산하느냐지. 바라는 힘이 아니고, 온 가족이 서로에게 사랑을 주는 쪽으로 힘을 발산하지 않으면 안 돼. 그렇지 않으면 집안 분위기가 굶주린 늑대 소굴처럼 되어버리지. 우리 집만 해도, 실제로는 내가 망가뜨린 것이나 다름없지만, 그건 계기에 불과하고, 또 내가 혼자서 일방적으로 그렇게 한 것도 아니고, 이전부터 시작되었던 일이야, 집안 사람들 모두가 서로에게 바라기만 했거든. 그런데도 계속 존속시켜야 하느냐 말아야 하느냐 하는 막바지에서 뭐가 필요하겠어. 그야 물론 타협이라고 하는 사람도 있겠지만, 나는 안 그랬어. 사랑……이랄까, 아름다운 힘을 발하는 추억이랄까, 그 사람들과 함께였기에 좋았던 빈도라고 할까…… 그런 분위기에 대한 욕망이 남아 있을 때는 그나마 함께 있을 수 있겠구나, 하고 생각했단다」

알 것 같은 기분이었다.

이런 얘기도 자칫 잘못하면 평범한 아줌마의 고백처럼 들리지만, 눈앞에 있는 사람에게서 직접 들으면 가정을 파괴한 용기를 체험한 자의 처절함이 느껴진다.

준코 아줌마가 나가자, 부엌과 거실은 내 차지가 되었다. 그곳은 비쳐 들어오는 햇빛으로 충만하여 마치 한낮의 해변처럼 바싹 말라 있었다.

냉장고에서 아침식사 거리를 꺼내, 소파에 앉아 우물우물 먹었다.

그제서야 아직 술이 덜 깨었음을 깨달았다.

뭐 하느라 술을 마셨지…… 하고 생각했다. 무언가 생각해 내는 데 시간이 걸리는 경우가 있다. 마치 플로피 디스켓에서 데이터를 불러낼 때처럼.

그리고 생각이 났다.

어제는 에이코(榮子)와 새벽까지 마셨다.

어젯밤 내가 거의 매일 아르바이트를 하고 있는, 골동품가게처럼 지저분하면서도 분위기 있는 술집에, 나의 친구 중에서 제일 요조숙녀인 소꿉친구 에이코로부터 전화가 걸려왔다.
「사쿠미, 머리 다쳐서 입원했었다면서?」
라고 에이코는 말했다.

그런가, 만난 지가 그렇게 오래됐던가, 하고 놀랐다. 목소리를 들었을 때, 바로 얼마 전에 만난 것 같은 기분이 들었던 것이다.

그러나 〈가게 끝나면 우리 만나서 술 마시자〉란 약속을 하고, 약속 장소인 근처 술집에 도착하여 에이코를 본 순간, 못 만나고 지낸 시간의 길이를 실감했다.

그녀는 몰라볼 정도로 화려해져 있었다.

정말 내 기억 속에 있는 그녀보다 백 배 이백 배는 화려하여, 처음 나는 그녀를 일을 끝내고 술 마시러 온 호스티스인 줄로만 알고 그냥 지나쳤다. 그래서 그녀가 나를 향하여 손을 흔든 것 자체에 깜짝 놀랐다.

그렇다, 술집은 텅 비어 형광등 빛만이 뽀얗게 빛나고 있었다. 나는 그녀를 찾았다.

〈외국인이 생각하는 일본인〉 같은 제복을 입고 오가는 점원, 한 쌍의 남녀, 술에 만취되어 엎드려 자고 있는 아저씨, 큰 소리로 떠들어대는 회사원 세 명, 사람을 기다리고 있는 호스티스 한 명(이렇게 생각했던 것이다)……. 그때,
「여, 블루베리의 사쿠미」
라고 술집 지배인이 카운터 안에서 말을 걸었다. 내가 아르바

이트를 하고 있는 술집은 〈베리즈〉인데, 그는 그 이름과 자기 가게의 특선 메뉴인 〈블루베리 사우어〉를 제멋대로 뒤섞어 기억하고 있는 것이다.

 어딘가 모르게 황량한 심야의 그 술집 안에서, 그녀는 새빨간 입술, 새빨간 매니큐어로 나를 향해 미소 지으며 손을 흔들고 있었다.

 지배인이 말을 걸어 잠시 사고가 중단되었다. 인사를 한 후 다시 실내를 둘러보았을 때, 내 눈에 비친 그녀의 여전히 미소 짓는 모습과 내가 알고 있고 찾고 있던 그녀와의 격차가 사라지면서 묘한 쾌감이 일었다.

 내 눈으로 포착한 처음 보는 낯선 얼굴. 거기에 눈과 코가 재빠른 판단으로 찰칵 끼워 맞춰진 것이다.

 오답 찾아내기의 정답을 찾아낸 순간 같았다. 화려해진다는 것은 윤곽이 분명해지고 〈짙어진다〉는 것이다. 그 짙은 인상 뒤로 연필로 엷게 그린 낙서처럼, 내가 알고 있는 에이코가 있었다.

「오래간만이다」

 나는 그녀 앞에 앉았다.

「어쩐 일이야, 엄청 화려해졌는데」

「그러니?」

라며 에이코는 웃었다.

「별로 달라진 것 없는데. 그보다 사쿠미 너, 다른 사람인 줄 알았다. 머리가 짧아진 탓만은 아니고, 어쩐지 인상이 예전하고는 전혀 달라」

「예뻐졌다거나, 뭐 그런 말로 표현할 수는 없는 거니?」

시험 삼아 얘기해 봤는데, 늘 그랬던 것처럼,

「아니, 그런 게 아니고」

라며 심각한 얼굴로 말한다.

「어른스러워진 것도 아니고…… 껍질을 벗었다? 이런 말이 있던가?」

「그런 말 자주 들어, 요즘. 한 꺼풀 벗었다고 말하려는 거지?」

나는 대답했다. 나를 만나고 싶다. 얼마 전의, 나와 똑같은 얼굴과 기억을 가진 사람을.

「자, 아무튼 마시자」

에이코는 웃었다.

조각처럼 완벽하게, 빨간색으로 빛나는 입술 양끝이 활짝 활 모양으로 올라갔다.

「역시, 물장사하는 여자처럼 보이나 보지, 나」

에이코가 말해, 나는 힘주어 고개를 끄덕였다.

「그 나이에, 대학을 갓 졸업하고 새내기 신입사원이 된 풋내기처럼 일대 혁신을 꾀하다니, 물장사하는 사람 정도가 아니면 어림이나 있겠어?」

「맞는 말이다. 옷을 사려다 보면 아르바이트에도 입고 갈 수 있는 옷, 하고 생각하게 되니 말이야」

「어, 너 정말 물장사하고 있니?」

「접대뿐이긴 하지만, 가끔은」

「회사 그만뒀어?」

나는 놀라서 물었다. 그녀는 아버지의 연줄로 대기업에 취직했는데, 상사와 불륜의 사랑에 빠져 고민하고 있었다. 이게 본인으로부터 들은 최후의 정보였다. 역시 시간은 흐르고 있다. 모든 것이 변했다.
「그만둬 버렸어, 이것 때문에」
에이코는 웃으며 엄지손가락을 세워보였다.
「부모님도 알고 계셔?」
「설마, 아무것도 몰라. 들켰다가는 부모 자식 사이 끊는 걸로 그치지 않을 테니까. 그러니까 들키기 전에 그만뒀지 뭐. 그런 면에는 관대하니까, 회사 그만둔다고 무슨 기분 나쁜 잔소리를 듣지도 않았고」
「아직도 사귀니?」
「응」
「좋아해?」
「음, 처음에는 그랬지. 하지만 지금은 잘 모르겠어, 그렇다고 다른 남자가 좋아진 것도 아니고, 아무래도 어른이니까, 사소한 일인지는 모르겠지만 술집 같은 데도 많이 알고 있고, 능력도 있고 말이지. 다른 사람이랑 함께 있는 것보다는 재미있어」
「타락해 가는군」
「그래」
에이코는 그렇게 말하며 여유 있는 미소를 지었다.
이러니저러니 하면서도 연상의 남자와 티격태격 싸우지 않고 사랑받고 있는 여자의 분위기다.
좋고 나쁨은 둘째 치고, 고민하고 있지 않아 안심이었다.

요즘은 만나면 처음에는 웃지만, 술이 들어가고 잠시 시간이 흐르면 갑자기 울음을 터뜨리는 친구가 많다. 그런 나이인지도 모르겠다.

그러나 에이코는 옛날 인상 그대로, 우아하면서도 어딘가 모르게 나태함을 풍기는 분위기를 띠고 있었다.

큼직한 금귀걸이, 굽 높은 하이힐, 허리가 꽉 조이는 투피스. 굵은 퍼머를 하여 턱선까지 매끄럽게 흘러내리는 머리칼. 짤막하고 섹시하고 새하얀 손가락. 몸집이 자그마한 그녀는, 마치 완전무장이라도 하고 있는 것처럼 완벽했다.

내가 알고 있는 그녀는, 동급생이고, 아무튼 품위가 있고 인상이 부드럽고, 비싸기는 하지만 차분한 옷차림에, 뛰어난 미인에, 천진난만하면서도 두려움을 모르고 언제나 신선했다.

그러나 훌륭한 가정환경 속에서 가난을 모르고 자란 탓에 빚어지는 묘한 퇴폐적인 분위기며, 노력을 싫어하고 포기를 잘하는 성격이며, 사치를 좋아하는 통속성이며, 달콤한 목소리며, 길고 매력적인 속눈썹이며, 무절제한 씀씀이며, 극단적으로 나이가 많은 애인이며,

당시의 모든 것이 〈지금의 그녀〉가 될 인자를 포함하고 있었다. 그렇게 될 만하여 된 것이다.

그러니까 제대로 기억도 못하는 내가, 진화하기 전의 그녀가 지니고 있었던 위태로운 청결함이 상실됐다고 해서 감상적이 돼봐야 쓸모 없는 짓이다.

그렇게 생각하고 옛날은 그만 그리워하기로 했다.

판단도 평가도 유보하고, 아무튼 지금의 그녀와 신나게 마

시기로 했다.

「사쿠미는 어때?」
불쑥 에이코가 말했다.
「그, 머리를 다친 건, 뭐라고 하더라, 치정 관계?」
「아니야, 그냥 굴렀을 뿐이야」
나는 말했다.
「큰 경험 했어, 그냥 계단에서 굴렀을 뿐인데 거의 죽을 뻔했으니까, 상상해 본 적도 없는걸」
「무사해서 다행이다. 왜 연락해 주지 않았니? 문병도 못 갔잖아」
에이코가 말했다.
「기억 못했는걸. 모든 사람들을. 어쩌다 그렇게 됐는지는 모르겠지만 한동안 기억이 엉망이었어」
나는 말했다.
「그렇게 간단히 말하지 마. 큰일날 뻔했잖아. 이젠 괜찮니, 그냥 예전처럼 지내도?」
에이코가 놀라며 말했다. 나로서는 당연한 결말이었던 그 모든 과정을, 이렇게 불쑥 한꺼번에 묻는다면 에이코의 말이 맞을지도 모르겠다. 하지만 눈이 나빠져 콘택트 렌즈를 끼는 그런 상황과 비슷했다. 내게 있어 그 사고 이전과 이후는.

그렇게 엄청난 사건이 있었는데, 그저 내가 나로서 지리멸렬하게 생을 계속하다가 언젠가는 죽는, 어느 틈엔가 그런 흐름 속에 자신이 자연스럽게 녹아들어 있다. 일상이란 것의 허용량은 참으로 끔찍한 것이다.

「응, 이제 별 문제 없어, 병원에서는 앞으로도 검사를 받으러는 와야 된다고 하지만. 딱히 이상한 곳도 없고」

나는 대답했다.

「엉망이었다니, 잃어버렸다는 뜻이야?」

「그래, 엄마 얼굴조차 알아보지 못할 정도로. 나 자신도 깜짝 놀랐었어. 모르는 채 그냥 살아가야 하는가 하고 각오를 한 순간도 있었을 정도니까. 고맙게도 서서히 되살아나기는 했지만」

「인간사 뭐가 어떻게 될지 모르는 법이니까. 여러 가지로 사건도 많고」

「그래, 여러 가지로 많아」

내가 말하자, 에이코가 흥미롭다는 듯 물었다.

「애인 얼굴도 못 알아봤어?」

「그게 말이지……」

아무에게도 말하지 않은 충격적인 비밀을 처음 공개하기로 했다.

「애인이었으면 그나마 다행이겠는데, 죽은 동생의 애인을 우연히 만났거든. 그런데 그만 관계를 가지고 말았지 뭐야」

「뭐라구! 기억 못했어, 마유의 애인이었다는 거?」

에이코는 말했다. 그렇지, 그녀는 마유의 장례식에도 왔었지, 하고 기억이 떠올라, 갑자기 대화가 생기를 띠었다.

「기억은 하고 있었는데, 응, 실감이 안 나서, 기억이 모호하니까」

애기하며 웃고 말았다. 에이코도 웃으며, 대체 뭐냐, 라고 말했다.

「그 사람 작가인데, 마유가 죽은 다음에는 내내 여행만 했거든. 그러니까 애당초 그렇게 가까운 사람은 아니었다 싶은 기억만 강하고, 마유의 애인이었다는 쪽의 기억은, 알고는 있는데 왠지 실감이 안 났어」

나는 말했다.

그러자 에이코는 싱글싱글 웃으며,

「그럴까, 일부러 잊은 게 아니고? 애당초 마음이 있었던 거 아니야?」

라고 말했다.

「솔직하게 말해서 그것만은 아직도 모르겠어」

「뭐? 좋은지 어쩐지를 모르겠다는 말이야?」

「그것도 그렇지만, 내가 옛날에 그를 어떻게 생각하고 있었는지 그걸 잘 모르겠어. 마유가 살아 있었을 때, 그리고 마유가 죽고서 그가 여행을 떠난 다음부터, 어느어느 시기에 내가 그를 어떻게 생각했었는지, 뒤범벅이고 수수께끼야」

「인간이 그렇게 엄밀한 거니? 언제, 몇 시 몇 분에, 어떻게 좋아하게 됐는가, 그런 일이 가능해?」

에이코가 말했다. 나는 비교적 그런 편인데, 말하지는 않았다.

「……그런데 그가 여행지에서 보낸 편지가 수두룩하거든, 읽다 보면 점점 러브 레터 같아진단 말이야. 그런 거 수상쩍지 않니, 믿을 수가 없어서」

「왜, 멋있잖아?」
「만난 적도 없는 나는 내가 아니야」
「남자란 다 그런 거야」

에이코가 너무도 에이코다운 말을 하기에, 그제서야 비로소 정말 〈오랜만에 만났다, 반갑다〉는 느낌이 들었다.

에이코의 깊은 속에 닿은 듯한 느낌이다. 언제나 신선하여 가슴이 철렁했던 것. 내게는 없는 이런 생생한 단호함. 리얼한 당당함.

그러자 불쑥, 이에 관련된 몇몇 장면들이 떠올랐다. 아아, 난 오래도록 에이코를 좋아하고 있었구나, 하고 실감했다.

「그건 그렇고, 내가 그 편지에 답장을 썼는지, 썼다면 어떤 얘기를 썼는지, 그때나 지금이나 기억이 안 나」
「그건 좀 곤란한데」
「도무지 상상의 영역에서 벗어나지 못하고 있어. 사실이란 확신이 설 만한 기억이 없어」
「그래서 어떻게 됐는데, 그 사람이랑은?」
「마지막으로 만난 게, 그가 언제 돌아올지 모르는 중국 여행을 떠나기 사흘 전이었어. 그리고 여행을 떠났고, 끝」
「편지는?」
「오기는 오는데, 여행 얘기뿐이야」
「일본에는 안 와?」
「책이 나올 때면 가끔 들르는 모양인데, 좀처럼. 들러도 하루이틀 정도나 머물까. 그때는 어쩌다 한 달이나 머물렀었는데, 일본 국내를 여행하다가 마지막으로 도쿄에 들른 차에 내

사고 소식을 듣고는 서둘러 연락한 거였어」

「그리고, 그런 사이가 됐다는 말이지?」

「그 사람 역시 뜻하지 않은 전개였을 거야」

「사쿠미, 너한테도 그렇고」

에이코는 계속해 웃었다.

「사실은, 이전부터 좋아했던 거야. 그러니까 마유가 있다는 게 괴로워서, 잊고 싶어서, 억지로 잊어버린 거 아닐까?」

「글쎄…… 적어도 난 마유가 죽은 다음부터라고 생각하는데. 그전에는 아무리 생각해 봐도 아무런 느낌도 없었던 것 같은데」

내가 말하자, 에이코는 내 어깨를 탁탁 치며,

「그쯤 생각해 두는 편이 좋을 거야. 넌 지나치게 결벽스러우니까」

라며 웃었다. 세 잔째 생맥주에 술기운이 돌아, 붉은 눈꼬리가 아름다웠다. 영상과 목소리와 언어가 아름답게 조화를 이룬, 에이코란 예술에 넋을 잃고 있었다.

그 아침 반짝 눈을 떴을 때,

〈와, 어쩌다 이렇게 묘한 사태가 벌어지고 말았을까!〉

하고 새삼 생각했다. 여동생의 애인이 옆에서 쿨쿨 자고 있었다. 구름 낀 아침, 긴자의 도큐(東急) 호텔. 넓은 침실, 넓은 창. 빌딩가로 어슴푸레한 빛이 반사되고 있었다.

생각은 그랬지만 기억은 또렷했다. 수술 후의 회복 기간이었고, 집으로 돌아오기는 했지만 술도, 운동도, 하물며 섹스 따위는 당치도 않은, 안정을 취해야 할 시기였다.

그 전날, 어머니와 준코 아줌마는 나를 간병하느라 지친 몸을 달래기 위해 온천에 갔고, 동생과 미키코는 디즈니랜드에 가, 나 혼자 쉬면서 집을 지키고 있었다. 그런데 전화가 걸려 왔다. 류이치로로부터.

그는 묵고 있는 호텔의 이름을 말하며, 내가 당한 사고에 당황해했다. 나는 심심하기 짝이 없었던 터라, 나갈 테니까 만나자고 했다. 1층의 커피숍으로 장소를 정했다.

거의 까까중이나 다름없는 내 머리 스타일에 그는 놀라서, 멋있는데, 라고 말했다. 그리고,

「사쿠미, 변했군, 굉장히」

라고 말했다.

옛날, 친구 집에서 냉장고를 열었는데, 빨갛고 둥글고 커다란 것이 들어 있었어. 잘 알고 있는 것인데도 순간 무엇인지 생각이 안 나더군. 그것은 수박이었지. 프루트 펀치를 만들려고 껍질을 벗겨두었다는 거야. 꽤 애를 먹었을 텐데 왠지 좀 이상하다고 생각했고, 무엇보다 자신이 그게 수박인 줄 금방 알지 못했다는 점이 우스웠어. 그때 느낌하고 비슷해. 그렇게 변했어,

라고 그는 작가다운 예를 들었다.

사람이, 어떤 사람이 자기가 알고 있는 사람이라고 여기는 기준은 무엇일까.

그때 당사자에게는 말하지 않았지만, 그 역시 내가 알고 있던 그는 아니었다. 훨씬 말끔하고 상큼하고 편안한 얼굴이었

다. 여기저기 여행을 다니며 그가 쓰는 글처럼, 그런 방황이 없는 무엇에 점점 다가가고 있다는 인상을 받았다. 한번 기억을 씻어낸 내 눈 쪽이 변해 그렇게 보인 것인지, 아니면 정말 그가 변한 것인지는 알 수 없다.

그리고 그후 마치 당연한 순서이듯 방으로 올라가 자고 말았다. 그것은 〈긴 여행으로 여자에 굶주려 있다〉는 수준에서, 〈내가 수술 후의 첫 외출이라 좀 들떠 있었다〉는 것, 게다가 〈애당초 서로에게 관심이 있어서, 이런 순간을 기다리고 있었다〉, 〈거의 다른 사람으로 만났다〉, 〈이건 기적이고, 신에게 감사한다〉란 아름다운 수준까지를 전부 포괄하는 긴긴 밤이 되었다.

아무튼, 좋은 밤이었다.

나는 그에게 퇴원한 지 얼마 되지 않았다는 걸 숨기고 있었다.

격렬한 운동의 결과, 어디 이상해진 곳은 없나, 하고 일어나 걸어보았다. 아무 이상도 없는 듯했다.

시계를 보니 낮이었다. 체크아웃할 시간이에요, 라고 말하고 류이치로를 깨웠다. 신기하다는 듯 나와 실내를 돌아보는 그의 표정이 그야말로 〈일어났을 때 자신이 어디에 있는지 정해져 있지 않은 여행자〉의 그것이어서, 나는 웃었다.

그러고 나서 조금은 떨떠름한 기분으로 식사를 했다. 그는 일정을 하루 연기하였고, 다행히 그 방이 비어 있어서 룸서비스를 요청했다.

샌드위치와 주스와 샐러드와 달걀 요리와 베이컨과 커피, 내가 이 세상에서 가장 좋아하는 타입의 아침식사였다.

 그러나 먹는 도중에 끝내는 〈축제의 끝〉 같은 처연한 기분이 들었다. 류이치로는 곧 떠나버릴 것이고, 집으로 돌아가면 이 철딱서니 없는 외출로 어머니에게 심한 꾸중을 들을 것이 뻔했다. 어머니는 벌써 여행에서 돌아와 있을 것이다. 잠시 바깥 세상을 구경하고 왔을 뿐이라고, 그런 연기를 하지 않으면 안 된다. 아아, 성가시다.

 그건 그렇고, 우리 집은 외박에는 관대했던가?

 도무지 생각나지 않았다.

 의외로 담담할지도 모르고, 어쩌면 꼬치꼬치 캐물을지도 모른다는 엇갈리는 생각에, 나는 아직도 〈어머니〉를 다 기억해 내지 못하고 있다는 사실을 통감했다.

 불안하다기보다는 모든 것이 뿌옇게 떠 있었다. 자신을 둘러싼 모든 것이 아주 멀게만 느껴졌다.

 치, 모든 일이 다 따분해, 란 표정을 짓고 있었나 보다. 류이치로가 말했다.

「머리라도 아픈 거야?」

 아니, 라고 나는 고개를 내저었다.

「여행지에서 앓지는 않았어요?」
라고 묻자,

「감기쯤은 앓았지」
라고 말했다.

「손쉽게 여행자가 돼버렸군요」

「쉬운 일이지 뭐, 나 같은 놈들 수두룩했어」

「줄곧, 여행만 하는 사람이?」

「응, 여러 나라 사람들을 봤지. 요즘은 어딜 가나 있어. 조금은 내가 특별한 일을 하고 있다는 기분에 젖어 있었는데, 그런 사람들이 너무 많아서 충격을 받았을 정도야」

「그래요?」

「간단해, 누구라도 한 이삼 일 동안 일만 정리하고 나면, 곧장 일상으로부터 헤어날 수 있어. 있는 돈이 다 떨어질 때까지, 한두 달은 놀면서 지낼 수 있다고」

「그야 그렇겠죠」

무심히 고개를 끄덕였다.

「다음에는 같이 가자고. 머리가 다 나으면」

「어디까지?」

「어디까지니 언제까지니, 그런 거 없이」

라고 그는 대답했다.

「언젠가는요」

나는 말했다.

나는 그때 그에게, 하룻밤을 같이 지낸 사람에게 품는 감정 이상의 감정은 갖고 있지 않았다.

머리카락 내음이며, 손바닥의 감촉을 애틋하게 여기는 정도, 그 이상도 이하도 아니었다. 그러나 그에 대한 그런 감정조차 이전의 내게는 털끝만큼도 없었던 감정이란 것은 알고 있었다.

「또 만날 수 있을까」

그가 말했다. 그렇게 미적지근하게 얘기하지 마, 이 자식아! 하고 생각했지만, 마유 때문에 조심하고 있다는 걸 알고 있었다. 그의 그런 성격을 알고 있었다.

「나는······」

나는 말했다. 건넌방에는, 어젯밤을 함께 지내며 이런 자세도 저런 자세도 취했던 침대가 엷은 햇살 속에 놓여 있었다.

「한 번 만났더니 또 만나고 싶고, 한 번 섹스를 했더니 또 하고 싶어져서 두 번, 세 번, 네 번으로 늘어가는, 그런 게 사랑이라고 생각하니까, 가끔씩밖에 만날 수 없는 사람을 사랑한다고는 생각할 수 없어요」

「그야 그렇지」

라고 그는 웃으며 말했다.

나도 따라 웃었다.

「자 그럼, 내일은 만날 수 있을까?」

「엄마가 내보내주지 않을 거예요, 오늘도 돌아가면 꾸중을 들을 테고」

「그렇게 엄했던가, 너네 집?」

「앓고 난 후 무단 외박은 처음이니까」

「그래?」

「그럴 거예요, 아마도」

그때 테이블 위, 깨끗하게 비워진 은식기와 샌드위치가 들어 있던 바구니로 눈을 떨구며, 같은 욕망이 싹텄다. 그가 말하지 않았더라면, 내가 말을 꺼냈을 것이다.

「그럼, 지금 다시 한번 하지」

라고 류이치로가 용기 있게 먼저 말했다. 나는 웃으며 고개를 끄덕였다. 우리는 다시 침대로 돌아갔다.

그런 일이 있었다.

「어렸을 때는 다들 어른이 되면 신부가 될 귀여운 애들인데 말이야」
에이코가 말했다.
「왜 모두들 이렇게 돼버리는 거지?」
나는 웃었다.
「그 점이 재미있잖니? 내년 이맘때쯤, 너도 누군가의 아내가 돼 있을지도 모르고. 무슨 일이 있을지 모르잖아」
「난 영원히 지금 이대로가 좋아, 따분한 대낮에 혼자서 멍하니, 오늘밤엔 또 얼마나 징그러운 짓을 벌일까, 빨리 밤이 안 오나 하고, 밤을 기다리고 싶어」
에이코는 말했다.
「행복한 모양이네」
내가 말하자, 그녀는 콧잔등에 주름을 지으며 웃었다.
새벽녘에야 헤어졌다.
아침 거리로 구두굽 소리를 울리며, 자그마한 뒷모습을 보이며 돌아가는 그녀를 배웅했다.
아침노을, 빛나는 하늘. 멀어져 가는 친구, 취기.
계단에서 굴러 죽었더라면 볼 수 없었을 풍경.
너무도 아름다운 도쿄의 새벽.

추억에 잠겨 있는데, 불쑥 동생이 내려왔다.

잠이 덜 깬 그의 소름 끼치도록 짜증스러운 표정이 죽은 사람처럼 창백하여 말을 걸 엄두도 나지 않았다.

「더 잘 거야」

묻지도 않았는데, 대답하기도 귀찮다는 듯 그는 말했다.

「그래 편히 자」

나는 말했다.

동생은 고개를 끄덕이고, 냉장고에서 우유를 꺼내 마시더니 바로 부엌에서 나갔다.

이상하네, 하고 생각하며 시선을 돌리는데,

「누나」

라고 부르며 돌아왔다. 짜증스럽다기보다 정말 잠이 쏟아져 얘기하기도 힘겹다는 투였다.

「왜?」

나는 말했다.

「그 사람, 나였었는데, 조금 있으면 만날 수 있었는데. 음, 나무 뒤에 숨어 있었어」

그는 말했다.

「무슨 얘기야?」

영문을 알 수 없어, 물었다.

「그러니까! 블루베리 꿈, 꿨잖아」

답답하다는 듯 그는 말했다.

아아! 그랬구나. 오늘 아침에 꾼 꿈속의 나무는, 블루베리였구나! 라는 생각에 흠칫 놀라고 있는 내 귀로, 잠에 쫓겨

계단을 올라가는 동생의 발소리가 들렸다.

미적지근한 공기 속, 지쳐서 수영장 가장자리에 앉아 있었다.
사람들은 금욕적으로 수영하고 있다. 높은 천장 아래, 물방울을 튀기며. 어린아이들은 유아 수영장에서 환성을 지르고 있다.

물에서 나와 이쪽으로 걸어오는 미키코가 보였다. 그 수영복 차림의 모습을 물끄러미 바라보았다.

「아, 힘들어」
라고 미키코가 말하는 것과 거의 동시에 나는 말했다.
「진짜 살 빠졌다, 너」
「정말?」
미키코는 웃었다. 물방울을 똑똑 떨어뜨리며.
「진짜야, 정말 살 빠졌어」
「몸무게는 변하지 않았는데」

「탄력이 생긴 거 아니니?」
「사쿠미 언니도 얼굴이 작아진 것 같은데」
「그래?」
신나서 나도 웃었다.
「나머지 일주일, 열심히 하자」
「응」
「잠깐 쉬고 나서, 또 한번 수영할 거야」
「나도. 그리고 끝내자」
그녀는 물을 마시러 저쪽으로 걸어갔다.

 매일 수영장에 다니기 시작한 지 한 달이 되었다. 나는 아르바이트 때문에, 미키코는 학교 때문에 시간적으로는 꽤 빠듯했지만 그런데도 무엇에 홀리기라도 한 것처럼 열심히 다니고 있다. 수영이 재미있어서 견딜 수가 없었다.

 지난 봄의 폭음과 폭식 탓에 5킬로그램이나 살이 쪘다. 5라는 숫자보다는 태어나서 처음으로 몸무게가 50킬로그램의 문턱을 넘어섰다는 것이, 과연 충격적이었다. 미지의 몸무게에는 미지의 사고 체계가 있는 것인가 하고 생각했을 정도로, 자신의 몸무게가 무겁게 느껴졌다.
 집 안에 더욱 심각한 사람이 있었다. 골프 클럽을 그만두자 순식간에 6킬로그램이나 살이 찌고 만 미키코였다. 원래 살이 찌기 쉬운 체질인 데다, 매일 집 안에서 뒹굴거리고 술 마시러나 나다니는 생활을 했던 것이다. 같은 집 안에서 얼굴을 마주할 때마다 그녀가 하도 살을 빼고 싶어하여, 나까지 이 무거워진 육체를 죄악처럼 느끼기 시작했었다.
「사쿠미 언니, 무슨 수를 써야지」
어느 날 밤, 지난 봄 내내 출퇴근을 하다시피 한 포장마차에서 돌아오는 길에 미키코가 말했다.
「다 먹고 나서야 제정신을 차리는구나」
나는 말했다.
「그래, 매일 이렇게 지내서는 안 되겠어」
살이 올라 통통한 볼로 미키코가 말했다.
「하지만 그 집 라면 맛있잖아. 나 후회는 안해」
내가 말했다.
「나도 먹기 전에는 그렇게 생각했었어」
미키코가 웃었다.
나는 문득 생각이 떠올라 말했다.
「그럼, 살 빼자. 둘이서 같이 하면, 다이어트도 재미있을 거야」
그렇게 말하자, 그 일이 아주 재미있는 것인 양 느껴졌다. 미키코는 그러는 게 좋을지도, 라고 말했다.
「그럴래?」
「그러자」
그리고 다이어트와 수영장에 다닐 계획을 세우며 걸었다.
「그런데 말이야, 〈이대로는 안 되겠다, 무슨 수를 내야지〉하고 생각하며 돌아가는 밤길이 참 좋다. 가슴도 두근두근하고」
미키코가 말했다

「그래, 정말 내가 여기에 있다는 느낌이 든다」
「마조히스틱한 걸까」
나는 웃었다. 그리고, 배가 불러서 멍해진 머리로 올려다보는 달의 아름다움을 확인하였다. 밤길의 고요함. 바람 냄새.
그리고 생각했다.
한밤중의 식욕은 악령이다. 개인의 인격과는 전혀 별개로 기능한다.
알코올도, 폭력도, 약도, 연애도. 그리고 아마 다이어트마저도.
탐닉은 모두 마찬가지다.
선악이 아니고, 살아 있다. 그리고 마침내 싫증이 난다. 싫증이 나든지, 되돌이킬 수 없게 되든지. 그 둘 중 하나다.
언젠가 싫증나리란 걸 알고 있는데도 파도처럼 줄지어 다가온다. 모습과 형태를 바꾸어 해변을 씻고, 밀려왔다가는 밀려가고, 조용하게, 격렬하게.
되풀이한다, 지나간다.
먼 풍경. 긴장과 이완이 초래하는 인생의 영원한 해변.
뭘까? 무엇을 보고 있는 걸까?
그것을 통하여.

수영장에서 돌아오는 길, 미키코가 불쑥 말했다.
「이렇게 운동도 하고 식사량을 줄이면 틀림없이 살이 빠지겠지?」
「빠지겠지」

사우나에서 재봤더니, 나도 2킬로그램 빠져 있었다.

「그런데 사람들은 어째서 대부분 다이어트에 실패하는 거지?」

「그 사람이 살찌게 된 것은 그 사람의 생활 태도 탓이고, 따라서 당연한 결과랄까, 그런 생활을 하는 한 필연적이잖아? 생활 패턴을 바꾸기가 쉽지 않다는 뜻 아닐까. 그리고 또 욕망이란 살아 있는 것이고, 그 자체로 굉장한 힘을 갖고 있으니까, 안 먹는다, 운동을 한다, 살이 빠진다. 그렇게 간단한 일인데, 그것을 믿지 못하도록 뇌 속에서 자발적으로 비틀고 있는 거겠지. 인간이란 대단하단 말이야」

「그래, 더구나 아마 나 혼자였더라면 불가능했을 거야. 나 자신한테 변명을 해가며 적당히 했을 거야. 사쿠미 언니랑 같이 다니니까 재미있어서 이렇게 끈질기게 다닐 수 있는 걸 거야, 혼자였더라면 따분해서 이렇게 열심히 애쓰지 못했을 거야. 진작에 다른 재미있는 일 찾아 나섰을걸」

「인간은 기계가 아니잖아. 금욕은 곧 고통이야. 지겨운 시간은 영원한 법이지. 육아 노이로제도, 간병으로 인한 피로도, 끝이 안 보이는 고통에서 비롯되는걸 뭐」

「재밌었어, 살 빼기 작전」

미키코가 웃었다.

「또 살찌면 하자」

나도 웃었다.

「집 안에 여자가 네 명이나 있으니, 살찌기는 잠깐이야」

그런데 뜻하지 않은 부작용이 나타났다.

살은 빠졌는데도 여전히 수영이 하고 싶어서 견딜 수가 없었다.

미키코는 달랐다. 내가 언제 수영을 했냐는 듯, 천연덕스럽게 싸돌아다니고 집에서는 텔레비전을 보곤 했다. 수영장 따위 까맣게 잊고 있었다.

나는 몸에 좋겠지 싶어 한가한 날이면 변함없이 수영장에 다녔다. 문제는 한가하지 않은 날, 특히 아르바이트에 가기 전이었다.

수영을 하고 아르바이트를 하러 가면 힘들어서 쓰러질 지경이 된다. 몸에 안 좋다. 매일 수영을 한다고 다 좋은 것은 아니다. 내일 가자. 생각은 그런데도 저녁나절, 까닭 없이 물에 들어가고 싶어 견딜 수 없어진다. 갈망이었다. 그리고 마음은 요 얼마 전, 미친 듯 수영장에 다니던 나날을 눈물이 쏟아지도록 그리워한다. 머리칼을 쥐어뜯고 싶을 정도로, 수영을 하고 싶다.

과연 내가 정상인지 자신이 없어진다. 기억이 애매하다는 것보다 나는 이쪽이 훨씬 더 겁난다.

옛날부터 그랬던 모양이다.

무슨 일이든, 한번 열중했다 하면 쓰러질 때까지 하는 아이였다고, 어머니는 말했다.

나는 내가 그런 아이였다는 것을 전혀 기억하지 못한다. 다른 사람 얘기인 줄 알았을 정도다.

그런데 어쩌다가 이렇게 태평스런 애로 변했을까, 하고 어머니는 웃었다. 정말 그렇네, 그때 나 역시 그렇게 생각했었다.

하지만 때로는, 이렇게 야수처럼, 무언가를 끝장이 날 때까지 밀고 나가 모든 것을 엉망진창으로 만들어버리고 싶은 욕망이 끓어오른다. 그 욕망이 이성을 누르고 온몸을 들쑤시고 다닐 때, 나는 어린 시절의 낯선 나와 만난다.

「너 누구야?」

「그건 상관없으니까 끝장을 보자고」

나는 속고 싶지 않아 그 말을 들어주지 않는다. 참는다. 외면하고 있는 사이에 폭풍은 사라져간다. 맞아, 난 훨씬 더 재미있는 방법을 알고 있다고, 라고 나 자신에게 속삭인다.

그날도 나는 물속으로 뛰어들고 싶은 충동을 부둥켜안고 거실에 앉아 있었다.

재방송되고 있는 드라마는 이미 머리에 들어오지 않았다. 다만 물소리가, 코를 찌르는 염소 냄새가, 탈의실에서 수영장으로 이어지는 어두운 통로가 정겨운 천국의 이미지로 꿈처럼 거듭 머릿속에 떠올랐다.

아르바이트를 빼먹는 한이 있어도 수영을 하지 않으면 기분이 가라앉지 않을 만큼 초조했다. 아르바이트를 농땡이치는 것쯤이야 간단한 일이고, 또 종종 하는 일이기도 하지만 이건 조금 다르다. 즐거움이 수반되지 않는 이런 욕망에 우선권을 주고 싶지 않았다. 진정한 집중이란 좀더 유연한 법이다.

그런 엉터리 같은 빌미를 몇 가지 생각하며 그럭저럭 시간을 보내고 있는데, 동생이 내려왔다. 그는 오늘도 학교에 가지 않고 집에서 자고 있다. 계단을 천천히 내려와 소리도 없이 부엌으로 들어가는 그를 등으로 느끼고, 나는 소파 너머로 돌아다보았다.

동생은 요즘 복장도 이상하다.

예를 들면 셔츠의 색이나 거기에 맞춰 신는 양말의 색이 어울리지 않는 그런 문제가 아니고, 균형이 안 맞는다.

자신감 있는 아이의 불균형은, 그것을 힘으로 억누르고 한층 성장하는 발랄한 외견을 취하지만, 동생은 다르다.

그 자신은 평정을 연출하려는 심산이겠지만, 긴장과 불안과 그것을 알아주었으면 하는 치기가 들여다보인다.

가족이기에, 실망스럽기에, 희미한 혐오감을 느낀다. 반사적인 혐오감이니까 어쩔 수가 없다. 예민한 그에게 그것이 전해진다. 그래서 가까이 다가오지 않는다. 어쩐지 서먹서먹하다.

요즈음 그런 악순환이 계속되고 있다.

그는 내심 짜증스러워하면서 뒹굴뒹굴 게으름을 피우고 있는 나를 흘끗 보며,

「오늘은 수영장에 안 가?」
라고 느닷없이 아픈 데를 찌른다.

우연이 아니다, 이런 일이 몇 번이나 있었다. 눈을 읽는 것이다. 나랑 얘기를 나누고 싶다거나 호의이기에 앞서, 그는 지금 자기를 방어하고 있다. 순간적으로 모든 정보를 해독하여, 나에게 분석당하는 공포를 회피하고 있다. 서글프다.

「이제 싫증났어」

나는 말했다.

「어어」

동생의 눈빛에 응석이 섞여 있다. 나를 짜증스럽게 만드는 약한 자의 눈빛이었다.

「너는 학교에 안 갔어?」

「응」

「어디 아픈 데라도 있니?」

「응, 조금」

과연 얼굴색이, 요즘은 줄곧 안 좋다.

「하루 종일 잘 거야? 가까운 데 산책이라도 나갈까?」

「밖에 나가고 싶지 않아, 더 이상 힘을 빼고 싶지 않아」

「왜 힘이 없는데?」

「말해도 안 믿을걸 뭐」

동생은 말했다. 가냘픈 손을 주머니에 쑤셔넣은 채, 무료한 표정이었다.

그의 내부에서 무슨 일이 일어나고 있는가, 어떻게 그가 내 꿈속까지 파고들어올 수 있었단 말인가. 나는 모른다. 아마도 영원히.

내 안에서 무슨 일이 벌어지고 있는가를 내가 알 수 없는 것처럼.

그러니까, 이렇게 공평한 세상에서, 서로 말꼬리를 잡고 늘어지는 것보다 좀더 재미있게 사는 방법이 무언가 있을 듯한 기분도 들지만, 어린 그에게 어떻게 얘기해야 이런 생각이 전해질 수 있을까?

나는 생각했다.

「뭐 하고 싶은 거 있어?」
라고 묻자,
「아빠를 만나고 싶어」
라고 대답했다.
「그런 식으로 슬쩍 바꿔치기하는 거 아니야. 아빠 만나봐야 딱히 이해해 주지도 않을 거고. 하지만 만나고 싶다면 데려다 줄게. 네 아빠는 살아 있고, 언제든지 만날 수 있으니까」
 좀 심한가, 싶은 생각도 들었지만, 말해 버렸다.
「그렇지만 어째야 좋을지 모르겠어」
 동생은 말했다.
「학교에도 못 가겠고. 왠지 불안해」
「다 그럴 때가 있는 거야, 누구에게든. 줄곧 집에만 있다든가, 생각이 꼬리에 꼬리를 물고 멈추지 않아 자신이 비참해질 때라든가. 어른들에게도 그런 때가 있어. 무엇이든 할 수 있을 것처럼 자신감이 솟을 때와 마찬가지로, 있을 거야. 그런 일을 계속 반복하면서 시간이 지나가는 거야. 이 정도 일로 너를 단정짓거나 하진 않아, 아무도. 못된 아이라느니, 속만 썩이는 형편없는 아이라고 여기지 않는다고.
 여리다고도 생각지 않고.
 설사 그렇게 생각한다 해도 얼마든지 돌이킬 수 있어. 이제 나갔다 오자, 나가자, 응? 네가 원하는 걸 다 해줄 수는 없지만, 아르바이트에 데리고 가줄 테니까」
 나는 말했다.
 동생은 들개가 살랑살랑 꼬리를 흔들듯 눈을 내리깔고 내게로 다가왔다. 그리고는 한동안, 그저 나란히 텔레비전을 보고 있었다.

동생은 최근 어머니에게는 아무 말도 하지 않으면서, 이따금 나에게만은 자신의 생각을 털어놓는다.

그럴 때마다 나만 〈좋은 역〉을 맡지 않도록 주의해 왔는데, 어머니는 의외로 그런 일은 개의치 않았다. 샘은 좀 나지만, 일이 제대로 풀리기만 하면 그걸로 만족이라는 듯한 묘한 너그러움을 보여주고 있었다.

그래서 메모만 남기고, 어머니가 돌아오기 전에 동생을 데리고 집을 나섰다.

동생은 밖에 나오지 않은 지가 벌써 일주일이나 됐다고 한다. 공기가 맛있어, 라고 그는 말했다.

내내 안전한 집 안에만 있으면, 인간은 집에 동화되어 가구처럼 돼버린다.

거리에서 흔히 보는, 밖에 있는데도 복장도 표정도 실내에 있던 그대로인 사람. 완전히 긴장이 풀어져 밋밋하고 반응이 둔하고, 사람의 눈을 보려 하지 않는 사람. 야성을 잊어버린 눈빛이다.

동생이 그렇게 되길 바라지 않았다.

물을 찾아 애태우는 누나와 겁에 질린 듯 멍하게 걷는 동생. 나란히 저녁 거리를 걸었다. 달이 나지막이, 투명한 군청색 하늘에서 빛나고 있었다. 서쪽 하늘에는 아직도 희미하게 붉은 기가 남아 있었다.

초등학생이란 걸 뻔히 알 수 있는 동생을 술집으로 데려가, 일하는 동안 제일 구석 카운터에 앉혀두었다. 가게에 손님이 많아 그다지 신경을 써주지 못했다. 할일이 없는 그는 처음에는 어두컴컴한 불빛 아래에서 《소년챔프》를 읽다가, 다 읽고 나자 심심한 듯 보였다. 집에 갈래? 하고 묻자 고개를 내저었다. 별 뾰족한 수가 없어, 이 가게의 자랑거리, 지배인이 손수 만든 비장의 산그리아를 한 잔 마시게 했다. 달착지근하고 맛있어, 라며 그는 꼴깍꼴깍 마셨다. 어쩐지 마음이 개운치 않아 나도 마셨다. 조금은 기분이 풀렸다.

  취한 탓인가, 사람들의 물결을 보고 있는 탓인가, 밤이 깊어지자 그의 눈이 생기를 되찾기 시작했다. 잘 알고 있는 가족의 얼굴이었다.

  사람의 얼굴이란 참 신기하군, 하고 생각한다.

  마음이 제자리에 돌아온 것만으로도 사랑스런 빛을 발하기 시작한다.

  안심하여, 내 얼굴도 풀어진다.

  그리고 알았다. 수영장 탓만이 아니고, 집 안에 굳게 경직된 인간이 어물쩡거리고만 있어도, 공기가 긴장하여 영향을 받는 것이다.

  동생을 데려온 내가 측은했던 것이리라. 지배인이 12시가 되자 돌아가도 좋다고 말했다.

  어린애를 데리고 와볼 일이다. 나는 기꺼이 일을 끝냈다.

「목소리가 들려」

밤길에서 동생이 불쑥 말했다.

드디어, 하고 생각했다.

이 시점에서 잘못 받아들이면 좋지 않은 결과를 낳을 수도 있다. 라고 아동심리학 책에 곧잘 씌어 있는 바로 그 순간인데, 막상 당하고 보니 동생이라서 적당히 응수해도 상관없다는 걸 실감했다.

「뭘 알리는 목소린데?」

나는 물었다.

동생은 술기운을 쫓으려 산 우롱차를 마시며 걷고 있었다. 뭐라 설명해야 좋을지 답답하다는 듯, 그는 천천히 얘기했다.

「아무튼 이런저런 여러 가지. 속삭이듯 고함치듯, 중얼거리기도 하고, 남자이기도 하고, 여자이기도 하고, 끊임없이, 자글자글 하고 무언가가 말을 걸어」

「그러니까, 소설 쓰기 시작한 때부터 줄곧?」

「그때는, 가끔씩이었어」

그는 눈을 내리깔았다.

「지금은, 내내 그래. 점점 심해지고 있어」

「힘이 들기도 하겠구나」

나는 말했다

「명령일 때도 있고, 음악일 때도 있고, 사쿠 누나의 꿈의 화면일 때도 있고. 잠을 자면 그래도 나아, 화면도 있으니까. 그렇지만 깨어 있으면 소리야. 가끔은 미쳐버릴 것만 같아」

「그렇겠지. 지금은?」

「지금은 안 들려. 어렴풋이 무슨 소리가 날 뿐이야」

잠시 귀를 기울이는 듯하고서, 동생은 말했다.

「넌, 라디오니?」

나는 말했다.

「모르겠어. 아무한테도 말 못했어. 믿어줄 수 있어?」

「믿어……. 하지만, 구체적으로 어떤 건데? 누가 네 머릿속에서 너를 몰아세우거나 그러니?」

나는 물었다.

「아니, 그렇지는 않아」

동생은 고개를 저었다.

「예를 들면 인디언의 기도라든가……」

「뭐야, 그건?」

내가 말하자, 동생은 열심히 설명했다.

「지난번에 길을 걷고 있는데, 갑자기 누군가가 낮은 소리로 얘기하는 소리가 들리는 거야. 그런데 가만히 듣다 보면 이해가 돼. 말이 되는 거야. 나는 당신 앞에 한 사람의 인간으로서, 당신의 수많은 아이들 중의 한 사람으로서 서 있습니다. 나는 어리고 연약하여……라고, 줄곧 계속돼. 몇 번이나. 집에 들어가자마자 서둘러 메모를 했지. 그 사이에도 죽 계속되었어. 기도라는 건 알았어. 하지만 한 번도 들어본 적이 없는 기도라서, 그냥 내버려뒀는데, 얼마 전에 도서관에서 우연히 펼쳐본 역사책에, 그게 실려 있었어. 믿을 수 있겠어? 거의 틀린 말 하나 없이. 이름도 없이 죽어간 인디언의 비석에 새겨져 있는, 유명한 기도문이었어」

「너한테는 일본말로 들렸니?」

「모르겠어. 하지만 그럴 거야」

동생은 말했다.

어떤 말을 해줘야 좋을지 알 수 없었다. 진위나 병명을 떠나 힘들 것 같아서.

「처음에는 사명이라고 생각했어」

「사명?」

나는 되물었다.

「들려오는 얘기를 책으로 써내는 게. 그런데 그렇게 들려오는 것들이 원래부터 있었거나 다른 사람의 생각이라면, 도작(盜作)이다. 그런 생각이 들어서 겁이 난 거야. 겁이 나고 무서워지고, 그랬더니 점점 더 여러 가지 소리가 들려……」

「잡음이 늘어나는 거로구나」

내 말에 동생은 고개를 끄덕였다.

그리고, 울었다.

그가 갓난아이였을 때, 내가 옆방에서 매일 밤 지겨울 정도로 들었던 저 무구하고 거리낌없는 눈물이 아니고, 똑똑 조용히 떨어지는, 막다른 골목에 다다른 어른의 투명한 결정이었다.

「정말 힘들겠구나. 머리가 풀 가동되고 있으니. 무리야, 학교에 간다는 건」

나는 말했다.

「단순히 머리가 이상해진 걸까?」

슬픈 듯 그는 말했다.

「어떻게 하면 좋지?」

「글쎄」

나는 뭐라 할 말을 찾았지만, 없었다.

「아무튼 앉자」

라고 말하고, 벽에 기대어 웅크렸다.

「지쳤어」

라고 말하고, 동생은 힘없이 내 옆에 앉았다. 나는 말했다.

「엄마한테는 함부로 얘기하지 않는 편이 좋겠다. 그리고……」

「그리고?」

「네가 어떤 종류의 라디오가 됐다고 가정해 봐, 라디오의 생명은 뭘까?」

나는 물었다.

「프로그램을 선택할 수 있다는 것」

동생이 말했다.

「그래 맞아. 튜닝, 그리고 마음대로 켰다껐다 할 수 있다는 것」

나는 말했다.

「그런 게 불가능하다면 라디오는 쓸모 없는 물건이 되지. 그건 분명해. 자기가 언제 어떤 프로그램을 듣고 싶은지만 선별할 수 있게 된다면……」

「어떻게?」

「음」

말로 하기는 간단했다. 자신을 믿어야 한다느니 거부하는 의지를 길러야 한다느니. 하지만 그런 말은, 평화스런 오후에

과자를 오물거리면서 〈이렇게 하면 당신은 날씬해진다〉란 특집 기사를 팔락팔락 넘겨가며 그 기분에 젖는 것과 다름없을 정도로 무의미했다. 입으로는 얼마든지 거창한 말을 할 수 있다. 하지만 자신이 할 수 없는 일을 남에게 말해서는 안 된다.

하물며 동생은 아직 어린애다.

아직은, 자기가 진정 원하는 것이 무엇인지 선택할 수 있는 나이가 아니라고 생각한다.

나나 미키코조차도, 밤길에서 결심한 일을 둘이서 함께 겨우겨우 실행했을 정도인데.

설명하기가 어려웠다.

나는 침묵했다. 밤은 기름처럼 무겁고 조용하게 거리를 채우고 있었다. 모든 골목, 모퉁이 길들이 의미를 지니고 어둡게 침묵하고 있는 것 같았다.

등에 닿은 차가운 콘크리트의 감촉이 전신으로 파고드는 듯했다.

어째야 좋을지 모르고 있던 내가,

「매일, 수영장에라도 다닐까」

하고 말한 것과 거의 동시였다.

「또 들렸어」

라고 말하며 동생이 얼굴을 화들짝 들었다.

눈이 활짝 열려 있었다.

모든 것을 보려는 것처럼.

그런가, 머리로 직접 듣는다는 것은 청각보다 시각에 가깝다는 것을 알았다.

「뭐라고 들렸는데?」

나는 평정을 가장하며 물었다.

「사쿠 누나, 지금 곧장 신사(神社)에 가자」

동생은 말했다.

「뭐하러?」

「UFO가 온대」

동생은 말했다.

「만약 정말로 오면, 나를 믿어줄 거야?」

「지금도 믿지 못하는 건 아니야」

나는 말했다. 그 필사적인 눈빛에 휘말리지 않도록, 마음을 비켰다. 가로등 불빛에 드러난 조그만 손을 보았다. 어둡게 뻗어 있는 가느다란 그림자를 보았다.

「빨랑」

동생이 일어섰다.

「응, 그래. 가보자」

나도 일어났다.

「신사라면, 고개 위에 있는?」

「응, 서둘러야 돼」

그는 뛰기 시작했다. 나는 잰걸음으로 따라갔다.

이상하게도 기분은 상쾌했다. 가슴 설레는 느낌, 자신이 전혀 다른 리얼리티에 뛰어든 듯한 기분, 오래간만에 이런 기분을 맛본 것만으로도 충분하다고 생각했다.

「누나, 빨리빨리」

어두컴컴한 고갯길을 뛰어 올라가고 있는 동생에게 이미 불안한 표정은 가시고 없었다. 그렇다고 광신적인 표정을 띠고 있는 것도 아니었다.

길거리에서 보는 지장보살 같은, 산뜻하고 아름다운 표정이 어둠 속에 빛났다.

기둥문을 지나 신사의 좁은 돌계단을 올라가자, 멀리, 선로와 집들이 실루엣으로 보였다. 거대한 밤. 화물차가 내달리는 소리가 음악처럼 울렸다.

우리들은 헉헉 숨을 몰아쉬며 어두운 나무들 사이에 섰다. 녹음이 뿜어내는 짙은 냄새에 숨이 막힐 지경이었다.

밤하늘은 그저 거기에 있고, 거리의 불빛을 반사하며 희미하게 빛나고 있었다.

어디에 UFO가 있다는 거야, 하고 웃음 섞인 목소리로 내가 말을 걸었을 때, 눈길이 닿은 하늘과 눈앞에 있는 어두운 밤거리와 점멸하는 네온의 조각 그림을 가르는 선에서, 밤하늘을 양분하듯 왼쪽에서 오른쪽으로 빛나는 비행기 구름 같은 것이 휙, 가로질러 갔다.

헉, 하고 숨을 삼켰다.

그것은 우리들 눈앞에 펼쳐져 있는 풍경 한가운데쯤에서 지상의 어떤 기계보다 우아하게 딱 멈추어,

반짝, 하고 빛났다가 사라졌다.

그것은 내가 지금까지 본 그 어떤 빛보다도 강렬하고 선명했다. 상상하여 말하자면, 고통 끝에 자궁 경관을 무사히 통과하여 처음으로 이 세상에 태어나는 순간의 눈부심 같은 것이었다. 그만큼 아름답고 순수하고, 두 번 다시 있을 수 없는

발광체였다. 언제까지고 하염없이 보고 싶었다.

오직 그 말밖에.

이미 말이 아니었다. 언제까지고 하염없이 보고 싶은, 예쁜 하양이었다.

「와! 굉장하다! 굉장해!」

나는 말했다.

「굉장했지!」

동생은 고개를 끄덕였다.

「요시오 덕분에 정말 좋은 걸 봤어. 고마워!」

조잘거리는 나에 반해 그는 시큰둥한 표정이었다.

「왜 그러니?」

나는 물었다.

「그렇지, 내 말 진짜였지?」

동생은 말했다.

「나, 어떻게 된 걸까?」

「기쁘지 않니, 지금 본 거?」

나는 말했다.

「기쁘다든가 그런 게 아니야」

그는 복잡한 얼굴로 말했다.

「그러니……」

나는 입을 다물었다.

그리고, 보통 때는 쉽사리 볼 수 없는 저렇게 아름다운 것을 보고서도 기뻐할 수 없는 그가 불쌍했다.

원인이라든가, 사실인지 아닌지 그런 걸 따지지 말고 그냥 깜짝 놀라고 감동하기를 바랐다.

그럴 수 없을 정도로 그는 지쳐 있다.

「무슨 수를 내보자. 생각해 보자. 아무튼 집으로 돌아가서. 나는 볼 수 있어서 정말 기뻤어」

나는 말했다. 동생은 고개를 끄덕이며 살짝 웃었다.

어떻게든 수를 써야 되겠군, 하고 생각하며 나란히 걸어 집으로 돌아갔다.

봄이 왔다.

코트를 입는 횟수가 줄어들면서 같은 속도로 공기가 따스해져 간다.

앞뜰의 벚꽃 몽우리가 조금씩 벌어지기 시작한다. 매일 2층 창문으로, 정원수의 푸르름 속에서 분홍색이 점차 늘어나는 것을 보고만 있어도 즐겁다.

류이치로에게서 편지가 왔다. 어느 무료한 한낮에, 우편함에 들어 있었다.

사쿠미 씨

안녕하세요?
나는 지금 〈어쩌다 보니 상해〉에 있습니다.

중국은 좋은 곳입니다.

사람은 많지만.

얼마 안 있어(올해 안에) 일본에 갑니다.

문고본이 나온다고 해서.

만나줄지 걱정스럽습니다.

그러나 만날 날을 기다리고 있습니다.

이따금, 멋진 경치를 보면 보여주고 싶다는 생각이 들고, 일본에 대한 그리움과 함께 무척 만나고 싶어집니다.

이 나라는 모든 것이 크고, 불상 같은 것도 웃음이 나올 정도로 큽니다.

그럼, 또.

류이치로

이 사람 정말 작가일까, 싶을 정도로 어눌한 문장에서, 무조건적인 반가움을 느꼈다.

마치 인조인간의 고장난 기억회로처럼,

엄마 품을 떠난 새끼 집오리가 처음 만난 동물을 따르고 의지하듯,

머리를 다치고서 정신이 든 후 떠오른 첫 기억이 이 사람이었다. 다시 태어난 듯한 눈길로, 아직 알 수 없는 서먹서먹한 이 세계에 홀로 섰을 때, 모든 것이 불분명하고 더듬거리는 상태의 불안하고도 새로운 나에게, 제일 먼저 새겨진 것은 그의 뜨거운 피부 감촉이었다.

그런 자신의 새로운 기억이 사랑스러웠다.

아마도, 만나면 눈물이 흐를 정도로 반가울 것이다.

이렇게 떨어져서 문득, 내가 알고 있는 그의 좋은 점을 생각하자니, 그 찬란함에 가슴이 조인다. 문장력, 예의 바름, 대담한 행동, 관대함, 손 모양, 목소리의 울림…….

그리고 나쁜 점과 교활한 구석들을 생각하자, 증오심에 가슴이 답답하다. 나더러 여행을 함께하자고 유혹하던 나약함, 마유의 죽음에 대한 일종의 냉혹함, 일본에는 좀처럼 오지도 않는 주제에, 오게 되면 만나고 싶다고 하는 간사함…….

다른 사람에게는 이렇게 느껴지지 않을 하나하나의 감각이 활성화된다. 그 진폭이 고스란히 그 사람을 생각하는 마음의 크기다. 인간은 괴롭다. 불완전한 한 사람이 불완전한 한 사람을 생각하며 전인격적으로 받아들이려 괴로워하는 모양은, 어째서인가 각각의 가슴속에 담긴 태풍과는 다른 곳에서, 때로 유난히도 생생한 어떤 상을 맺는다.

인간이 하루하루를 힘겹게 살아가는 이유와도 같은 것.

활짝 핀 벚나무 가로수 길처럼 왕성하게 요동치는 아름답고 부드러운 에너지.

살랑살랑 꽃잎이 떨어지고, 햇볕이 내리쬐고 바람이 불고, 끝없이 이어지는 나무들이 일제히 흔들리면 격렬하게 춤추는 핑크빛 꽃잎과 그 틈바구니로 엿보이는 청명한 하늘의 달콤함에 압도되어 그저 망연히 서 있다. 알고 있다. 한 번밖에 없고, 순간에 끝난다. 하지만 내가 그 일부에 영원히 녹아들어가 있다. 원더풀, 브라보! 사람은 괴로우면서도 그런 순간을 추구한다.

동생의 상태는 나날이 좋아지는 듯 보였다.
 가끔씩 혼자서 경직된 표정을 짓곤 했지만, 저 UFO의 밤을 계기로 내가 함께 목격하며 모든 게 그의 망상이 아니란 걸 확인한 까닭인가, 그래서 얘기할 상대가 생긴 덕분인가, 조금은 마음이 편해진 것 같았다.
 그리고, 그렇기 때문에 더욱이 누나에게 다짜고짜로 의논을 하거나 의존해서는 안 된다는 자각과 결의가 그 표정에서 언뜻언뜻 엿보이곤 하여, 동생이지만 가상하다고 생각한다.
 멋진 남자애다.
 나는 가능하면 동생이 멋진 남자로 성장해 주었으면 좋겠다. 도둑, 변태, 색마, 뭐든 좋다. 멋진 남자로.
 하지만 그에게 일어나고 있는 일에 대해 결코 낙관적인 것은 아니었다.
 편해졌다고 해서 해결된 것은 아니다. 언젠가 또다시 좋지 않은 시기가 올 것이고, 편해진 만큼 반작용이나 낙담도 클 것이다.
 내가 뭘 할 수 있을까?
 혼자 있을 때면, 종종 생각했다.
 어떻게든 도와주고 싶다.
 왜 사람은 다른 사람에 대해 그렇게 생각하는 것일까. 아무것도 해줄 수 없는데도.
 바다는 그저 바다일 뿐, 밀려왔다가는 밀려가고, 때로는 거칠게 몸부림치고, 그저 거기에서 숨쉬고 있는 것만으로도 사람에게 수많은 감정을 환기시키는 것처럼, 그저 거기에 있는 사람으로 살아가고 싶다. 실망시키기도 하고, 화를 내기도 하고, 위로하기도 하는.

그래도, 더 많은 무언가를 하고 싶다. 그런 생각이 끊이지 않는다.

나는 여동생을 잃었다. 눈앞에서 점차 죽어가는 것을 막을 수 없었다. 누군가가 죽는다, 고 정해지면 그것을 막고픈 마음과 똑같은 크기로 이미 그 누구도 막을 수 없다. 그렇다는 걸 잘 알고 있다.

그렇기 때문에 몸부림을 치는 것인지도 모른다.

그 일은, 어머니가 남자친구와 발리에 가겠다는 말을 꺼낸 데서 비롯되었다.

「한 두 주일 정도, 발리에 다녀오려고」

모처럼 다섯 식구가 다 모인 일요일 저녁식사 자리에서 아무 거리낌 없이 그렇게 말했던 것이다.

독신 귀족, 이라고 내가 코멘트했다. 먹는 건 괜찮을까? 혹 우기면 어쩌지? 하고 준코 아줌마가 질문했다.

어머니는,

「상관없어, 괜찮아. 뭐가 어찌되었든. 아무튼 쉬러 가는 거니까. 완벽하게 쉬는 거야, 몸도 마음도」

라고 필요 이상 힘주어 말했다. 어머니의 그는, 어머니가 파트타임으로 잠시잠시 일하고 있는 소규모 여행사 사람으로, 어머니보다 나이는 어리지만 엄청 바쁜 사람인 모양이었다. 회사가 바쁜 시기에는 일을 거드는 어머니도 당연히 바쁘다. 요

암리타 151

즘엔 정말 피로한 기색이었다. 그래서이리라.
「좋겠네요」
라고 미키코가 말했다. 그리고 최근 발리에 다녀온 친구의 에피소드를 얘기하기 시작했다.
「장례식이 화려하대요. 친구는 처음에는 무슨 축제인가 하고, 한동안 그 행렬에 끼여 따라가기까지 했대요……」
동생은 아무 대꾸도 하지 않았다. 한마디도.
발리를 테마로 이러쿵저러쿵 화기애애하던 사람들이 그 부자연스러울 정도의 무반응에 신경을 쓰기 시작했다.
「요시오는 어떻게 생각하니?」
라고 준코 아줌마가 물어도, 그는 아무 반응이 없었다. 그래서 더욱 떨떠름한 분위기가 되었다.
「요시오한테도 선물 사가지고 올 테니까, 응」
어머니가 미소 지었다.
이렇게 자신의 의지를 관철시키려 할 때, 어머니의 웃는 얼굴은 너무도 완벽해서 반대할 여지가 없다. 그 점을 나는 좋아하는데, 동생은 좀 다른 모양이었다.
그는 갑자기 불에 데기라도 한 것처럼 울기 시작했다.
모두들 어안이 벙벙하여 입을 다물었다.
이상한 울음이었다. 마치 진짜로 이 세상에 절망한 어른 같았다. 가령 실직을 한 데다 마누라의 바람을 눈치 챈 마흔 살 남자라도 이렇게 비참하게 울지는 않을 것이다. 그는 머리칼을 쥐어뜯으며, 식탁에 엎드려 모든 감정을 자기 자신으로부터 내쫓으려는 듯 엉엉 울었다.

나는 우선 나 자신의 놀람을 진정시키려, 그의 가마를 지그시 바라보았다. 어머니는 그저 당황하여 어찌할 바를 모르며,
「괜찮아, 두 주일이면 돌아올 거고, 상대는 오래전부터 사귀던 그 사람 있잖아, 만난 적 있지, 그 사람이야. 그러니까 안심해도 돼. 너를 두고 어디 멀리로 가버리는 게 아니야」
라고 말하며, 그의 어깨에 손을 얹었다.
「그게 아니야!!!」
동생이 소리쳤다.
「뭐가?」
어머니가 말했다.
「비행기, 비행기가 추락한단 말이야」
그는 말했다. 울먹이며 어깨를 바들바들 떨고 있었다. 추위에 떨듯 몸을 웅크리고 있었다.
「가면 안 돼」
……정말, 그런 건지도 모른다.
지난번 일에 비추어, 나는 그렇게 생각했다.
「누나, 무슨 말 좀 해. 못 가게 하라고」
「……일단은, 그만두는 게 어떻겠어요? 재수 없잖아」
나는 말했다
「이 아이는 직관이 뛰어나니까, 정말 그럴지도 몰라요. ……요시오, 갈 때? 돌아올 때? 어느쪽이라고 생각하니?」
「갈 때야, 틀림없어」
그는 말했다. 확신에 차 있었고, 마치 무언가 멋진 일을 딱 알아맞힌 것 같은 목소리였다.

나는 그 부분이 좀 마음에 안 들었다.

「봐요, 돌아올 때라면 그래도 발리를 다 즐기고 난 다음이니까 체념할 수 있을지 모르겠지만, 갈 때라면……」

나는 말했다.

「날짜를 하루 변경하면?」

미키코가 말했다.

「그렇게 해서 모두들 안심할 수 있고 위험하지도 않다면 괜찮잖아. 그러면 되지, 요시오?」

「모르겠어……. 내가 아는 건 엄마가 타고 갈 비행기가 위험하다는 것뿐이야」

동생이 말했다.

「그럼, 비행기편을 바꿔도 마찬가지란 뜻인가……」

걱정스럽다는 듯 준코 아줌마가 말했다.

뜻하지 않게 동생에게 밀려, 모두의 마음이 그에게로 기울었다. 미키코가 뜨거운 녹차를 끓였다. 차를 마시면서 모두들 잠자코 말이 없었다. 아직 일어나지도 않은 일을 검토하기란 어려운 일이다.

「날짜를 바꿀 수는 없는 거야? 다음달로 한다든지……」

미신에 아주 약한 준코 아줌마가 그렇게 말하자, 동생은 고개를 끄덕였다. 그가 고개를 끄덕이자 왠지 모르게 안심이 되었다. 어린 임금이다.

그러나 어머니는 탕! 하고 테이블을 치며,

「뭐야, 도대체 무슨 소리들을 하는 거야! 지금밖에 쉴 수 없으니까 가는 거라고. 그 사람은 바쁜 사람이야. 만약 요시오 말대로 안 갔는데, 비행기가 추락하지 않는다면 그 책임은 누가 질 거지!」
라고 외쳤다. 그 처절하리만큼의 절실함에 모두들 정신을 차렸다.

「벌써 티켓도 다 끊어놓았단 말이야. 잘 들어, 이미 결정된 일이야. 나는 가. 비행기가 제아무리 추락한다 해도」

「정말? 죽어도 갈 거예요?」

나는 물었다.

「그래, 상관없어. 결정했어」

어머니는 말했다.

「그래서 죽는다면 그게 내 운명이야. 진심이야. 내 목숨이 거기까지라는 거야. 모두들 미안하지만, 내가 죽거들랑 충고도 듣지 않은 멍청한 사람이었다고 비웃어」

그리곤 명랑한 얼굴로 차를 마셨다.

동생이 또, 왕 하고 울음을 터뜨렸다.

어떻게 손을 쓸 여지가 없이 버둥대며 울어, 준코 아줌마와 미키코가 껴안듯이 2층으로 데리고 올라갔다.

어머니는 한숨을 쉬었다.

「어떻게 생각하니?」

나는 대답했다.

「반반일 거 같아요」

「뭐하고 뭐가?」

「엄마가 불안정한 자기를 두고 남자랑 발리에 간다는 걸 용납할 수 없는 마음과 진짜 예감」

「그런 나이일까?」
「허전해서 그러겠죠」
「그래……. 어떻게 생각해?」
「뭐를요?」
「학교도 안 가려는 아이를 내버려두고, 남자하고 휴가나 즐기려고 아등바등하는 나 같은 엄마를」

커다란 눈으로 나를 지그시 쏘아보며 어머니는 말했다. 이런 어머니에게는 거짓말을 할 수 없다.

「별 상관 없잖아요」
나는 대답했다.
「정말로?」
「타인을 위해 자기의 즐거움을 희생시키고서, 낙담한 얼굴을 보이기보다는 아름답고 행복하게 지내는 편이, 결국 그애를 위하는 길이라고 생각해요」
「역시 가야겠어. 가고 싶어」
어머니는 말했다.
「비행기가 추락한다는데도요?」
나는 다시 물었다.
「응, 마음 정했다. 지금껏 이런 식으로 그럭저럭 살아왔어. 이제 와서 새삼스레 바꾸고 싶지는 않아, 허풍스러워 보이겠지만」
어머니는 웃었다.
「더구나, 무엇보다도 말이야, 나 자신은 추락할 거라는 기분이 안 드는걸」

일주일이 지났다.

어머니가 여행을 떠나기 전날, 저녁식사는 마치 최후의 만찬처럼 엄숙했다.

그리고 어머니는 저녁식사 시간이 되어도 자기 방에서 나오지 않는 동생을 열심히 위로하였다. 그는 울면서 가지 말라고 애원하기만 할 뿐이었다. 보기가 안쓰러울 정도였지만, 그런데도 여행을 중지하지 않으려는 어머니에게 존경심이 일었다. 대단하다 싶었다. 남들이 보기에는 그저 여행에 불과할 뿐 목숨을 걸 만한 일이 못 될지 몰라도, 어머니에게 이 사건은 인생 철학의 본질과 상통하는 무엇이리라. 그렇다는 걸 잘 알 수 있었다.

한밤중, 내가 잠자리에 든 후에도 동생은 울음을 그치지 않았다. 그리고 무슨 말이 오가는지는 알 수 없었지만, 어머니의 낮은 목소리와 동생의 커다란 울음소리가 벽을 통해 이미 어두워진 내 방으로 들려왔다.

영원히 계속되는 독경 소리 같았다.

창문으로 새어 들어오는 네모난 달빛이 비치는 침대 속에서 그 소리들을 들으며, 나는 나름대로 생각했다.

눈이 말똥거렸다. 마음도 깨어 있었다.

나의 사고는 어둠과 달빛의 입자에 섞여, 이렇게 반복되고 있었다.

〈나는 동생이 하는 얘기가 옳다는 것을, 이 집 안에 사는 그 누구보다도 잘 알고 있다.

어머니보다, 동생 본인보다.

만약 내가 진심으로 말린다면, 동생 때와는 달리, 어머니가 귀를 기울일지도 모른다. 여행을 포기할지도 모른다.

그러면 어머니는 산다.

하지만, 만약 안 갔는데 비행기가 추락하지 않는다면, 어머니는 더 이상 동생을 믿지 않을 것이다. 그는 양치기 소년이다. 지금의 그에게, 그것은 되돌이킬 수 없을 정도의 충격일 테지.

더구나 나는 만류하고 싶지 않다, 나 역시 비행기가 추락할 것 같지 않고, 어머니의 성격을 좋아하기 때문이다.

어머니는 스스로 결정한다. 그 누구의 지시도 받지 않는다. 그 자세로 얼마나 구원을 받아왔을까.

더욱이 동생이 자기가 원하는 것을 이런 식으로 얻어내기를 바라지 않는다.

그렇지만…… 만약 말리지 않아 어머니가 죽는다 해도, 나는 후회할 수 없다. 해서는 안 된다, 그렇게 혹독한 일이? ……모르겠다.〉

생각이 빙빙 맴돌았다.

아직 일어나지도 않은 일에 대해 심각하게 생각하는 건 진짜 몸에 해롭다.

나는 그만 지쳐서 어중간한 기분으로 잠에 빠졌다.

어설픈 잠이었다.

머리 어느 한 구석은 선명하게 깨어 있어, 방에 깔린 어둠의 명도까지 분명하게 알 수 있었다. 호흡은 깊고, 눈꺼풀은 닫혀 있었다.

하지만 완전히 잠들 수는 없었다.
조용히, 조용히, 꿈이 내려왔다.
어둠 속으로 흩날리는, 첫눈의 첫 송이처럼.

나는 어리고, 벚나무 아래에 있었다.
우리 아버지가 앞뜰에 심게 한 나무였다.
올려다보니 분홍색 꽃잎이 하늘하늘 떨어졌다.
꿈속에서 마유는, 어째서인가 이미 죽어 있었다.
만날 수 있다면 만나고 싶었는데.
문을 열고, 요시오를 안은 어머니가 나왔다.
어머니는 젊었고, 흰색 스웨터를 입고 있었다. 마치 관 속에 있는 죽은 이의 수의처럼, 햇빛에 반짝이는 눈부신 흰색이었다. 나는 까닭도 없이 서글픈 기분이 들었고, 어머니는 전에 없이 말이 없었다. 갓난아기인 요시오도 울지 않고 조용했다.

어머니는 아무 말도 없이 그저 이쪽으로 걸어오고 있었다.
천천히. 햇살 속을 천천히.
벌써 점심때인가.
아니면 모자를 쓰라고 말하러 오는 건가.
시장 보러 간다고, 집 좀 보고 있으라고 말하러 오는 것인가.
짐작할 수 없어 웃고 있었다.
어머니는 내 앞에 서서, 말했다.
「발리에 갔다올 테니까, 이 아이를 잘 부탁해」
발리?

나는 생각했다. 어머니는 싱긋 웃으며 동생을 내게 안겨주었다. 그의 몸은 뜨겁고, 묵직했다.

거기서 화들짝 잠이 깨었다.
심장이 두근두근거렸다.
날이 밝기 전이라, 모든 게 파랬다.
침대 속에서 몇 번이고 생각했다.
〈후회는 않는다, 후회는 않는다〉
마치 외롭고 불안한 어린애의 울음처럼, 비참한 주문이었다.
사람은 꿈속에서까지 강인함을 견지할 수는 없다.

다음날 아침, 집안 분위기는 한층 엄숙함을 더하고 있었다.
어머니만 태연하게, 채 숨기지 못하는 모두의 그런 분위기가 마음에 안 든다는 듯, 아침 햇살 속에서 달걀 프라이를 먹고 있었다.
동생은 자기 방에서 나오지 않았다.
공항까지 바래다줄까? 라고 묻는 준코 아줌마에게 어머니는 웃는 얼굴로, 괜찮아, 라고 대답했다. 그가 차를 가지고 데리러 올 거라고.
나는 새삼 어머니가 한 사람의 성숙한 여성이고, 아무리 우리 가족에게 애착을 가지고 있다 해도, 우리들은 이미 어린애가 아니라는 걸 깨달았다.
그리고는, 불현듯 어제의 감상을 반성했다.
오물오물 입을 움직이며 빵을 먹는 어머니는 윤곽이 또렷하고, 자신감이 넘실대고, 도무지 죽기 직전의 사람 같아 보이지 않았다. 가슴은 휴가에 대한 기대감으로 벅차 있었고, 눈빛은 그저 삶을 즐기고 있었다. 그런 한편 얼굴에는, 참 내, 일이 성가시게 돼버렸는걸! 이란 불만도 고스란히 드러나 있었다. 어머니의 생각은 불을 보듯 훤히 알 수 있다. 아무튼 쉬는 거야, 나중 일은 나중에 생각하자구. 지금까지 줄곧 그렇게 살아왔으니까.

역광에 비쳐 보이는 머리칼과 어깨선이 그렇게 말하고 있었다.

그럼, 다녀올게, 라고 말하고 선글라스를 끼고, 여행가방을 든 어머니가 현관문을 나서려 할 때, 2층 문이 쾅당 하고 열리는 소리가 나고 눈이 빨갛게 충혈된 동생이 뛰어내려왔다.

뭐라 말하고 싶은 눈빛이었다.

눈이 마주쳤을 때, 절대로, 절대로 아무 일 없을 테니까 아무 말 말고 있어, 라고 소리 내어 말한 것은 아니지만, 그러나 엄청난 박력으로 내가 말했다.

그 말이 그에게 전해졌다.

한 번 입에서 나온 말은 두 번 다시 주워담을 수 없으니까, 후회하지 않도록 가만히 있으란 말이지, 라고 동생은 내게 전했다.

정말이었다.

텔레파시 따위가 아니다. 아무튼 나는 알 수 있었다. 무언가 빛나는 따스한 흐름이 서로에게 통했던 것이다.

이상한 아침이었다.
「선물 사가지고 올게! ……행여 이 말이 마지막 말이 될라」
어머니는 그렇게 말하고, 한바탕 깔깔거리며 집을 나섰다.

「와! 발리 정말 최고야!」
라고 어머니로부터 전화가 걸려왔을 때는 정말이지 휴우 하고 안도의 한숨이 새어 나왔다.
무사히 도착한 것이다.
전화를 끊고 나자 조금은 허탈해졌다.
동생의 말장난 때문이 아니고, 어머니에 비해 너무도 줏대 없이 울고 웃었던 나 자신의 흔들림 때문에.
뒤를 돌아보니 동생이 떨떠름한 표정으로 서 있었다.
미키코는 학교에 가고, 준코 아줌마는 내내 어머니의 전화를 기다리다가 기분전환을 좀 해야겠다며 저녁 반찬거리를 사러 나가던 참이었다.
내가 집 지키고 있을게요, 하고 소파에서 책을 읽고 있는데, 마침 그 전화가 걸려왔던 것이다.
나는 동생에게, 도착했대, 라는 말만 했다.
그도 잠자코 말이 없었다.
이상한 기분이 들었다.
무엇인가가 어긋나고 만 듯한, 뭐라 형용할 수 없는, 석연치 않은 기분이었다.
감당하기 힘든 무거운 침묵에 텔레비전을 켰다.
뉴스 시간이었다.

화면에는 비행기가 비쳐 있고, 순간 심장이 멎는 것 같았다.
비행기는 절반으로 쫙 쪼개져, 허연 연기를 내뿜고 있었다. 많은 사람들이 우왕좌왕하고, 들것이 줄줄이 운반되고, 리포터는 이리저리 날뛰고 있었다.
「뭐야, 이건?」
나는 동생에게 말했다.
「오스트레일리아로 가는 비행기가 이륙에 실패해서 저렇게 된 거래」
동생은 말했다.
「알고 있었어?」
나는 물었다.
「조금 전에 알았어」
동생은 말했다.
「아침에 누군가가〈한 시간 빗나갔다〉고 얘기하는 걸 들었어. 엄마가 나가고 나서」
「무슨 뜻이야, 그 한 시간이란?」
「엄마가 탄 비행기가 뜨고, 한 시간 후에 저 비행기가 추락했어」
텔레비전에서는 아나운서가 많은 일본인 승객이 사망하고 중상을 입었다고 보도하고 있었다. 사상자 명단이 차례차례 화면을 흘렀다.
「내가 빗나가게 한 거 아니야」
동생은 더없이 처량한 표정으로 그렇게 말했다.
「정말이야, 이 사건이랑 엄마의 여행이 뒤죽박죽 뒤섞였어」

「알고 있어, 다 알고 있다고. 네 탓이 아니야. 그럴 리가 없지. 당연해」

나는 말했다.

그리고 무슨 수든 쓰지 않으면 안 되겠다고 생각했다. 뭔지는 모르겠지만 당장 어떻게든 손을 쓰지 않으면 안 된다.

일기에서

 나는 지금 침대에서 이걸 쓰고 있다. 동생은 저쪽에서 자고 있다. 쌕쌕거리는 숨소리가 들린다.
 방은 어둡고 침대 옆에 있는 조그만 전등만이 손을 비추고 있다.
 세차게 흔들리는 나무들 소리와 파도 소리가 어둠에 겹쳐, 마치 야외에서 자고 있는 것 같다.
 쏴—, 웅—, 거대한 소리다. 사람을 위협할 정도로.
 방안은 조용하다.
 동생의 잠든 얼굴이 어렴풋한 빛에 드러나 있다.
 예쁜 얼굴이다. 콧날이 오똑하고 입술은 빨갛고.
 나는 생활에 대해 생각하고 있다.

그런데 좀 전까지 이런 해변에서의 생활에 딱 어울리는 『바다의 선물』이란 책을 읽고 있어서 그런지 문체가 어딘가 모르게 비슷하다. 바보같이.

나는 일기 따위 초등학교 여름방학 이후로 한 번도 쓴 적이 없다. 그런데 무슨 이유에선가 요 한 달 동안은 쓰고 있다.

변덕스럽다. 어떤 날에는 무엇을 했다고만 간단히 쓰고, 어떤 날에는 시간이 남아돌고 잠도 안 와서 이렇게 길게 쓴다.

무의식중에 동생한테 일어나고 있는 일을 기록하고 싶은 욕구가 생긴 것은 아닐까 하는 생각도 하지만, 어째 열성과 엄마 같아서 기분이 언짢다. 아니라고 생각하고 싶다.

내 마음과 내 언어 사이에는 언제나 절대로 메워질 수 없는 골이 있고, 마찬가지로 내 문장과 나 사이에도 거리가 있을 것이다.

그러나 모두들 대개, 일기와 마주할 때면 솔직해지는 듯한 기분이 들고, 일기는 그것이 탐탁지 않아 괜스레 점잔을 빼고 있다. 그래서 싫다.

정말로 사람을 구원하는 숭고한 일을 하고 있는 어떤 사나이가, 어느 날 아침 네거리에서 눈이 번쩍 뜨일 만큼 섹시한 여자의 뒷모습을 보고 발기했고, 그런 그가 어린 딸에게 마구 화풀이를 해대고는, 마누라와 대화를 나누어 고차원적인 사랑에 접했다면, 그 모두가 그 사람이고 그 혼돈이 최고로 멋진 일인데, 모두들 픽션을 좋아하고 본인 역시 다르지 않으니까, 일관성 있는 성격이었으면 좋겠다는 둥 자기는 나쁜 사람이라는 둥 혹은 좋은 사람이라는 둥, 분주하다.

우습다.

그건 그렇고 내가 어째서 이렇게 주절주절 일기를 쓰고 있느냐 하면, 지금은 시간이 많으니까. 그리고 최근 일기에 관한 아주 좋은 얘기를 들었으니까.

내 친구(여자, 스물한 살)가 이사를 했다. 그녀는 아버지가 돌아가신 후 어머니와 둘이서 살고 있었는데, 어머니가 재혼을 하게 되어 집을 팔기로 했다. 그녀는 독신 생활을 위하여 짐을 꾸렸고, 어머니가 그 일을 거들었다.

오랜 투병 생활 끝에 돌아가신 아버지의 유품을 정리하는데, 가죽가방이 나왔다.

어머니는, 「이건 아버지가 버리라고 한 가방인데, 도저히 버릴 수도 열어볼 수도 없었던 것」이라고 말했다. 두 사람이 그 가방을 열자, 안에서 일기가 몇 권이나 나왔다. 더구나 그것은 아버지가 고등학교 시절부터 어른이 되어 직장에 다니면서, 어느 날 길모퉁이에서 만난 어머니와 사랑에 빠지기까지의 젊은 나날을 기록한 것이었다.

「잠들기 전에 아빠의 일기를 읽곤 하는데, 거의 소설처럼 읽혀」
라고 그녀는 말했다.

한 남자로서, 인간으로서의 자기 모습을 미처 보여주기도 전에 아버지로서의 사명만을 충실히 이행하고 저세상으로 떠나버린 사람이 그런 형태로 딸의 홀로서기를 뒷받침하고 있다니 참, 하고 나는 생각했다.

무엇 하나 예측할 수 없었던 일인데, 철저하게 계산돼 있다.

내게는 지금껏 깊이 생각하지 않으려고 애써 온 일이, 딱 하나 있다.

그런데 그날 UFO를 보고 너무 감동한 까닭인가, 생각하게 되었다.

머리를 다치고 난 후 분명 무슨 변화가 있었고, 그 당시 기억이 혼란스럽기도 하고, 당시의 친구들로부터 지금의 내가 변했다는 말을 듣기도 하는, 그런 일들을 그저 재미있어 하고 있지만, 실은 머릿속 어디에선가, 뇌 세포인지, 신경인지, 뉴런인지, 엔돌핀인지, 아무튼 이상이 생겼다는 것.

그리하여 언젠가, 어느 날 갑자기, 내가 기억을 상실하거나 정신이 흐리멍덩해지거나 죽을지도 모른다는 것.

허풍이 아니다.

『데드 존』의 주인공만 해도, 뇌에 종양이 있었으니까.

뭐, 별 상관은 없다, 죽어도.

재미있었고, 후회는 없다.

하지만 나는 아무것도, 작품도, 유산도, 어린애도 남기지 못하고 그저 오른쪽에서 왼쪽으로 사라져간다. 아니, 가령 무엇을 남기고 죽는 사람이라도 정작 죽을 때는 그렇게 훌쩍 죽는 법이지만, 그래도 그냥 사라져야 한다는 것이 허망해서, 지금까지는 동생이 있으니까 어머니도 괜찮겠지, 하고 안심하고 있었는데, 동생이 불안정해지고부터 갑작스레 자신의 죽음에 책임을 느끼게 되었고, 그 부담에 나는 그 일기가 부러워졌고, 그래서 쓰고 있다.

뭐라고 잘 표현하지 못하겠다.

때로, 내가 불안하다는 것을 불쑥 누군가에게 얘기하고 싶어지는 모양이다. 내 속의 가엾은, 조그만 나. 위축되어 내일을 두려워하는 어린 혼.

바닷가에서 사람은 늘 시인이다.

뭐니 뭐니 해도 바다는 늘 예상치보다 20퍼센트는 크니까. 마음으로 어지간한 크기를 그리고 가보아도, 그보다 20퍼센트는 항상 크다. 더 크게 생각하고 가도 그 생각의 20퍼센트는 늘 크다. 철썩이는 파도로 가슴을 온통 채우고 가보아도, 좁다란 해변을 상상하고 가보아도, 역시 20퍼센트.

이런 것을 무한이라고 하는가.

UFO도 기억 상실도 동생도 류이치로도 에이코도 발리도, 모두모두 그런 무한의 일부이며, 사실은 20퍼센트 정도 항상 큰 것이겠지.

무슨 소리를 쓰고 있는 건지 모르겠다. 자자.

내일은 낚시다!

해본 적은 없지만.

기대.

내가 읽어보아도 머리가 아프다. 이것은 어젯밤, 해롱해롱 취해서 쓴 일기다. 그렇지, 나와 동생은 지금, 코치(高知)에 와 있다.

아르바이트를 하면서, 엄마는 여행 떠났지, 동생은 우울하지, 여러 가지로 골치가 아파요! 라고 얘기했더니, 지배인이 「여행이라도 데리고 떠나지」라고 말했다. 아르바이트는 좀 쉬고 말이야, 라고. 히피의 후예는 여행과 어린애에게 관대하다.

그래, 어디든 데리고 떠나자.

싶어서, 생각했다.

그리고 에이코의 불륜의 사랑 그이가 코치의 해변에 갖고 있는 아파트를 기억해 냈다. 그는 코치 출신이라서, 주말에는 언제든 가족과 함께 갈 수 있도록 그곳을 빌려두었는데, 좀처럼 가는 일이 없어 별장이나 다름없는 상태로 있다고 했다.

에이코에게 전화를 했더니 흔쾌히 사용하도록 해주었다. 환기를 시킬 수 있어 다행이라고, 그이가 말했다고 한다. 나는 어머니가 발리에서 돌아오기 전에 동생을 데리고 급히 다녀오기로 했다. 어머니에게는 알리지 않고.

열쇠를 받기 위해 에이코와 만났다.

땅거미가 지는 거리에 서 있어도 그녀는 화려하고 눈에 띄었다. 검은 슈트를 입고 복잡한 인파에 섞여 있어도, 왠지 절실한, 그러면서도 태연한 분위기를 자아내고 있었다.

표현하고 있다, 고 나는 생각했다.

살아 있는 것만으로, 끊임없이 표현하고 있다.

「에이코」

라고 말을 걸자, 웃으며 내 쪽을 향했다.

나는 흠칫했다. 뺨에 하얗고 커다란 거즈가 붙어 있었던 것이다.

얼굴을 가리고 있는 그 거즈의 각도와 아래로 처진 속눈썹의 분위기가 또 무척 에로틱했다.

「어떻게 된 거니, 그거? 무슨 일 있었어?」

나는 물었다.

「커피라도 마실래? 하고 싶은 얘기 있어?」

「아니, 약속이 있어서 가야 돼」

그녀는 미소 지었다.

「별일 아니야, 그이 부인한테 걸려들었어」

「뭐, 들켰어? ……설마, 코치에 있는 아파트, 내가 쓰는 일 때문에?」

나는 놀라 눈을 동그랗게 뜨고 말했다.

「아니야, 그런 건 절대로 아니야. 이전부터 어렴풋이 눈치채고 있었던 모양이야. 하지만 느닷없이 집에…… 아아, 우리 둘이 빌려서 쓰고 있는 아파트, 나카메구로(中目黑)에 있는. 나 혼자 거기 있는데 쳐들어왔더라니까, 좀 놀랐지」

「좀 놀랐지, 라니, 너」

나는 말했다.

「그렇게밖에는 얘기 못하겠다」

그녀는 또 미소 지었다.

무슨 일이 생기더라도 절대로 패자가 되지 않는다는 것이 오래전부터 견지해 온 그녀의 인생 철학이었다.

사실이나 내심이야 어찌되었든, 태도나 표현에 있어서는.

우아하고, 여유를 잃지 않는다.

이때도 그랬다.

「어쩔 도리가 없어서 커피를 내놓고, 처음에는 잠자코 서로 마주보며 그냥 앉아 있었는데,

울고,

소리 지르고,

난동을 피우고,

그러잖아. 바로 내 눈앞에서, 변화무쌍. 여자란 정말 대단해.

안됐지만, 나는 그 사람 일로 그렇게까지는 못할 거야. 다른 사람이라면, 혹 몰라도.

부인이라서 그런 걸까?

앞으로 5년쯤 더 사귀었다가는, 나도 그렇게 될지 모르지.

그런 여자가 두 사람, 세 사람으로 늘어나면, 그 사람, 세상이 재미있을까」

후반부는 솔직한 독백에 가까웠다.

인생의 거대한 혼돈이나 인간이 애당초부터 지니고 있는 부조리함에 직접 묻고 있는 것 같기도 했다.

얘기하는 목소리 자체가 그런 무구함을 품고 있었다. 그런 에이코도, 늘 에이코 자신보다 20퍼센트 큰 무언가를 담고 있는 듯 보인다.

나는 고개를 끄덕일 수밖에 없었다.

「다음에 천천히 얘기하자, 응」

이라 말하며 에이코는 내 손에 아파트 열쇠와 지도를 쥐여주었다. 그리고 가녀린 어깨로 밤거리에 섞여들었다.

눈을 뜨면 제일 먼저 파도 소리가 귀에 들어온다. 이상한 느낌이었다.

그리고 늘 동생이 있다.

이렇게 동생과 단둘이 있기는 처음이다. 파도 소리는 사람을 다소 불안하게 만든다. 20퍼센트 넓은 풍경을 바라보고 있노라면, 왠지 불안하다.

그 불안은 나를 묘한 중용 상태로 인도하였다.

하늘과 바다가 섞이는 저 기적의 직선과 일치하여, 한없이 평평하게 되었다고나 할까.

뭐라 말할 수 없이 조용하고 깨끗했다.

그래서 나는 나의 인생과 느긋하게 마주할 수 있었고, 동생 따위는 아무래도 상관없어졌다. 그 점이 어느 한 여름 동안 소년을 남자로 성장시킨 『만추』의 스펜서와 다른 부분이다. 그런데 그 무책임함이 동생에게는 묘약이 되었는지, 제법 상태가 좋아 보였다.

내가 여자라서이겠지. 예를 들면 어두운 곳에서 앞서 걷다가 커다란 돌이 불거져 나와 있으면 가르쳐준다거나, 짐이 두 개 있으면 무거운 쪽을 든다거나, 그런 정도의 일. 동생의 근본적인 성격보다 더 근본에 있는 대범한 구석이나 너그러운 부분이, 요즘 들어 신경을 곤두세우고 있었던 그의 마음의 구름 사이로 눈부시게 들여다보이는 듯했다.

무엇보다도 본인이 그런 자기 자신을 기분 좋아할 것이라고 생각한다.

방은 아주 평범한 아파트의 5층에 있고, 창문으로 거리와 그 너머에 있는 바다가 보였다. 아무것도 없는 방 둘에 부엌 딸린 아파트, 별장이라기보다는 주말 맨션 같았다.

우리들은 아침에, 모처럼 이런 곳엘 왔으니까 하고 해변을 달리거나 근처에 있는 수영장에 가기도 했지만, 딱히 이렇다 할 일은 하지 않았다.

그저, 하루하루가 찾아오는 것을 보고 있었다.

그날도 그랬다. 있는 것만 가지고 아침을 먹어서 금방 배가 고팠다.

「저녁밥은 어떻게 하지?」

나는 동생에게 물었다.

「시장 봐 와서 만들까? 아니면 밖에서 먹을래? 난 어느쪽이든 좋은데」

「음, 나가서 먹을까」

그가 말했다. 일대일이면 대등한 것이다.

둘이서 밖으로 나갔다.

그리고, 우리는 황홀한 저녁노을을 보았다.

평생, 못 잊을 것이다.

그날의 UFO에 필적할 만큼 굉장했다. 감동스러웠다. 살아 있었던 것이다.

시간은 살아 있다.

우리는 무심히 거리를 걸었다. 남국처럼 투명하고 마른 햇살이 오렌지빛을 띠어가고 있었다. 빨간 하늘에, 어두운 거리와 집들이 그림자처럼 떠올라 있었다.

그러나 그것은 서곡에 불과했다.

도쿄에서 저녁노을을 볼 때, 우리들은 그저 〈저쪽, 저 먼 하늘 아래에서, 무슨 예쁜 놀이라도 하고 있는 모양이지〉 하고 생각한다.

텔레비전의 화면을 보듯, 팸플릿에 인쇄된 그림을 보듯.

하지만 그로부터 몇 분 사이에 본 광경은 전혀 달랐다.

손을 뻗으면 만져질 것 같았다.

투명하고, 붉고 부드럽고, 거대한 에너지가 눈에 보이지 않는 거리와 공기의 벽을 뚫고 밀려오는 듯 장대했다. 숨이 막힐 정도로 생생했다.

시간은 하루를 마감하며, 어떤 거대하고 정겹고 두려울 만큼 아름다운 것을 하나하나 보여주며 무대에서 사라져간다는 것을 알았다.

실감했다.

거리로, 내게로 스며든다. 부드럽게 녹아, 똑똑 방울져 떨어진다.

그런 빨강이 시시각각으로 색깔을 바꾸며 오로라처럼 전개된다.

가장 아름답고 투명한 로제 포도주와 사랑하는 아내의 붉은 뺨, 그러한 것들의 진수가 서쪽에서 어지러운 속도로 화려하게 다가왔다.

골목길 하나하나가, 길 가는 사람들의 얼굴이. 붉게 물들었다가 충만하게 채워지는 격렬한 저녁노을이었다.

우리는 아무 말도 하지 않고 걸었다.

마침내 그 저녁노을이 사그라져갈 때, 헤어지기 어려운 아쉬움과 상쾌한 감사의 기분이 뒤섞여, 서글퍼졌다.

앞으로의 인생에, 가령 오늘과 같은 날이 있다 해도, 이 하늘, 구름의 모양, 공기의 색, 바람의 온도는 두 번 다시 재현되지 않을 것이다.

그 나라에서 태어난 사람들이 해지는 거리를 유유히 걷고 있다. 저녁 어둠의 투명한 스크린에, 식탁을 밝히는 불빛이 아른거리는 창문이 떠오른다.

거기에 있는 모든 것이 손을 뻗으면 물처럼 퍼올릴 수 있을 것 같았다. 콘크리트에 똑똑 떨어져 튀는 물방울이, 기울어가는 한낮의 태양의 내음과 짙은 저녁 내음 모두를 찬양하는 듯했다.

이렇게 박력 있는 저녁노을이라도 보지 않는 한, 좀처럼 당연한 것을 깨닫지 못한다.

우리들이 백만 권의 책을 읽고, 백만 편의 영화를 보고, 애인과 백만 번의 키스를 하고서야 겨우,

〈오늘은 한 번밖에 없다〉

는 걸 깨닫는다면, 단 한 번에 깨닫게 하고 압도하다니, 자연이란 그 얼마나 위대한가. 구하지도 않는데, 그냥 놔두면서 알게 한다. 누구에게든 구별 없이 보여준다.

구하여 아는 것보다 훨씬 명료하게.

「왠지 기분이 엄숙해지는데」

나는 말했다.

이제 저녁노을은 마지막 한 방울을 짜내고, 거리의 사방 구석구석은 어둡게 가라앉고, 밤은 그 향내를 피우고 있다.

「나도」

동생은 말했다.

「오뎅이라도 먹으면서, 감동의 여운을 즐길까?」
나는 말했다.
「술도 마셔도 돼?」
동생은 말했다.
「막 취하면 안 돼. 데리고 가야 할 사람은 나니까」
나는 말했다.
「오뎅 잔뜩 먹어도 괜찮아?」
동생은 말했다.
「물론이지, 그런데, 왜 그러니? 별로 기운 없어 보이는데」
나는 물었다.
동생은 침울한 표정이었다.
「어쩐지, 아까 그 저녁노을 보고 있으려니까, 내가 하고 있는 짓이 부끄러워져서」
동생은 말했다.
「학교 따위에 겁을 내고」
「와, 대단한데」
나는 말했다.
「자신의 한계를 안다는 것은 새로운 차원의 진실을, 그 영역을 발견했다는 거래. 유민도, 세나도, 존 C. 릴리도 그랬어」
「그 사람들 누군데? 유민은 알지만」
「그런 것도 앞으로 다 알게 돼」
장르가 제각각이라 설득력이 부족하겠다는 생각에, 그렇게 얼버무렸다.
상관없다.

무엇이든 스스로 겪어서 획득하는 것이 가장 생생한 포획물이니까.

「이제 집에 돌아가자, 누나」
라고 동생이 말한 것은 코치에 와서 이레째 되는 날 저녁식사 때였다.

나는 문어회를 집으려던 손길을 거두고 텔레비전 드라마의 한 장면처럼 정지된 채 잠시 얼떨떨해 있었다. 놀란 것이다.

왜냐하면 나는 그날, 그야말로 〈이제 그만 슬슬 돌아가야지……〉 하고 생각했었기 때문이다.

어떻게 말을 꺼내지, 하고 조금은 고민도 했다.

동생의 상태는, 알았어, 돌아가지 뭐, 하고 순순히 대답해 줄 것 같기도 하고, 그 얘기를 꺼내자마자 거의 광란을 일으키며 안 가겠다고 울음을 터뜨릴 것 같기도 했다. 그 어느쪽이어도 전혀 이상할 것은 없었다.

전혀 예측할 수 없었다.

이곳에 와서 바다와 지는 해와 아침노을을 보며 지내는 동안, 동생은 얼마 전까지 창백한 안색으로 위축되어 주저주저하던 때와는 전혀 달리 신나는 표정이었다. 하지만 해변을 거닐고 있을 때도, 사람들이 모여드는 게임센터 같은 곳에 가서 슬롯 머신을 하여 한탕 벌어들이고는 웃음이 그치지 않을 때도, 방에서 텔레비전을 보고 있을 때도, 잠들기 전 책을 읽는 침묵의 시간에도, 그는 절대로 집이나 학교에 대한 얘기는 하지 않았다.

뿐만아니라 왜 이곳에 오게 되었는지도 얘기하는 법이 없었다.

나는 그가 입은 상처의 분량을 모른다.

어느 정도 시간이 지나야 그가 그 상처를 치유할 수 있는지도 가늠하지 못한다.

그래서 아무 말도 하지 않기로 마음먹은 모양이지, 라고 생각하면서 나도 아무 생각 않고 휴가를 즐기고 있었다. 내내 이렇게 지내도 좋겠는걸, 이란 생각까지 했다.

그러나 타이밍은 뜻하지 않게 찾아오는 법. 예측도 할 수 없고, 생각조차 미치지 않는 곳에서 불현듯 내려온다.

낮에 낚시를 했다.

지난번에 조그만 물고기들이 잔뜩 잡혔기에, 맛을 들여 또 하고 있는 것이다.

바다를 향하고, 제방에 앉아 있었다.

둘 다 피라미 한 마리 낚지 못했다.

바람이 몹시 세게 불었고, 그 바람에 묻어오는 찝찔한 바다 냄새가 역겹기도 하고, 콘크리트 제방은 차가웠다.

그런 것들에 몸을 내맡기고 있으려니, 나도 모르게 얼굴이 찡그려질 정도였다.

동생 역시 찡그린 얼굴로 나란히 앉아 낚싯줄을 드리우고 있었다.

하늘은 달콤하게 구름져 있어, 꼭 하얀 베일 너머로 파란색이 비쳐 보이는 듯한 느낌이었다.

파도는 찰싹찰싹 제방의 저 아래쪽에 부딪혀서는 크림처럼 자잘한 거품을 수면에 퍼뜨리고 있었다.

온통 거기에만 쏠려 있던 내 가슴으로 불현듯,

「썰물인가」

란 말이 떠올랐다.

이 아름다움에 돌연 싫증이 난 것이다.

파도 소리가 거듭, 무슨 말인가 전하는 것 같기도 했다.

이제 그만 돌아가는 게 좋겠어,

이제 볼 것은 다 본 것 같은데,

그런 느낌이었다.

동생은 어떤 생각을 하고 있을까, 싶어 동생을 쳐다보았더니, 얼굴을 찡그린 채 그저 낚싯줄만 드리우고 있었다.

무슨 생각을 하고 있는지 전혀 알 수 없다.

우주를 생각하고 있는지, 학교를 생각하고 있는지, 아니면 인생 혹은 파도 소리를 듣고 있는 것인지, 한 마리도 안 걸려드는걸! 하고 짜증스러워하고 있는 것인지, 전혀.

그래서 잠자코 있었다.

돌아가야겠다는 생각을 했더니, 도쿄에 있는 사람들의 얼굴이 떠올랐다. 어머니, 미키코, 준코 아줌마, 에이코, 술집 사람들. 얼마 떨어져 있지도 않았는데 멀게 느껴졌다. 류이치로 생각도 났다.

만나고 싶다, 고 생각했다.

지금 뭘 하고 있을까, 하고 생각했다.

테트라포드tetrapod에 반사되는 저녁 해의 희미한 빛을 보면서 불쑥 굉장히, 견딜 수 없이 보고 싶어졌다.

그러나 돌아간다고 만날 수 있는 것은 아니다. 그런 생각이 들자 평소와는 달리, 만나고 싶을 때 만날 수 없다는 것이 몹시 허전하게 느껴졌다.

그때 갑자기 배가 다가왔다. 조그만 어선이었다. 제방 뒤로 작은 포구가 있고, 배는 그곳까지 가서 멈췄다. 안에서 어부 아저씨와, 닮지 않았으니까 사위겠다 싶은 청년이 내리는 것이 보였다.

그물과 이런저런 것들을 껴안은 그들이 우리 뒤쪽을 지나갔다.

「좀 잡히나?」

「전혀 안 잡혀요」

싱글싱글 웃으며 말을 거는 그들에게 딱 부러지게 대답했더니, 그들은 웃으며 문어를 한 마리 주었다.

우리는 기뻐 날뛰며 마구 고맙다는 인사를 하고, 낚시질을 그만두었다.

문어가 고마웠다기보다 낚시를 그만둘 빌미를 기다리고 있었던 것이다.

방으로 돌아와 문어회를 만들었다. 머리 부분은 된장국 국물을 내는 데 썼다.

그렇게 준비한 저녁식사 때, 느닷없이, 동생이 이곳에 온 후 처음으로 〈현실적〉인 발언을 한 것이다. 놀라는 게 당연하다.

「웬일이니, 갑자기?」

나는 말하고, 바다 냄새가 나는 된장 국물을 한 모금 삼켰다.

「오늘 낚시를 하다가 그런 생각을 했어. 돌아갈까, 하고 말이야. 더 이상 여기에 있다가는, 못 돌아가게 될 것 같아서」

동생은 말했다.

대단하군, 하고 나는 생각했다. 자기 안에 있는 아무리 미세한 사인도 놓치지 않는다. 겁난다고 모른 척 외면하지 않는다. 그렇게 긴장하지 않아도 괜찮은데.

「무리할 건 없어, 난 언제든 상관없으니까. 여기가 싫증났으면 어디 다른 데로 갈래? 그럴 수도 있어」

「으음」

동생은 잠시 생각하다 대답했다.

「일단은, 역시 돌아가 볼 테야. 대신 부탁이 있는데」

「뭔데? 말해 봐」

「만약 내가 또 이상해지거든 지금처럼 어디로 데리고 가줄래? 그럴 수 있도록 엄마를 설득해 줄래, 이번 일까지?」

동생은 진지한 눈동자로 그렇게 말했다.

「약속할게. 문제없어. 어떤 때든 그렇게 해줄게. 네가 혼자서 어디든 갈 수 있는 나이가 될 때까지 말이야」

나는 말했다.

「재미있었다, 덕분에. 또 오자. 나까지 오랜만에 푹 쉰 기분이야」

그날 밤의 일이었다.

나와 동생은 어두운 방에서 무서운 프로그램을 보고 있었다.

잘 자, 라고 말하고 전깃불을 껐다. 그리고 자기 전에 한잔 할까 싶어 부엌에 가서 며칠 전에 발견한, 몇 년 동안이나 방치되어 있는 듯 오래된 위스키를 마셨다. 그러다 무심결에 텔레비전을 켜고 말았다.

「무서운 얘기 특집」이란 프로그램으로, 연예인이 총출동하여 자기가 체험한 무서운 사건을 얘기하고 있었다.

끝내 그 무서움에 휘말려, 혼자 있기가 싫어서 동생을 깨우고 말았다. 요시오도 처음에는 투정을 부렸지만 마침내는 본격적으로 텔레비전에 열중하여, 둘 다 바보처럼 어둠 속에 웅크리고 앉아 하나만 더, 하나만 더, 하면서 계속 보고 있었다.

「사쿠 누나, 유령 본 적 있어?」

「없어」

「왜 연예계에는 유령을 봤다는 사람이 많을까?」

「정말, 그렇네」

「엄마도 본 적 없을까?」

「없을 거야, 아, 그런데 마유가 죽은 날 말이야, 너 기억 안 나니?」

「뭐가?」

「병원에서 돌아와 보니까, 마유가 어렸을 때 애지중지했던 목각 인형 하나가 선반에서 떨어져서 깨져 있었어」
「무섭다」
「그치?」
「하지만 마유 누나라고 생각하면, 그렇지도 않아」
「유령은 집안 사람이어야만 되겠지?」
「응」
불을 켜면 좋았을 텐데, 텔레비전의 퍼뜩거리는 빛 속에서 그런 얘기를 하고 있었다. 무서운 얘기를 하다 보면 등이 서늘해지고 몸이 딱딱해진다. 그런 얘기를 하면 그 파동에 이끌려 눈 깜짝할 사이에 혼이 모여들기 때문이라는 설도 있는데, 뭐니 뭐니 해도 그 설 자체가 제일 무서운 얘기라고 늘 생각한다.

새벽 1시. 이나가와 준지(稲川淳二)가 얘기를 시작하자, 우리들의 무서움도 최고조에 달하여, 숨을 삼키고 화면에 시선을 고정시키고 있을 때였다.

딩동,

하고 현관벨이 울렸다.

나는 으악, 하고 소리를 지르고, 동생은 자리에서 벌떡 일어났다.

사람은 진짜 놀라면 자기도 모르게 벌떡 일어서는 법이다.

나는 동생을 꼭 껴안고,

「뭐지, 이게 뭐지?」

라고 정나미 떨어지는 목소리로 말했다.

「올 사람이 누가 있다는 거야, 여기에, 이런 밤에?」
「내가 묻고 싶은 말이야」
동생의 목소리는 의외로 냉정했다.
「하지만, 어쩌면」
「어쩌면 뭐?」
나는 물었다.
「아니야, 설마」
「무서우니까, 그런 애매한 말은 하지 마. 부탁이다」
그쯤에 또다시 벨이 울렸다.
1 아파트 호수를 착각하고 벨을 눌렀다
2 술 취한 강도
3 유령
셋 중 하나일 거라고 나는 생각했다. 셋 다 싫었다.

그러나 어쩔 도리가 없다. 아무튼 현관을 향해 걸었다. 이 아파트는 자동 잠금 장치가 되어 있고, 현관에 가면 모니터로 방문자의 얼굴을 볼 수 있다.

(그후에 일어난 사소한 일은 그때는 그저 무섭기만 했지만 실은 무섭다기보다 불가사의한 일이었다. 느낌도 좋았고, 슬프지도 않고, 나중에 그 의미를 알 수 있는 일이었다. 나는 지금도 그때 일을 떠올리면, 거기에 표류하는 행복스런 예감에 조금은 애달파지고, 가슴이 벅차오른다.)

주춤주춤 현관문 옆에 있는 모니터를 보았더니, 거기엔 웬 여자가 서 있었다. 흑백이라서 확실하게는 보이지 않았지만, 아무리 생각해도 모르는 사람이었다. 불그스레한 옷을 입은 작은 몸집에, 귀염성 있는 얼굴이었다. 신나 보이고, 들뜬 인상이었다. 특유의 친밀감을 풍기는, 틀림없이 모르는 사람인데 어디선가 한 번 만난 적이 있는 듯한 느낌이 들었다. 자세히 들여다보려고 하자, 화면이 핑크색으로 뽀얘지는 듯했다. 안 보이네, 하고 단념하자 다시 화면이 선명해졌다. 이상한 기분이었다.

그 사람은 모니터를 손가락으로 가리키며, 의미라도 있는 듯 싱긋 웃었다. 그리고는 목소리를 내지 않고 입을 크게 움직여, 뭐라 말했다.

「네? 다시 한번!」

들릴 턱이 없는데, 나도 모르게 말을 뱉었다. 그녀는 다시 뭐라 말했다. 일부러 입을 분명하게 움직여가며.

뭐라고 하는지 알 수 없는 답답함에 얼굴을 찡그리고 화면을 들여다보고 있는데 그녀가 스르륵 카메라를 비켜나 모니터에서 사라졌다.

어안이 벙벙하여 한동안 멍하니 서 있었다.

동생이 다가왔다.

「지금 말이야……」

라고 내가 말을 꺼내는데, 또 벨이 울렸다. 그리고 동생이 외쳤다.

「류 아저씨야!」

「뭐라고?」

나는 모니터를 보았다. 거기에는 틀림없는 류이치로가 비쳐 있었다. 어떻게 여기에? 라는 의아스러움과 동시에, 그가 여자를 데리고 왔다는 것에 충격을 받았다.

 그러나 이상할 것도 없지, 라고 생각한다. 오래도록 안 만났으니. 서로에게 무슨 일이 있어도 어쩔 수 없다.

 이럴 때의 내 머리는 천재적으로 회전이 빠르다. 새로운 인식 공간이 쓰윽 비집고 들어와 스르르 녹아든다. 이음매나 모순은 없다. 머리를 다친 후부터는 더욱 그렇다.

 백화점에 데리고 가겠다고 해놓고서, 술이 깨지 않아 밖으로 나갈 수 없어서 약속을 어긴 어머니를 원망하며 온종일 울었던 어린 나는 어디로 간 것일까?

 그와 함께 묵었던 날, 류이치로와 헤어지기가 슬퍼서 머리가 아플 만큼 눈물을 삼키며 호텔 복도를 걸었던 나는?

 가엾게도.

 하지만 이미 없다.

 분명 어딘가 더할 나위 없이 슬픈 공간에, 아직도 틀림없이 있을 것이다. 한때는 나였던 그 아이들이.

 나는 수화기를 들고 그를 불렀다.

「류이치로?」

「그래그래」

라고 말하는 분명치 않은 목소리가 인터폰을 통해 들렸다. 나는 스위치를 눌러 1층 입구에 있는 문을 열었다. 이윽고 구두 굽 소리가 가까이 다가와 문 앞에 멈추고, 안녕, 하는 목소리가 들렸다. 나는 보조키를 풀고 문을 열었다.

「여」

라고 불그죽죽한 얼굴로 류이치로가 말했다.

「술 마셨어요?」

달리 할 말이 있었을 텐데, 그렇게 물었다.

「비행기 안에서부터 계속 마셨어」

그는 말했다.

「와아, 요시오, 많이 컸는데」

「응」

동생이 웃었다.

묘한 느낌이었다. 저녁나절 만나고 싶다고 생각한 사람이 지금 여기에 있다. 유령 얘기보다 한층 비현실적인 느낌이 들었다.

「어, 같이 온 사람은요?」

나는 말했다

「응? 같이 온 사람?」

류이치로는 무슨 소린지 모르겠다는 듯 말했다.

「그런 사람 없는데, 나 혼자야」

「거짓말, 좀 전에 모니터에 비쳤단 말이에요. 그 여자, 붉은색 옷을 입은」

「모르겠는데, 그런 사람. 내 앞에?」

「방금 전이라고!」

「무서워!」

라고 동생이 소리쳤다.

「내 앞에는 사람 그림자도 없었는데. 정말이야」

「아악! 나한테 싱긋 웃기까지 했단 말이야」

「유령이다」

「그만해!」
「무서워!」
「뭘까?」
「무서워」

 그 사람이 누구였는지, 무슨 일이 생긴 것인지 모르는 채 모두 애써 기분을 가라앉히고 커피를 마시기로 했다.
 현실 속의 무서움 앞에 텔레비전은 완전히 무릎을 꿇어, 방의 배경음악으로 흐르고 있었다.
 옛날에 읽은 오노 요코(小野洋子)의 말이 생각났다.
 텔레비전은 마치 친구처럼 생각되지만, 실은 벽과 별 차이가 없다. 왜냐하면 혹 강도가 침입해 방 주인이 살해되어도, 텔레비전은 아무 반응 없이 화면만 계속 비출 뿐이니까……. 그런 문장이었다.
 일리 있군, 하고 생각했다. 조금 전까지만 해도 그 공포의 파동으로 우리와 이 방을 지배하고 있었는데, 지금은 그저 한낱 상자에 지나지 않는다.
「우리, 내일 돌아가려고 했어요」
 나는 말했다.
「어? 정말?」
 류이치로는 말했다.
「당분간은 있을 줄 알았는데. 오사카 공항에 도착하자마자 집에 전화를 했더니 어머니가, 그대가 동생을 데리고 유랑 여행을 떠났다고 하길래. 지금 붙잡지 못하면 영영 만날 수 없을 것 같아서」

「또 엉터리 같은 소리를……」

「그 길로 이쪽으로 오기는 했는데. 아는 사람 가게에 얼굴을 내밀었다가 그만 술을 한잔, 그래서 이렇게 늦었어, 미안하군, 소란을 피워서」

「절묘한 타이밍이었어」

내가 말하자, 동생은 고개를 끄덕였다.

그럼 그 사람은 누구였을까, 하고 또 생각했다. 저 어딘가 모르게 낯익은…… 어딘가 멀리서, 본 적이 있는, 알고 있는…… 그 얼굴.

나는 유령 같은 것은 본 적이 없지만, 나의 뇌가 내 기억의 틈바구니에서 착각의 영상을 빚어내는 일은 가능할지도 모르겠다……고 생각한다. 나의 기억에서 지워졌을 뿐, 어쩌면 그 사람은 내가 알고 있는 사람이고, 지금 반드시 생각해 내야 하는 것인지도…… 하는 생각에 머리가 깨지도록 생각해 봤지만, 알 수 없어 그만두었다.

지금 이 자리에 없으니까, 별수 없다.

어찌 되었든 한밤중에 오래도록 헤어져 있던 사람과 만나 마음이 푸근했다.

마치 새해를 맞은 것 같았다.

「그럼, 나도 내일 돌아갈까」

류이치로가 말했다.

「친구도 이미 만났고, 좋았어, 저녁 비행기편으로 돌아가는 게 어때? 같이 가자고」

「그래요, 우리도 서두를 일 없으니까」

나는 말했다. 떨어져 있으면 생각도 하지 않는 주제에, 함께 돌아간다고 하니 가슴이 설레었다.

그러나 류이치로에게는 온 세계에 많은 친구가 있고, 코치에도 있고, 나 역시 그들 중의 한 사람인가 싶은 생각이 들자, 관자놀이가 쿡쿡 쑤시는 듯한 느낌이 든다. 바꿔 쓸 수 있는 한 장의 카드이거나 나날이 변화하는 풍경의 하나, 멀리서 떠올리는 그리움, 한겨울에 그려보는 한여름의 바닷가, 그런 것들에 불과하다.

그렇다는 게 조금은 슬프다.

「류 아저씨, 어디 갔었어요?」

동생이 물었다.

「최근엔 줄곧 하와이에 있었어. 하와이랑, 그 다음은 사이판에. 다이빙 용품 가게 하면서 이것저것 하는 친구가 있어서, 좀 도와주기도 하고 말이야. 면허도 땄다고」

「좋겠네, 남쪽은」

나는 말했다.

「하지만 말이지, 음식이 형편없어. 결국 익숙해지기는 하지만, 아까 가다랭이 다짐 오랜만에 먹었는데, 야, 맛있어서 너무 맛있어서 어떻게 되는 줄 알았다니까」

「여러 가지 하고 있군요」

동생이 말했다.

「요시오도 하면 되잖아」

류이치로가 말했다.

「그렇지만 나 좀 이상해졌어요…… 뭘 하고 싶은지 모를 정도로. 아까 류 아저씨가 온다는 거 알고 있었어요. 낚시를 하고 있는데, 몇 번이나 류 아저씨의 얼굴이 눈앞에 나타났는걸요. 그럴 때, 이게 내가 만나고 싶어한다는 뜻인지, 아니면 가만히 있어도 이제 곧 만나게 될 거라는 뜻인지 정말 뒤죽박죽이 돼버려요」

「떠 있었어? 문어 대가리가 아니고?」

내가 말했지만, 동생은 웃지 않았다.

어설픈 거짓말인지도 모르고, 사실인지도 모른다. 아까 현관 벨이 울렸을 때 그는 분명 「혹시……」라는 말을 꺼내려다 말았다. 아마도 당사자의 말대로, 그것들이 전부 뒤엉켜 혼란스러웠던 것이리라, 고 생각하는 것이 가장 사실다운 기분이 든다.

류이치로는 어떻게 생각할까 싶어 류이치로를 보았다.

관찰과 호기심과, 믿는 마음과 의심하는 정밀함이 마구 섞인 표정이었다.

그리고 그 표정 안에는 여느 때처럼 〈하지만 사실은 모든 것을 알고 있다〉란 명쾌한 느낌도 들어 있었다. 그것은 그 특유의 개성이었다.

나는 류이치로를 통하여 확인하기를 좋아한다.

안심한다.

항상 그가 곁에 있어, 이런 식으로 확인할 수 있으면 편할 텐데, 하고 생각한다. 그런 역할이라면, 내 안에 있는 그는 타의 추종을 불허하는 자리에 있다.

동생은 마땅히 이래야 할 때에 이렇게 된 것일 뿐이니 불안해할 필요는 전혀 없다고 생각할 수 있다.
「그런 거야 어느쪽이든 상관없잖아」
류이치로는 말했다.
「저 말이지, 요시오나 나처럼 별나게 머리를 작동시켜서 뇌의 근육이 지나치게 발달한 사람은 육체의 언어를 들어주지 않으면, 분리돼서 골치 아프게 된다고, 알아?」
「알 것 같아요」
요시오는 고개를 끄덕였다.
「나 같은 사람은, 직업이 직업이니만큼 머리를 쓰지 않을 수 없으니까, 늘 그 조절을 하느라 고생이 말이 아니라고. 하지만 생각하면 안 돼. 극단적인 얘기지만, 조깅이든 수영이든, 그런 정도라도 좋아. 지금 하고 싶은 일에 주저하지 않고 뛰어들 수 있도록 조절해 두지 않으면, 머리 근육이 열을 받아 과열되고 만다고. 쉴 수가 없어지지. 아마 앞으로는 가혹한 운명이 너를 기다리고 있을 것 같은데, 그럭저럭 이겨낼 수는 있어, 요령만 터득하면. 게다가 때에 따라서는 이런저런 사람들이 이런저런 얘기를 하게 될지도 모르겠는데, 자기 몸으로 얘기하는 놈 말고는, 제아무리 그럴싸한 얘기를 지껄여도, 이해해 준다 해도 믿어서는 안 돼. 그런 자식들은 가혹한 운명이란 걸 모르니까, 입으로야 무슨 거짓말이든 떠벌릴 수가 있어. 누가 진짜 목소리로 얘기하고 있는지, 누가 자신이 체험한 양만큼 얘기하고 있는지, 직관이야말로 그런 데 사용하지 않으면 안 돼, 사활이 걸린 문제니까. 너는 다른 사람들처럼 놀고 있을 수만은 없도록 뇌가 생겨먹었으니까」

류이치로는 말했다.

「자신 없어요」

동생은 말했다.

「생길 거야」

류이치로는 웃었다.

「나도 생겼는걸」

동생은 불안스러운 표정이었다.

마음속으로는 아마, 〈이 자식, 나만큼 고생스럽지는 않았겠지〉 하고 의심하고 있을 것이다. 하지만 그것은 바람직한 일이다. 그렇게 비교하기도 하고 깔보기도 하고, 의외로 당해 낼 수 없다 느끼기도 하면서 어느 순간, 햇빛을 받아 반짝반짝 빛나는 자신의 윤곽을 언뜻 보기도 하는 모양이니까.

류이치로도 〈그 정도야 다 알고 있지만, 네 마음대로 생각해 봐〉란 표정이어서, 예지 능력을 갖고 있건, UFO를 부르건, 동생이 완전히 꿀리는 상태였다. 아마 동생도 그렇다는 것을 알고 있으리라. 다만 자기에게 어떤 자신(自信)이 있는지, 그것을 설정하지 못하고 있을 뿐이다. 지금 그가 유일하게 자신을 가질 수 있는 부분이 바로 그를 곤경에 빠뜨리고 있으니까.

나는 그저, 요시오가 이런 때 〈그렇지만 코라무스를 하면 절대로 안 져〉 하고 말할 수 있는 느긋한 특기를 몇 가지쯤 갖고 있으면 편할 텐데, 또는 〈역시 남자애한테는 아버지가 필요한 것일까〉란 생각을 하며 듣고 있을 뿐이었다. 그게 나의 위치였다.

어머니와 백화점에서 쇼핑을 하기는 무척 오랜만이다.

어머니의 쇼핑 스타일은 단순명쾌하여 남자 같다. 목적이 있어 백화점에 간다. 망설이지 않는다. 마음에 드는 물건이 있으면 충동적으로 단숨에 산다. 단숨에 살 수 없을 정도의 물건은 만져보지도 않는다.

시야가 한정돼 있는 것은 아닐까 싶을 정도로, 늘 무슨 일에서나 원하는 것이 정해져 있다. 옆에서 보고 있으면 기분이 좋다. 가령 뭔가를 빠뜨리는 경우가 있더라도 좋게 보인다. 그 뭔가, 가 무엇인지는 모른다. 아마도 인간으로서 불가피한 융통성 같은 것. 까닭도 없이 애달픈 밤, 돌이킬 수 없는 히스테리, 사랑 때문에 부리는 심술, 질투로 병드는 가슴, 부서질 것처럼 구하는 정신, 그런 것.

아니, 어머니의 내면에는 분명 무언가 과잉된 것이 있다.

그런데 그것을 어떻게 처리하고 있는지? 그녀 자신도 때로는 모른다. 하지만 나는 왠지 알 것 같다. 그녀는 쇼핑이나 불합리한 감정의 폭발로 그것을 달래려 하지는 않는다. 그렇다면 뭘까?

그것은 아마도 〈순조롭게 돌아가는 것〉.

설사 순조롭게 돌아가고 있지 않더라도, 얼굴을 쳐들고 눈을 똑바로 뜨고, 잘 되어가고 있는 듯한 분위기를 발산하면서, 억지로 〈순조로움〉을 자기에게로 끌어당긴다. 몇 번이나 보았다. 그 멋들어진 솜씨, 의지력.

흉내 낼 수 없다.

백화점에 가면 나는 무엇이든 사고 싶어하든가, 아무것도 원하는 것 없이 죽 전시돼 있는 상품들을 화려하고 아름다운 풍경으로 바라보든가, 둘 중의 하나다.

오늘은 갖고 싶은 것이 하나도 없었는데 어머니가 갑작스레 가자고 하면서, 쇼핑백을 들어주는 보답으로 재킷을 사주겠다고 하여 따라 나섰다. 자기 취향을 강요하지도 않고 구두쇠도 아니고, 이럴 때는 최고로 재미있는 어머니다.

돌아오는 길에 커피를 마시며, 어머니가 말을 꺼냈다.
「그런데 어땠니, 코치는?」
「그저 그랬어요. 그냥 머리 식히러 갔다, 그런 정도」
나는 말했다.
「돌아와서부터 요시오가 학교에 가기 시작했잖아. 무슨 바람이 불었나 싶어서」

라고 말하고, 어머니는 살며시 미소 지으며 나를 보았다.

그 커다란 눈으로, 정말이지 아무렇지도 않게 똑바로 쳐다보니까, 너무도 거리낌없는 시선이라서, 그 눈길을 받고서는 마음을 닫고 있기가 어려워진다. 아무리 엉망이 된 때라도, 슬픔의 소용돌이 속에서도 이 유난히 투명한 눈만큼은 변하지 않는다.

마유의 눈도 이랬었나?

하고 생각하니, 사실은 아직 기억이 확실하지 않지만, 내가 어렴풋이나마 마유를 떠올릴 때면 늘, 마유는 웃고 있든지 엄마와 똑같은 투명한 눈빛을 하고 있다.

아마도 나 역시 가끔은 이렇게 무례한 시선으로 사람을 응시하곤 하리라. 그리하여 사람을 억지로 해방시키거나 정직하게 만들거나 할지도 모른다. 그리고 그것은 타인들에게 어쩌면 주저와 애정이 뒤엉킨 묘한 그리움을 환기시킬지도 모르겠다.

「그애한테는 정말 아버지가 필요한 건지도 모르겠어요」

나는 말했다.

「어째서?」

어머니는 말했다.

평일, 오후의 백화점. 밖이 내려다보이는 찻집은 텅 비어 있었다. 나는 진하고 뜨거운 챠이를 마시고, 어머니는 에스프레소를 마셨다. 눈에 비치는 모든 것이 초여름의 눈부심을 머금고 활기에 차 있었다. 사람들의 드러난 팔, 바람에 흔들리는 푸르른 잎사귀들. 잎사귀 끝에서 반짝이는 햇빛, 공기의 냄새, 모든 것이 살아 움직이고 있다.

「그애, 류이치로 씨를 굉장히 좋아하나 보니까. 학교도 류이치로 씨가 한 말 때문에 가기로 한 거예요」

나는 말했다.

「우리는 그런 식으로 자극하기 어렵죠. 여자 네 사람이 장난감 삼아 키웠으니까」

「아니야, 그건 달라, 그가 우리 식구가 아니기 때문이라고」

어머니는 딱 잘라 말했다.

「그렇잖아, 외부 사람한테는 얼마든지 잘난 척할 수 있다고. 어리광을 부리고 뾰로통해져 있는 모습을 안 보일 수도 있고. 류이치로 씨도 마찬가지야. 실제로 그애를 돌보고 있는 게 아니잖아. 지금 그 정도 거리가 딱 좋아. 지금 같은 관계가 필요한 거야. 떨어져 있으면 정신적 위안도 되고 영웅도 될 수 있지만, 아무리 훌륭한 남자라도 아버지로 같이 살게 되면, 요시오는 요리조리 흠을 들춰내며 바보 취급할 거라고. 지금 그애는 그런 식이야」

「그건 그래요」

나는 말했다.

「그렇지」

하고 웃으며, 어머니는 담배에 불을 붙였다.

「그럼 문제될 것 없겠네요」

나는 말했다.

「재미도 있었고, 바다도 아주 좋았고」

「두 사람 말이지, 2인조가 되더니 간신히 제정신을 차려서 마침 보기 좋아, 내가 보기엔」

어머니는 말했다.

「나랑 요시오가요?」

나는 말했다.

「그래」

어머니는 웃었다.

「내가 초등학생 수준이란 말이에요?」

「아니, 그런 뜻이 아니고. 둘 다 뭔가 좀 지나친 데가 있잖아. 물론 마유도 그런 부분이 있었지만, 그래도 그 아이는 평범한 부분도 꽤 많았으니까, 다른 사람을 사귀었다면 아마 안 죽었을 거야. 류이치로 씨였기 때문에 그 지나친 부분으로 무리를 해가며 사귀었던 거 아니겠니. 딱히 류이치로 씨를 원망하는 것은 아니지만, 난 그렇게 생각한다. 류이치로 씨는 오히려 네 취향이야. 그런 느낌이 들어. 너는 자기 핏속에 들어 있는 것에 대해서는 의외로 느긋하니까」

「알 것 같기도 하네요」

나는 말했다.

「아마 요시오에게 필요한 것은 힘과 사랑……」

어머니는 말했다.

「사랑?」

얼마 전 준코 아줌마도 그 비슷한 얘기를 했었다.

「너는 너무 따지길 좋아해. 생각이 너무 많다고. 우왕좌왕하다가 기회를 놓치고는 제 자신을 갉아먹을 뿐. 차분하게 한 자리에 있으면서, 아름답게 압도적으로 반짝반짝 빛나면 좋을 텐데. 사랑이란 달콤한 말도 아니고, 이상도 아니고, 그런 야생의 존재 양식을 말하는 거야」

「그 말, 페미니스트가 화낼 법한 의미의 말인가요?」

나는 말했다. 〈엄마〉는 설명에 서투르다. 언어가 빈약하다. 곧잘 이렇게 자기 혼자만 아는 말로 얘기한다.

「아니야, 참 내, 너는 전혀 모르고 있구나!」

어머니는 말했다.

「인간이 자기 자신이나 타인에게 해줄 수 있는 것이 무엇인지, 그걸 말하고 있는 거야. 그게 바로 사랑 아니겠니? 얼마만큼 믿을 수 있는지, 그거 아니겠어? 하지만 그러고자 하는 쪽이, 서로를 생각하거나 얘기를 나누는 쪽보다 얼마나 힘이 들고, 얼마나 에너지가 많이 소모되고, 불안한지」

「그러니까 사랑이란, 어떤 상태를 나타내는 기호라는 말인가요?」

내가 그렇게 묻자,

「유식한 말 쓰네」

라며 어머니는 웃었다.

그때 처음으로 그 마음에 살짝 닿은 듯한 기분이 들었다.

「너희들을 보고 있으면, 어쩐지 좀 집중력이 부족하다는 느낌이 들어. 다리가 어디 한군데에 고정돼 있을 때가 많아, 어째. 무엇보다도 그저 자유롭게 살면 좋을 텐데 싶은 생각이 든다」

어머니는 말을 이었다.

「엄마, 그런 얘기 요시오한테도 해줘요」

내가 말했다.

「무슨 비밀을 털어놓는 것처럼, 유치하지 않니?」
어머니는 물었다.
「아니에요. 게다가 그애는 엄마가 자기를 좀 어떻게 해주었으면 하고 바라고 있다고요」
나는 말했다.
「엄마도 엄마 나름대로 생각하고 있는 바가 있네요」
물론이지, 아무 생각도 없이 그냥 지내는 것처럼 보이지? 라며 어머니는 의기양양하게 웃었다.

그리고 어머니는 신속하게 실행했다.
그날 저녁식사 시간에 「다녀왔습니다」라며 동생이 돌아왔다. 나는 어머니와 준코 아줌마와 저녁을 먹고 있었다. 검은 가방을 둘러메고, 반바지도 입고, 정말 초등학생 같은걸! 하고 나는 생각했다. 그리곤 약간 가슴이 뛰었다. 그런 장면은 언뜻 보기만 해도 왠지 모르게 사람의 기분을 들뜨게 하는 활기에 넘쳐 있다.
새우 튀김을 볼이 터지도록 입 안 가득 우물거리며, 동생은 텔레비전을 보았다. 마치 아무 일도 없었다는 듯이.
그때 어머니가 불쑥 물었다.
「요시오, 맛있니? 음식의 맛을 제대로 느끼고 있니?」
동생은 무슨 소린가 싶어 놀란 토끼 눈으로 말했다.
「응. 맛있어. 이거 준코 아줌마가 튀긴 거야?」
「땡, 애석하군요. 이세탄 백화점 지하에서 사왔습니다」
라고 내가 말해 주었다. 준코 아줌마가,

「난 튀김만큼은 질색이거든. 무섭기도 하고, 채 익지도 않았는데 건져내기가 일쑤고, 뒷마무리도 번거롭고」
라고 뚱딴지같은 변명을 하여, 그럭저럭 단란한 분위기가 풍겼다. 마치 공기에 홀연히 섞여든 가을 금목서의 향기처럼 아련하고 확실하고 오랜만이고 달콤했다.

「그럼 말이지, 한 가지 더, 아침에 일어나면 어때, 좋아? 오늘 하루가 기대돼? 밤에 잘 때도 기분이 좋니?」

「아니, 그건 그저 그래. 밤에는 지쳐서 기진맥진이고……」

심리 테스트처럼, 동생은 성실하게 대답하고 있다.

「친구가 앞에서 걸어오고 있습니다. 신나나요? 아니면 귀찮은가요? 눈에 보이는 경치가 마음으로 들어옵니까? 음악은? 외국을 생각해 봐. 가고 싶어? 가슴이 두근두근하니? 아니면 귀찮아?」

어머니는 마치 연극 무대에 있는 것처럼, 명상 테이프처럼 유연하게 물었다. 나는 조금은 놀랐다. 묘한 상황이었다. 눈을 감으면 정말 이쪽으로 걸어오는 친구의 모습이, 아직 가보지 못한 나라의 경치가 보일 듯, 그 목소리는 또렷하고 깊게 울렸다.

우리들은 모두, 진지하게 생각했다.

「내일이 기다려집니까? 사흘 후는? 미래는? 설레니? 아니면 우울하니? 지금은? 지금은 모든 게 잘돼 가고 있니? 자기 자신이 마음에 드니?」

「다 괜찮은 것 같은데, 지금은」

하고 동생은 말했다.

나는 그저 그랬다.
「그저 그런가」
하고 준코 아줌마도 말했다.
「유키, 뭐야 지금 그 질문들? 무슨 책에 실려 있기라도 했어?」
「이건 말이지」
어머니는 커다란 눈으로 동생을 보며 웃었다.
「엄마가 할아버지한테서 배운 인생의 비전(秘傳), 체크 포인트야」
「할아버지가 그렇게 표현했어요? 체크 포인트라고?」
나는 놀라 물었다.
「아니, 그건 좀 다르지만」
어머니는 말했다.
「비전이란 말은 하셨어. 알고 있지? 너희들 외가는 전통과자를 만들어 파는 집이잖아. 할아버지는 열심히 땀을 흘리며 일하셨고, 늘 가게 앞에는 손님들이 줄을 섰지. 도호쿠(東北) 지방에서 사러 오는 사람이 있을 정도로 맛있는 과자를 평생 만드셨어. 주변에 있는 사람들의 기운을 북돋아주는 쾌활한 분이셨고, 아내와 자식과 손자들을 사랑하셨고, 노망도 들지 않고 아흔 살까지 매력적으로 일하시다가, 아흔다섯 살에 극락왕생하신 아주 멋진 분이셨는데, 우리들이 어렸을 때, 이걸 가르쳐주셨단다. 너희 아이들한테도 가르쳐주라고 하시면서. 단, 한 가지만은 반드시 지키지 않으면 아무런 의미가 없다면서, 주의를 주셨어」

「뭔데?」

동생이 열심히 듣다 물었다.

「얘기할 때의 할아버지 눈을 잘 보라고. 목소리는 어떻게 내는지, 방의 분위기는 어떤지, 잘 기억해 두라고. 만약 너희들이 소중한 누군가에게 이 얘기를 전할 때, 지금의 나보다 조금이라도 자신 없는 눈으로 말해야 한다면, 방 분위기가 지금보다 조금이라도 서먹서먹하게 느껴진다면 얘기하지 않는 편이 좋다고. 전하는 것은 얘기 따위가 아니라, 말하는 나의 혼의 상태를 송두리째 전달하는 것이 중요하다고 말이야. 지금 여기와 똑같든지, 아니면 그 이상이라면 말해도 좋다고 말이야. 나는 꼼꼼히 관찰했었어. 가족 모두를, 할아버지와 할머니, 엄마, 아빠, 나, 여동생, 남동생 둘. 방은 힘으로 가득했어. 밝기도 하고, 따뜻하기도 하고. 가세가 약간 기울기 시작했지만, 심각하지는 않았어. 저녁식사 후라 모두가 느긋하고 편안한 상태였지. 할아버지는 여느 때보다 훨씬 더 빛나는 눈으로, 여느 때보다 장중한 목소리로 말씀하셨어. 무슨 일이 생겨도, 할아버지가 계시면 안심일 것 같은 기분이었어. 잘 기억해 둬야지, 하고 생각했어. 그 느낌 그대로를 고스란히. 말이 아니고 순서도 아니고, 너무 보거나 들으면 잊어버릴 것 같아서, 꼭 가슴에 간직하고 함부로 끄집어내지 않도록, 신선도를 유지하도록 하자고. 그러다가, 아까 생각이 나서 오늘 말해 본 거야. 얘기해 볼까, 하는 생각이 들어서. 할아버지의 말씀대로 실수 없이 잘했는지, 자신은 없지만, 웬만큼은 성공인 것 같구나」

어머니는 말했다.
「무슨 힘든 일 생겼을 때, 자문자답하면 되는 거예요?」
나는 물었다.
「그럼. 하지만 자기 자신에게 거짓말을 해서는 안 돼. 그럼 안 돼, 그건 달라, 귀찮군, 이라고 대답해도 상관없어. 매일 자기 전에 눈을 감고 〈진심으로〉 묻는 거야. 생각대로 잘 안 되는 날이 며칠이고 계속돼도, 그냥 계속하면 되는 거야. 그런 평범한 용기가 어떤 중심을 구성하기 시작하지. 종교 같아 보이겠지만, 살아가는 데 그런 거 하나쯤 필요할지도 모르겠다」
어머니는 말했다.
「하지만 그냥 묻기만 한다고 다 되는 건 아니야. 묻고 있다는 것에 안심하여, 전체적인 수준이 아무리 떨어져도 깨닫지 못하는 수도 있지. 음침한 목소리로 그저 괜찮아, 괜찮아를 연발해 봐야 아무 소용이 없어. 자기 자신에게는 거짓말을 할 수 없거든. 그런데 우리 형제는 네 명이나 되지만 다들 회사가 망하기도 하고, 이혼을 하기도 하고, 그런데도 그, 할아버지와 할머니의 교육 덕택인지 모두 쌩쌩하거든」
「멋진 얘기네」
준코 아줌마가 말했다.
아주 먼 옛날 사람의 입에서 할아버지에게로, 할아버지에게서 딸과 손자와 손녀, 그 손자와 손녀들에게서 자손에게까지 죽 전해 내려오는 일가의 비전. 인디언 같군, 하고 나는 생각했다. 우리 집안에 그런 것이 있으리라고는 꿈에도 생각지 못했다. 그러나 그것은 아까 들은 얘기보다 어머니가 늘 풍기는 분위기로 이미 전해져 왔던 것 같은 기분이 든다.
「그 얘기, 마유는 못 들었네요」
나는 말했다. 마유는 어머니가 몸으로 표현하고 있었던 것을 깨닫지 못했다.
「그래……, 나도 오늘까지, 아까 백화점에서 사쿠미랑 얘기할 때까지 몇 년 동안이나 잊고 있었어, 이 얘기를」
어머니는 조금은 아쉬운 듯 말했다.
「그보다 미키코는, 지금 아무 이유도 없이 이 자리에 없네」
내가 말했다.
「배신자!」
동생이 웃었다.
「멍청하게시리, 지금쯤 어디서 술 마시고 있을 거야」
「귀중한 얘기 들을 기회를 놓쳤군」
어머니가 말했다.
「앞으로 백년 동안은 들을 수 없을 거야」
「바보같이」
모두들 웃었다. 즐거웠다. 가족이 좋았다.

여름 기운으로 가득한, 푸르디푸른 하늘이었다. 눈이 부시고 온 사방이 반짝거렸다. 이런 날이 며칠이고 계속되다가 진짜 무더위가 찾아온다. 좋아하는 계절이다.
나는 그날 류이치로와 개복치를 보러 갔다.
「당신이 일본에 없는 동안, 수족관에 개복치가 들어왔는데, 알고 있나요?」

라고 자랑스럽게 말했더니, 굉장히 부러워했다. 그래서 가보기로 했다. 나는 몇 번이나 가봤지만, 그럼 뭐 같이 가주지, 라고 말하고 동행하기로 했다.

평일이라서 수족관은 한산했다. 개복치가 있는 대형 수족관은 옥외에 있고, 개복치는 거기서 유유히 헤엄치고 있다. 거기서는 하늘도 보이고, 거리도 내려다보여, 기분도 느긋하게 풀어진다.

정말이지, 나는 몇 번이고 그곳을 찾았었다.

머리를 다치고, 퇴원을 하고, 류이치로도 떠나고, 일상을 되찾았을 무렵이었다. 겨울이 성큼 다가와 있었다. 일상 속에 있는데, 기억나지 않는 부분이 많았다. 작년의 추억담, 어머니가 아는 사람의 친구의 우스갯소리, 내가 기억하고 있는 병따개를 찾고 있으면, 어머니가 그건 재작년에 버리고 새로 샀잖니, 라면서 본 적도 없는 병따개를 건네준다. 사쿠미, 네가 OOO에서 사왔잖아, 라고 한다. 모르겠다. 모르는데도 아는 척 웃는다. 온통 그런 일들뿐이라 서글펐다. 무엇인가로부터 소외된 듯한 느낌이었다. 그런데 개복치만은 안 그랬다.

괴상한 생김, 이상한 속도, 금방 벽에 부딪히고 만다. 지금의 나 같다. 그렇게 생각했다. 서두르는 건 아니지만 종횡무진 마구잡이다.

나는 곧잘 혼자서 오래도록, 개복치 수족관 앞에 서 있었다. 수족관을 한바퀴 휘돌아보고, 바다표범을 보고, 그리고 마지막으로 개복치가 있는 곳에 다다르면 너무 반가워서, 나 자신도 어처구니가 없을 만큼 오랜 시간, 개복치를 멍하니 쳐다보았다.

그래서 반가웠다.

이렇게 따스한 하늘 아래 류이치로와 함께 이곳에 올 날이 있으리라고는, 그 무렵에는 생각지도 못했다.

개복치는 하얗고, 천천히 움직이고 있었다. 이전과 조금도 변함없이, 다만 조용하게 오가고 있었다. 그러나 그렇게 생각해서인가, 그 무렵보다 느긋하고 유연하게 보였다. 눈도 즐거운 듯 보였다.

내 쪽이 변한 것이다.

고독과 불안을 통해 보았었다.

하지만 지금은 다르다, 계절도 겨울이 아니다.

「참 멍청하게도 생긴 놈이로군」

류이치로가 말했다.

「암만 봐도 싫증이 안 나는걸」

「그렇죠?」

나는 그렇게 말하고, 이곳에 종종 오던 때 얘기를 했다.

「부활의 비결이었군」

이라고 그가 말했다.

멋진 표현인데, 라고 생각했다.

시간이, 햇빛을 반사하면서 천천히 흘러간다. 개복치가 움직이는 속도와 닮았다. 류이치로는 안심시켜 준다. 다른 인간과는 다르다. 내가 이해할 수 없는 일은, 어떤 차원이든 하지 않는다. 가령 사람을 죽였다 하더라도, 그 죽은 사람이 나와 절친한 사람이었더라도, 그가 한 일이라면 하고 나는 결국은 납득할 것이다.

　논리가 아니고, 그가 지니고 있는 공기다.

　마유는 어떻게 생각했을까?

　하지만 그녀는 오로지, 그녀 자신밖에 없는 자리에 늘 있었으니까. 그 누구도 마음에 담지 않았으니까. 류이치로도 어쩔 도리가 없었다.

　그러나 지금은 여기서 둘이, 수족관을 쳐다보며 입이 벌어져라 멍하니 서 있다.

　무언가에 배어드는 듯한 뜨거운 기분이, 찡하게 끓어올랐다. 그것은 둘 사이에 증기처럼 피어오르는 어떤 기운이었다.

「생각해 봤는데」

　그는 말했다.

　달리 사람은 없고, 개복치가 듣고 있을 뿐이었다.

「오래전부터 좋아했던 것 같아」

　나는 대꾸하지 않았다. 갑작스레 모든 것이 가깝게 보이는 것 같았다. 빌딩도, 난간도, 자신의 손도. 사랑의 시각이다.

「마유가 죽고, 여행을 떠나기로 결심하고, 길을 나섰지. 혼자서는 따분하니까, 줄곧 마음 어느 한 구석으로는 너와 함께 다니는 여행길을 상정하고 있었어. 도둑을 맞고, 사람들에게 냉대를 받고, 호텔 방 텔레비전에서 흘러나오는 낯선 외국말을 들으면서 갑자기 미치도록 외로워질 때마다, 너밖에 떠오르지 않았어. 그게 바로 내가 여행을 계속할 수 있었던 최후의 비밀이었지. 점점 그렇다는 게 분명해졌어. 언젠가 돌아가서 너를 만나야지, 그런 생각을 하면 다음날까지 견딜 수가 있었어. 점차 너의 비중이 커졌어. 지난번 그런 일이 있고부터는, 사랑으로 바뀌었어」

「내가 머리를 다치기 전부터 좋아했나요?」

나는 물었다. 스스로도 적잖이 염두에 두고 있다는 것을, 이런 때 알게 된다.

「머리를 다치기 전의 너는, 마음속의 너였던 것 같아. 마유도 있었고, 잘 풀릴 리가 없다는 기분이 들었었지」

그는 말했다.

「그러나 뭔가가 변했어. 내가 여행으로 단련된 건지, 머리를 다쳐 너에게 무슨 일이 생긴 건지, 모르겠어. 하지만 지난번 만났을 때 너는 다이내믹하고, 꾸밈이 없었고, 옛날과는 전혀 다른 싱그러운 향을 풍기고 있었어. 하지만 그건 아마, 원래부터 네게서 느껴지던 혼 같은 것이 겉으로 드러난 것일 뿐. 무언가가 변하여 우리 두 사람이 순조롭게 풀려도 좋을 듯한, 신나는 그 무엇인가가 싹튼 거야. 아주 미묘한 일이야. 로맨틱하지는 않지만, 그때 그대로였다면 나는 너를 평생 마음에만 묻어두고 지냈을 거야. 하지만 나는 여행을 떠났고, 너는 머리를 다쳤고, 뭔가가 변했어. 가슴이 두근거릴 만큼. 나, 말솜씨가 너무 좋은 건가?」

그는 말했다.

나는 난감하여 개복치들을 보았다. 일이 이렇게 되고 보니 그 녀석들이 싱글싱글 웃는 것처럼 보이기까지 하여, 부끄러워지고 말았다.

「지나치다 싶으리만큼 잘 알고 있어서, 말솜씨가 좋다는 느낌은 없는데요」
 나는 말했다.
「오히려 전달하고자 하는 열의가 강하게 느껴져요」
「첨삭을 해달라는 말은 안했어」
 그는 그렇게 말하며 키득키득 웃었다.
「그럼, 같이 여행 떠나요. 한번」
 나는 말했다.
「일본이든 외국이든 어디든 상관없어요. 그리고 확인해 보도록 해요. 서로. 둘 다. 돌아왔을 때의 항구나, 여행지에서 그려보는 가공의 여자는 되고 싶지 않아. 위선적이고 끔찍해. 그보다는 실제로 어디든 가서, 뭐가 서로에게 재미있는 일인지 확인해 봐요」
「음. 좋아. 어디든 가지」
 류이치로는 나를 보며 말했다.
「다음달에 사이판에 있는 친구한테 잠시 다녀올 텐데, 어때, 너무 성급한가?」
「아니요, 갈래요. 가고 싶어요」
 나는 웃었다.
「신나네요」
「음, 정말 기다려지는군」
 그는 말했다.
 저녁 어스름이 거리로 살금살금 스며들었다. 햇빛에 희미한 오렌지빛이 어리고, 서쪽 구름이 밝게 빛나기 시작했다.
 나는 난간에 엎혀 있는 그의 손을 잡았다. 그도 내 손을 꼭 되잡았다. 이전부터 알고 있는 건조한 따스함이었다. 둘 사이에 촉각도 있다는 것을 알았다. 생각이 났다. 눈앞으로 유유히 물을 가르는 개복치의 매끄러운 하양을 응시했다. 만지고 싶다, 고 생각했다.

 무엇이든 내 손으로 만져 확인하고 싶다.
 그렇게 생각했다.

창밖에서 눈부시게 빛나는 한낮의 구름 바다를 보고 있자니 아주 기분이 묘했다. 요즘은 모든 것이 꿈이었다, 고 해도 금방 수긍할 것이다. 그렇게 생각하자, 지금까지의 모든 일 또한 꿈처럼 멀고 가볍다.

 아무튼 나도 모르는 사이에 일이 착착 진행되어, 나는 사이판행 비행기 안에 있다. 분발하여 일등석 티켓을 산 덕분에 경이로울 만큼 널찍한 공간을 차지하고 있다. 아침 일찍 일어난 탓에 여전히 멍하고 졸립고, 잠을 쫓으려고 볼륨을 최대한으로 올리고 이어폰으로 랩을 들으며 책을 읽고 있다. 잠든 사이에 도착하면 허망하니까, 잠을 피하기 위해서다. 책은 커프스 단추와 롤스로이스를 똑같은 차원에서, 어린애 장난감처럼 모은 성자의 전기였다. 아주 흥미롭고, 슬프다.

 모든 것이 〈지금〉의 분위기에 딱 들어맞았다. 그러나 아무리 이렇게 늘어놓아도, 기내식에 곁들여진 맥주를 마시고 취한 지금의 내가 느끼는 이 불가사의한 해방감을 설명할 수는 없다.

옆자리에는 류이치로가 있다.

등받이를 한껏 뒤로 젖히고, 잠들어 있다.

동생과 비슷한 속눈썹이다.

이렇게, 사랑하는 이들의 잠든 얼굴은 모두 똑같아 보인다. 아득히 멀고 애잔한 느낌이 든다. 잠자는 숲속의 미녀 같은 그림자를 드리우고, 내가 없는 세계를 헤매고 있다.

뒷좌석에는, 새로운 친구가 있다.

이름은 코즈미 씨. 함께 사이판에 간다.

코즈미 씨는 참 색다른 사람이다. 지금까지 살아오면서 나는, 텔레비전 속에서도 책 속에서도 이런 사람을 만난 적이 없다.

두 주일 전의 일이다. 류이치로에게서 내가 아르바이트를 하고 있는 베리즈로 전화가 걸려왔다.

「사이판에서 신세지게 될 사람이 지금 도쿄에 와 있거든. 오늘밤 거기로 데리고 갈게」

좋아요, 라고 대답은 했지만 내심 아, 귀찮아 하고 생각했다. 요즘 들어 심심찮게 아르바이트를 빼먹은 데다 사이판에 간다고 했더니 어지간한 지배인도 태도가 영 쌀쌀해졌다. 게다가 코즈미 씨가 사이판에 살면서 샌드위치 가게와 다이빙 용품 대여점을 하고 있다는 말만 했는데도 지배인은 벌써 편견을 갖고 있었다. 보나마나 새카만 얼굴에, 다이빙광이고, 한데 어울려 마시고 떠들기를 무엇보다 좋아하는 그런 사람이겠지, 라고. 아…… 짜증나, 하고 생각했다. 다이빙 정도 하면 어때서…… 하고 이 생각 저 생각 머리를 굴렸다. 사이판은 처음이고, 더구나 류이치로와 함께라서 기대가 컸다. 주변 사람들이 무슨 소리를 하든, 아르바이트를 얼마나 쉬게 되든, 기쁨은 줄지 않는다.

나는 이 연애에 나름대로 들떠 있다.

「잠시 사이판에 다녀오려고 하는데요」
어머니에게 말했다.
「집은 괜찮을까요?」
「괜찮아. 더구나 사이판은 가깝잖아」
어머니는 웃었다.
「그건 그렇고. 누구하고 가는데?」
「류이치로 씨하고」
내가 대답하자 어머니가 말했다.
「어머어머, 어머머」
그리고 웃었다.
「자살일랑 하지 마」

동생에게도 말했다.
「류 아저씨하고 사이판에 갈 건데, 너도 갈래?」
「음, 가고 싶긴 하지만……」

정말 한참을 생각하다 그는,
「조금 더 버텨볼래」
라고 말했다.
「만약 또 집 나가고 싶어지면, 언제든 부를 테니까, 전화해」
「국제전화 걸 줄 몰라」
「가르쳐줄게. 영어 할 줄 몰라도 괜찮아」
나는 전화 거는 법을 종이에 써가며 꼼꼼히 가르쳐주었다.
「그런데 사쿠 누나, 정말 좋아진 거야? 어쩌다보니 그렇게 된 게 아니고?」
동생이 불쑥 정곡을 찔렀다.
「으음, 왜?」
「엄마는 사랑에 빠지면 매일 밖에 나가는데, 누나는 집에 있는 날이 많은 것 같아서」
「그래, 그건 그럴지도 모르겠다」
나는 말했다.
「운명?」
동생이 물었다.
「운명적인 사랑은 아니지만, 빠져들지 않을 수 없는 운명……인 건지도 모르지」
「맞아! 바로 그거야! 내가 하고 싶었던 말」
동생은 신기하다는 듯 외쳤다.
동생이기에 느끼는 질투인지, 예지자로서의 말인지 알 수 없었다.

그렇다, 이 사랑은 아주 특수하고 하얗게 빛나고 있어서(그날의 UFO처럼), 다른 운명으로 도약하기 위해 두 사람은 의기투합하지 않으면 안 된다는 느낌이 들었다.

나중 일이야 어찌 되었든, 아무튼 지금 손을 맞잡고 날지 않으면, 이 어지럽게 변화하는 인생으로부터 낙오되고 만다.

발명품 경진 대회에서 흔히 보는 불완전한 〈자동문 개폐기〉 같다. 볼링공이 굴러 양동이를 엎어뜨리면 물이 흐르고, 그 물이 물레방아를 돌리고…… 그런 여러 가지 절차를 거쳐, 문이 열린다.

바람이 불어, 물통 장사가 돈을 번다.

새끼줄을 꼬아 부자가 된다.

그런 것처럼.

서로 연결돼 있으면서도, 사람은 무력하다. 무력한 것 같지만 무엇이든 할 수 있다.

어떤 힘과 게임을 하면서 도약한다. 실수를 하더라도 죽지는 않는데, 몸속에서 무엇인가가 〈아니야〉, 〈바로 지금이다〉, 〈그쪽이 아니야〉라며 반짝반짝 섬광을 발한다. 그것을 더 이상 억누를 수 없어, 계속 도약한다.

그날 밤 류이치로와 함께 술집에 나타난 코즈미 씨는 〈사이판에 사는 새카맣고 활달한 유형의 사람〉일 것이라는 나의 치졸한 예상을 뒤집는 뜻밖의 인물이었다.

새카맣기는커녕 색소가 없었다. 투명하게 들여다보이는 다갈색 눈, 머리칼. 색소 결핍증.

「아니」

하고 나는 생각했다.

「코즈미 씨야. 코즈미, 이쪽이 사쿠미」

처음 뵙겠습니다, 라며 그는 웃었다. 넉넉한 웃음이었다. 제아무리 하얘도 그 여유롭게 퍼지는 웃음은 역시 남쪽 하늘을 느끼게 한다.

술집에 다른 손님은 없었다.

지배인은 너무도 오랜만에 만나는 류이치로에게 놀라, 얘기를 시작했다.

나는 본의 아니게 코즈미 씨와 마주하게 되었다.

어둡고 부드러운 불빛에 드러난 그는 마치 조각상 같았다.

「사이판에 아내가 있습니다」

불쑥 그가 말했다.

참 내, 그런 말 안해도 남자친구의 친구한테 곁눈질 안합니다, 하고 생각은 했지만,

「그래요?」

라고 말했다. 그러나 그런 게 아니었는지,

「틀림없이, 사쿠미 씨와 친해질 겁니다」

그는 웃었다.

「그쪽 사람?」

「아니오, 일본 사람입니다. 이름은, 사세코라고 하죠」

「사세코? 우와!」

나는 처음 보는 사람에게 무례하게 말한 나 자신에게 놀랐다. 사세코라니, 〈공중 화장실〉이란 의미가 아닌가. 어느 나

라의 부모가 자기 딸에게 그런 이름을 붙인담?

「아내의 이름을 들으면, 다들 그렇게 경악합니다. 아내의 부모님은 지독한 사람들이었습니다」

나의 의문에 대답하듯, 그는 말했다.

「그녀의 인생을 간단히 설명해 드리죠. 어머니는 알코올 중독으로, 그녀를 낳은 지 3년 만에 덜컥 죽었습니다만, 애당초 그녀는 지나가다 만난 남자 사이에서 생긴 아이였습니다. 아버지는 화가 치민 나머지 싸움 끝에 구청으로 달려가, 어머니에게 말 한마디 없이 그런 이름으로 출생 신고를 했다고 합니다」

「맙소사」

「그런데, 그 아버지 역시 건달이나 다름없는 남자였습니다. 어머니가 죽은 후에는 그녀를 기를 능력이 없어, 곧바로 보호소로 보냈고, 그후 그녀는 고아원에 가서 살다가 열여섯 살 때 남자를 따라 사이판에 왔다고 하더군요. 사이판에서는 사세코란 말의 의미가 제구실을 할 수 없으니까, 한결 짐을 던 그녀는 정말 〈사세코〉가 되어 지냈다고 합니다」

「네에」

미소를 잃지 않고 담담하게 말하는 그가 불가사의했다. 그 허스키한 목소리도 불가사의했다.

「하지만 아내는 저를 만나고서 천직을 발견한 것 같았습니다. 그녀에겐 특수한 능력이 있었던 것이죠」

「그게 뭐죠?」

나는 물었다.

「축복받지 못하고 태어난 그녀는, 어머니 뱃속에서도 어머니가 자기를 증오하고 있다는 걸 줄곧 느꼈었다고 합니다. 하지만 뱃속의 아이는 다른 곳으로 갈 수가 없죠. 탯줄로 서로 연결되어 있으니까요. 듣고 싶지 않은 말도 계속 들어야 하고, 느끼고 싶지 않은 것도 계속 느껴야만 합니다. 그 처절함과, 도망치고 싶은 마음의 절실한 외침이 다른 것과의 커뮤니케이션을 낳은 것이죠」

「다른 것?」

「혼입니다」

그는 딱 잘라 말했다. 아아, 이거 골치 아프군, 하고 나는 생각했다.

「그녀는 지금 사이판에서, 남자를 안는 대신에 혼을 위로하는 일을 하고 있습니다. 노래로 공양을 하고 있는 것이죠」

「노래를 한단 말이에요?」

「예. 꼭 들으러 와주십시오」

자랑스럽다는 듯 그는 말했다.

「사이판이라면, 혼은 얼마든지 있겠죠」

나는 말했다.

「그렇죠, 얼마든지. 잠깐 실례」

그는 화장실에 가려는지 자리를 떴다.

얘기가 잘 통하는 모양이지, 라며 류이치로가 이쪽을 향해 말했다.

「독특한 사람이네요」

나는 말했다.

「그렇지만 기본적으로 거짓말은 안해, 하나도」

류이치로는 말했다.

그가 그렇게 말하는 것을 보면, 거짓은 아니겠지, 하고 나는 생각했다.

그러나 일이 어떻게 돌아갈지, 미심쩍고 예측할 수 없었다.

돌아가는 길에, 나는 코즈미 씨에게 말했다.

「부인께 안부 전해 주세요. 그런데 그렇게 굉장한 사람이랑 저, 정말 친해질 수 있을까요?」

「걱정 말아요, 보장하겠습니다」

그는 말했다. 달밤이라 길이 환했다. 그 엷은 색 눈이 반짝여 아름다웠다. 그리고 나는 알았다. 색다른 것은 피부색도, 언어도 아니다. 그의 몸을 감돌고 있는 기운이다. 달밤의 해변 같은, 한낮의 묘지 같은, 공기의 냄새다. 빛과 죽음이 공존하는 혼돈이다. 그는 그런 사람이었고, 나는 그런 사람을 처음 만났던 것이다.

글자가 흐릿하고, 랩이 멀리서 왕왕거리고 있었다. 꾸벅꾸벅 졸고 있었던 것이다.

그때.

비행기가 쿵, 하고 흔들려 퍼뜩 정신을 차렸을 때, 느닷없이,

「에이코」

가 날아들었다. 그 냄새, 화면, 감촉, 모든 정보가 내게 쏟아져 들어왔다.

나는 당황하여 안절부절못하고, 머리는 어질어질했다. 비행

기는 금세 원래의 평화로운 비행 상태를 회복했지만, 내 심장의 두근거림은 가라앉지 않았다.

방금 날아들었던 에이코의 눈, 머리칼, 뒷모습, 목소리, 단편으로, 총체로. 그리고 잇달아 날아드는 둘의 추억. 생생하게, 아리게 남아 있었다. 가만히 앉아 있을 수가 없어, 볼일도 없으면서 화장실로 갔다.

은색 은밀한 공간에서 숨을 가다듬었다.

「샤이닝」의 원작에 이런 장면이 있었다. 주인공인 소년이 도움을 청하느라 사념을 띄워 보내는 것이다. 불렀나? 하고 생각했다. 에이코의 신변에 무슨 일이 일어난 것일까?

그럭저럭 충격이 가라앉았다. 도착하면 전화해 봐야지, 하고 생각했다. 아까는 이런 구체적인 대안이 떠오르지 않을 만큼 동요했었다.

화장실에서 나와 자리로 돌아가 보니 류이치로가 잠에서 깨어나 있었다.

「이제 곧 도착할 거야」

그는 웃었다. 안전 벨트를 매라는 신호가 켜지고, 방송이 흘러나왔다. 창 너머 저 먼 아래로 태양빛에 몸을 드러낸 초록색 섬이 점점이 보였다. 너무도 선명해서, 사진 같았다. 바다는 짙은 파랑으로 번져 있고, 파도 머리가 볼록 튀어나온 하얀 무늬처럼 보였다.

「와, 아름답다. 너무너무 아름다워요」

나는 말했다.

「정말 그러네!」

여행에는 이력이 나 있는 그도 눈을 반짝이며 내려다보고 있었다. 이 사람은 이렇게 늘 감격에 젖어 있는 것이리라, 고 나는 생각했다. 그것을 밀가루 반죽을 발효시키듯 잠재워 두었다가, 부풀려서는 마침내 다른 출구를 통해 문장으로 써낸다.

「저」

뒷좌석에서 코즈미 씨가 말을 걸었다.

「참 아름답네요! 번번이 보는 풍경일 텐데 코즈미 씨도 그렇게 생각하나요?」

「네, 볼 때마다 설렙니다. 그건 그렇고……」

그는 말했다.

「조금 전에 어떤 여자가 사쿠미 씨를 불렀는데, 알았어요?」

그저 놀랄 따름이었다.

「어떤 사람?」

나는 물었다.

「으음, 잘 안 보이……지만, 예쁘게 생기고, 날씬한 사람. 목소리가 높고」

「맞아요」

나는 말했다. 그리고 생각했다. 〈이런 건가, 지금 가고 있는 곳에서는 이런 리얼리티에 익숙해지지 않으면 안 되는 건가〉 그리고 아무래도, 이런 전환이야말로 나의 목숨을 지탱해 온 지혜인 듯하다.

「도착하면 곧바로 전화해 보는 게 좋을 겁니다」

내가 그렇게 동요했던 것과는 정반대로, 마치 당연한 얘기를 하듯 코즈미 씨는 말했다. 추울 테니까 윗도리를 가져가는 편이 좋을 거야, 라는 식의 말투로.
「알겠어요」
라고 나는 대답했다.

 비행기에서 내리자 공기는 끈적끈적하고 뜨겁고, 그런데도 어딘가 모르게 모든 것이 희박하다는 느낌이 들었다.
 짙푸른 하늘 탓인가.
 녹음이 뿜어내는 싱그런 공기 탓일까.
 잠깐 기다려요, 라고 말하고 나는 전화를 걸러 갔다. 서둘러 동전을 교환하고, 국제전화 전용 부스를 찾아 에이코의 집 전화번호를 눌렀다. 사방에서 왁자지껄하는 소리 때문에 시끄러워 잘 들리지 않았다. 벨소리만 하염없이 울리고 있다. 이상한 느낌이 들었다. 그 대저택에는 항상 에이코의 어머니가 있을 것이고, 없다 하더라도 가정부 아줌마는 있을 것이다. 어떻게 하지, 하고 주춤거리고 있는데 찰칵 하는 소리가 나고 「여보세요」라며 가정부 아줌마가 전화를 받았다.
 한숨을 내쉬었다.
「에이코, 있나요?」
 내가 묻자, 아줌마가 말했다.
「그게 말이죠, 아무도 안 계세요. 사모님도, 에이코 씨도. 에이코 씨는 아침부터 안 계셨지만, 사모님은 계셨었는데. 저도 방금 심부름을 다녀왔거든요, 아무 말씀도 안하셨기 때문에, 이상하다 생각하면서 기다리고 있는 참이에요……」

암리타 225

불안은 가시지 않았다.

나는, 지금 사이판에 있는데, 돌아오면 꼭 전화를 해달란다고 전해 주세요, 라고 부탁하고 호텔 전화번호를 알려주었다.

지금, 달리 할 수 있는 일이 없었다.

정신을 가다듬고, 입국 수속을 밟는 대열에 끼였다. 다른 줄에 선 두 사람은 이미 수속이 끝나가고 있었다.

내가 입국 수속을 마치고 카운터에서 나왔을 때, 류이치로와 코즈미 씨는 내가 있는 쪽을 향하고 서서, 조그마한 몸집의 여인과 얘기를 나누고 있었다. 부인이군, 하고 직감했다. 검고 긴 머리칼, 핑크색 셔츠. 류이치로가 나를 보고 손짓했다. 그리고 그녀가 뒤돌아봤을 때, 정말 놀라서, 그 자리에 우뚝 멈춰 서고 말았다.

그날 코치에서 인터폰을 울리며, 웃는 얼굴을 보이곤 사라졌던 바로 그녀였다.

그녀는 눈이 가늘고, 코가 동그랗고 입술도 동그랗다. 뭐라 말할 수 없이 달착지근한 향내를 품고 있는 듯한 사람이었다. 어딘가 먼 곳을 향해 미소 짓고 있는 것 같았다. 오랜 신산의 세월을 지내느라 몸에 밴 듯한 〈양키(미국 사람인 척 흉내를 내고 다니는 일본 사람——옮긴이)〉 같은 센스며 손톱 색이며 짙은 화장이 주는 인상과는 달리, 몹시 술에 취한 사람이나 말년의 마유처럼 약을 사용하는 사람 특유의 분위기와 아주 흡사한, 저 새침스런 분위기를 지니고 있었다.

나는 그녀에게 미소를 보냈다.

그녀는 왼손을 내밀며 「처음 뵙겠어요」라고 말했다. 부드럽고, 조금은 허스키한 듯한 낮은 목소리였다. 그러나 묘한 깊이가 있었다.

나는「안녕하세요, 폐를 끼치게 되었군요」라고 말하면서 그 손을 잡았다.

그러자 그녀는,

「어머나」

라고 말했다.

「왜 그래?」

코즈미 씨가 이상하다는 듯 말했다.

「드문 일, 아주 드문 일이야. 이런 사람이 당신 말고 또 있다니」

그녀는 코즈미 씨에게 말했다.

「뭐가요?」

라고 나는 물었다. 당연하다.

「당신은 반은 죽어 있어요」

그녀는 생글생글 웃으며 말했다.

나는 신경이 곤두섰다.

류이치로는 흥미롭다는 표정을 짓고 있었다.

코즈미 씨가「실례야!」라고 말했다.

「나쁜 일 아닌데 뭘」

변명을 하듯 상냥하게, 그녀는 말했다.

그럴까, 좋은 일일까 하고 나는 생각했다.

「언젠가 절반이 죽은 덕분에, 당신의 나머지 기능이 전부 활동하게 됐어요. 새롭게 다시 태어난 거죠. 요가를 하는 사람들이 평생에 걸쳐 이루어내는, 그런 일이에요. 드문 일이라고요」

　열심히 설명해 주었다.

　코즈미 씨가 운전을 하여, 묵기로 되어 있는 호텔로 향했다. 코즈미 씨는 우리 집에 묵는 게 어때? 라고 몇 번이나 권했지만, 오래 있게 되면 좀 미안할 것 같아 그의 집 근처에 있는 싸구려 호텔을 잡았다. 제일 번화가인 가라팡에서 약간 북쪽으로 더 가면 있는 스스페란 곳이었다.

　남쪽 하늘은 환하게 빛나고, 바람은 뜨뜻미지근하게 정글을 흔들고 있었다. 공항에서부터 이어지는 길은, 아무것도 없는 그저 정글의 연속이었다.

　멍하니 바라보고 있었는데, 문득 정신을 차리니 몸과 마음이 모두 상태가 이상했다.

　그야말로 〈become〉이란 느낌이었다.

　가슴이 답답하다. 사방을 둘러싸고 있는 공기가 마치 물결치듯 무겁다. 경치가 뒤틀려 보인다. 마치 주전자에서 끓어오르는 증기의 저편에 있는 것처럼, 공기와 나무와 지면이 흔들린다.

　차멀미를 하는 건가, 싶어 심호흡을 해봤지만, 그래도 별 차이가 없었다. 육체와 정신의 윤곽이 희미해져 가는 것 같은 기분이었다. 그러나 그에 동반되는 압박감은 말할 수 없이 무겁고 어둡다.

　이상하네, 하고 생각하고 있는데 차가 드디어 스스페 거리로 접어들자, 돌연 그 느낌이 사라졌다.

그래서 금방 잊어버리고 말았다. 하지만 그게 첫 체험이었다.

스스페 마을은 영화의 세트처럼 간단하고 건물이 적은 반면 풍경은 박력이 있고, 자동차가 지나가자 하얀 흙먼지가 마치 효과를 내기 위해 있기라도 하듯 어김없이 피어올랐다.

앞으로 거점이 될 호텔을 제치고, 우선 코즈미 씨네 집으로 가기로 했다. 호텔에서 자동차로 1분 가량, 그들네 집은 바로 앞이 도로였다. 일자형 집에 현관은 오렌지색이고, 아무튼 넓어 보였다.

「반대편이 가게니까, 가게에 가 있어」
라고 그가 말했고, 우리들은 차에서 내렸다.
「이쪽으로 오세요」
사세코가 집 옆으로 나 있는 골목길로 들어갔다.
「가게가 얼마나 멋지다고」
류이치로의 말과 거의 동시에 골목길을 빠져나오자, 바다가 불쑥 눈으로 날아 들어왔다.

집 뒤가 해변을 바라보고 있는 가게였다.

잔잔하고, 저 멀리까지 투명한, 파란 물. 보슬보슬한 하얀 모래.
「다녀왔어요」
라고 사세코가 카운터 안쪽에 대고 말하자, 안에서 일본인 남자가 나왔다.
「잘 다녀왔습니까, 어서 오십시오」
우리를 보자, 그렇게 말했다. 이런 모습이어야 마땅하지 않은가 싶어 간신히 안심이 되는, 검고 턱수염이 자라 있고 스포츠를 좋아할 법한 청년이었다.
「뭐 마실 거라도. 아, 앉아요」
사세코가 말했다.
해변에 놓여 있는 하얀 의자와 테이블. 파라솔. 파란색 식탁보. 그 위로 선명하게 빛과 그림자를 가르는 남국의 햇살.
나와 류이치로는 바다에 가장 가까운 테이블에 앉았다.
손님은 우리 외에 한 쌍밖에 없었다. 화려한 수영복 차림의 미국인 노부부다. 유유자적한 모습으로 우아하게 샌드위치를 먹고 있다. 달콤하게 보이는 주스를 쟁반에 받쳐 든 아까 그 청년과, 차를 세워두고 온 코즈미 씨가 무슨 얘기인가 나누며 어두운 카운터 안쪽에서 걸어 나오고 있었다. 태양 아래서, 색소가 엷은 코즈미 씨는 속이 다 비쳐 보일 듯 투명했지만, 그 팔다리는 사이판의 공기에 단단히 뿌리내리고 있는 것처럼 당당했다. 나는 〈여기가 이 사람의 장소〉라고 생각했다.
바작바작, 드러난 팔이 태양에 타들어 가고, 바람은 이마에 돋은 땀을 식히고, 주스 잔에 물방울이 맺히고, 그들은 일상을 얘기하고 있다.
그리하여 이미 이곳은 내게 자연스런 일상이 되었다. 옛날부터 계속 있어왔던 것처럼.
「물건 사러 좀 다녀올게」
코즈미 씨가 말했다.
「천천히 다녀와. 밤에 외식하러 나가자고. 전화하지」
다녀와요, 라고 손을 흔들고, 세 사람이 남았다.
「저기 보이는 저기가 당신들이 묵을 호텔의 비치 바예요」

사세코가 손가락으로 가리켰다.

오른쪽으로 이 가게의 테이블과 엇비슷한 테이블이 해변에 늘어서 있었다. 바람을 타고, 음악 소리도 들려온다.

「가까워요」

「일본으로 치면, 해변의 집이네」

류이치로가 말했다.

「맞아요, 여긴 저런 데가 많아요」

사세코가 웃었다.

「가벼운 식사와 맥주와 달콤한 주스」

「여기 샌드위치는 특히 맛있어」

류이치로가 내게 말했다.

「점심때는 얼마나 복잡한지 난리야」

「먹으러 오고 싶네」

나는 말했다.

그때 또, 아까의 느낌이 불현듯 엄습해 왔다. 까닭 모를 압박감, 뒤틀린 공기, 답답한 호흡.

파란 하늘도, 신선한 바닷바람도, 고상한 샌드위치 가게도, 점점 멀어져 간다. 여행에 대한 기대감과 해방감도.

그저 오로지 비참할 뿐인 가슴의 고통만 차오른다. 감기나 꽃가루 알레르기나 고산병 같은. 제대로 손에 잡힐 것 같지도 않다.

뭘까?

에이코와 관계 있는 일일까?

하고 생각하자 다시 우울해졌지만, 그래도 숨을 멈추고 자신의 안을 더듬어보았더니, 에이코와는 관계가 없다는 확신이 생겼다.

그때 사세코가 그 아름다운 검은 머리칼을 훌훌 털었다.

마치 머리칼에 맺힌 물방울이라도 털어내리는 듯, 눈을 감고. 내게는 그 머리칼이 만드는 궤적이 마치 슬로모션처럼 선명하게 보였다. 채찍처럼 유연한 곡선을 그리며 뭔가를 털어냈다.

그랬더니 신기하게도, 가슴이 후련해졌다.

그것은 사라지고 나니까, 애당초 없었던 것처럼 여겨졌다. 어떤 식으로 압박받았었는지, 벌써 생각이 안 났다. 사세코가 뭘 한 것일까. 알 수 없었지만, 나는 사세코를 쳐다보았다.

「왜 그래요?」

라고 류이치로가 물었다.

「아니, 머리가 좀 무거워서」

라며 그녀는 웃었다.

「별 대수로운 일 아니에요. 흔히 있는 일. 이 고장에서는」

그렇게 말하며 나를 보았다.

나는 고개를 끄덕였다.

혼, 이란 단어가 떠올랐다.

정글에, 바다에, 해변에, 무수히 떠도는 일본 사람들의, 옛날 여기서 죽은 사람. 몇만 명이나 된다. 그런 장소다.

역시! 그럴 만도 하다.

나는 생각했다.

일본에서는 느껴보지 못한 일도, 상대방의 수가 다르면 느낄 수 있는지도 모른다. 더구나 동생 일이 있고부터 나의 육감은 예리하게 벼려져 있다. 하루하루 감도가 높아지고 있다.

그래서?

아니면 혼을 향하여 노래를 한다는 이 사람이 있어서?

내 절반이 죽어 있기 때문에? 죽어가고 있기 때문에?

마지막 생각은 나를 조금 슬프게 했다. 그래, 물론 누구든 죽어가고 있다. 하지만 세포는 끊임없이 새롭게 생성되고, 모든 것이 시시각각 미묘한 빛에 흔들리며 변해 가는 그 사이클에서, 나는 어떤 이유로 조금씩 빗나가기 시작한 것인지도 모른다.

아마도 그것은 늙지도 죽지도 않는, 그런 행복한 꿈이 아니라, 모든 것을 있는 그대로 〈그냥 보고 마는〉서글픈 자각세포가 생성되었다는 얘기일 것이다.

해변에는 벌써 저녁 해가 기울어가고, 파도 소리도 멀리로 사라져 간다. 소리 없이 흔들리는 야자나무가 오렌지색 빛을 띠기 시작한다.

「아름다운 저녁이로군요」

사세코가 차분하게 말했다. 그리고 옆 비치 바에서 들려오는 곡에 맞추어 들릴 듯 말듯 콧노래를 시작했다.

어릴 적, 추억 속의 라디오에서 흘러나오는 듯 멀고도 달콤한 목소리가 부드럽고 낯익고 정겨워서, 비로소 지금 내가 있는 장소를 눈이 반짝 뜨이도록 실감했다.

돔처럼 드넓은 하늘, 바다. 서편으로 기우는 태양을 하염없이 바라보며, 애인을 옆에 두고, 강아지처럼 이 아름다운 공기에 꼬리를 흔들고 있다. 그런 기분.

축복,

받은 시간이다.

해가 완전히 기울 때까지, 그저 바라만 보고 있었다.

누구를 위하여 부르는 것도 아닌데, 사세코는 무의식중에 콧노래를 계속했다. 그런데도 소리는 마치 눈에 보일 듯 공기를 가르며, 이 세상에서 가장 매혹적인 향기처럼 피어올랐다. 아름다운 목소리였다. 허스키한 듯 달콤하고, 정확하고 엄격하고, 그러나 떨림이 깃들어 있었다.

그때, 나는 사세코의 노래를 처음 들었다.

사이판의 밤 빛은 다이아몬드 같았다. 건물은 작은데, 등불은 커다랗다. 공기는 깨끗하고, 바다의 수분으로 충만하다.

나는 노래방과 조잡한 기념품가게와 엉터리 일본어 간판이 소용돌이치는 강렬한 네온사인의 거리를, 반팔 차림으로 어슬렁어슬렁 걸으며, 챠모로 요리를 먹고, 옛날 미국 영화에나 나올 법한 넓은 밤길에서 〈새로운 인생이 시작된 이후 처음〉인 해방감을 만끽하고 있었다.

여행지에서는, 특히 이렇게 시간이 천천히 흘러가는 곳에서는, 내 기억의 순서 따위는 아무래도 상관없는 듯 여겨진다. 없는 것이다, 분명, 그런 것. 여기에 있으면서 소금 내음을 풍기는 바람, 그것은 어릴 적 맡아본 것도 아니고, 지난번 코치에서 맡은 것도 아니고, 태어나기 전에 맡은 것도, 어머니의 양수 냄새도 아니지만 그중의 어느 하나이기도 하다. 하지만 지금밖에 없는 지금, 내 코를 통해 온몸 구석구석으로 스며들어, 달콤한 기억의 하나로 영원히 새겨진다.

그 순서 따위에 골머리를 썩히는 것보다 한결 아름다운 것이 있어, 그것이 몸에 배어들도록 감각을 활짝 열어두고 싶다.

그런 생각을 당연하다는 듯 받아들이는 공기였다.

어쩌다 주간지에서 보는 〈쇼와(昭和) 초기의 긴자〉 같은, 인간에게 관대한 풍경이었다.

사진을 보며 곧잘 생각했었다. 이런 데를 걸어다니면 기분이 어떨까. 하늘은 넓고, 사람들의 얼굴도 환하고, 마치 파노라마 같다.

도쿄에서 자신의 애매모호한 기억에 짜증을 느끼고 죄책감마저 품었던 히스테릭한 감각이 멀고도 멀다.

「태어날 때부터 이랬지만」

코즈미 씨는 자신의 허연 머리칼을 가리켰다.

「가족들은 모두 좋은 사람들이었습니다」

우리들은 넷이서 식사를 한 후, 호텔의 비치 바로 돌아와 있었다. 모두들 제법 마셨지만, 아무도 취하지는 않았다. 사세코는 마실 줄 모른다며 한 방울도 마시지 않고 여기까지 운전을 했다.

바다를 바라보고 있는 실외 바는 손님으로 가득했다. 토박이들도, 이런저런 나라에서 온 여행자들도 모두 한데 어울려 맥주니 칵테일을 마시고, 테이블마다 촛불이 밝혀져 있고, 삼류 밴드가 연주를 하고 있고, 아무튼 북적북적했다.

한편 눈앞에 있는 바다는 소름이 끼치도록 잠잠하게 가라앉아 있고, 달이 길처럼 수면을 또렷이 비추고 있었다. 하얀 모래사장은 바다를 따라 살며시 누워, 저 먼데까지 활 모양으로 이어져 있었다.

그런 분위기 속에서 코즈미 씨가 수줍게, 또다시 고백을 시작했다. 그의 고백은 언제나 갑작스럽고 심각하다.

이런 때, 몇 번이고 같은 이야기를 들었을 그의 아내는 어떤 표정을 짓고 있을까, 또 그 얘기야, 하는 표정? 아니면 존경을 담은 표정……? 그런 생각을 하면서 보았더니, 턱을 괴고 있는 사세코는 뭐라 형용할 수 없이 멋진 얼굴이었다. 관음상처럼 희고 부드럽고, 녹아들 것처럼 달콤하다. 그러나 눈은 강렬하게 빛나고 있다. 촛불에 드러난 그 표정이 뜻밖이었다. 나는 옛날에 그런 표정을 본 적이 있었다. 출산 직후의 고양이가 새끼 고양이를 볼 때처럼 본능적이고, 생기 넘치는 얼굴이다. 어미 고양이는 생후 사흘쯤 지나 새끼 고양이가 제 몫을 할 때쯤 되면 이미 그런 표정을 짓지 않는다. 출산이란 전쟁을 치르고, 자부심과 자기 피로 얼룩진 애정이 노골적으로 드러날 때만 볼 수 있는 눈이었다.

「나도 들은 적이 없는데, 자네의 가족 얘기는」

류이치로가 말했다.

「고향도. 어디였지? 어째 애당초부터 사이판에 있었던 것 같은 느낌이야」

「시즈오카(靜岡)의 시골 어촌이야」

코즈미 씨는 웃었다.

「부모님은 삼촌과 조카 사이, 아니 훨씬 더 가까운 근친 결혼이었던 모양이야」

그는, 그 이상 자세한 얘기는 하지 않았다.

「그렇지만 나 말고 다른 형제들은 모두 정상적인 외모를 갖추고 있었어」

밴드가 휴식에 들어가 사람들이 얘기하는 시끌시끌한 소리가 파도 소리에 섞여 흐르기 시작했다. 밤의 바다는 농염하게, 하얀 모래사장으로 녹아들듯 매끄러웠다. 그는 계속하여 얘기했다.

「우리 부모님은 정말 평범한 사람들이었어. 아버지는 건장한 어부였고, 어머니는 시골의 한낱 뚱뚱보 아줌마였지만 한없이 좋은 사람들이라서, 온 동네 사람들에게 사랑을 받았지. 우린 다섯 형제였어. 형하고 누나하고 나하고 동생 둘. 변변한 벽도 칸막이도 없는 집에서 다섯 형제가 마구 뒤섞여 잠을 잤지. 언제나 재잘재잘 떠드느라 자질 않아서 어머니한테 꾸지람을 듣고, 그래도 재미있고 즐거웠어. 하루하루가. 그런 어린애였지.

저녁밥을 먹을 때면 한바탕 소동이 일어나곤 했어. 왁자지껄 너무 시끄러워서 뭐가 뭔지 모를 정도였고, 형이랑 누나가 조금은 나이가 많다고 우리들, 세 동생을 보살펴주었지. 말하기는 좀 뭣하지만 행복했었어. 어린 시절에 나는 색소가 다른 사람들보다 엷다는 것을 염두에 둔 적조차 없었어.

그렇지만, 다른 형제들과 다른 부분이 있다는 것은 느끼고 있었어. 가끔씩, 뭔지는 모르지만, 뭔가를 예감하는 일이 있었지. 날씨라든가 상처라든가 시험 점수라든가. 하지만 그 정도.

다만 항상 두려워하는 일이 있었는데, 그 일만은 어느 누구에게도 말할 수 없었어. 밤이 와서 모두들 한바탕 야단법석을 떤 후에, 등잔불 하나밖에 켜져 있지 않은 어두컴컴한 방으로 어머니의 발소리가 다가오고 콰당 하고 문이 열리면서 〈안 자고 뭐해!〉 하고 꾸중을 듣고는, 키득키득 웃으며, 소곤소곤 얘기하다가…… 마침내 모두들 잠이 들었지. 나도 끄덕끄덕 잠에 빠지고. 기분 좋은 밤의 끝, 즐거운 내일을 위해서.

그런데 이따금, 아주 어렸을 적부터 일년에 한 번 정도의 비율로, 한밤중에 느닷없이 눈이 반짝 떠지는 일이 있었어.

그럴 때는 마치 전기라도 들어온 것처럼 순식간에 잠에서 깨어났지. 늘 그랬어. 그리고는 짙은 유황 냄새가 느껴졌어. 무슨 일일까, 하고 생각하지. 누가 방귀라도 뀌었나 하고, 흐리멍덩한 머리로 생각해. 하지만 그런 단순한 냄새가 아니야. 자기 머릿속에서 나는 듯한, 결코 떨쳐낼 수 없는 냄새. 나는 모두를 둘러봐. 등잔 빛과 달빛을 받으며, 건강하게 잠든 숨소리, 죽은 것처럼 모두 제멋대로 잠들어 있어. 좁은 집 안의 그 풍경은 잡다하고 평화로워 안심하지. 누나의 얼굴, 형의 짙은 눈썹, 동생들의 조그만 코. 유심히 들여다봐. 낮에 볼 때보다 연약하고 무방비하게 보여서 조금은 불안해지기도 하지. 그러나 내일 아침이 되면 또 모두들 소란을 피우며 일어나 화장실에 서로 먼저 들어가려고 다투고, 텔레비전을 보고, 미워하기도 하고, 사랑하기도 하지. 아침이 되어 잠에서 깨어나면 활기와 밝음을 되찾고, 혼자가 아니게 되고. 그렇게 생각하면 안심이 되고, 그래서 다시 자려고 하지만 그래도 유황 냄새는 없어지지 않아. 그때 불현듯 누군가가 속삭이는 거야. 늘 그랬어. 〈너만 남는다〉 그렇게 말해. 분명하게 들려. 의미는 알 수 없지만. 그러나 갑자기 그런 기분이 들어. 지금 여기에 잠들어 있는 모두가 환상이고, 정신을 차리면 전부 사라지고 없을 것 같은. 그리하여 나만 남게 될 것 같은 기분이 점점 커지지. 살아간다는 것이 참을 수 없이 무서워져. 너무도 생생하고 무서워서 누나를 깨우지. 무서워 누나, 라고 말하면서 손을 꼭 잡으면, 따뜻해. 누나는 잠에서 깨어나지 못한 채 멍하니, 그래도 내 손을 꼭 쥐어주지. 분명 있다, 고 생각하면 언제라도 눈물이 쏟아질 만큼 안심이 되었어. 하지만 뭔가 사라지지 않는 것이 있어. 누나도, 부모님도 어쩔 수 없는 거대한 그림자를 느껴. 느끼고 싶지 않은데, 느껴져. 우리들은 무력하다고, 왜소하다고 여기게 하는 무언가가. 어슴푸레한 불빛 속에서 누나의 얼굴을 가만히 쳐다보다가 나도 모르게 어느덧 잠들어 버리지.

아침이 되면 유황 냄새는 사라지고, 여느 때 같은 들뜬 분위기와 아침 해로 방안은 충만해 있어. 늦잠을 잔 내게 누나는 너 어젯밤 무서운 꿈 꾸고 나 깨웠지, 라고 말하지. 응, 하고 대답은 하지만 벌써 어젯밤의 그 느낌은 잊고 있어. 그러나 말만은 기억하고 있지. 〈너만 남는다〉는 낮은 목소리. 하지만 모두들 시끄러울 정도로 기운차게 아침을 준비하고 있고, 아버지는 벌써 나간 지가 한참이고, 어머니는 분주히 움직이고, 집 안은 모든 것이 뒤범벅이 될 만큼 생명력에 넘치고 있는데, 유황 냄새만은 잊을 수 없어, 죽음의 냄새.

예언이 무엇을 의미하고 있었는지 마침내 알게 되었어, 모두가 성장하여 어른이 된 후에. ……처음에는 아버지가 바다에서 사고로 죽고, 그 다음에는 오토바이 사고로 동생이 한 명 죽고. ……일하던 곳에서 감전 사고로 누이가 죽고. 한참이 지나 이번에는 병으로 형이 죽고. 2년 전에는 유학차 타국에 나가 있던 동생이 에이즈에 걸려 죽고. 지금은 어머니와 나뿐. 어머니는 일본에서 내내 정신병원에 수용되어 있고. 내가 뭘 하고 있는지도 어머니는 잘 몰라. 사세코와 결혼한 것도 모르고. 만나면 늘 사세코와 죽은 누나를 혼동해. 형제 중에서 남은 사람은 나뿐이야. 그래서 아직까지 이즈(伊豆)의 소금 냄새 나는 온천이 아니면 다른 온천에는 들어가지 못해. 유황 냄새가 싫어서 말이야.

그후로 그런 예언을 하는 목소리는 들리지 않는데, 꿈을 종종 꿔. 모두 함께 자고 있는 어린 시절의 꿈. 고른 숨소리가 들리고, 코고는 소리, 이 가는 소리도. 하지만 모두들 쌕쌕거리고 자고 있어, 어린 시절 그대로의 얼굴로. 나는 꿈속에서 그 잠든 얼굴을 보면서, 지금은 이렇게 모두가 함께 있지만, 결국은 모두 죽어버리지, 하고 생각해. 나 혼자 남는 거지, 하고 말이야. 하지만 지금은 모두 여기에 있으니까, 괜찮다. 아침이 밝으면 모두들 깨어난다. 그렇게 생각하지. ……잠이 깨면 울고 싶어져. 모두들 관 속에 들어가는 것까지 다 보았는데, 꿈속에서는 형제들 모두가 마냥 건강하게 잠들어 있어, 하지만 죽었어. 모든 게 뒤죽박죽 뭐가 뭔지 알 수 없어져. 더구나 나는 어머니를 버리고, 여기에 살고 있고」

그, 라고 내가 말을 꺼내려는데 류이치로가 먼저 말했다.

「그건 버린 게 아니니까, 자책감 느낄 필요 없어」

내가 하고 싶었던 말과 똑같은 내용이었다. 그러나 아마 내가 얘기하는 것보다는 효과가 있었으리라. 그럴 때의 류이치로는 진실을 얘기하고 있는 것처럼 보인다. 정말, 그렇게 보인다. 그것은 재능이다. 진실한 울림과 힘참을 배려로 감싼 덩어리로 상대방에게 거리낌없이 다가간다.

「음, 그렇게 생각하려 하고 있어」

「코즈미 씨는 이겨낸 거라고. 살아남은 거야. 연약한 유전자와 죽기 쉬운 운명에서 혼자 힘으로 헤어난 거라고. 되받아친 거라고」

류이치로는 말했다.

사세코가 고개를 끄덕였다.

「그래서, 지금 이렇게 순조롭게 살고 있는 만큼 사세코가 죽는 게 가장 두려워」

코즈미 씨가 말했다.

「때로는 잠을 이룰 수 없을 만큼 무서워져」

「유황 냄새가, 나는 거야?」

사세코는 자신의 긴 머리칼을 손가락으로 빗어내리며, 코즈미 씨 앞에다 하늘하늘 흔들었다.

「샴푸 냄새하고 바다 냄새가 나는데」

코즈미 씨가 오랜만에 웃어서, 안심했다.

바닷가의 어둠 속에서 춤추는 그 고백이 너무도 서글픈 꿈처럼 내 가슴으로 파고들어와 어쩔 줄 모르고 있었던 것이다.

「지금 내 동생이 가까이 와 있는데, 그리고 무슨 말을 하고 있는데」

갑자기 코즈미 씨가 나를 보며 말했다.

「사쿠미 씨, 동생이 죽었나요?」

나는 고개를 끄덕였지만, 놀라지는 않았다. 이미 류이치로로부터 들었는데 그가 잊어버렸을 가능성도 있고, 아무튼 대가족을 전부 잃는, 현대에서는 좀처럼 체험하기 어려운 일을 당한 사람에게, 그 어떤 능력이 있은들 그다지 놀랄 일은 못된다. 옛날에는 죽음이 훨씬 더 가까이에 있었으므로, 이렇게 조그만 마을에도 코즈미 씨 같은 사람이 무수했을지 모른다.

「그리고 아까 비행기 안에서 사쿠미 씨를 불렀던 친구, 동생이랑 조금 닮은 사람?」

누구? 라고 류이치로가 말하고, 에이코, 라고 내가 대답했다. 아아, 라며 류이치로가 수긍하였다. 그러고 보니 눈 같은 데가 조금 닮았는걸, 이라고 말했다.

이상하게도 이 하잘것없는 순간, 우리 사이가 이렇게 되고 처음으로 〈죽은 여동생이 류이치로의 애인이었다〉는 사실에 심한 질투를 느꼈다. 그러나 코즈미 씨의 그 다음 말 한마디에 모든 것이 날아가고 말았다.

「그 사람…… 아이코 씨? 이에코 씨? 그런 이름의 사람. 웬 여자한테 찔렸어요」

「넷?」

나는 놀라 눈을 동그랗게 치떴다. 코즈미 씨는 멍하니, 정말 누군가의 목소리를 듣고 있는 것처럼 허공을 보고 있었다.
「부인……? 무슨 의미? 부인한테 찔렸어. 아, 그렇군. 불륜이로군」

코즈미 씨는 말했다.

「죽었나요?」

당황하여 나는 물었다. 물을 수밖에 없지 않은가.

「아니, 살아 있어요」

정말, 정말이지 휴우, 하고 안심했다. 그만큼 애타게 불렀던 것이다. 코즈미 씨는 마치 텔레비전 화면을 설명하듯 말을 이었다.

「입원했어요. 상처보다는 충격이 큰 것 같군요. 독한 약을 먹고 자고 있습니다. 상처는 그다지 심하지 않은 듯해요. 그러나 당분간은 움직일 수 없겠군요」

「아, 다행이다」

나는 말했다. 믿는 수밖에 없고, 아마 사실일 거라고 생각했다. 그런 기분이 들었다.

「동생이 가르쳐주었어」

그는 미소 지었다.

그때 사세코가 말했다.

「정말 동생일까, 그게?」

천진하지만, 냉정한 말투였다.

「무슨 뜻이지?」

코즈미 씨는 성난 목소리로 말했다.

「난 혼을 느낄 수 있다고. 알 수 있단 말이야. 하지만 지금, 자기 동생 기척은 못 느꼈는걸 뭐. 늘 그렇다니까」

사세코는 말했다.

「그럼, 내가 거짓말을 하고 있단 말이야? 입에서 나오는 대로 지껄이고 있다고?」

코즈미 씨는 침착하게 말하려고 애썼지만, 분노를 감추지는 못했다.

「아니, 그런 게 아니고, 당신 자신이 말하고 있다는 뜻이에요. 당신 자신이 느끼고 있다고요. 혼이란 훨씬 더 천방지축, 제멋대로이고 독립해 있어요. 그렇게 친절하지가 않다고요. 애당초 살아 있을 때 곰살맞지 못하고, 어리광 부리기가 일쑤였던 사람이 죽어서 그렇게 간단히 친절한 사람으로 바뀔 리가 있겠어요? 분명 지켜주기는 하지만 성격이 성자로 바뀌지는 않는 법이라고요」

사세코는 담담하게 말했다.

「그러니까 내 곁에 동생이 없다는 거야?」

코즈미 씨는 슬픈 듯 말했다.

나와 류이치로는 얼굴을 마주 보았다. 같은 생각이었다. ……어느쪽이라도 상관없으니까, 일단 부부 싸움은 그만두라고.

「아니, 있기는 틀림없이 있을 거예요. 하지만 당신에게 뭔가를 가르쳐주는 것은 당신 자신의 혼이라고요. 동생이라고 여기고 싶어하는 그 마음은 알지만, 하지만 의존해서는 안 돼요. 그러다간 동생의 모습을 한 터무니없는 혼이 기어들어와, 거기에 휩쓸리고 만다고요」

사세코는 희미하게 웃었다.

「강해져야죠, 혼자 살아남았으니까. 그러니까 더욱」

술에 취한 그는, 사실은 반론으로 가슴이 벅차 아내에게 화를 내고 싶었으리라. 그런 표정이었다. 강력하게 믿고 있는 것을 타인 앞에서 부정당했다. 그러나 그 말투가 너무도 상냥하여, 달빛 아래서 아내가 너무도 희고 부드러워 보였기에, 침묵했다.

나도, 류이치로도 침묵했다.

가게 안의 시끌벅적한 소리와, 흔들리는 촛불과, 파도 소리가 돌아왔다.

그리고 마침 밴드가 차례차례 무대로 돌아와, 서툴고 커다란 소리로 연주를 다시 시작했다.

그러자 앞쪽 테이블에 앉아 있던 이 고장 사람들인 듯한 중년 남녀들이 우리 쪽을 돌아보았다. 그리고 일제히,

「사세코, 사세코」

하고 사세코를 부르기 시작했다.

「그럴 줄 알았어」

하고 코즈미 씨가 말했다.

「여기에 오면 늘 한 곡은 불러야 돼. 이 동네에선 스타거든」

「잠시 부르고 올게요」

라며 사세코는 자리에서 일어났다. 그리고 천천히, 그러나 당당하게 테이블 사이를 뚫고 무대로 올라갔다. 환호와 박수갈채를 받으며, 사세코는 생긋 웃었다.

거기까지는 아까까지 내가 알고 있던 사세코였다. 나도

〈음, 음악에 대한 재능이란 이렇게 우선은 동네 사람들의 환영을 받는 것에서부터 자연스럽게 발휘되는 것이로구나〉하고 쉽게 생각하고 있었다. 서투른 밴드가 연주하기 시작한 전주는 아무래도 「러브 미 텐더」인 듯했다. 사세코가 마이크를 쥐었다. 무심히 쳐다본 류이치로의 표정은 깜짝 놀랄 만큼 사세코에게 집중되어 있었다. 이거야, 굉장한 사건이 일어날지도 모르겠군…… 하고 생각하면서 사세코를 쳐다본 순간 노래가 시작됐다.

그 부드럽고 허스키한 목소리로 부르는 노래는, 프레슬리도 아니고 하물며 니콜라스 케이지도 아닌 전혀 다른 노래로밖에 들리지 않았다. 상당한 음량으로 노래하고 있는데도, 아주 멀고도 마치 꿈속에서 울리는 방울 소리처럼 들렸다. 무지무지한 속도로 공간을 자신의 색으로 채우고 있다, 고 생각했다. 항간에 떠도는 소문 같기도 하고 고귀한 무엇 같기도 한 이상한 모습이었다. 달콤하고 애잔하고, 두 번 다시 돌이킬 수 없는데, 에너지에 넘쳐 있어 언제라도 만질 수 있고 끄집어낼 수 있을 듯한 기분이 들었다.

주변 테이블에 있는 사람들은 묵묵히 노래에 빠져 있고, 춤을 추는 쌍도 있었다. 그녀가 자아내는 그 무엇은 조용하게 파문처럼 퍼져나가 모든 것을 삼키고 바닷가에 다다랐다…… 고 생각되었다. 그때였다. 등뒤, 바다 쪽에서 무언가 농밀한, 증기 같은 공기가 쏴 하고 밀려왔다. 나는 나도 모르게 류이치로의 팔을 잡았다. 류이치로는 고개를 힘주어 끄덕였다. 코즈미 씨는 여느 때와 다름없는 얼굴이었다.

그 무거운 공기는 순식간에 우리들 사이로 차올라 시각적으로 엷은 막을 만들었다. 그래서 내 눈에는 사세코가 아름다운 분수 저편에 있는 것처럼 보였다. 흔들리고, 젖어 있고, 투명했다. 목소리도 물기를 머금은 것처럼 조금은 떨리듯 내 귀에 닿았다.

나의 짧은 감지력으로는 그뿐이었다. 그때 노래는 끝이 났고 너무도 짧게 느껴져, 좀더 듣고 싶어서 아쉬웠다. 그렇게 생각하자 동시에 저 육중한 공기 덩어리가 순식간에 안개처럼 흩어졌다. 고개가 갸우뚱해질 정도로 빨랐다.

「지금 그거 뭐지? 노래의 힘?」

나는 류이치로에게 물었다.

「아니야, 바다에 잠들어 있던 청중들이 들으러 온 거야」

그는 말했다.

「정말?」

「잘은 모르겠지만…… 공기가 뒤틀렸었지」

「응」

나는 고개를 끄덕거렸다. 하지만 만약 그렇다면 저 낮에 느꼈던 어지럼증이 재현되지 않은 것은 어째서일까?

「나는 좀 달리 생각하고 있는데, 아무튼 이 현상을 저 부부는 그렇게 해석하고 있어」

코즈미 씨에게 들리지 않도록 류이치로가 속삭였다.

음악이 경쾌하고 빠른 템포로 바뀌었다. 사세코는 춤을 추며 퇴장하다, 본토박이 아저씨에게 안겨 키스를 받고 또 키스로 답례했다. 그리고 테이블로 돌아왔다.

「어땠어요, 내 노래?」
사세코는 생글거렸다.
「아직은 뭐가 뭔지 잘 모르겠지만, 하지만 아무튼 좋았어요」
나는 말했다.
「더 듣고 싶어요」
 할 수 있는 말은 그뿐이었다. 달리 표현할 말이 없었다. 원시적인 욕망이었다. 이 감미로운 기분, 언제까지고 거기에 머물러 느끼고 싶다.
「응, 나도」
류이치로도 웃었다.
「자, 걸어서 돌아가요」
 사세코는 말했다. 코즈미 씨가 말없이 일어났다. 너무도 잠잠하고 딱딱하게 굳은 얼굴이라 기분이 나빠진 건가, 하고 생각했다. 사세코가 자리에서 일어나 돌아가려 하자, 모두들 돌아보며 박수를 쳤다. 그 소리를 따라 퇴장했다. 계산은 공짜였다.
 걸어서 건물 옆을 빠져나와, 바의 뒤켠에 있는 호텔 입구에서 잘 자라는 인사를 하려고 뒤를 돌아다보았다. 코즈미 씨 부부는 저만치 뒤에 서 있었다. 류이치로와 걸어서 돌아갈 수 있다니 참 좋네……라는 둥 얘기하느라, 두 사람이 뒤처진 것을 미처 눈치 채지 못했던 것이다.
 되돌아가 보니 코즈미 씨가 큰 소리로 고함치고 있었다.
「왜 그런 늙은이랑 부둥켜안고 난리야, 이 음탕한 년!」
어머머, 하고 나는 생각했다.

암리타 249

「웬 시비야, 술주정뱅이! 내가 추잡한 건 어쩔 수가 없다고. 어차피 그렇게 자랐으니까 말이야」

사세코도 고함을 질렀다. 그들을 바라보며 류이치로가 별 뜻 없이 분석했다.

「요컨대 아까부터 기분이 안 좋았던 거야. 동기가 있건 없건 티격태격하게끔 되어 있었던 거지」

「그래요, 코즈미 씨가 좀 취해 있기도 하고」

나는 말했다.

창피를 당하는 건 항상 나란 말이야, 쫀쫀한 남자 같으니라고! 멀쩡할 때는 아무 말도 못하는 주제에, 언제나 제멋대로 하는 건 당신이잖아……. 우리를 무시하고 말다툼은 계속되었다.

「말리는 게 좋을까요?」

내가 말하자,

「놔둬, 가자. 내일이면 화해하고 태연한 얼굴 하고 있을 거야」

류이치로는 말했다.

「영적으로 고상한 건지, 평범한 신혼 부부인지, 아무튼 바쁜 사람들이로군요」

나는 말했다. 걸어가다 모퉁이에서 뒤돌아보았을 때도 두 사람은 여전히 그 자리에서 말다툼을 계속하고 있었다.

「바로 그 점이 재미있는 구석이야」

「그녀의 노래, 처음 들었나요?」

「아니, 오래전에 가라팡의 가라오케 바에서 들었는데, 그때도 역시 무척 좋았지만, 바닷가에서 보이지 않는 청중들이 모여드는 광경을 본 것은 처음이야」

「그거, 뭐였을까요?」

「모르겠어. 하지만 그녀는 곧잘 바다를 향해서, 영혼들을 상대로 한 콘서트를 연다고 하니까. 그 박력이 굉장하대. 인간을 상대로 하는 노래에 비할 수가 없다…… 코즈미가 그러더군」

「그 사람, 부인을 굉장히 사랑하고 있나 봐요」

「그래, 맞아」

「그래도, 그런 노래는 처음 들었어요」

그것은 노래가 아니다. 훨씬 더 총체적인 것. 남동생이 보고 듣곤 하는 것에 더 가까운 것. 그것이 노래라는 차원으로 번역되어 우리들에게 다가오는 것이다. 누구든 인생의 어느 길목에서 보고 느끼는 것, 그 냄새, 눈물, 생의 촉감, 만질 수 없었던 아쉬움, 빛과 신, 지옥의 불꽃. 그런 것들 모두. 뭔지는 모르지만 굉장하다는 걸 동네 할아버지들도 알 수 있기에 저렇게 부부 싸움이 벌어지는 것이다.

그 조그만 호텔에서 체크인을 하고 방으로 들어갔다. 자그마한 부엌과 발코니가 딸려 있는 넓은 방이었다. 발코니에서 길이 내다보인다. 역시 영화의 세트 같은 길거리와 건물이 보인다. 빨간 소파에 앉아 바라본다. 냉장고에서 맥주를 꺼내 마셨다. 줄곧 여기서 생활했던 것 같은 착각이 든다.

류이치로가 샤워하는 동안, 에이코의 집에 전화를 해보았지만 아무도 받지 않았다. 나도 샤워하고 나니 어째 기진맥진이다. 서로 「오늘은 무척 피곤하군」이란 말을 하고, 더블 침대에서 아무 일 없이 키스만 나누고, 노부부처럼 기대어 잠들었다. 아침에 잠에서 깨어나 보니 그가 죽어서 사라져버리는 일은 없기를, 설사 그런 날이 당연하듯 온다고 해도 미리 알려주지는 마세요. 라고 잠의 문턱에서 기도하였다.

눈을 뜨니 왠지 머리가 무겁고 뜨끈했다. 이렇게 따뜻한 곳에서 감기라니 싱겁다.

류이치로는 코즈미 씨와 다이빙을 하러 갈 텐데 같이 가자고 몇 번이나 말했지만, 사양하고 오늘 하루는 해변에서 쉬기로 마음먹었다.

「같이 안 갈래?」하고 몇 번이나 보채는 모습이며, 서운한 듯 준비하는 모습을 보고 있으려니, 〈정말 이 사람이 온 세계를, 위험을 무릅쓰고 혼자서 돌아다니다 온 사람일까?〉싶어 신기하게 여겨졌다.

아하, 다른 사람이 있으면 금세 어리광을 피우는 타입이라서 혼자 갈 수밖에 없었구나, 그렇게 이해하고 나니 호텔의 낡은 카펫 위에 펴놓고 준비를 하고 있는 그의 뒷모습이 애처로워, 뜨겁고 진한 커피를 끓여주었다.

고마워, 라며 그는 잔을 입으로 가져갔다. 그의 어깨 너머로 햇살이 비쳐드는 베란다가 보였다. 망울이 커다란 빨간 꽃이 햇살 사이로 흔들리고 있었다.

그는 또 어딘가로 떠나고 말 것인가?

좀 과장스럽지만, 예를 들면 옛날, 출가한 스님은 뒤에 남은 어머니와 여동생의 심정을 평생 가슴에 품고 다녔을까?

창문 아래로 류이치로를 데리러 온 코즈미 씨의 차가 보였다. 호텔 문을 나서는 류이치로에게 창문에서 손을 흔들었다.

배웅하는 자의 가슴에 순간적으로 새겨지는 〈죽음〉의 향기가 배인 쓸쓸함은, 정말 배웅받는 자의 그것과 동일할까?

류이치로가 나가고 나서도 왠지 꼼짝할 기분이 아니어서 침대에 누워 있었다.

침실은 거실과는 달리 제법 번듯한 방이고, 커다란 창문이 있다. 활짝 열어놓으면 해안이 하나 가득 내다보여 풍요롭다. 건조한 바람이 살랑살랑 불어와 싸구려 호텔의 하얀 레이스 커튼을 흔들고 있다. 넓은 복도에는 천창이 있어, 역시 빛으로 넘치고 있다.

한낮에 혼자 이런 곳에 누워 있으려니, 그리고 네모난 천장에 비치는 태양빛을 보고 있으려니, 어쩐지 꾀병을 부려 양호실에 와 있는 듯한 기분이 들었다. 눈을 감으니 정말 그런 기분이 든다. 쉬는 시간 어수선한 복도의 울림과 수업 시작 종소리와 더불어 그것이 딱 멈추는 소리의 마술을 기분 좋게 느끼고 있었다.

그런 때, 혼은 송두리째 돌아간다.

어릴 적, 약간은 쑥스럽고 기분 좋은 저 잠 속으로.

끄덕끄덕 졸고 있었다. 하얀 커튼이 잔상이 되어 꿈의 화면 속에서 팔락팔락 흔들렸다. 비둘기처럼, 깃발처럼 보였다.

그리하여 천천히 본격적인 잠이 온몸을 휘감으려 할 때, 그 화면 너머로 희붐한 빛이 보였다. 달콤하고 차갑고 부드러운, 영상으로 하면 반딧불 같은, 맛으로 느끼자면 그야말로 서양배 샤베트 같은 빛이다. 그것이 점점 이쪽을 향해 다가오고 있음을 알 수 있었다.

이 호텔의 프런트에서 계단을 올라 복도의 화단 옆을 지나, 이 방을 향하고 있다.

마치 레이더처럼 그 빛의 이동을 감지하고 있을 때,

똑똑, 하고 문을 노크하는 소리가 들려 퍼뜩 눈을 떴다. 벌떡 일어나 문의 렌즈 구멍을 들여다보니, 역시 사세코였다. 역시 그랬다. 내게는 아무런 능력도 없는데, 사세코를 느끼는 능력만은 있는 모양이다.

이상해, 라고 생각하며 문을 열었다.

「잘 잤어요?」라고 말하며 들어왔다. 원색의 컬러풀한 서머 드레스를 입고 있어, 바깥의 햇살을 고스란히 가지고 들어온 것 같았다. 양지 바른 쪽 냄새가 나는 듯하다.

「감기에 걸렸나 봐요」

나는 말했다.

「아니에요, 사쿠미 씨는 사람이 좋아서 혼이 꼬여드는 거예요. 익숙해지고 요령을 터득하면 금방 흩어질 거예요」

「익숙해진다? 요령?」
나는 말했다.
「감기라니까요」
「음, 자 그럼」
사세코는 웃었다.
「노래해 봐요, 같이」
「노래?」
「그래요. 뭘로 할까, 그리운 일본 노래. 자, 「꽃」」
「가수랑 노래한단 말이에요?」
「상관없으니까. 어서, 하나 둘 셋, 시작」

느닷없이 사세코가 노래를 시작하여, 나도 따라 불렀다. 그리하여 화창한 봄날에…… 하고 노래하다 보니, 사세코의 목소리가 너무도 청량하고 예뻐서 덩달아 좋아진 기분에, 오랜만에 큰 소리로 노래했다. 목에서, 저 뱃속 깊은 곳에서, 송글송글 흘러나오는 소리가 보이는 듯했다. 눈만 마주하고, 서로 웃었다. 잇달아 입가가 웃으니, 노래도 환히 웃는 얼굴 같은 상을 이룬다. 슬픔을 껴안고 있으면, 필시 노래도 무거워지리라. 당연한 일이지만 생각하기 시작하면 복잡한 일들. 사세코와 노래하고 있으면 그런 것들을 속속들이 알게 된다.

날씨도 좋고, 창밖에는 바다가 있고. 여유롭고, 따뜻하고. 소슬바람이 불어오는 실내로 노랫소리가 울려 퍼졌다.

「어때요? 후련하지 않아요?」
노래가 다 끝났을 때, 사세코가 말했다.
「그러고 보니 후련해진 것 같기도……」

그런 기분이 들었다. 밖으로 나갈까, 헤엄쳐 볼까, 싶은 기분이었다.
「그렇죠?」
아무튼, 정말 사세코가 후련하게 해주었음을 알 수 있었다.
「여기서 지내려면 정신을 바짝 차리고 있어야 해요. 조금이라도 해이해지면 혼한테 지고 마니까」
「좋은 경험이 될지도 모르겠군요」
나는 웃었다.
눈에 보이지 않는 것이 있음은 알고 있다. 동생이 느끼는 것, 내가 사세코의 접근을 감지하는 것. 그런 것. 그런 것들에 어떤 이름을 붙일지는 사람마다 각자 다르리라 생각한다. 사세코가 지금 내게 해준 것도 그렇다. 뭐라고 명명하는 것보다는, 잘 알지도 못하는 내게 정성을 다하여 어떤 식으로든 몸의 상태를 좋은 방향으로 전환시키는 방법을 가르쳐준, 그 일 쪽이 훨씬 더 소중하다.
「자, 이제 이쪽에 와서 우리 가게의 샌드위치 안 먹을래요?」
거실 테이블에 종이봉투를 올려놓고, 사세코가 손짓했다.
「먹을래요」
나는 말했다.
「차? 커피?」
라고 말하고, 물을 끓이기 시작했다.
커피로 할래요, 라고 말하고 나는 소파에 앉아 텔레비전을 켰다. 타인이 자기 방에 불쑥 찾아와 제멋대로 물을 끓이고 있는데도 전혀 싫지 않고 어색함도 없다. 생색을 내려는 뜻도 없다. 개나 고양이처럼 부담 없는 존재감이었다.

게다가 샌드위치는 입 안에서 사르르 녹을 만큼 맛있었다.

「사실은, 빵이 보통 빵이랑 좀 달라요, 후후후. 늘 특별하게 부탁해서 굽거든요」

그렇게 사세코가 자랑했다.

조금 열이 있는 머리와, 샌드위치와 커피와, 태양과, 오래된 가구로 장식된 방. 베란다에서 하늘거리는 꽃.

몇 년이고, 몇 년이고 여기에서, 이 사람과 이렇게 지내온 듯한 기분이 들었다. 공간이 피부에 용해되어, 푸근하다.

꽃 색깔이 다르다. 태양의 성분마저 다르다. 필시 이곳에서는 생각하는 방식도 다르리라. 세기라든가 밝기라든가. 그런 모든 것이, 정겹고 좋은 느낌이었다.

시장을 보러 슈퍼마켓에 가고 싶다고 말한 내게, 사세코는 그럼 같이 가요, 라고 말했다. 그래서 결국은 사세코가 자동차를 몰아 스스페에서 제일 큰 슈퍼마켓으로 안내해 주었다.

햇볕은 강렬하고, 하얀 흙길이 새하얗게 빛나고 있었다. 차는 흙먼지를 날리며 카랑카랑하게 마른 해변의 길을 따라 북상했다.

슈퍼마켓은 큰 호텔 바로 앞에 있었고, 외관은 상당히 낡아 보이는데 그 어마어마하게 넓은 부지에는 그만 어이가 없어지고 말았다. 쇼핑카트를 밀며, 길을 잃어버릴 것만 같은 슈퍼마켓 안을 걸어다녔다. 알록달록한 상품들은 모두 극단적으로 크고, 정말이지 〈몸에 해로울 것〉 같은 분위기를 띠고 있었다. 호텔 부엌에서 음식을 만들어 먹으려고 야채와 과일을 적당히 주워담았다.

「이런 식생활, 몸에 나쁘지 않아요?」
라고 계산대에서 만난 사세코에게 물었다.

「저는 오로지 〈코즈미즈 샌드위치〉를 먹고 있습니다」
사세코는 그렇게 말하며 웃은 후에,

「집에서는 주로 일본식으로 먹어요, 된장국하고 생선 같은. 고기는 간장을 발라서 굽고」
라고 말했다.

「아 참, 화해했어요?」
불현듯 어젯밤 일이 생각나 물었다.

「아아, 그런 건 싸움 축에 끼지도 않아요. 종종 있는 일」
이라고 아무렇지도 않게 말한다. 아하, 매사가 이런 식인가…… 하고 납득이 갔다. 부부란 사람들과 사귀려면 신경이 쓰인다.

돌아오는 길에 〈필리핀 카페〉에서 커피를 마셨다(필리핀 아줌마가 하고 있어서 내 멋대로 그렇게 부를 뿐이지만). 필리핀식 디저트를 먹으며. 가게는 한 채인데 무슨 영문에선가 칸막이 너머 절반은 이발소이고, 찰칵찰칵 하는 은빛 가위 소리가 난다. 청결한 것인지 불결한 것인지 도무지 분간이 안 간다. 커다란 창문 한가득 햇볕이 비쳐들어, 테이블 위도 눈부시다.

엷은 커피와 달콤한 과자, 캔맥주. 강렬한 햇살. 여기저기서 들려오는 필리핀말.

이상한 동네다. 인상을 정확히 파악할 수 없고, 왠지 희박한 느낌이 든다. 사람들이 그림처럼 엷게 보인다. 아지랑이처럼 아름다운 경치가 구불구불하게 보인다.
「이상한 섬, 이상한 시간」
 나는 말했다.
「여기에서 산다는 건, 불가사의한 일이로군요」
「내게는 이 세상 어디든, 일본보다는 살기 좋아요」
 사세코는 말했다.
「딱히 이런저런 생각을 하지 않아도 되고」
「그렇군요, 생각하지 않게 돼요」
 나는 말했다. 풍경을 바라보고, 밥을 먹고, 바다에서 헤엄을 치고, 텔레비전을 보고. 그것만으로도 충족된다. 코치에서 했던 일들의 확대판이다. 느슨하고, 둔해진다. 모두 내가 두려워하고, 동경했던 것이다.
「나 같은 사람은 쫓기듯 일본에서 도망쳐 나왔으니까」
 사세코는 말했다.
「아, 참 그러고 보니까 나, 코치에서 당신을 한 번 만난 것 같은데」
 나는 물었다
「꿈에서. 딱 한 번, 실제로 만나기 전에 꿈에서 만난 적이 있어요. 사쿠미 씨가 어린 남자애하고 함께 사는 아파트를 찾아가는 꿈을 꾸었죠」
 대수롭지 않은 일인 것처럼 사세코는 말했다
「대충은 맞아요」

나는 말했다.

「가끔씩 그런 일이 있어요. 앞으로 친구가 될 사람이 꿈에 나타나는 일이. 그이만 해도 그래요. 오후에 공항에서 만나는 꿈을 꾸었길래, 나 공항으로 마중 나갔어요. 한 번 본 적도 만난 적도 없는 그를 만나러. 그랬더니 그도 나를 한눈에 알아보고, 꿈에서 본 사람이라고 생각했다는 거예요. 그는 친구하고 같이 왔었는데, 글쎄 친구는 혼자 내버려두고 나하고 데이트만 하다가, 그 다음부터는 혼자 오게 되었죠」

「속전속결, 굉장하군요」

나는 감탄하여 말했다.

「아무것도 아니에요, 그런 일은」

「늘 〈여기에서 나가고 싶다, 이 육신으로부터 벗어나고 싶다〉고 생각하고 있었으니까. 처절하리만큼, 엄마 뱃속에 있을 때부터 정말 그렇게 생각했는걸요. 그랬더니 지금에야 좀 이상한 방식으로 실현되고 있는 모양이지만, 그 생각의 강도에 비하자면, 아무것도 아니에요. 난 줄곧 나 자신이 싫어서 너무너무 싫어서, 그런 생각이 너무 강렬했던 나머지 온몸에 물집이 생기고 부스럼이 생기고, 입원해야 할 정도로 정신이 불안정해지기도 하고, 정말 힘들었어요. 그런데 말이죠, 사춘기가 지나면서 인기가 생기기 시작해서, 육체적인 것에 불과했지만 누군가 〈나를 필요로 하고 있다〉란 생각을 하면 기뻐서, 같이 잔 사람이 몇백은 될 거예요. 사세코란 이름에 어울리게 말이죠. 안 그렇겠어요, 〈이름은?〉 하고 물어서 〈사세코예요〉 하고 대답하면, 그거야말로 더 이상 말이 필요 없잖아요」

사세코는 키득키득 웃었다. 나도 덩달아 웃고 말았다.
「그건 그렇겠군요」
「그렇죠? 난, 바이브레이터를 엄마라고 생각하고 자랐는걸요 뭐」
「바이브레이터? ……라면, 그?」
「그래요, 바로 그거. 하지만 전동식은 아니고, 소위 성기구라는 것. 아버지란 사람이, 나를 두고 도망친 사람이, 엄마 물건은 모두 내다버렸거든요. 흔적도 없이. 난 그걸 어디에 쓰는 건지도 몰랐고. 알 턱이 없죠, 너무 어렸으니까. 하지만 엄마가 그걸 감추어놓은 선반을 알고 있어서, 살짝 꺼내가지고는 엄마, 하고 부르며 밤에는 같이 자곤 했어요. 딱 하나 남은 엄마의 유품이었죠. 보호 시설에 들어가서는 심하게 꾸중을 듣고 빼앗겼는데, 너무너무 슬펐어요. ……그런데 그거랑 똑같이 생긴 걸 나중에 발견한 셈이잖아요? 남자의 몸에서. 그러니까 좋아하는 건 당연지사죠. 엄마이기도 하고, 아버지이기도 하고, 친구이기도 하고…… 동시에 그 모든 것이기도 한걸요. 아, 다시 만났다! 하고 기뻐함과 동시에, 아아, 그런 거였구나, 하고 알게 되었죠. 뭐 그러니까 색정광이 된다 한들 당연한 결과 아니겠어요? 여러 가지로 사연이 많아요. 그에 비하면, 정말이지 꿈에서 만나는 정도는 아무것도 아니에요」

당사자는 싱글거리고 있는데, 그런 만큼 오히려 처절한 느낌이 드는 얘기였다.
「지금은 행복하니까, 그런 얼굴 하지 말아요」

사세코는 미소를 머금었다.

「행복하기 위해 태어났고, 이렇게 살아남았으니까」

「그렇네요」

「그래서 난, 코즈미 씨가 자기의 불행을 한탄하는 걸 보면, 종종 부러워요. 가족하고 엄마에 대한 추억이 있잖아요. 누군가가 아무 걱정 할 거 없어, 라며 지켜주고, Feed해 준 추억이」

Feed란 표현을 사용했다.

「하지만 그에게 무슨 일이 생겨서, 여기서 애써 쌓아올린 행복이 무너진다면 나 역시 불행해질지도 모르죠. 잃어버릴 게 생겨야 비로소 진정한 두려움도 생겨날 테니까. 그렇지만 그게 바로 행복이에요. 자기가 갖고 있는 것들의 가치를 아는 것. 안 그래요? 난 그이처럼 당연히 있어야 할 것이 없어졌을 때의 슬픔이라든가 절망 같은 걸 몰라요. 애당초 아무것도 없는 곳에 있었으니까. 고통의 크기로 하자면, 어쩌면 그이 쪽이 월등할 거예요. 만약 그이가 없어지면, 난 못 견딜 거예요. 그런 슬픔을 잘 모르니까. 느껴본 적이 없으니까」

사세코는 웃었다.

비교해 봐야 아무 소용도 없겠지만, 이 사람에 비하면 옛날에 아버지가 죽고, 여동생이 죽고, 머리를 탁 부딪쳐 기억과 남동생이 오락가락하는 정도는 정말 아무것도 아닌 것처럼 여겨진다. 그 정도 일로 사람이 된 척하고 있는 나 자신이 부끄럽게 느껴진다.

「다행이로군요」

라고 나는 말했다. 그 발음의 깊이가 가수인 그녀에게는 분명 전달되었으리라. 그녀는 다시 한번 그 섹시한 얼굴로 생긋 웃었다.
「돌아가면, 우리 바다에 나가서 수영해요」

바다는 투명하고 멀리까지 얕고 끝없이 평화롭고, 그러나 해삼투성이였다. 철퍽철퍽 하고 걸으면 걸음마다 물컹물컹 해삼이 밟힌다. 바다가 너무 얕아 어쩔 수 없이 발을 딛고 마는 것이다.
처음에는 아악! 꺅! 하고 비명을 질러댔지만, 마침내 익숙해져 미끄덩한 것을 손으로 잡아보기도 했다.
물에 잠기면, 태양이 반짝반짝 비친다. 빛나는 얼룩무늬가 하얀, 사막 같은 바다 밑에 끝없이 펼쳐져 있다. 그리곤 거기에 몇천, 몇만 마리나 되는 해삼이 조용히 누워 있다. 서로 몸을 기대고 있는 것도 있고, 구부러진 것도 있고, 마치 신기한 식물처럼 거기에서 숨쉬고 있었다.
묘한 풍경이었다.
가슴속까지, 뇌수의 주름살까지 그 조용함이 배어드는 압도적인 무음(無音)의 세계였다.

물에서 나와, 해변에서 기다리고 있는 사세코 곁으로 갔다.
「어휴, 해삼 천지예요」
나는 말했다.
사세코는 파란색 수영복 차림으로 캔맥주를 마시고 있었다.

그리고 담담하게 말했다.
「그건 바닷속에 잠들어 있는, 전쟁에서 죽은 사람들의 혼이에요」
「그만해요, 그런 소리!」
곁에 앉으며 나는 소리쳤다.
「어머, 정말이라니까. 조용히 잠들어 있는 거라니까. 그래서 관광객이 싫다고들 해서, 아침에 일일이 저 먼바다에 날라다놓곤 하는데, 외롭다고 어느 틈엔가 얕은 바다로 되돌아온다니까요」
「소름 끼쳐」
「아이 참, 정말이야. 꼭 사람수만큼이라는 생각 안 들어요?」
「그럴지도」
나는 고개를 끄덕였다. 이곳에서 사람이 몇만 명이나 죽었다. 그것은 불가사의한 사실이었다. 전쟁의 비참함이라든가 그런 게 아니고.
예를 들면 무덤에 잠들어 있는 사람들 역시 이미 죽은 사람이다. 여러 장소에서, 여러 모양으로 죽어간. 하지만 이곳은 다르다. 어떤 특정한 방식으로, 일정한 기간에 죽은 사람들이다. 그것이 무척 이상한 느낌이다. 이 수풀 우거진 속, 조용한 해변, 푸르른 하늘. 아무 소리도 안 나는. 희미한 중얼거림 같은 자연의 소리가 너무 많아서 오히려 소리가 없는 것처럼 느껴진다. 그런 느낌이다.
「해삼이라」

나는 말했다.
「헤엄칠 기분이 싹 가셨나 보죠?」
사세코가 웃었다.
「아니, 천만에요. 기꺼이 하겠어요」
나는 말했다.
「그럼, 그래야지」
사세코는 고개를 끄덕였다.

맥주를 마시고, 시트 위에서 잤다.
새카맣게 태우고 싶어서 오일을 바르고.
사세코는 이곳 사람답게, 해변을 지나가는 사람들에게 하이! 하고 줄줄이 인사를 나누었다. 이웃, 가라오케 친구, 가게 손님 등 다양하다. 인기인이었다. 사세코는 해변에 앉은 채, 언제고 생긋 웃으며 손을 들어 답례했다.
농지거리를 걸어오는 사람도 있었다. 내가 엉덩이를 내보이고 누워 있어서가 아니고, 모두들 빨려들듯 사세코에게 말을 걸었다. 영어는 할 줄 몰라도 그런 용어쯤은 안다.
「하이, 뭐하는 거야?」
「마시러 안 갈래?」
「저녁식사 함께, 어때요?」
「여자들뿐이야? 드라이브나 할까?」
이래 가지고서야 서방님께서도 염려가 크시겠군, 하고 생각하며 듣고 있었다. 그러나 거절하는 사세코의 솜씨도 보통이 아니다. 길들 대로 길들어 있다는 식의 안정감이 있다.

「이름이 뭐지?」

「사세코」

「무슨 뜻인데?」

「LOVE, It means Love」

사세코는 대답했다.

아하, 그렇게 돌아가는 건가…… 하고 생각하면서, 자글자글 타 들어가는 등을 느끼면서, 그런 대화가 슬슬 멀어져 가더니, 어느 틈엔가 꾸벅꾸벅 잠이 들었다.

파도 소리와 가게에서 들려오는 음악 소리 사이로 짧게, 강렬한 꿈이 끼여들었다.

여름.

매미 울음소리. 나는 어린아이이고 집에 있다. 다다미에 엎드려 자고 있다. 아버지의 맨발이 눈앞을 가로지른다. 검은 발, 짧은 발톱. 저쪽에서는 여동생이 텔레비전을 보고 있다. 발, 창밖은 녹음. 동생의 뒷모습. 두 갈래로 묶은 머리. 아버지의 목소리가 들린다. 여보, 사쿠미가 잠들었는데. 뭐 좀 덮어주지 그래. 어머니가 대답한다. 지금 튀김 만드느라 안 들려요! 부엌에서는 튀김을 튀기는 소리가 난다, 냄새도 난다. 긴 젓가락을 든 어머니의 뒷모습이 보인다. 아버지는 할 수 없이 이불을 들고 와 덮어준다. 동생이 돌아보며, 언니 안 자요, 라고 말한다. 웃는다. 그리운 뻐드렁니.

Feed, 바로 이런 것이다. 나는 알고 있다. 내 몸은 기억하고 있다. 모든 것이 상실되어도, 이렇게 변함없이 기억하고 있다. 모두들 그렇다. 대부분의 사람들에게는 아버지와 어머니가 있고, 새겨져 있다. 자기가 부모가 되기 전에는 좀처럼 떠올리지 않지만, 기억은 살아 있다. 죽을 때까지. 설사 아버지와 어머니가 죽어서, 가정이 없어지더라도, 자기가 할머니가 되어도.

「뒤집지 않으면, 눌어붙겠어!」

사세코가 나를 쿡쿡 찔렀다. 퍼뜩 눈이 떠졌다. 모래 위에서 자고 있었다. 눈물이 쏟아졌다.

「으음」

나는 몸을 뒤집었다.

「저녁때가 가깝긴 하지만, 아직 햇볕이 강하니까」

사세코는 싱글싱글 웃고 있었다.

가슴 찌릿한 웃음이었다.

〈그런가, 내가 방에서 혼자 심심한 듯 뒹굴고 있어서, 오늘 하루 나와 함께 있어준 것인가〉하고 비로소 깨달았다. 너무도 자연스럽게 곁에 있어서 눈치 채지 못했다. 몰라도 좋을 정도로 매사가 자연스럽게 흘러간다.

그런 장소, 그런 사람이다.

「앗, 남자들이 돌아왔어」

뒤돌아 가게 쪽을 향해 손을 흔들며, 사세코가 말했다.

코즈미 씨의 자동차가 샌드위치 가게의 차고로 들어가고 있었다. 그렇게 봐서 그런지 조금 더 까매진 류이치로와 코즈미 씨가 짐을 껴안고 차에서 내렸다.

해는 서편으로 기울고, 사방이 아른한 오렌지색으로 보인다. 바다는 조용히 밤을 준비하려 하고 있다. 가게의 네온사인이 반짝이기 시작한다.
 웃으며, 두 사람이 이쪽으로 걸어온다.
 사세코가 일어선다.
 그녀가 이렇게 행복한 생활에 정착할 수 있었음을 다행스럽게 생각했다.
 그리고 나도 일어섰다.
 오늘 있었던 일을 얘기하며, 저녁을 먹는다.
 그런 생활에.

바람도 없이 푹푹 찌는 무더위라 알몸으로 자고 있는데, 한밤중에 전화벨이 울렸다.

이 동네에서 우리에게 전화를 걸 사람은 어차피 그 부부밖에 없다고, 그렇게 판단한 것이리라. 전화기에 가까운 쪽에 누워 있던 류이치로가 수화기를 들고, 「여보세요」라고 말했다.

예, 바꾸지요. 목소리와 어둠으로 번지는 얼굴 표정으로 보아 〈아아, 에이코한테서 왔구나〉 하고 직감했다.

「여보세요?」

하고 전화를 바꾸자,

「최악이야」

라고 먼 전화선 저편에서 에이코가 말했다. 무사할까, 하고 늘 몸 어느 한 구석을 딱딱하게 긴장시키고 염려하고 있던 터라, 그 목소리에 담긴 살아 있는 정보를 접하고서 정말 안심했다.

「뭐가 최악이야. 얼마나 놀랐는데」

나는 말했다.

「전화했다가 혹 어머니가 내가 알고 있는 걸 꼬치꼬치 캐물으면 어떡하나 싶어서 먼저 걸 수도 없지, 걱정했어. 도대체 어떻게 된 거니? 무슨 일이 있었어?」

우후후, 하고 에이코는 웃었다. 가녀린 목소리가 바다를 건너온다.

「그럼 얘기는 대충 아줌마한테 들었겠네? 나, 칼에 찔렸어. 지금 병원 복도에서 전화 걸고 있는 거야. 어휴, 지겨워 죽겠다」

「그야 힘들긴 하겠지만, 그 사람은 무사하니? 없었어, 그때?」

나는 물었다.

「그게 말이야, 그 사람이랑 같이 빌려 쓰는 방 있잖아? 그 사람이 회사에 간 다음에 나 혼자서 밥 먹고 있는데, 부인이 불쑥 칼을 들고 나타난 거야. 딩동, 하고 벨소리가 나길래, 아무 생각 없이 문을 열었더니 안녕하세요, 푹. 얼마나 놀랐는지. 나 목욕가운 입은 채로 구급차에 실려갔다니까. 영화처럼, 섹시하지? 부인은 피를 보더니 당황해서 어쩔 줄을 모르고, 구급차를 불러달라고 했더니 불러주더라고. 그러려면 안 찌르는 편이 좋았을 텐데. 우습지?」

에이코는 쿡쿡 웃으며 말했다. 나는 말했다.

「정말 살아 있어서 다행이다. 놀랐어」

「그렇게 깊이 찔리지도 않았어, 목욕가운 입고 있었던 덕분에, 감이 두꺼워서 살았지. 악운에는 강하다, 그런 거 아니겠어」

「그래도 침착한 거 같은데」

내가 말했다.

「사실은 아니야, 사쿠미. 무서웠어. 정말로」

에이코는 갑자기 톤을 바꿔 여고생 같은 솔직한 목소리로 말했다.

「귀걸이나 반지 같은 거 전부 금속이잖아?」

그 물음의 내용이 너무도 생소하여, 나는 그녀의 어머니가 옆에 왔든지 무슨 그런 이유로 계속 얘기할 수 없어 말을 얼버무리고 있는가 하고 생각했다.

그런데 아니었다.

「보통 때도 늘 몸에 지니고 있는 거잖아. 난 잘 때도 귀걸이하고 반지는 빼지 않거든, 그래서 말이야, 피부랑 연결돼 있는 듯한 느낌을 품고 있었는데. 그런데 그, 내 목욕가운을 뚫고 배로 칼이 들어왔을 때, 정말 처음으로 느꼈어. 나와 금속은 소재가 다르다는 걸. 그런 느낌밖에 없었어. 상당한 이질감이었어」

그 살아 있는 목소리의 박력에 나는 아무 말도 할 수 없어서,

「그래, 그렇지 뭐」

라고 얼빠진 대꾸를 했다.

「자기도 머리 수술한 주제에」

에이코는 웃었다.

「난 마취했었는걸. 정신적으로는 어때? 충격 안 받았어?」

「첫날은 좀 혼란스러워서 흥분했었는데, 그 다음날부터는 전혀. 잘은 모르겠지만. 지금은 하루라도 빨리 퇴원해서 신주쿠에 있는 나카무라야에 가서 카레라이스나 먹을까, 아니면 와다몬에 가서 스테이크를 먹을까, 그런 생각만 하면서 지내고 있어. 우리 집 목욕탕에서 느긋하게 목욕이나 하고 싶다든가. 〈돌체 에 가바나〉에서 맞춘 원피스가 다 됐을까, 그런 욕망투성이. 평범한 생활이 얼마나 행복한 것인가 하는 생각도 들고. 그런데 말이지, 퇴원하면 그 아파트, 겁나서 안 가게 될까…… 그런 생각도 들고. 그 사람은 자기 물건 같은 거 다 치워버린 모양인데. 딩동, 하고 누가 오면 문 열기가 무서워질까, 그런 생각도 하고. 전부 공상이지 뭐. 퇴원해 봐야 알겠어」

「그 사람이랑은 만났어? 얘기 나눠봤어?」

「아니 전화 통화만 했어」

「부모님은? 화 많이 내셔?」

「말도 마. 눈물과 분노 덩어리. 아버지는 날 보러 오시지도 않고. 퇴원하면 어떻게 될까 하고 생각하면 그게 제일 겁나. 그래서 엄마가 와 계실 때는 가능한 한 우울한 표정을 짓고 있어. 하하하. 경찰은 들락날락거리지, 그 사람은 올 수 없잖아. 사쿠미 너도 없지. 심심하고 짜증나고. 최악이야 최악」

목숨을 건지고 그렇게 말하는 에이코가 우스워서, 나도 웃었다.

「그건 그렇고, 그 사람 부인은?」

나는 물었다.

「입원한 모양이야」

에이코가 말했다.

「하지만 곧 퇴원하려나…… 모르겠다. 우리들 어떻게 될 것 같니? 지금은 왠지 남의 일 같아. 그런 일보다 내일 저녁 재방송되는「도쿄 러브 스토리」쪽이 훨씬 더 궁금할 정도다」

「좀 쉬어라. 그러고서. 난 다음에. 어차피 퇴원하면 여러 가지로 생각해야 될 테니까」

나는 말했다.

「여름방학 숙제 같구나」

에이코가 말했다.

「그런데 말이야, 나 찔리고 나서 구급차가 올 때까지, 이제 죽는구나 했더니, 왜 그런지 그 사람이랑 사쿠미 네 생각만 나는 거야. 후후후, 친구가 없어서 그런가」

나를 부르고 있음을 느꼈다는 말도, 나를 제일 먼저 부른 것이 어쩌면 내가 반은 죽어 있음과 관계가 있을지도 모르겠다는 말도 나는 하지 않았다. 다만, 영광이네, 라고 말하고 웃기만 했다.

「사쿠미가 돌아올 때쯤이면 틀림없이 퇴원해서, 집 안에서 썩고 있을 테니까, 전화해, 응」

하고 에이코는 전화를 끊었다.

「무사한 모양이지. 다행이로군」

류이치로가 말했다.

말 그 이상도 이하도 아닌, 그런 의미의 울림을 느꼈다. 그냥 그 어깨선이며 온기가 새겨진 시트의 주름이며, 숨쉬는 가슴의 움직임…… 그런 모든 것이 긍정하고 있었다. 아, 이 얼마나 건전한가.

모든 사람이 살아 있음을, 무심하게.

이 방의 공기를 느끼고, 창문 아래로 펼쳐지는 밤바다와 소금 냄새에 생각을 내맡기는 것. 달빛 아래, 밀려왔다 밀려가는 싸늘한 바닷물에 씻겨지는 해안의 조개와 해삼. 그 차가움, 검음.

별이 반짝이고, 나무들이 청결한 산소 속에서 흔들리는 모양. 밤을 감싸고 있는 그 소리의 선명함을 느끼려고 귀기울이는 것.

사람과 서로 몸을 부비고, 같은 소재로 만들어진 자기 외의 우주와 함께하는 것.

코고는 소리, 이빨 가는 소리, 잠꼬대. 손톱과 머리카락이 자라고, 눈물과 콧물이 나오고, 부스럼이 생겼다가 낫고, 물을 마시고 배설하고, 반복된다. 끝없이 흐르고, 쉼이 없다. 그런 한없는 흐름이 확고부동하게 여기에 있다는 것.

심장의 고동.

정확하게 어둠으로 울려 퍼지는 심장의 고동.

그것을 자신의 귀로 확실하게 듣는 것.

「그런데, 어떻게, 바다 건너에 있는 알지도 못하는 사람의 생명이 위기에 처해 있다는 걸 코즈미 씨가 알 수 있었을까?」

내가 묻자,

「알려고 하면, 무엇이든 알 수 있는 방법이, 잘은 모르겠지만 있나 봐」

어눌하게 시를 낭송하는 사람처럼 류이치로는 대답했다.

「무슨 소리예요?」

「이름이 알려졌든 안 알려졌든, 아무튼 굉장한 능력을 갖고 있는 사람들이 의외로 많거든. 마치 당연한 일인 것처럼. 인도나 티베트 같은 곳에는 놀라운 사람들이 많아. 무슨 일이든 딱딱 맞히거든. 하지만 그런 분야가 아니더라도 굉장한 모험가나 실업가, 혹은 폭발적으로 인기를 모으는 사람, 상식으로는 이해할 수 없는 사람들이 얼마나 많은데. 인간은 참 불가사의해. 무엇보다 놀랄 일은 그 굉장한 능력과 자신의 일상을 양립시키고 있다는 점이지. 모두들 어딘가에서 먹고 자고. 매일 말이야. 불가사의해!」

「그래요, 인간이니까」

「불가사의해」

「류이치로, 지금 소설 쓰고 있나요?」

「무슨 그런 무례한 말을. 착착 모아두고 있어」

「왜요, 책으로 내지 않나요? 기다리는 독자들이 있을 텐데」

「그러니까 더욱 그렇지」

「작가 중에서는 누굴 좋아하는데요?」

「여행을 떠날 때마다, 늘 뭘 가지고 갈까 하고 갈팡질팡하는데, 결국은 언제나 캐포티의 『카멜레온을 위한 음악』을 갖고 가니까, 좋아하는 거겠지. 문고본이 아니라서 무거운데도 항상 들고 가서는 머리맡에 두고, 읽고 읽고 또 읽어」

「읽어보겠어요」

「지금도 갖고 있는데」

「빌려줘요」

「응」

그는 머리맡에서 낡아빠진 하드 커버의 책을 집어 내게 건네주었다.

손때와 얼룩이 묻어 있었지만 책의 생명이 살아 있음을 알 수 있었다.

「작가는 행복하겠어요」

「나도 그러고 싶어」

그는 말했다.

「이런 곳에서 알지도 못하는 한 일본 사람의 여행에 동행하고 있다니, 생전의 그는 상상조차 못했겠죠?」

「그렇겠지. 내 소설 좋아하나?」

「우울하긴 하지만 좋아해요」

「아, 그래. 그 밖에는?」

「없어요」

나는 웃었다. 아마 그 웃음은 말보다 많은 정보를 그에게 전했을 것이다. 그도 웃었다.

한밤중에 나누는 별 특별한 것도 없는 대화의 멋들어짐은 그에 바싹 밀착돼 있는 공간의 냄새다. 타인과 한 방에 있으면서도, 나 혼자인 것보다 훨씬 자유롭고 듬직하다. 모든 것이 향내를 피우고 있는 듯 포근하다. 침묵과 용서의 돔에서, 그 신선한 공기 안에 그저 감싸여 있는 것 같다.

류이치로가 먼저 잠들고, 조금은 의식이 남아 있던 내게로 그의 낮은 숨소리가 들려왔다. 강아지에게 손목시계를 채워놓고 안심하고 잠들듯, 그 리듬은 자장가가 되어 나를 포근히 감쌌다.

생활에는 금방 적응한다.

밥을 먹고 잠드는 장소가 자기가 있을 곳이다. 그것이 기본이다. 눈에 들어오고 귀에 들리는 모든 정보가 영어로 돼 있다는 것에도, 밤의 쓸쓸한 해변에도, 옷가게에서 파는 옷이 모두 크고 화려하다는 것에도.

생활하기에는 더할 나위 없이 편하고 좋은 이 섬에서도, 전쟁의 흔적만큼은 숨이 막혔다.

매일 아침 짧게, 그러나 날카로워 자기도 모르게 몸이 기우뚱해지는 두통, 한밤중이면 이따금 육중하게 죄어드는 음침한 꿈, 사람이 없어 휑한 해변의 빛나는 햇살 아래에서 눈을 감으면 느껴지는 무수한 사람들의 웅성거림.

그런 일에도 조금은 익숙해졌다.

무수한 사람들의 죽음이라는 뒤틀린 에너지가 이 섬에서 해삼처럼 낮잠을 즐기고 있는데, 일본 사람인 나 때문에 동요를 일으키는 모양이다. 안타까운 일이지만, 할 수 있는 일이 없다.

「사세코처럼 공양이 업은 아니니까」

코즈미 씨는 말했다.

「어설프게 관계하는 건 잔혹한 일이니까, 안 듣는 편이 좋죠」

내가 고개를 끄덕이자, 웃으며 말했다.

「류이치로는 사람이 좋아서, 처음에는 힘들었어요. 들어주려고 해서 말이죠. 영 상태가 안 좋아졌지요. 지금은 깨달은 모양이지만. 혼을 믿든 안 믿든, 흥미를 느끼든 말든 그건 그 사람의 자유이지만, 이 세상에는 프로만이 취급할 수 있는 에너지가 모이는 장소가 있어요. 그것만은 확실하다는 걸, 사쿠미 씨도 느끼겠죠?」

네, 이곳에 와서야 그렇게 생각하게 되었어요.
라고 나는 대답했다.

사세코는 노래를 부르고, 코즈미 씨는 동생을 불러 공양을 한다. 그것은 죽은 사람에게는 안된 얘기지만, 마치 철 지난 휴양지에서 빈 깡통을 줍는 것 같은 한없는 불모함을 띠고 있다.

두 사람에게는 어쩐지 인생에서 이미 은퇴한 듯한 분위기가 떠돈다. 태어난 나라를 떠나 바다를 바라보며. 아직 한참 젊은 나이에 벌써 노인이 되고 만 듯한 부부.

불가사의한 인생이다.

나는 코즈미즈 샌드위치 앞 해변에 누워, 류이치로에게 빌린 책을 읽는 것이 일과였다.

오후, 여전히 미적지근한 두통에 시달리며, 파라솔 아래에서 책을 읽는다. 태양이 저쪽에서 이쪽으로 건너오면, 햇살의 질감과 더불어 변해 가는 바다 색을 바라본다.

가게는 늘 손님으로 북적거려, 이 섬에 도착했을 때 처음 만난 〈사이판답게〉 새카맣게 탄 일본인 아르바이트생은, 다이빙하러 갈 틈도 없어요, 라고 투덜거리며 뜨뜻미지근한 맥주를 공짜로 대접해 준다. 발랄한 음악과 드나드는 사람들의 왁자지껄함이 아무리 밝아도 어딘가 어둠이 배어 있는 이 해변에 활기를 던져주고 있다.

내내 이러고 있어도 좋겠는데.
라고 나는 생각한다. 이 녹아들기 쉬운 리듬 속에서.

나는 소설을 쓰지도 않고, 혼에게 공양을 하지도 않고, 그저 살아 있다. 자연은 그런 일의 무게를 함께해 준다. 그저 거기에 있는 것만으로도 참가한 거라고, 라고 말하는 것처럼.

취재와 다이빙을 하러 외출했던 류이치로가 돌아온다.

나는 세 번에 한 번쯤 잠수복도 입지 않은 맨몸으로 따라나선다. 물속에 조금 더 오래 머무를 수 있게 되면 면허증을 따려 한다. 그래서 그는 내가 없을 때면, 그 동네 친구나 코즈미 씨와 함께 원정을 다녀오는 모양이다.

태양이 슬슬 기울어, 글자가 잘 안 보이는걸, 하고 생각할 즈음 류이치로가 저쪽 해변에서 걸어온다. 옷을 갈아입은, 새카맣게 탄 모습으로 웃고 있다.

바다와 기우는 금빛 저녁 태양에 녹아드는 연인들의 모습.

나는 자리에서 일어나 모래를 턴다.

뭘 먹으러 갈지, 얘기한다.

그렇게 간단한 일이, 지금 나의 모국에서는 어렵다.

지금 동생은 그렇다는 걸 몸으로 느끼고 있을까, 하고 문득 떠올렸다. 코치에서 생기발랄하게 낚시를 하며, 일찍 자고 일찍 일어났던 그의 어린애다운 사지를.

「오늘밤에는 사세코가 손수 만든 요리를 대접해 준다는데」
류이치로가 말했다.

코즈미 부부는 샌드위치 가게의 2층에 있는 널찍한 방에 기거하고 있다.
열대의 나라답게 오렌지색을 기조로 한 밝은 인테리어로 꾸며, 완벽한데도 어딘가 모르게 엉성하고, 엄청나게 큰 텔레비전이 있다.
편안한 방이었는데도, 그날 밤 식사가 끝나자마자 나는 심한 두통과 열에 시달려 그만 소파에 쓰러지고 말았다.
「밥을 잘못 먹은 건 아니에요, 맛있었어요」
라고만 겨우 말하고, 나는 머리를 싸안았다.
류이치로는 걱정으로 새파랗게 질리고, 코즈미 씨는 당황하여 얼음주머니를 만들고, 사세코는 그 푸근한 가슴에 나를 껴안고 노래를 불러주었지만, 낫지 않았다.
간혹 이렇게 심한 게 덮치는 경우도 있어요, 라며 사세코가 약을 주었다.
「그거 먹고 좀 자요」
「괜찮아요, 돌아가서 잘래요. 바로 옆이니까, 아아……」
나는 힘겹게 말했다. 하지만 내일은 쉬는 날이고 우리는 상관없다는 두 사람에게 떠밀려 반강제로 침실의 더블 침대에 눕고 말았다. 나는 외국제 독한 아스피린에 녹다운되고 말았다.
몽롱한 의식 속에서 시계를 보았더니, 저녁 8시였던 것을 기억하고 있다.

갑작스럽게 눈을 떴다.

전깃불이라도 켠 것처럼, 반짝 잠에서 깨어났다.

시계를 보니 11시였다. 세 시간이나 잤나…… 하고 생각하며 목을 움직여보았다. 잠시나마 눈을 붙인 게 효과가 있었는지 두통도 열도 거의 나아 있었다.

참 소름 끼치는 곳이다.

반쯤 열린 문 너머에서, 웃음소리와 텔레비전 소리가 들렸다. 창밖으로는 어두운 바다와 문을 닫은 가게의, 죽 늘어서 있는 하얀 의자가 보였다.

옆방에서 모두들 웃고 있다, 는 느낌은 이 이국땅에서 고독감보다는 오히려 안도감을 주었다. 나는 감기에 걸린 어린아이처럼, 모두의 목소리를 멍하니 행복하게 듣고 있었다.

나는 사세코의 자연스런 친절을 좋아한다.

타인으로부터 늘 친절한 보살핌을 받았든지 아니면 전혀 그렇지 못하여 터득했든지, 이 두 가지에서만 연유할 수 있는 무상무욕의 친절이었다.

나는 침대에서 일어나, 휘청휘청 거실로 나갔다.

「어머나, 일어났네」

사세코가 말하고,

「커피 마실래요?」

라며 코즈미 씨가 일어나고,

「이제 괜찮아?」

라고 류이치로가 말하고, 모두들 오늘따라 유난히 넉넉하고 편안하고, 싱글싱글 웃는 얼굴이었다.

나는 〈여기가 바로 천국인가?〉 싶어,

「이렇게 친절하게 대해 주시다니, 혼도 때로는 좋은 것이로군요」

라고 농담을 했다. 그렇다, 풍토병이라고 생각하면 되는 것이다.

사세코가 만든 맛있는 케이크를 먹고, 아스피린의 아스라한 약 기운도 거의 가실 무렵, 아까부터 흐르고 있는 MTV의 음악이 전부 하드 록임을 문득 깨달았다.

「이거 특별한 MTV인가요?」

나는 물었다.

「그래요! 맞아요. 일본에서는 방영 안하죠. 늘 하드 록만 방방 틀어준답니다」

코즈미 씨의 말투가 너무도 열기를 띠고 있어,

「코즈미 씨는 하드 록을 좋아하나 봐요」

라고 나는 말했다.

「좋아하죠, 죽도록」

그는 발랄하게 대답했다. 뜻밖의 일면이었다.

「나는 별로 안 좋아했는데, 이 사람이랑 함께 살면서 본의 아니게 전문가가 됐어요」

사세코가 말했다.

「하긴, 이게 그의 활력의 원천인걸」

「어머? 알고 있었어요? 평상시 옷차림이라든가 성품으로 봐서는 상상도 안 되는데」

내가 류이치로에게 묻자,

「물론이지. 같이 며칠 여행이라도 떠나면 차 안에서 줄곧 틀어놓질 않나, 잘 때는 몰래 메탈리카가 프린트된 티셔츠를 입고 자질 않나, 숨은 하드 록 매니아라는 거, 금세 알아챘어」

「사람이란 알 수 없군요」

나는 말했다.

가족을 거의 잃고, 사이판에서 사업을 하고 있는 그의 유일한 낙이자 활력소가 바로 이것이었다. 혼에 에워싸여, 가게를 경영하느라 바쁜 코즈미 씨의 마음의 버팀목이.

과장이 아니다. 나는 이렇듯 흥겨워하는 코즈미 씨를 본 적이 없었다. 내가 몇 가지 질문을 하자, 코즈미 씨는 자식 자랑을 하는 아버지처럼 하드 록에 대해 열변을 토하기 시작했다. 텔레비전에서는 격렬한 보컬과 기다란 금발과 뾰족한 기타 피크가 미친 듯 소리를 지르고, 사세코가 센스 있게 볼륨까지 한껏 올려, 어째 이 방이 하드 록 팬의 모임터인 것처럼 여겨지기까지 했다. 이 사람은 전에 이 밴드에 있었는데 이 밴드에서는 이런저런 사건이 있었고, 그래서 이 곡은 이런저런 사연을 노래하고 있는 것이다……라고 코즈미 씨는 얘기하며 보며 마시며 마냥 행복해했다.

나는 〈레게와 60년대 록〉이란 가게에서 일하고 있을 정도니까 이 장르에 대해선 완전히 문외한이지만, 신기하게도 귀에 익지 않은 그 음악들과 그의 설명이 싫지는 않았다. 그것은 그가 진심으로 이런 음악들을 사랑하기 때문이리라.

「이 음악이 한참 유행할 무렵, 알게 된 지 얼마 안 된 때였는데 우리, 라이브 콘서트를 보러 일본에도 같이 갔었죠」

라고 사세코도 말을 시작했다.

「당신이 이 비디오 클립을 비디오에 잘못 녹화해서 대판 싸우기도 했지」

「아아, 세 곡 앞의 것」

부부 사이의 역사도 새겨져 있다.

나는 남녀가 서로 마주 앉아 있는 뜨거운 모습보다는 같은 방향을 향하여 무언가를 나란히 바라보는 모습을 좋아한다. 어린아이든 영화든 경치든 무엇이든 좋다. 두 사람이 그런 것들을 바라보며 평화롭게 웃기도 하고, 서로 의지하기도 하는 것을.

그레이트 화이트, 킹크스 메가디스, 신 리지, 테스라, 아이언 메이든, 라이어트, AC/DC, 모토리클…… 내게는 거의 주문 같은 그들의 음악이, 가족을 하나하나 잃고 떠나온 이 두 사람의 저녁을 살풋 구원했다. 캐포티가 류이치로의 잠 못 드는 밤을 곁에서 함께했던 것처럼. 자기도 모르는 사이에 많은 도움을 주고 있다. 그런 사소하면서도 중요한 것. 뜻하지 않은 선물이.

「좋겠네요. 빠져들 수 있는 것이 있어서」

내가 말하자,

「그냥 좋아할 뿐이죠」

라고 대답하며 코즈미 씨가 수줍게 웃었다. 이런 순진함이 이 사람을 이곳으로 인도하였구나, 하고 멍하니 생각하고 있을 때였다…….

건너편에 앉아 웃고 있던 사세코가 순간적으로 표정을 굳힘과 동시에 류이치로가 「아」 하고 말했다. 두 사람 다 현관에서 올라오는 계단으로 이어지는 거실 문 쪽을 보고 있었다. 나와 코즈미 씨는 한 발 늦게 그쪽을 보았다.

동생이 있었다.

나의 동생, 요시오가 서 있었다.

파란색 잠옷을 입고, 몽롱하고 예쁜 표정으로. 그는 이 세상과는 멀리 떨어진 투명한 분위기를 자아내고 있었다. 관 속에 들어 있던 마유의 얼굴을 연상하게 하는 얼굴이었다.

그는 몽롱한 시선으로 우리를 둘러보고, 천천히 우리 쪽으로 걸어왔다.

내가 「요시오?」라고 말을 걸었지만, 그는 들리지 않는 모양이었다. 그리고는 우리 사이를 지나 발코니 쪽으로 성큼성큼 걸어가, 유리창에 비치는 발코니의 야자나무와 건너편 빌딩과 별이 총총한 하늘에 순간 섞이는가 싶더니 그만 사라져버렸다.

그렇다, 실물이 여기에 왔을 리는 없다.

「살아 있는 혼이로군. 저렇게 분명하게」

사세코가 말했다.

「그런데, 누구지?」

「사쿠미 씨의 동생?」

코즈미 씨가 내게 물었다.

「네」

나는 고개를 끄덕였다.

「전화해 봐」

류이치로가 말했다. 창백한 얼굴이었다.

나는「그럴게요」라고 말하고 서둘러 집에 전화를 걸었다.
「여보세요, 어머, 어떠냐, 그쪽은?」
태평한 목소리로 어머니가 받았다.
「응, 잘 있어요. 그런데 요시오는 뭘 하고 있어요?」
나는 말했다.
「있어, 집에. 별일 없는데, 바꿔줄까?」
「네」
「잠깐만 기다려」
대기 단추를 눌러 흘러나온 음악이 초조함을 부추겼다.
잠시 후, 딸칵 하는 소리를 내며 다시 수화기를 든 것은 어머니였다.
「안됐다, 지금 자고 있어」
「정말 자고 있는 거예요? 안 죽었어요?」
「얘는, 코까지 골면서, 죽은 사람처럼 자고 있던데」
어머니가 웃어, 나는 조금은 안심했다.
「또 전화할게요. 그렇게 전해 주세요. 모두들 별일 없죠?」
「여전하지, 뭐. 미키코가 감기 때문에 한 일주일 누워 있었는데, 글쎄 애인이 병문안 왔더라. 덕분에 모두들 구경했지」
일본에 있는, 우리 집의 생활 냄새가 전해져 왔다. 어머니가 돌아가시면 사라지고 말, 부서지기 쉬운, 그러나 강한 냄새다. 그 집에만 있고, 그리고 너무도 당연해서 아무도 느끼지 못하는.
「요즘 젊은이답게 잘생긴 청년이더라」
「보고 싶었는데」

「사귄 지 얼마 안 된 모양이야」
잡담만 하다가 전화를 끊었다.

「아무 일 없는 모양이에요」
나를 주목하고 있는 방의 모든 이에게 그렇게 보고했다.
「자고 있대요. 이곳 꿈을 꾸고 있나. 제 동생, 좀 남다른 데가 있거든요」
나는 이 분야의 전문가들 앞에서 어쭙잖은 변명을 했다.
「굉장해, 능력이 있는 거지」
코즈미 씨가 말했다.
「혼들이 사쿠미 씨를 자꾸 따라다니니까, 꿈속에서 도움을 요청했나 보네요, 틀림없어요. 그래서 상태를 보러 온 거죠」
「멋진 애야! 이렇게 먼데까지」
남 얘기를 하듯 내게 외쳤다. 모든 것이 흥분 속에서, 만들어낸 얘기 같고, 심령 공포소설을 읽고 있는 것 같았다.
「그래서, 지금 지쳐서 잠이 든 걸 거야. 그렇게 분명한 상을 보내려면 상당한 에너지가 필요하거든」
「그런 건 처음 봤어」
류이치로가 흥미롭다는 듯 중얼거렸다.
그런 작용을 야기하는 약도 술도 먹지 않았는데, 나는 분명 동생을 만났다. 여기에 있는 사람 모두가 보았다. 어떤 공간이 이어졌다. 그것을 이은 것이 집념도 저주도 아닌, 단순히 동생이 날 좋아하는 그 마음이었다는 점이 다행스러웠다. 그 마음이 전해져 왔다. 동생의 맑은 표정에서, 모습에서.

「하지만 그 나이엔 감당하기 벅찬 힘일 텐데. 동생, 몇 살?」

「지금, 열한 살이던가」

「어린 나이에 그런 능력을 보인다는 것은 어른이 되어 그런 힘이 생긴 것하고는 달라서, 그만큼 다른 어떤 부분을 감수하면서 균형을 취하고 있을 테니까. 그 부분이 성장에 불필요한 부분이면 다행이겠지만, 그런 컨트롤까지는 하기 어려울 텐데, 아직」

「귀엽던걸, 동생. 잘생긴 청년이 될 거야」

사세코가 웃었다.

모두들 마치, 그저 동생의 사진을 힐끗 본 것처럼 태연하여, 그 점에도 무척 안심이 되었다. 이런 일이 생기면 야단법석을 떨기가 보통인데. 아아, 모든 것이 있는 이런 곳에 있으면 동생도 위축되지 않고 자유로울 수 있을 텐데…… 하고 나는 생각했다. 표정을 읽은 것인가, 류이치로가 말했다.

「데리고 올 걸 그랬나. 억지로라도」

나는 고개를 끄덕이며,

「사나흘간만이라도, 오라고 할까 봐요」

라고 말했다. 그것은 아주 어려운 일이지만, 불가능하지는 않다. 보고 싶은데, 오라고 하지요, 라고 둘 다 말했다.

한밤중에 전화벨이 울렸다

이미 호텔 방으로 돌아와 있었고, 류이치로는 잠에 빠져 있었다. 아까 어중간하게 잔 나는, 잠을 이룰 수 없어 책을 읽고 있었다.
 그래서 금방 수화기를 들었다
「여보세요?」
 동생이 말했다.
「요시오니? 잘 잤어?」
 나는 말했다.
「괜찮니? 잘 지내고 있어?」
「그럭저럭. 사쿠 누나가 없으니까 아무 재미도 없어」
 소곤거리듯 동생이 말했다.
「모두들 자니?」
「응. 전화 거는 법 배워두길 잘했지. 그런데 말이지, 아까 나 꿈꿨어. 군인들이 누나를 치근덕거리길래 구해 주려고 갔더니, 무슨 시끄러운 음악이 왕왕거리는 곳인데, 어떤 여자랑 류 아저씨랑 허여스름한 사람이랑 누나가 있던데. 맞아?」
「너 왔었어. 잠옷 입고」
 나는 말했다.
「비행기 삯 없어도 되겠네」
 동생은 웃었다.
「그런데, 잘 보이지는 않았어. 방안의 모습 같은 건」
 의식의 모양만을 감지한 것이리라고 생각했다.
「여기 안 올래?」
 나는 말했다. 오라고 하고 싶었다.
「안 돼. 못 가」
「엄마하고 의논해 보자. 놀러 와」

동생은 아무 말이 없었다. 침착하기는 했지만, 기운이 넘치는 것은 아니었다. 아까 꿈속에서 활약을 했기 때문이 아니다. 코치에서 회복한 무엇인가가 고갈된 것이다. 그렇다는 것이 수화기를 통해 전해져 왔다.
「생각해 봐. 오고 싶은 거지? 솔직하게 말해 봐」
「엄마가……」
「어떻게든 해볼게」
「……응, 생각해 볼게」
「비행기를 타고 네 몸이 직접 오는 편이, 좋아. 자기 코로 바다 냄새를 맡는 편이, 안 그러니?」
나는 말했다.
「가고 싶어」
그는 말했다.
살고 싶어, 라고 말한 줄 알았다. 그런 절실한 울림이었다.
「엄마한테 말해 볼게」
나는 말했다.
「너는 한 이삼 일 아픈 척해. 머리가 좀 이상한 것 같다는 둥 둘러대고. 그 편이 오라고 하기 쉬우니까」
「알았어」
동생이 대답했다. 그 짧은 순간에 동생의 설레는 마음의 모습이 또렷하게 전해져 왔다.
연애에만 정신 팔지 말고, 애당초 데리고 왔으면 좋았을 것을, 하고 전화를 끊고서 생각했다. 물론 동생이 곁다리 끼지 않은 둘만의 시간을 갖고픈 심정이 없었다고는 할 수 없다.

아까 다른 사람들은 눈치 채지 못했지만, 나만은 알 수 있었다.
 동생은 아기 적, 고통스런 일이나 도움을 청하고 싶은 일이 있으면 일부러 가족들 앞을 가로질러 베란다로 나가는 버릇이 있었다.

나는 요즘 내내, 반복에 대해서 생각하고 있다.

류이치로가 핸들을 잡고 동생을 마중하러 가는 자동차 속, 차창을 활짝 열어 뜨뜻미지근한 바람을 맞으며, 섬을 뒤덮은 녹음은 하늘 높이 소슬거리고, 하늘은 섬뜩할 정도로 푸르다. 그런 감촉을 이 내 눈과 귀로 느끼며, 줄곧 생각하는 것이 있었다.

언젠가 사세코가 그렇게 마중 나와 주었던 것처럼, 공항 앞에 있는 넓은 도로에 서서, 치맛자락을 휘날리며 눈부신 하늘을 올려다보고 있으려니, 마치 오르골의 선율처럼 무기적(無機的)으로, 요즘 들어서는 언제나 곁에 있는 그것이 하나의 아름다운 확신으로 울리기 시작했다.

나는 반복을 믿고 있다. 아마도 그것은 종교인이 카르마라고 일컫는 것이리라. 그러나 그런 어려운 이름으로 안 불러도 될 만큼 간단하고 당연한 것이다.

예를 들면 동생과 나는 코치에서 아주아주 신나게 지냈고, 그곳에서 이번 사이판행의 씨앗을 뿌렸다. 그 씨앗이 지금 열매를 맺어, 동생이 드디어 이곳에 온다. 조금 형태를 바꾸어, 조금 더 큰 규모로 똑같은 환희를 꿈꾸며 비행기를 타고 이곳을 향하고 있다.

모든 것이 대체로 그렇다. 씨앗을 뿌리면 싹이 나고 열매가 맺힌다. 동기가 있어 결과를 낳는다. 아무리 사소한 일이라도 무언가를 유발하며, 무슨 일인가가 생긴다.

다만 내 안에 그 사이클과는 전혀 다른 것이 싹텄다. 그리고 지금은 알 수 있다.

이미 돌아갈 수 없는 곳까지 오고 말았다. 자신도 모르는 사이에.

머리를 다치기 전의 현실로는, 두 번 다시. 언젠가 지금의 나는 옛날의 나와 화해하고 악수를 하고, 그 옛날 그렸던 정체를 알 수 있는 인생으로 되돌아간다…… 그런 바람이 거짓이란 걸 알게 되었다. 이곳에 와서. 이 가슴 아리도록 정겹고, 숨이 막히도록 짙은 바다 내음과 초록이 무성한 섬에서 한동안 생활하고 있는 사이에 그 확신은 나날이 깊어져, 무엇인가가 결정적으로 어긋나고 말았다. 이제는 돌아갈 수 없다.

그런 반복적인 구조를 넘어, 미지의 미래에 대한 기대만으로 형성된 세포가 암처럼 뇌에 번졌다.

돌아갈 수 없다.

돌아갈 수 없음에 슬퍼하지도, 가슴 설레지도 않고, 그저 이렇게 이곳에서 인생과 풍경에 녹는다. 춤춘다. 그뿐. 당연한 일인 듯. 그뿐이다.
「비행기가 착륙한 것 같은데!」
류이치로가 나를 부르러 왔다.
나는 류이치로를 차에 남겨두고 도착 로비로 갔다.
여행에는 걸맞지 않을 만큼 자그마한 동생의 몸이 커다란 짐과 함께 나왔다. 웃는 얼굴로, 활기에 차, 이곳 사람들과는 달리 새하얗게.
반가워서 너무도 반가워서, 손을 크게 흔들었다.

동생을 불러오는 일은, 간단했지만 힘들었다.
어머니는, 잠시 생각 좀 해보고……. 뭐 상관없겠지, 라며 의외로 금방 허락했는데, 학교까지 쉬게 하면서 애를 혼자 비행기에 태우다니 무모하다면서 마지막까지 고집을 부린 것은 준코 아줌마였다. 내가 곁에 있으니까 안심하라고 아무리 얘기해도, 같이 돌아갈 것이고 또 금방 돌아갈 것이라고 해도 소용이 없었다. 몇 번이나 전화를 하고, 옥신각신했다.
결국은 무슨 일에든 의욕을 보이지 않고 얌전한 양처럼 지내고 있던 동생이 가고 싶다며 울고 떼를 쓰는 정열을 보였다. 그것이 결정타가 되었다.

「사쿠 누나, 까맣게 탔네! 외국 사람 같아」
그 말이 동생의 첫 도착 성명이었다. 그리고는 덥다 더워, 라고 얘기하며 공항을 나와, 심호흡이라도 하듯 바깥 공기의 냄새를 맡았다.
 류이치로가 차에 기대어 기다리고 있었다.
 웃으며 손을 흔들었다.
「류 아저씨, 오랜만이에요」
 매달릴 것처럼 동생은 뛰어갔고, 류이치로는 동생의 커다란 짐을 받아들어 트렁크에 집어넣었다. 흐뭇한 풍경이었다.
「이 섬, 공기가 진하네. 사람들이 잔뜩 몰려 있는 것 같아. 이게 뭐지, 이게 유령인가?」
 차 속에서, 내가 처음 답답함을 느낀 바로 그 지점에서 동생은 눈썹을 찌푸리며 그렇게 말했다.
「금방 익숙해질 거야」
라고 내가 말하자,
「너는 일이 있어서 온 게 아니니까, 그런 일은 전문가에게 맡기고, 휴가중인 애답게 굴어」
라고 류이치로가 말했다.
「예이」
 동생은 신이 나서 대답했다.

 이제 곧 돌아가야 한다고 생각하니, 눈에 비치는 모든 것이 애닲고 서글퍼 견딜 수가 없었다.
 호텔 방, 발코니에 오징어처럼 널려 있는 잠수복. 코즈미 씨 부부의 가게에서 흘러오는 라디오의 왕왕거리는 울림. 해변에 줄지어 있는 하얀 의자. 바다와 야자나무와 햇볕에 탄 사람들. 동네 강아지, 소음이 요란한 에어컨, 단골이 된 싸구려 카페, 슈퍼마켓의 빨간 바구니. 그 모든 것이.

얼마 있지도 않았는데, 꽤 오래도록 이렇게 있었던 것 같다.

아침에 일어나면 바다로 나가고, 샌드위치를 먹고, 세탁을 하고, 거리로 나간다. 해질녘, 언제나 저녁 하늘이 새빨갛게 물들 무렵에야 비로소, 햇볕을 받아 멍하던 머리가 제자리로 돌아온다.

그 시원한 바람 안에서.

문득 정신을 차리고 바라보는 하늘은 오렌지색으로 곱게 물들어 있고, 그 아름다움에 경의를 표하듯 건배를 하며 맥주를 마시고, 샤워를 하고, 외식을 하고, 야경을 바라보며 해변을 따라 돌아와 텔레비전을 보고, 잠든다.

넉넉하게 충족된, 모든 것이 먼 꿈같은 나날. 바보처럼 단순하고 얄미울 정도로 아름답다.

돌아갈 날이 머지않은 어느 날, 류이치로와 드라이브를 하였다.

코즈미 씨 부부와 담뿍 정이 든 동생은 오늘, 두 사람을 따라 기념품을 사러 시내로 나갔다. 어쩌면 우리 둘이 시간을 보낼 수 있도록 배려한 것인지도 모른다.

「어디 갈까?」

「식물원에 가서, 점심 먹어요」

라고 나는 말했다. 드넓은 부지를 자랑하는 식물원은 섬의 북쪽에 있다. 사세코와 함께 한 번 간 적이 있다. 매점에서는 즉석에서 짜낸 과일 주스를 마실 수 있다.

「좋지」
라고 말하며, 류이치로는 액셀러레이터를 밟았다.

　길은 넓고, 새하얗게 빛나고 있었다. 우리 차 외에는 지나가는 차도 거의 없어, 길 양쪽의 신록이 빠른 속도로 사라져 간다. 그 틈새로 반짝반짝 빛나는 바다가 내다보인다. 저 멀리까지 눈부신 빛의 속살거림이 퍼져나가는 듯하다.
　활짝 열린 차창으로 불어오는 바람에 날려 머리칼도 두 뺨도 숨이 막힐 정도였다. ……바다 내음, 먼지가 풀풀 이는 길의 내음, 하얀 건물. 평화로운 속도로 오가는 사람들의 알록달록한 옷. 모두 빠른 속도로 쌩쌩 멀어져 간다. ……그렇게 달리다간 사고나겠어, 란 소리는 바람에 흩어져 안 들리겠지, 싶어 말하려다 그만두었다.
　류이치로는 심각하게 앞을 보며 운전에 온 정신을 집중하고 있다. 스쳐 지나가는 풍경 모두가 멀고 신선하게 보인다.
　그때 생각했다. 아주 강렬하게.
　나를 빙 에워싼 이 세계의 중심, 어질어질한 풍경 속에서.
　정말 아프도록 실감했다.
　아아, 그렇다. 언젠가 나도 류이치로도 이 지상에서 없어진다.
　뼈가 되고 흙이 되어, 공기 속으로 사라진다.
　그 기체는 지구를 둥글게 덮고 있으며, 서로 이어져 있다. 일본도 중국도 이탈리아도 모두모두. 언젠가 바람을 타고 그곳을 순례하게 될 날이 온다. 지금은 이렇게 확고하게 여기에 있는 손과 발도 사라져 없어진다.

모두가 언젠가는 그렇게 된다.

마유처럼, 아버지처럼.

지금 살아 있는 모두가 언젠가는 그 뒤를 따른다.

아, 얼마나 굉장한 일인가.

얼마나 멋진 일인가. 지금 여기에 있으며, 지금에만 존재하는 육체로 온 사방에 있는 모든 것을 한꺼번에 느낀다는 것이.

너무도 감동한 나머지 갑자기, 눈물이 흘렀다.

속도는 감상을 용납하지 않는다. 그 절정에서 감상은 금방 메말라 눈 깜짝할 사이에 아득한 순간의 연속으로 흩어진다.

그리하여 이 눈물도, 금세 마치 없었던 것처럼 사라져버리리라……

키 낮은 히비스커스 가로수 길을 지나, 야트막한 언덕 위 그저 광활하기만 한 잔디밭에 둘이 앉아, 샌드위치를 먹고 주스를 마시고, 그림 같은 피크닉을 즐겼다.

아무튼 부지가 너무 넓어 그 끄트머리까지 탐험하려면 조난당하고 말 것 같다.

짙푸른 녹음은 하염없이 이어지고, 하늘은 끝없이 파랗고, 우리가 앉아 있는 언덕에서는 온 섬이 내려다보인다. 저 멀리 있는 거리와 정글로 건너가는 바람의 모양이 손에 잡힐 것처럼 깨끗한 풍경이었다.

「요시오를 부르길 잘했지. 재미있어 하는 것 같아」

류이치로가 말했다.

「그래요, 어린 시절에 이런저런 경험을 해두면, 여러 가지로 좋을 거예요. 혼자서 비행기를 타기도 하고, 영어권에서 생활하면서 손짓 발짓으로 물건을 사기도 하고 말이죠. 특히 저렇게 머리로 생각하는 아이에겐 상당한 자신감이 생기겠죠」

나는 말했다.

「맞는 얘기야. 난 어른이 되어서야 그런 일을 시작했지만, 뭐랄까, 비참한 느낌이랄까. 아무튼 자신이 이 세상에 없어도 무방한, 하잘것없는 벌레 같은 존재로구나, 하는 생각도 해볼 만한 거야. 자학하는 게 아니고, 가령 여권이 들어 있는 가방을 도둑맞았는데, 묵을 곳도 정해 두지 않은 상태라든가, 간신히 아파트에 세들었더니, 주인이 쌀쌀맞아 말도 잘 통하지 않는데 목욕탕에서는 더운물조차 안 나온다든가 말이야, 그런 일. 불끈불끈 오기가 생기면서, 무슨 수라도 써야지! 하고 마음을 단단히 먹게 되잖아. 그런 일을 당하면 자신 속에 새로운 무엇이 싹트는 듯한 느낌이 들지, 미지의 무언가가. 그렇게 되면 어학 공부도 하게 되고, 자기만은 특별히 안전하다는 생각을 버리게 되니까 어리석은 짓도 저지르지 않게 되고, 혼란을 예방할 수도 있어. 바람직한 일이야. 그 나이에 조금이라도 그런 부분이 늘어난다는 것은」

「그래요」

나는 내답했다.

친구가 만든 기품 있는 샌드위치. 달콤한 천연 주스. 하늘이 떨어져 내릴 듯 파랗다. 당장이라도 만질 수 있을 것 같은 순도로, 하염없이 멀리 우리 머리 위에 펼쳐져 있다. 구름은 달콤하고, 투명하게 흘러간다.

바다 내음이 조금 풍긴다.

그리고 눈 아래로 펼쳐지는 풍경은 콩알을 뿌려놓은 듯 끝없이 이어지고, 초록과 거리, 사람들의 생활, 숲과 바다, 이 섬에 있는 그런 모든 것들의 균형을 아낌없이 드러내주고 있다. 이 감탄스러운 하늘색이 그 모든 것에 녹아들어, 달콤한 밝기를 더한다.

「멋진 하늘이네요」

목이 뻐근해질 정도로 올려다보다가, 나는 말했다.

「정말, 보고 있으려니 머리가 띵해질 정도로 파랗군!」

류이치로가 대답했다.

그리고 우리 둘은 침묵했다.

아마도 그때, 둘 다 마유를 떠올리고 있었으리라.

어째서인지, 그 하늘이, 동생에 대한 화제가, 오늘의 기분이 그녀를 생각나게 했다. 나와 류이치로 사이에 마유가 있었다는 것, 내게 여동생이 있어 이런 하늘과 풍경이 어딘가 모르게 그녀를 닮았다는 것. 지금껏 떠올리지 못했다는 것이 불가사의할 정도였다.

진주처럼 하얀 이, 어렸을 때부터 조그마했던 그 손.

수박을 먹는 동그란 등. 내뻗은 발의 페디큐어.

묶어올린 갈색 머리칼.

그런 모든 것. 맑은 날을 좋아하여, 좁은 아파트에서도 햇볕이 들고 안 들고에 전전긍긍했다.

그 웃는 얼굴, 한없이 부드럽고 달콤한 그 독특한 미소, 파문처럼 퍼져나가는 그 높고 방울 소리 같은 웃음소리.

그런 여동생의, 수많은 잔상이 불현듯 놀랍도록 선명하게 되살아나, 그저 마냥 만나고 싶어, 고통스러울 정도로 만나고 싶어 어찌할 바를 몰랐다.

이미 만날 수 없는 여동생이 이국의 하늘 아래에서, 죽은 후로는 처음으로 이렇듯 애타게 만나고 싶어지다니 묘한 일이다. 지금까지는 제멋대로 먼저 죽어버린 그 아이에게, 미운 감정이, 배신을 당한 듯한 분한 감정이, 마음 어딘가에 있었기 때문이라고 생각한다.

조금 전, 남자들이 다이빙을 하러 나간 사이에 사세코의 방에서 마릴린 먼로의 마지막 영상을 보았다. 죽기 직전에 촬영한 미완성의 코미디 영화 필름으로, 요컨대 NG 모음 같은 것이었다.

그녀는 아름답고 명랑하고 유연하고, 아아 저 사람은 저렇게 소리 내어 환히 웃고 있는데, 이제 곧 죽는다니 부자연스럽다……고 누구든 생각할 만큼 밝은 화면이었다.

수영장에서 올라오는 젖은 생쥐 꼴을 하고 있는 아이들을 입은 옷도 아랑곳하지 않고 꼭 껴안기도 하고, 뜻한 바대로 연기를 해주지 않는 개를 보고 폭소를 터뜨리기도 하고, 알몸으로 풀에서 수영을 하기도 하고, 그녀는 알코올과 마약으로 범벅된 열 때문에 휘청거리고 있었다고는 도무지 생각할 수 없을 정도로 자연스럽게 빛나고 있었다.

하지만 줄곧 무언가를 발산하고 있었다. 비쳐 보일 듯, 하얇게 빛나고, 사라져 없어질 듯한 수수께끼의 광선. 너무도 예뻐서, 초점이 너무 잘 맞아서, 가슴이 섬뜩하도록 사람의 눈길을 끄는데도 결코 짙지 않은 빛.

다 보고 난 후에도 무엇인가 찜찜한 것이 있어, 내내 멍하니 생각에 잠겨 있었다.

그리하여 밤, 잠이 들 무렵에야 겨우 확실해졌다. 마유다. 마유도 그랬다. 죽기 전에는 바로 그렇게 푸른 하늘과 공기와 석양에 녹아들 것만 같았다. 생기도 활기도 전혀 없이, 그런데도 오히려 눈이 부시도록 황홀하게, 동작은 세계와 조화를 이루고 있었고, 귀중한 보물이기라도 한 듯 사람의 눈을 매혹했다.

그랬었나, 하고 생각했다. 그 유사성이 약 기운 탓이었는지, 죽음이 임박한 탓이었는지, 아니면 그 양쪽 다였는지 잘 모르겠지만.

이미, 어디에도 없는 것일까. 정말 어디에도 없는 것일까, 마유. 하늘은 이렇듯 푸르고 그림자는 짙고, 똑바로 의식하면 모든 것이 소름 끼치도록 멋진데, 이미 그런 것조차 느낄 수 없는 마유.

「잘 다녀왔어?」
동생이 해변에서 강아지처럼 달려왔다. 그리고,
「둘이서 얘기 좀 했어?」
라고 낮은 소리로 물었다.

「아니, 별로. 인생과 여행에서 비롯되는 문제에 대해서만 얘기했는데」

나는 말했다.

「조금은 데이트다운 한때를 보냈냐고?」

동생은 계속 물었다.

「뭐야, 너 질투하는 거니? 아니면 신경 쓰는 거니?」

나는 웃었다.

「그야 신경 쓰는 거지」

동생은 말했다. 우리들은 샌드위치 가게의 실외 테이블에 앉았다. 눈앞은 바다이고, 조금 아까까지 해수욕을 즐긴 동생의 머리칼에서는 물방울이 똑똑 떨어지고 있다. 가게 안쪽에서 사세코가 수박을 가득 담은 접시를 들고 이쪽으로 걸어나왔다. 나는 생각했다.

〈왜 늘 이럴 때, 저렇게 생글생글 웃고 있는 것일까? 한 손에 든 수박이 한결 맛있어 보인다. 오래전의 남국 영화를 보고 있는 것처럼, 녹작지근한 기분이 든다. 마음에 들어, 이 사람. 그 재능이 가슴 저리도록. 애틋하도록.〉

「자, 이 수박은 서비스예요」

사세코가 말했다.

「난 안에서 좀더 일해야 하니까, 천천히들 쉬어요」

그리고는 수박 접시를 테이블 위에 내려놓고, 가게로 돌아갔다.

「류 아저씨는?」

동생이 말했다.

「기름 넣으러 갔어. 곧 올 거야」

나는 말했다.

「신경 안 써도 돼. 바보 같긴」

「그렇지만, 내가 없었더라면 여기 더 있었을 거잖아?」

초능력자인 동생은 나의 아픔을 잘 알고 있었다.

「내 일은 내가 알아서 해. 그러니까 내 걱정은 마세요, 동생님」

나는 말했다. 웃는 얼굴로.

「그보다, 넌 어쩌고 싶니?」

「돌아가고 싶지 않아」

동생은 말했다.

「죽 여기에 있었으면 좋겠어, 안 돼? 여기서 이 가게 일 거들며 지냈으면 좋겠어」

절실한 바람이라 가슴이 뭉클했다.

「하지만 그건 무리라는 거, 알고 있겠지? 사실은 그렇게 생각하고 있는 것 아니니?」

내 말에,

「응, 알고 있어」

동생은 고개를 끄덕였다.

「나도 너도 앞으로 더 많은 곳에 가서 더 많은 것을 보고, 더 많은 사람들을 만날 수 있어, 도망칠 수는 없는 거야. 게다가 언제든 또 올 수 있는걸」

나는 말했다.

「응, 알아. 내가 아무리 여러 가지로 생각할 수 있고, 볼 수 있다 해도 나는 아직 어린아이이고, 그런 것들과 관계하지 않고 지내는 편이 좋다든가, 그런 것들이 많겠지. 언젠가는 엄마도 결혼할지 모르고, 언제까지고 변함없이 그 집에 살 수 있는 것도 아니고」

동생은 절실하게, 마치 노인처럼 말했다.
「멋진 남자가 될 거야, 요시오는」
나는 말했다.
「탄탄하게 단련된 인기 만점의」

그렇게 되면 애초의 희망대로, 데리고 다니면서 자랑하리라고 나는 생각했다.

「그런데 있잖아, 세상에는 참 별별 사람들도 많지. 코즈미 아저씨나 사세코 아줌마 같은 사람들은 처음 봤어」

동생은 햇볕에 탄 옆얼굴로, 그렇게 말했다. 아직은 조그만 코, 연약한 팔다리. 그러나 어른스러운 깊은 색을 띠고 있는 눈. 미래니 가능성이니 하는, 말로 하면 싱겁기 짝이 없는 그런 길이 무한하게, 이 바다에 깔려 있는 해삼처럼 무수하게 널려 있다. 무진장으로 널려 있다, 그렇게 여기게 하는 힘을 갖추고 있었다.

「나랑 요시오는 돌아갈 건데, 류는 어쩔 거예요? 여기 한동안 더 있을 거예요?」

그날 밤에는 사세코가 나와 동생의 귀국을 아쉬워하며 옆에 있는 비치 바에서 작은 파티를 베풀어주기로 되어 있었다.

그 질문은 그때가 되도록 채 못 물어본 것이 아니라, 지난번 헤어짐에 비해서는 위기감이 적었으므로, 안심하고 있어서 늦어진 것이다. 요시오는 샤워를 하고, 나는 옷을 갈아입고 있었다.

사이판에서의 마지막 밤을 장식할 의상은 역시 흰색이 좋겠지, 하고 무심히 생각하며 하얀 원피스를 입었다. 내가 봐도 끔찍할 정도로 타서, 흰색이 돋보인다.

「하」

하고 류이치로가 한숨을 커다랗게 쉬어,

「왜 그러는데?」

하고 말했더니,

「그 말, 마지막까지 안 물어보면 어쩌나 했거든!」

하며 웃었다.

「안 물어볼 리가 없잖아요, 참 내」

나는 웃었다.

「남자는 때로 이상한 데 민감하지」

「그렇지 않겠어, 타인이니까. 공항에서 헤어지면, 그것으로 영영 안녕일지도 모르잖아, 그런 일이 전혀 없는 건 아니라고」

류이치로는 진지한 표정으로 말했다. 하긴 정말 그렇다고 생각하며, 나는 그 정경을 상상해 보았다. 너무 슬프고 쓸쓸하여 조금도 실감나지 않았다.

「그래서, 어쩔 건데요? 티켓을 예약할 궁리도 안하고, 안 돌아갈 거예요?」

나는 물었다.

「돌아갈 거야, 한 일주일쯤 있다가. 그리고 당분간은 일본에서 지낼 거야」
 류이치로는 말했다.
「어디에서?」
「사쿠미 집 근처에다 방 빌릴 거야」
「정말? 신나네」
 나는 말했다.
 돌아가도 심심하지 않다. 안심이다. 신난다. 그것으로 그만이다. 그것으로 충분하다. 서두를 필요 없다.
「응, 그리고 일단 책을 한 권 내고, 다시 생각하지 뭐」
「그럼, 한두 해는 있겠네」
 나는 웃었다.
「응, 국내 여행 같이하자」
 외로움을 잘 타는 성격이라 늘 함께 있을 사람이 필요한 것인가, 내가 좋아 어쩔 줄을 모르는 것인가. 아직 잘 모르겠다, 이 사람 생각을. 앞으로 점차 서로를 알아가야 하는 것인지도 모른다.
「요시오, 사세코의 노래 듣는 거, 아마 처음이지?」
 류이치로는 말했다.
「응, 아마 굉장히 놀랄 거야」
 나는 말했다.
 즐거웠다, 사이판은 즐거웠다. 공기가 줄곧 그렇게 노래하는 것처럼 여겨지는 밤의 시작이었다. 소리 없이, 창문으로 몰려드는 바람과 어둠의 내음. 사락사락 흔들리는 나뭇가지들.
 즐거웠다.

아직 밤은 깊지 않았고, 바에는 사람이 드문드문 있었다.

파도 소리가, 마치 콘서트가 시작되기 전 홀 안으로 나지막이 흐르는 음악처럼 기대감을 고조시켰다.

바닷물 냄새, 벌써 내 피부와 머리칼에 깊숙이 배어든 강한 향이 그곳에도 충만해 있었다.

하늘에서 빛나고 있는 달이 마음을 술렁이게 한다.

반주는 오직 코즈미 씨의 기타뿐, 그가 무대 위에서 튜닝을 시작했다. 그의 기타 연주는 처음 듣는다. 하드 록풍이 아니면 좋겠는데…… 하고 나는 생각했다.

완전히 사이판식인 컬러풀한 드레스를 걸쳐 일본 사람 같지 않은 사세코가 사뿐사뿐 무대 위로 올라왔다.

「와, 어쩐지 굉장할 것 같은데, 그치, 사쿠 누나? 아줌마 노래 혹 굉장한 거 아냐? 가슴이 막 두근거려」

옆자리에 앉은 동생이 말했다.

「잠자코 보고 있어」

류이치로가 동생의 어깨를 다독거렸다.

그리고, 사세코가 노래를 시작했다.

돌아와 보니 겨울이고, 거리는 음산하고 춥고, 도쿄는 어쩌면 이렇게 한가할까, 한가한데 어째서 산도 없고 바다도 없고, 눈이 쉬지 못하는 것일까. 멍한 머리로 그런 생각만 하고 있었다.

 아르바이트는 잘리고 말았다. 지배인이 가게를 걷어치우고 만 것이다. 내 여행에 덩달아 마음이 동하여 자메이카로 뜬 모양이다.

 전화를 걸어도 아무도 받지 않기에, 사흘째 되는 날 결국 직접 가서 확인했다. 문에,

 〈당분간 쉽니다. 베리즈〉

라고 씌어 있었다.

 아니, 당분간이라니 무슨 소리야, 하고 나는 생각했다. 지배인이 나 못지않은 적당주의자라는 것을 깜박 잊고 있었다.

언젠가 이런 날이 오리란 것은 알고 있었지만, 지금이 그날이라고는 생각지 않았다. 내가 어김없이 가게에 나와 일하는 것이 〈그의 여행벽을 견제하는 걸림돌〉이었음을 그제야 알았다.

가게 문 앞에 우뚝 한참을 멍하니 서 있었다. 엷고 푸른 겨울 하늘. 나뭇잎을 떨구고 메마른 가지만 남은 가로수. 스웨터를 입고 오가는 사람들.

어쩐지 정나미가 떨어져, 가게를 뒤로했다.

그날 밤 지배인의 친구에게 전화를 걸어보았다.

「그 녀석 말이지, 티베트에서 왔다고 하는 점쟁이를 어느 집 파티에서 만났는데, 자메이카로 가면 좋다는 말을 들었다는 거야. 처자식 다 데리고 떠났어. 한 1년 있으면 돌아오지 않겠어. 사쿠미 씨한테 안부 전해 달라고 하던데. 편지 쓰겠다고 했어」

그래요, 잘 알았어요, 라고 얘기하면서도, 왜 티베트가 아니고 자메이카지? 하고 생각했다. 보나마나 레게광 같은 복장으로 파티에 갔다가 그런 말을 들은 거겠지. 수상해, 하고.

그러나 그런가, 이별이란 이렇게 예기치 않게 찾아오는 것인가, 하고 울적해졌다. 지배인은 오랜 친구다. 손님으로 드나들던 때부터 베리즈는 문을 열면 늘 거기에 있었다. 그 싱크대의 수도꼭지며 술잔과 접시가 놓인 자리, 틀어놓은 음악이 자아내는 공기마저 마치 어젯일처럼 피부에 스며 있는데, 이제 갈 수도 없다니.

헤어지기 전날 밤, 류이치로가「타인이니까, 공항에서 헤어지면 그것으로 영영 안녕일지도 모르잖아」라고 말했을 때, 사랑을 하고 있는 남자의 불안이겠지, 하는 정도로밖에 여기지 않았다. 하지만 표정이 유난히 진지했던 것을 기억하고 있다. 이런 것이었구나, 하고 알았다. 이 갑작스러움, 이 멍한 상실감, 이런 일은 어떤 사람들 사이에서든, 언제든 생길 수 있는 것이다.

류이치로는 여행을 통해서 진저리가 나도록 느꼈으리라.

나는 몰랐었다. 지금 알았다.

덕분에, 일본에서 무슨 일을 해야 할지 생각해야만 했다.

나는 사무직을 싫어한다.

머리가 돌아버릴 것 같다. 아르바이트라면 자기가 좋아하는 가게에서 일하든가, 아니면 접수밖에 할 게 없다. 접객업 중에서도 내가 할 수 있는 일은 아주 적다.

일단은 친구들에게 〈일자리가 없다〉는 얘기를 퍼뜨려 놓고 수영장에 다녔다. 미키코는 새로운 애인이 생겨서 한가하게 수영장에나 다닐 몸이 아닌 것 같고, 동생은 귀국 후 착실하게 학교에 다니고 있고, 그래서 오로지 혼자 열심히 물을 갈랐다.

수영장에서 돌아오는 길, 한겨울의 저녁 하늘을 볼 때마다 사이판과 코즈미 씨와 류이치로가 그리워서 견딜 수가 없었다.

〈이해하는 사람〉이 있는 그 하늘. 해질녘의 빛나는 바다.

누군가가 알아주었으면 좋겠다, 내가 여기에 있다는 것을, 그것이 허락되고 있음을.

사쿠 언니

나는 건강하게 잘 지내고 있어.
부탁이 있는데.
엄마한테 매실 장아찌 좀 달라고 해줄래?
류 씨는 매실 장아찌를 싫어해서, 요즘 통 못 먹고 있어! 믿어져? 여름이면 매실 장아찌만 가지고 밥을 먹던 내가!! 하지만 이게 흔히들 말하는 〈결혼〉이란 것인가? 하고 생각하면서도 역시 먹고 싶어서 죽겠으니까, 내일 모레 만날 때, 응.
이런 얘기는 전화로 하면 좋겠지만, 그냥 시간도 있고 편지가 쓰고 싶어서, 한 2년 전까지만 해도 하루에 두 시간밖에 못 자는 연예계에서 고군분투했던 나는 시간을 어떻게 보내야 하는지, 그 방법을 몰라, 혼자서는 밖에 나가본 적도 없고. 매니저가 늘 붙어 있었으니까.
난 모르고 있었어. 매니저가 나를 그다지 좋아하지 않았다는 것(딱히 싫어하는 것도 아니었어! 나, 억지를 부리는 아이는 아니었으니까). 비즈니스였지.
그 증거로 지금 전혀 안 만나는걸. 나를 만나고 싶다고, 개인적으로 친구로서 만나고 싶다고는 생각하지 않는 거지. 그런 생각이 드니까 서글퍼져. 같은 방에서 자고, 이동할 때도 식사할 때도 늘 모두 함께였는데 날 원했던 것은 아니었단 말이지. 여자고, 아주 친하게 지냈었거든.
종종 내가 출연한 영화나 텔레비전을 보고 있어. 나르시

스트일까. 엉망이군, 재능이 없는 거야, 라고 생각하면서도 말이야. 류 씨는 그런 말은 하지 않지만, 마유는 존재감이 있고 아주 독특한 분위기를 자아내고 있다고 말하지만, 연기력이 부족해서야, 쓸모가 없어. 은퇴하길 잘했지.

하지만 영화 속에서 움직이는 나 자신을 보면 신기해.

꿈같아.

이 사람은 이런 식으로 웃는구나, 잠드는구나. 좋아하는 사람의 품안에서 이런 표정을 짓는구나.

……하고 무척 좋아하는, 친한 사람을 만난 기분이 들어서. 그러나 그것은 나 자신이야.

불쌍하게도, 안아주고 싶어져.

나는 너를 만나고 싶어, 라고 말하면서.

그럼, 모레 만나. 만나면 이런 얘기 안할 테지만, 아무튼 기다리고 있을게.

마유

책꽂이를 정리하다가 마유가 쓴 편지가 나와, 정말 섬뜩했다.

이런 것을 받은 기억이 전혀 없었다. 그야말로 머리를 다친 일과 관계 있다고 생각한다.

상당히 위험 수위에 다다랐을 때이다.

타인의 얘기 따위, 전혀 아랑곳하지 않았을 무렵의 마유다.

여기에 있어, 잊지 말아줘, 라고 줄곧 온몸으로 자신을 표현하기에 지치고 지쳤을 무렵의.

마유다. 마유가 있다. 글씨, 말투…… 모든 것이 그리움의 소용돌이가 되어 방을 채운다. 어머니에게 보여줄까, 하고 생각했지만 그만두었다.

이런 것을 읽으면 또 〈말릴 수 있었는데〉란 후회가 되살아나고 만다.

나조차, 지금은 느낀다.

죽음의 냄새, 절망의 이미지. 고갈. 회구.

잃어버린 것이 얻은 것보다 몇 배나 더 많게 여겨지는 정신 상태.

뭐라고도 말할 수 있다.

저지할 수 없었다. 가속되었다.

시간이 남아돌아 에이코를 만나러 가기로 했다.

퇴원하고 얼마 동안은 집안이 오죽이나 소란스러울까 하고 일부러 전화를 걸지 않았는데, 전화가 왔다.

에이코의 집을 찾기는 여고 시절 이후 처음인 듯하다. 인 듯하다고 말하는 까닭은 전혀 기억하고 있지 않기 때문이다. 에이코가 전화에서,

「고등학교 때 오고 처음이네」

라고 말했기에 간 적이 있다는 걸 알았다. 그것도 머리를 다친 탓이겠지. 정말, 전혀 기억이 안 났다.

그러나 그 집 문 앞에 선 순간, 〈내 다리〉의 화면부터 어지러울 정도로 떠올랐다.

당시의 내 치맛자락, 여학생 구두. 평평한 정원석을 밟으

며, 묵직한 나무문, 호화스런 벨이 달린 현관을 향한다.
 아아, 그렇군, 온 적이 있잖아, 본 적이 있어, 이 정원. 밟은 적이 있어, 이 흙을.
 기뻤다.
 마치 시간을 뛰어넘어 여고생인 자신과 만나는 것 같다. 꿈에서나 본 적이 있는 서양식 저택을 방문한 것 같다.
 가슴을 두근거리며 현관벨을 눌렀더니, 기억보다 조금은 늙수그레한 가정부와 어머니가 나란히 나왔다.
 그 정경 또한 타임머신을 탄 기분에 박차를 가하여 왠지 멍해지고 말았다.
「와줘서 고맙구나」
 어머니는 미소 지었다.
「부모란, 이런 일이 생기면 어쩔 도리가 없어서, 저애를 저렇게 방안에다 가둬두는 일이 많구나」
 아름답고, 완벽하고, 정이 넘치고, 나무랄 데가 없다. 이 정황에는 그야말로 좋지 않은, 그런 애틋함이 있었다. 나는 예에, 라고만 대꾸하고 에이코의 방으로 갔다.
「사쿠미, 보고 싶었어!」라고 말하자마자, 그녀가 장난스럽게 나를 껴안았다. 눈 아래로 거뭇거뭇한 기미, 조금은 야위고, 결코 건강해 보이지는 않았지만 여전히 다부진 몸짓이 듬직했다.
 체질은 무척 닮았는데, 이 친구는 어떤 일이 있어도 마유 같은 쪽으로는 기울지 않으리라는 기분이 들었다. 뭐가 다른 것일까 하고 생각하다가 〈성장 환경〉이란 말을 삼켰다. 너무도 서글프다.

 은 설탕그릇에 웨지우드 티 세트, 비스킷에 샌드위치. 완벽한 영국식 〈하이 티〉를 가정부가 왜건에 담아 날라왔지만, 고마워요, 라며 미소 짓는 에이코의 얼굴은 그녀의 어머니와 똑같이 석연치 않은 무언가로 그늘져 있었다.

「외출 금지니?」

 우물우물 샌드위치를 먹으며 내가 말하자,

「어린애도 아니고, 그렇게까지는 못하지」

라며 에이코는 웃었다.

「그렇지만, 누구를 만나느냐는 둥 집요하게 물어대고, 외박은 금지」

「그야 당연하지!」

 나는 웃었다.

「그런 거니?」

라며 에이코도 웃었다.

「그런 데다 나 하와이에 가 있기로 했어. 엄마하고 이모하고 같이. 반년쯤…… 요컨대 감정이 정리될 때까지」

「참 한없이 부자 냄새가 나는군. 모든 것이 말이야」

 이 집이 지니고 있는 여유로운 압박감에 조금씩 답답함이 느껴지기 시작했다.

 창문으로 새어드는 겨울의 엷은 햇살. 레이스 커튼. 그 너머로 가지런히 손질된 정원수가 보인다. 적적함에 몸을 떨면서 연못물을 가르는 잉어의 그림자가 지나칠 정도로 빨갛게 보인다.

 여기서 자라고, 여기서 사랑받고, 여기서 길들여지니 여기를 훨훨 떠날 수 없다.

에이코의 진정한 고뇌는 늘 여기에 있는 것처럼 여겨지기까지 했다.

「그렇게 말하지 마. 딱히 가고 싶어서 가는 건 아니니까. 그렇다고 가고 싶지 않은 것도 아니지만」

에이코는 말했다.

「하지만 틀림없이 기분전환은 될 거야. 까짓 반년 정도 대수로울 것 없어. 금방 지나가. 심신을 좀 쉬게 해줘」

나는 말했다.

「사이판에 가서 한 한 달쯤 있은 것만으로도 나 정말이지, 다시 태어난 것처럼 건강해졌는걸. 우선 경치가 다르니, 그것만으로도 달라질 이유가 충분히 되는 거지」

「정말? 그럼 기대를 걸어볼까. 좋을지도 모르지. 아무 생각도 안하고, 일도 안하고, 쇼핑이나 하고 해수욕하고. 그래, 부모님께 효도한다 치고」

에이코가 처음으로 활짝 웃었다.

과연 지친 모양이로군, 진짜로 무서웠던 모양이야, 하고 생각했다. 화장기 없는 얼굴에 흰색 캐시미어 스웨터를 입고, 머리를 땋은 그녀는 왠지 어린애처럼 애처롭고 연약하게 보였다.

그래서 남자 얘기는 꺼내지 않았다. 사이판에서 있었던 일과 영화 얘기만 했다.

그랬더니 이 잘 꾸며진 상자 속 정원 같은 방안에서, 시간은 유난히도 굼뜨게 흐르는 것처럼 느껴졌다. 하와이에 가서도 해소되지 않을 쓸쓸한 회한의 그림자가 떠돌고 있었다.

시간이 상당히 흐르고 나서야, 나는 물었다.

「그 사람은 만났니, 그 일 있은 후에?」

「못 만났어」

에이코는 그렇게만 말하고, 피식 미소를 지으며 내가 그 다음 질문을 할 수 없게 만들었다.

그러나, 한참이 지나서 스스로 이렇게 말을 꺼냈다.

「부모님이 뒤처리를 다 해주고, 아무 일도 없었던 것처럼 하기는 싫어. 그러면 십대 아이들하고 다를 게 없잖아. 만나서 얘기하고 싶어. 하지만 어려워」

「왜?」

「그렇게 엄청난 사건이 있었는데 어떻게 회사로 찾아갈 수 있겠어. ……전화로 간신히 몇 마디는 했지만. 약속을 해서 만날 용기가 나한테는 없었던 거야. 원래 상태대로 돌아가는 건 간단해. 하지만 말이야…… 나 자신이 어쩌길 바라는지 그걸 알 수 없는 동안은 생각만 가득할 뿐」

그녀는 무슨 일에든 달궈진 욕망을 그대로 드러내기를 싫어한다. 만나고 싶다고 입으로 말하고 있음은, 사실은 미칠 정도로 만나고 싶어하는 것이리라.

「내가 좀 도와줄게」

나는 말했다.

「어떻게?」

「두 시간쯤 같이 산책하러 나가자. 회사 긴자에 있지? 왕복 40분 정도로 치고, 만나는 정도는 할 수 있어. 함께 돌아오면 의심도 안 살 거고, 내가 안내에서 이름 대고 불러줄게. 섹스를 할 여유는 없겠지만 커피 정도라면」
「그런 건 안해도 좋아, 하지만 정말?」
에이코의 눈이 광채를 띠었다.
「딱 한 번뿐이야」
나는 말했다.

잠깐 쇼핑도 좀 하고 커피 마시고 오겠어요. 저녁식사 때까지는 돌아올 테니까, 사쿠미도 우리 집에서 같이 식사해도 되죠? ……에이코는 어머니에게 상큼하게 고했고, 어머니도 가정부도 웃는 얼굴로 우리를 배웅해 주었다.

택시를 타고부터 에이코는 말이 없었다. 칼에 찔리는 것은 드라마가 아니다. 누군가에게 살해당한다는 것, 누군가가 자신을 죽이고 싶어한다는 것. 그것은 상당한 중압감이다.

한참이 지나서야 겨우 입을 열어,
「오래간만에 우리 동네가 아닌 장소로 외출해 보네. 거리가 아름다워」
라고 말했다.

정말 수많은 쇼윈도의 전시물이 겨울의 정제된 공기에 비쳐, 옛날 얘기처럼 아름다웠다. 어두컴컴한 택시의 시트에 몸을 묻고 있는 에이코의 맨얼굴도 그 일부처럼 보였다.

시내로 외출할 때는 반드시 단정하게 화장을 하고, 정장이나 원피스를 입는 그런 여자가, 이렇게 평상복으로 남자를 만나러 간다는 것이 얼마나 대단한 결심을 필요로 하는 일인지, 나는 안다.

에이코의 그 사람이 다니는 회사로 들어가 안내에서 그를 불러냈다. 나는 그를 만난 적이 없다. 기다리고 있는 동안 조금 긴장했다. 이윽고 엘리베이터에서 잰걸음으로 내린 사람은 〈약간은 지쳐 보이는 분위기에, 돈도 있어 보이고 품위도 있는 보통 아저씨〉였다. 안내 창구를 지키는 아가씨의 눈길을 의식하지 않고, 나와 당당히 회사 문을 나서는 올곧음이 마음에 들었다. 그러고 보니 에이코의 아버지도 그런 사람이다.

「저 찻집에서 에이코가 기다리고 있어요」

내가 손가락으로 가리키자, 고맙소, 라는 말을 남기고 그는 길을 건너갔다.

30분 후, 미츠코시(三越)의 티파니에서 다시 만나기로 했다. 에이코가 약속 시간 10분이 지나도 안 오자, 도대체, 하고 생각했지만, 15분 후에 이쪽으로 걸어오는 그녀의 모습을 보고 용서해 주지 뭐, 라고 생각했다.

마치 성형 수술을 했거나 뷰티 살롱에라도 다녀온 것처럼.

빛나고 있었다. 눈이 되살아나 있었다. 발산하는 빛이 달랐다.

맨얼굴과 하얀 스웨터가 저녁 어둠 속에서 반달처럼 뽀얗고 밝게 떠 있었다. 볼연지도 바르지 않았는데 두 뺨은 붉고, 발걸음은 춤추듯 가벼웠다.

「늦어서 미안」

에이코는 말했다.

「어땠어?」

나는 물었다.

「하와이에서 돌아오면, 둘이서 진지하게 결혼을 생각하재」
에이코는 말했다.
「정말이야?」
나는 너무 놀라 소리치듯 말했다.
「정말인 거 같아」
라고 에이코가 수줍게 말했다.

그랬었나 결혼하고 싶었나, 그렇다면 그렇다고 말해 주었으면 좋았을 텐데(말해 준들 별 뾰족한 수는 없지만) 하고 생각했다. 몰랐었다. 정말은 이렇게 진정으로 좋아하고 있는 에이코의 속내의 무게를. 부모와 환경에서 물려받은 묘한 성실함을.

인간이란 참 단순한 거로구나, 하고 생각했다. 단순함이 위대하다는 것도.

겨울의 저녁 도심, 빛나는 거리와 건물들, 네온. 회사가 끝나 이제부터 여기저기로 움직이려는 사람들이 오가는 번잡함 속에서, 몸집도 보잘것없는 에이코가 작은 소리로 말했다.

「이제 가자, 사쿠미. 고마워」

마냥 어린애 같은 신뢰가 가득한 웃는 얼굴이 너무도 예뻐서 나는 그만 머쓱해지고 말았다.

마치 첫사랑 미인 선생님에게 꽃다발을 선사하고, 선생님의 방긋 웃는 얼굴과 고맙다는 말에 얼굴이 붉어진 유치원생처럼.

밤중에 거실에서 혼자 비디오를 보고 있는데, 동생이 내려왔다.

「사쿠 누나야? 뭐하고 있어?」

「영화 보고 있는데」

「어어」

동생은 부엌으로 가서 주전자에 들어 있는 뜨거운 보리차를 마셨다. 나도 좀 줄래, 라고 했더니 컵에 따라 갖다주었다.

「너야말로 뭐하고 있는 거니? 잠이 안 와?」

나는 물었다.

「아니, 9시에 잠들었는데, 지금 깼어. 몇 시야? ……3시?」

동생은 말했다

「그래, 3시야」

「사쿠 누나는 늦게까지 안 자네」

건강만점인 우량아처럼 쾌활한 표정으로 동생은 말했다.

「그렇구나」

나는 말했다.

비디오는 나이트클럽에서 가수가 노래를 하는 장면이었다.

「사세코 아줌마, 잘 있을까?」

동생이 말했다.

「어제, 류 아저씨랑 전화로 얘기했는데, 모두들 잘 있대」

「보고 싶다」

「응」

「굉장했지, 그……」

동생이 말했다.

「밤에 부른 노래」

「응, 정말 깜짝 놀랐어」

감동에 겨우면 사람들은 그것에 대해 함부로 얘기하지 않는다. 그 일로 동생과 얘기하기는 돌아오고 나서 처음 있는 일이었다.

그 밤, 사이판에서의 마지막 밤.
기억의 단편이 하나둘 떠오른다.
나의 새하얀 원피스, 밤바람과 바다 냄새, 비치 바의 테이블 위에 올려놓은 류이치로의 까맣게 탄 팔. 그리고 달, 파도에 흔들리는 달빛. 동생의 반바지. 싸고 달콤한 칵테일. 웅성거리는 사람들. 어슴푸레한 모래사장.
코즈미 씨의 서툴기는 하나 나름의 멋이 깃들어 있는 기타 반주에 맞추어 사세코는 한 곡 두 곡 노래했다.
아마도 빌리 홀리데이의 알려지지 않은 노래와, 좌우지간 오래된, 달착지근한 노래를 몇 곡이나. 완전히 사로잡혀, 듣고만 있어도 녹아내릴 것 같았다. 그런데도 마음 어느 한 구석은 긴장하고 있고, 끌려가지 않으려고 눈물을 참듯, 그립고, 어지러운 감정의 봇물을, 자신 속에 느낀다. 여기서 흐르면 아름다운 것을 죄다 알아버릴 것 같은 두려움에 몸이 굳어진다.
그러나 듣고 있는 사이에 내 의지와는 무관하게 폭력적인 동시에 부드러운 그 노랫소리로 인하여 해방되어, 사이판의 선명한 밤 속으로 내가 흐르기 시작한다.
언제까지나 이곳에 있고 싶다.
부모도, 형제도, 연인도.
모두 필요 없다. 모두들 여기에 있는 듯하여.

언제까지고 이 공간에, 한 번뿐인 저 살아 있는 소리 속에서 헤엄치고 싶다.

누구든 그렇게 생각한다. 그런 천재의 노래다.

하얗고, 입자가 자잘하고, 달콤하고, 빛을 발하며 불어오는 시원한 바람 같은, 그런 것들로 이루어진 노랫소리다.

동생은 감동에 겨워 눈을 동그랗게 뜨고 있었다.

그리고 거대한 홀에서 부르기라도 한 것처럼 박수갈채가 그녀를 감쌌다. 모두가, 오늘밤 여기에서 그녀의 노래를 들을 수 있었던 환희에 가슴 벅차하고 있었다.

「미안해요, 이런 시시한 노래만 해서. 이 사람 솜씨에다 청중의 취향을 더하면 어쩔 수 없거든요」

변명을 하며 사세코가 테이블로 돌아왔다.

「사세코 아줌마, 굉장해요」

동생이 말하자, 사세코는 동생의 뺨에 키스했다. 어린애니까 봐주지, 란 표정으로 코즈미 씨가 웃었다.

「자네 기타 솜씨도 제법 훌륭했어」

류이치로가 웃었다.

모든 것이 조화로웠다. 잠잠해진 바에 파도 소리가 잇달아 찾아들고, 우리 테이블에는 손님들의 답례주가 잇달아 전해졌다.

우리들은 물론 동생도 마시고 또 마셨다.

마침내 밤 2시가 지나 영업이 끝나고, 불이 꺼지고, 해변이 어두워졌다. 사람들은 사세코에게 잘 자라는 인삿말을 하고 각자의 밤으로 흩어져 갔다.

「산책해요」라고 말한 것은 사세코였다.

모두들 상당히 취하여, 동생은 말할 것도 없이 비틀비틀, 소리를 꽥꽥 질러대며 해변을 걸었다.

우리가 묵고 있는 호텔과 샌드위치 가게가 있는 곳과는 한참이나 떨어진 곳, 이미 캄캄한 어둠 속 사람 그림자도 없이, 바다만이 검고 광활하게 느껴지는 장소에서, 신발을 벗고 맨발로 파도와 놀고 있던 사세코가 갑자기 옷을 입은 채 헤엄치기 시작했다.

「아, 상쾌하다!」

멀리서 검게 빛나는 물속에 앉아 사세코가 말했다.

「고래가 나타나면 겁나니까, 더 멀리는 가지 마!」

엉터리 같은 충고를 한 후, 코즈미 씨는 신발을 벗고 첨벙첨벙 사세코를 데리고 나오려고 바다로 들어갔다. 금실 좋은 부부로군, 하고 남은 세 사람은 웃었다.

흠뻑 젖은 인어처럼 물을 뚝뚝 떨어뜨리며 사세코가 묵직한 발걸음으로 모래사장에 올라와, 달빛 아래에서 노래를 부르기 시작했다.

밤의 기척 사이를 조심스럽게 헤치고 흐르는 콧노래 같은 멜로디였다.

나는 무심결에 손목시계를 보고 시간을 확인했다. 희미하게, 새벽 3시를 가리키는 90도 각이 보였다. 3시로군, 하고 생각함과 동시에 사세코의 노랫소리가 커졌다.

무섭다, 고 생각했다.

소름이 끼쳤다. 난생처음으로, 〈이곳에서 도망치고 싶다, 그러기 위해서는 무슨 짓이라도 할 수 있다)고 생각했다.

사세코가 무서웠다.

인간이 아닌, 다른 무엇인 것처럼 느껴졌다. 아름다움이라든가 능숙한 노래 솜씨라든가 그 때문이 아니고, 신성하다든가 악마 같다든가 그 때문도 아니고, 무언가 다른, 인간이 인간인 이유의 근원을 직접 접한 듯한 느낌이 들었다.

그것은 두려운 일이다. 평생을 두고도 좀처럼 접하기 어려운 일이다. 그곳의 보이지 않는 깊은 심연과, 선글라스를 끼지 않고 태양을 똑바로 올려다보는 것과 비슷하다.

그 노래는 영원히 계속될 것 같았다.

한순간인 것 같기도 했다.

바들바들 떨며 내 손을 꼭 잡은 동생의 손과, 무슨 일이든 보고 기억하려는 의지로 가득한 류이치로의 옆얼굴만 단편적으로 기억하고 있다.

코즈미 씨는 존재감을 죽이고 있었다.

그것도 기억하고 있다.

바다 쪽에서 그리고 뒤편 정글에서, 짙고 무거운 공기가 빠른 속도로 엄습해 왔다. 나는 그런 식으로밖에 느낄 수 없었다. 그런데 동생 같은 사람의 눈에는 도대체 어떤 것이 비쳤던 것일까?

「사쿠 누나!」

라며 동생은 울음을 터뜨릴 듯한 표정으로 내게 안겨들었다.

그때, 거짓말이 아니다. 온 세계가 반짝, 하고 빛났다.

눈앞이 아찔하고, 그냥 서 있을 수 없을 정도의 빛이었다.

그리고 노래가 끝났다.

사세코가 젖은 머리칼, 달라붙은 옷 그대로 인사를 하여, 모두는 아연한 채 박수를 쳤다.

정적이 찾아왔다.

소름이 끼칠 정도의 고요함, 사세코의 노래가 사라진 바깥 세계뿐만 아니라 나 자신의 안쪽도 텅 비어버렸나 싶도록 조용해졌음을 알았다.

「뭐였을까, 그건?」

나는 말했다.

「사쿠 누나, 안 웃을 거지?」

동생이 말했다.

「안 웃어, 말해 봐」

「그때 유령이 잔뜩 몰려왔었어. 하나하나 다 셀 수 없을 만큼 많이」

동생은 말했다.

「빛날 때, 틈새가 보이면서 그 너머로, 저 말이지」

「응」

「영원이 보였었어」

동생은 말했다.

「응」

나는 대답했다.

지배인에게서 편지가 온 것은, 두 주일 전의 추운 아침이었다.

사쿠미 씨

갑자기 가게 문닫아서 미안.
퇴직금을 대신하여 돈, 아직 정산하지 않은 사쿠미 씨의 월급에 조금 보탠 것, 온라인으로 부쳤습니다.
안심하세요.
이쪽은 아주 신나는 생활중, 매일 마누라와 댄스 홀에 나들이 갑니다.
친구도 생겼고.
매일, 시간이 천천히 흐르고, 극락입니다.

당분간 머무를 예정.
놀러 오세요.

　　　　　　　　　　　　　　　베리즈 주인

　눈에 익은, 게이처럼 섬세한 글씨로 씌어 있었다. 아아, 다 틀렸군, 이거야. 돌아와 가게를 다시 열지도 모른다는 바람은 완전히 물거품이 되고 말았다. 사운드 시스템과 EP판의 저편으로 사라져버렸다. 아마도 그는 현대 일본에서 70년대를 버텨나가느라 몹시 지쳤으리라.

　어쩔 수 없이 나는 본격적으로 일자리를 찾아 나섰다.

　그리하여 일주일에 6일, 11시에서 8시까지, 고급 주택가의 빵집에서 일하게 되었다.

　빵집 주인은 프랑스 사람이고, 일본말은 한두 마디밖에 못한다. 파리에서 몇 대째 대대로 내려오는 빵집의 차남인데 〈일본인에게 본토의 진짜 프랑스 빵을!〉 맛보여 주겠다는 패기로 바다를 건너온 멋스런 사람이다.

　그런데 이게 또 어찌된 인연인지, 베리즈의 지배인과 똑같은 타입의 아저씨다. 나는 아무래도 그런 사람들에게 귀여움을 받는 스타일인 모양이다. 면접하러 온 사람이 꽤 많았는데, 단번에 합격했다. 빵을 굽는 기술자가 세 명, 경리와 가게를 보는 사람과 심부름하는 사람이 각각 한 명인 조그만 가게였다.

　이런 일자리가 제일 부담 없다.

빵 굽는 법과 프랑스어 회화도 배울 수 있다.

빵은 바게트만 하루에 세 번 굽는다. 내가 가게 일을 보기 시작하는 것은 빵이 다 구워지기 30분 전부터이다. 가게 안쪽에 죽 진열된 빵이 잔열이 식고 시큼한 이스트 냄새가 빠지기를 기다리고 있다.

저녁나절이 무척 좋다.

계산대에 서 있으면, 어슴푸레한 저녁 어둠 속에 하나둘 주부나 학생, 차림새가 깔끔한 노인이 가게로 찾아와 줄을 서기 시작한다.

주변에 가게가 별로 없어서, 이 가게의 환한 조명은 어두운 거리와 집들의 그림자 속에서 등대처럼 환하게 보이리라.

먼 동네에서 오는 손님은 거의 없고, 순식간에 다 팔릴 만큼 길게 줄을 서는 것도 아니라서 사람들의 표정에 절박감이나 과다한 기대감은 없다. 그들의 표정에는 〈매일 아침, 맛있는 빵을 먹을 수 있다〉는 소박한 기쁨만이 어려 있다.

빵이 구워지는 냄새는 어째서일까, 숨막히도록 행복한 느낌이다.

향수를 불러일으킨다. 어딘가에 있을 저 빛나는 아침으로 돌아가고 싶어진다.

가령 막 구워낸 빵 백 개를 먹는다 해도, 그 냄새가 지닌 어떤 이미지에는 도달할 수 없을 것이다.

나는 그 냄새 안에 서서, 조심스럽게 줄이 늘어나는 것을 바라본다. 천천히 밤이 익어간다. 창으로 밝은 빛이 새어나오는 주택가, 저녁 어스름. 잇닿은 산줄기 같은 집들의 그림자.

이윽고 먹음직한 빵이 바구니 가득가득 나오면, 바쁘게 계산기를 두드리며 하느님이라도 된 듯 숭고한 기분으로 빵을 주머니에 넣어 생긋 웃으며 건네준다.
이렇게 나는 이 새로운 일을 사랑해 가고 있었다.
사이판을, 동생을, 연인을 사랑하듯이.
아마, 난 이러면 족하리라.
이런 일을 반복할 뿐이다.

어쩌다 노는 날이었다.
저녁 어스름께, 나는 동생더러 책방에 같이 가자고 하려고, 그의 방을 들여다보았다. 그러나 소형 모니터를 향하고 컴퓨터 게임을 하고 있던 동생이 나보다 약간 빠른 속도로 돌아다보았다.
아무것도 평소와 다를 바가 없는데, 가슴이 철렁했다.
「누나, 어디 가?」
동생은 말했다.
「응, 책방에. 같이 갈래?」
나는 말했다.
「아니, 이거 마저 끝날 때까지 하고 싶으니까, 안 갈래」
동생은 말했다.
「알았어. 그럼 나 혼자 갔다 오지 뭐」
나는 말하고, 문을 닫았다.
아무것도 이상한 데는 없었다.
평소와 다름없이 웃는 얼굴, 가족이라 그럴 수 있는 몰인정함, 모든 것이. 하지만 방의 공기와 눈의 표정에 희미한 피로가 어려 있었다.

하지만 그것이 성장기의 남자아이에게 흔히 있는 피로감인지, 뇌의 피로를 말하는 것인지 전혀 분간할 수 없었다. 신경을 곤두세워 봐야 아무 소용도 없다. 다만 요즘 그가 사이판에 있을 때처럼 생명력이 넘쳐흐르지 않고 자연스럽지 못하다는 것만은 잘 알 수 있었다. 그때만큼 내게 마음을 열지 않는다는 것도 잘 안다.

거리는 춥고, 사람들은 코트를 껴입고 있었지만, 햇살에서는 아련하게 봄 내음이 났다. 마치 무슨 새롭고 달콤한 것처럼 아주 희미하게 빛나고 있었다. 이런 미묘함은 아마도 일본이기에 맛볼 수 있는 것이리라. 거리의 모든 사람들이 봄의 도래를 느끼고 있다. 마치 그 부드러운 피부의 일부인 것처럼.

역 근처에 있는 빌딩 안에 큰 책방이 있다. 퇴원한 후 무료하고 심심하여 견딜 수 없었던 시절, 개복치를 보러 갔다가 돌아오는 길에 그 책방에 들러 책을 산더미처럼 사들고 베리즈로 가서는 어두컴컴한 불빛 아래에서 읽다가 집으로 돌아가는, 그런 나날을 보낸 적이 있다. 베리즈의 주인은 〈계단에서 굴러 정신이 흐리멍덩해진, 그래서 일을 제대로 할 수 없는〉 나의 좀 기이한 처지를 동정하여, 당분간 쉬게 해주었다.

마침 겨울이었다.

새로운 내가 새로운 인생의 첫걸음으로 그 가게에 다시 나간 것은. 창문으로 앙상한 나뭇가지들을 바라보았던 것은.

감상적인 기분에 젖는 것은, 한가하기 때문이다.

정신적으로 느슨해져 있으면, 추억이 망령으로 둔갑하여 차오른다. 잠겨 있으면 기분은 좋지만 금방 싫증이 난다. 얼른 끝내고 싶어 강렬한 재현의 빛 속으로 의식을 날려보내 곧바로 돌아오기는 하지만, 요즈음 베리즈에서의 일들이 늘 나의 주위를 뿌옇게 둘러싸고 있는 듯한 기분이 든다.

책방은 어이가 없을 정도로 사람이 많아, 학생과 아이들로 대혼잡을 이루고 있었다. 사람들 틈을 비집고 이것저것 잔뜩 골랐다.

간단한 프랑스어 회화책, 빵에 관한 책, 잡지, 그 밖의 이것저것. 신간 코너도 한 차례 둘러보았다.

매장에 깔려 있는 무수한 책 중에서 한 두툼한 책이 유난히 내 눈길을 끌었다.

『철학자의 밀실』, 카사이 키요시〔笠井潔(1958~) : 소설가. 평론가──옮긴이〕 지음……. 본 적도 들은 적도 없고, 평소 내가 즐겨 읽지도 않는 추리소설에, 더구나 터무니없이 두꺼운 책으로, 들어보았더니 묵직했다. 돈도 다 떨어졌는데, 그런데도 왜 나는 빵에 관한 책을 포기하면서까지 그 책을 샀을까.

그게 운명이라는 것이다.

도저히 사지 않고는 견딜 수가 없었다.

나 자신 속의 어디에 있는지 알 수 없는, 까마득하게 멀면서도 확실하게 만질 수 있을 만큼 가까운 어떤 부분이 사라, 사, 하고 애절하게 호소하는 듯한 느낌이 들었던 것이다.

집으로 돌아와 보니, 동생은 나가고 없었다.

「요즘 친구가 생겨서, 놀러 나가는 거 같더라」
라고 준코 아줌마가 말했다.

이상하군, 하고 나는 생각했다.

하긴 누나와 떨어져 지내는 시간도 필요할 테지, 하고 수긍을 한 후 방으로 돌아가 그 책을 읽기 시작했다.

무대는 파리, 주인공은 총명한 파리 여인 나디아와 그녀가 흠모하는 수수께끼의 일본 청년 카케루.

······그녀는 애정에 대해서는 오만하리만큼 건전하고, 호기심이 왕성하고, 그는 좀 다른 시각으로 이 세상이 돌아가는 것을 지켜보며 감당하기 어려운 암흑을 살고 있군, 으음, 하고 읽어나갔다.

그런데 도중에 도저히 견딜 수 없는 기분이 되었다. 안절부절못했다. 왠지 그립다, 그들이. 사랑스럽다. 오래전부터 친구였던 것처럼 가깝게 느껴진다. 답답하다.

납득하기 어려울 정도로, 그랬다.

에이코의 집에 놀러 갔을 때, 현관에서 문득 그 집을 방문한 적이 있다는 기억이 떠올랐을 때와 비슷한 감촉이었다.

왜?

곰곰이 생각해 봤다.

실은 좋은 사람인데도 음울한 성격의 카케루가, 어딘가 모르게 류이치로를 닮아서일까, 나디아의 여염집 아가씨 같은 행동이 나 자신과 겹쳐져서일까. 이 사람들이 지닌 밝은 혼에 공감할 수 있기 때문일까.

아니다, 그런 이유만은 아니다. 어디선가 만난 적이 있다.

지금까지 읽은 그 어떤 소설에서도, 이렇게 복잡한 그리움을 느껴본 적이 없다.

왜? 어째서?

그때 몰두해 있는 나의 모습을 본 사람이 있다면 아마 소름이 끼쳤으리라.

머리를 감싸쥐고, 실마리를 찾아 자신 안으로 깊이깊이 내려가 있었다.

이렇게 사소한 일이 계기가 되다니.

예상조차 못하고 있었다.

어머 어머머 하는 사이에, 실마리가 풀려갔다. 그리하여 반짝 대답이 찾아왔다. 마치 저녁이 밤이 되는 것처럼, 유연한 흐름으로.

결론은 명쾌하게 떠올랐다.

〈아이 참, 그러고 보니 읽은 거잖아.〉

이 작가의 시리즈를 무척 좋아해서 어린 마음에도 열심히 읽었다.

『바이 바이 엔젤』, 『장미의 여자』 분명하게 기억하고 있다. 또 한 작품 『아포칼립스 살인 사건』은 나올 때마다 샀다. 카케루는 티베트에서 수행을 하다가, 도사로부터 〈지상으로 가서 악과 싸우라〉는 언질을 받았다. 여름에도 에어컨은커녕 창문도 열지 않았다. 나디아는 어머니가 죽어서 아버지와 살고 있다. 아버지는 경찰관이다. 경감이었던가.

첫번째 작품을 우연히 만났을 때, 흥분하여 밤을 새워가며 읽었다. 봄이었고, 아침나절 새우잠을 자고 있으려니, 어머니와 마유가 문을 두드리며 「벚꽃놀이 하러 가자」고 했다. 마유는 쉬는 날이었고, 머리가 짤막했고, 파릇파릇 잎이 돋기 시작한 벚나무 가로수 길에서 모두 볶음국수를 먹었다.

그 무렵 우리 집의 커튼은 노란색이어서 저녁 햇살과 잘 어울렸다.

나의 키는 그 무렵 또 자라 162센티미터 정도였을까. 남동생은 아직 꼬맹이라 롱파즈를 입고 있었다. 그 다음은 반바지를 입게 되었고, 유치원에 들어가서는 처음으로 놀림을 받아 울며 돌아왔고, 어머니는 아버지와 헤어진 것이 가을 무렵이어서, 계속 술을 마셔대며 울고불고하여 준코 아줌마를 곤혹스럽게 했고, 그후 준코 아줌마는 우리 집에서 함께 살게 되었고…….

말로 하면 이렇게 간단하지만, 그것은 대충 줄거리만으로 끝낼 수 있는 것이 아니고, 훨씬 더 많은, 언어가 아닌 어떤 유의 정보의 홍수였다. 어떤 자료를 봉쇄해 놓고 있었는데, 어쩌다 키를 잘못 두드려 한꺼번에 쏟아져 나온 것 같은 덩어리가 단번에 밀려들었다.

나는 혼란스러웠다. 어째서 이런 일로 이렇게 되고 마는 것일까? 그것들은 점점 큰 흐름을 이루어 줄거리를 따라 순식간에 앞뒤가 뒤바뀌면서 하나의 이야기를 만들려 하고 있었다. 제멋대로 착착 처리되어 나는 그저 보고 있을 수밖에 없었다. 그것이 무엇을 창조해 내는지를.

나, 라고 하는 이야기, 고도의 완벽함을 지닌 개인사. 완성되어 있고 둥글고 입체적이고, 나의 감정 따위 파고들 여지가 없을 정도로 엄밀한 것.

커다란 소용돌이, 온 사방의 사람들과 사건을 바다처럼 집어삼키며 밀려왔다 밀려가고, 나 특유의 색으로 온통 물든 세계에 딱 하나밖에 없는, 혹은 모두와 함께 공통의 실루엣을 창조하는 나선의 흐름을 느꼈다.

안드로메다처럼 익히 알고 있고, 아름답고 먼 모습을 하고 있었다.

그러고서 책에서 눈을 들자,

모든 것이 역사를 띠고 거기에 존재하고 있었다.

세계가 조금 전까지와는 다르게 보였다.

내 기억의 결손된 부분이 되살아난 것일까.

나는 소리내어 그렇게 말해 보았지만, 무엇보다도 조금 전까지 그런 것들을 기억해 내지 못하는, 혼란스러운 부분을 지니고 있었던 나 자신을 이미 실감할 수 없었다.

다만, 무엇 하나 달라 보이지 않는 방안의 물건들이 갑작스럽게 저마다 다른 하나하나의 데이터를 표현하고 있는 것처럼 느껴졌다.

차례로, 그리고 한꺼번에.

책꽂이는 내가 초등학교에 들어갈 때, 어머니가 사주었다. 아버지가 돌아가시던 날 밤, 그 모서리를 응시하며 마냥 앉아 있었다. 이 흠집은 미키코가 고등학교 다닐 때, 창틀에 서려다가 이 책꽂이와 함께 쓰러졌을 때 생긴 것. 세이부(西武) 백화점에서 샀고, 세이부는 그 무렵 이케부쿠로(池袋)에만 있었다. 책꽂이를 살 때 아래층에 있는 식기장도 함께 샀다. 새아버지가 어머니와 부부 싸움을 할 때, 「전남편을 못 잊는 거지」라고 드라마 같은 말을 내뱉으며, 쾅 하고 책상을 내리치자 식기장에 끼워져 있던 유리에 금이 갔고, 동생이 울었다.

그런 아무래도 상관없는 일들이, 마치 컴퓨터에서 〈이 책꽂이〉란 파일을 불러낸 것처럼 줄줄이 머리에 떠오른다.

그런데 어째서인가, 데이터의 질과 양을 선택할 수 없어 혼란스럽다.

모든 것이 그랬다.

가위, 책, 복도, 문, 연필.

재미있어서 아래층으로 내려가 보기로 했다.

어머니가 있었다.

식탁, 아아, 재작년 새로 산 커다란 호두나무 식탁. 이세탄 백화점에 갔다가, 마음에 든 어머니가 카탈로그를 보내달라고 했다. 로버트 드니로를 닮은 배달원이 운송해 주었다. 어머니는 한동안, 동생이 혹시 그 식탁에 올라앉기라도 하면 진짜로 화를 냈다.

멈추지 않는다.

조금은 겁이 나서 어머니를 보자, 어머니는 과연 인간이고, 그리고 나 자신이 태아였고, 유아였을 무렵의 보이지 않는, 느낌뿐인 기억까지 밀려와, 그저 대범하고 거대한 혼란이 기억의 단편들과 춤출 따름이었다.

「왜 그러니, 사쿠미? 좀 이상하구나」

어머니가 말했다.

「어디가?」

나는 말하고, 어머니를 지켜보았다.

「얼굴에 힘이 하나도 없어. 어렸을 때 같구나」

「지금 막 일어난 참이라서 그런가」

그렇게 말하고서 나는 부엌으로 가, 추억의 홍수 같은 물건들 하나하나가, 잊고 있었음을 나무라듯 차례차례로 정보를 불러내는…… 그런 기분이 들 정도로 되살아나는 기억에 혼란을 느끼며 커피를 끓였다.

그런 데다 가만히 들여다보니 머리를 다치고 난 후의 기억이 미묘하게, 마치 빵에다 버터를 엷게 바른 것처럼 향기롭고 자연스럽게 덧입혀져 있었다. 묘한 기분이었다. 너무도 명쾌하고, 너무도 잘 이해할 수 있다. 어제까지는 어림짐작으로, 직감만으로 〈지금〉만으로 가까스로 지내왔던 것에 비해, 나 자신이란 존재가 무겁고, 백과사전을 몇 권이나 껴안고 다니는 것 같은 기분이었다. 앞으로는 이 불가사의한 세계를 살아가야 하는 것인가, 하고 생각하자 두려운 한편 득을 본 듯한 기분도 들었다. 그러면서도 이 정도는 아무것도 아니지, 자연스럽게 살아갈 수 있으리란 생각도 들었다.

어머니에게 커피를 갖다드리고, 그리고 이런 상태를 선물해준 나디아와 카케루에게 감사하며 나머지를 읽으러 2층으로 올라갔다.

그런데 계단을 다 올라간 곳에 동생이 서 있었다.

그는 참담한 얼굴로 나를 보았다.

두려움 비슷한 것이 서려 있었다.

왜 그러니, 라고 말하려는 나에 앞서, 그가 말했다.

「뭐 기억났어?」

나는 놀랐다.

「어떻게 알았지?」

〈남동생〉이란 제목으로 저장돼 있는, 태어난 날 아침부터 사이판에서 돌아오기까지의 모든 데이터가 머리를 꽉 채우지 않도록 애써 집중했다.

「느낌으로. 아까 갑자기 집 안에서, 예전의 사쿠 누나와 새로운 사쿠 누나 두 사람이 분열했다가, 합쳐지는 기척이 느껴졌어」

사람을 새롭다느니, 오래됐다느니, 합체니 하고 장난감 로봇이나 뭐 그런 것처럼 쉽게 말하지 마, 실례야. 하고 생각했지만, 아마도 그에게는 지금의 내 상태가 고스란히 전해지는 거겠지 싶어 말하지 않았다. 그는 이미 알고 있다는 눈빛이었다.

사람에 따라서는 맞거울처럼 오로지 전개만 하려고 하는 이 기억의 힘에 우롱당하여 미쳐 날뛸지도 모르겠지만, 나는 그 모양이 그저 신기한 게, 가능하면 기억해 두고 싶을 정도였다.

아아, 사람의 머리란 불리한 일이나 지금 불필요한 자료는 불러내지 않는 기능까지 갖춘 엄청난 용량의 컴퓨터인가 보다. 비유도 아무것도 아니다. 좋은 일만 기억시켜 두면 좋은 일만 생각하게 되어 얼굴 표정도 바뀐다, 는 설은 반드시 거짓말은 아니고, 부정적인 것을 저장하지 않으면 성공한다든지, 어두운 과거를 수정하는 명상이라든지, 요컨대 프로그램의 재편성도 가능할 만큼 기계 그 자체이고, 정밀하고, 바보스러울 정도로 정직하다.

 하지만 나는 그런 길은 선택하지 않는다.

 애써 태어났으니까.

 이런저런 여러 가지를 생각하자. 우스꽝스런 일도, 무서운 일도, 사람을 죽일 만큼의 증오도, 언젠가.

 막연한 포부를 그리는 순진한 유치원생처럼 모든 게 새로웠다.

「한동안은 좀 혼란스럽겠지만」

 동생이 말했다.

「금방 머리가 정리돼서 안정될 거야」

「충고는 고맙지만, 왜 그렇게 침울한 표정으로 말하는 거지?」

 나는 말했다. 그렇게 말하는 동생이 목 졸려 죽기 직전의 닭처럼 비장한 표정이었기 때문이다.

「왠지 허전해서」

 그는 말했다.

「기억이 없어져서, 한편으로 쏠려 있던 사쿠 누나 쪽이, 나의 고통을 잘 알아주었던 것 같은 기분이 들어서」

「이런 바보!」

 나는 말했다. 아마 오늘 아침까지만 해도 나 역시 그 점에 관해서는 같은 의견이었으리라.

「솔직하게 자기 기분을 얘기하는 건 좋지만, 그런 생각으로는 아무것도 새로 만들 수 없어. 고통을 안고 있는 사람들이 서로의 고통을 빌미로 친구가 된다는 건 정말 형편없는 짓이야. 날씨가 좋고, 바다가 있고, 모두들 웃고 있어서 좋다는 걸 그때 너도 알았잖아」

동생은 고개를 끄덕였다.

「바보같이. 역사가 있잖아. 같이 성장하고, 같은 음식을 먹고, 같은 부모가 있고. 아버지는 다르지만 아무렴 어때. 어린 애처럼 굴기는」

어쩐지 동생이 애처로워 가만히 쳐다보았다. 빛 속에서 희미하게 그의 미래를 느낀 것 같은 기분이 들었지만, 보이지는 않았다.

「응, 알아. 미안」

동생이 작은 소리로 말했다.

나는 웃으며 방으로 돌아갔다.

들뜬 기분으로 사세코에게 전화를 했다.

「있잖아요, 여러 가지 일들이 차례차례 생각나는데 멈추질 않아요, 우와, 굉장해요」

「어머, 그래요. 참 여러 가지 일이 있군요」

사세코가 웃으며, 뒤에 있는 코즈미 씨에게 기억이 돌아왔대, 사쿠미 씨, 라고 별 대수롭지 않은 일인 양 말했다. 어떤 일이든 대수롭지 않게 들어주어서, 이 사람들을 좋아했다.

「그이가 말이죠, 당분간은 정보가 한꺼번에 되살아나서 혼란스러울 테지만, 좋아진대요. 그이의 죽은 동생이 그런대요」

동생과 비슷한 소리를, 하였다.

「고마워요」
「류이치로 씨한테는 말했어요?」
「아직. 편지라도 쓸까 하고 있어요, 드문 일이니까」
「그래요, 그럼 비밀로 해둘게요」
「또 전화할게요」
「음, 여기는 여전하고. 내내 변함없이 잘 있을 거니까 또 와요」
사세코는 말했다.
새로이 알게 된 사람이라서, 얘기를 나누어도 혼선이 없어 침착할 수 있었다.
혼란이 진정되면, 그들이 말하는 것처럼 좋아지면, 나는 어떻게 될까?

류이치로 씨에게

외로움을 달래려 편지를 씁니다, 당신께.
하얀 잉크가 예쁘죠, 파란 편지지가 슬프죠.
……란 노래가 있었어요.
류이치로, 건강해요?
사이판이 그리워요.
나는 전화로 말했던 것처럼 베리즈가 없어져서, 빵집 아가씨로 일하고 있습니다.
일이 즐겁기는 하지만, 이 노동도 바다나 산이 보이는 곳에서 할 수 있다면, 훨씬 더 기분 좋을 텐데, 하고 사이판의 샌드위치 가게를 그리워합니다.

사람은, 산줄기와 바다 냄새와 숲의 속살거림을 대신하여 고급 주택가를 만들어낸 것이란 느낌이 절실합니다.

안심이나 쾌적함에 관한 이미지는 예나 지금이나 줄곧 변함없으니까요. 태양의 움직임을 정확하게 느끼는 대신 호화스런 조명을 켜고 끄고, 바다나 산을 대신해서는 까마득한 지붕의 실루엣을, 인간이 새롭게 만들어내서라도 지내고 싶은 공간이, 가만히 있어도 사이판에는 그냥 있었죠. 그것도 많이, 넘칠 정도로. 바다니, 산이니, 정글까지.

자연의 힘에 비해 인간이 만들어낸 그 모조품은 빈약하지만, 친절하고 배신하지 않아요.

상자 속 정원은 아름답지만, 쨍쨍 내리쬐는 햇살도 태풍도, 꽁꽁 얼어붙을 듯한 한파도 없는걸요.

아무튼 도쿄의 고급 주택가에 사는 사람들의 품위 있는 식욕, 그리고 자연에의 동경을 표현한 아낄 줄 모르는 절실한 미의식은 소설이 될 만큼 신기합니다.

우리 집은, 낡아빠진 매매 가옥이니까.

뜰도 있고, 벚꽃도, 송충이도.

인공미는 그나마 덜 느껴지는 편이라고 생각해요. 내가 일하는 빵집이 있는 거리에 비해서는.

이렇게 쓸데없는 생각만 하면서 시간을 보내고 있습니다.

빨리 돌아오세요.

나는 기억이 거의 되돌아와 연결되었어요. 앞뒤 시간의

톱니바퀴가 제대로 맞물려 돌아가요.
 계기는 소설이었어요.
 소설이 창조해 내는 공간의 생생함이란 정말 시간을 초월하는군요.
 소설가란 훌륭한 직업입니다. 특수한 기능이에요. 저는 나날이 당신을 존경하게 됩니다.
 우리는 이런 일이라도 없는 한 아무 생각 없이 책을 읽고, 그 이미지와 인물을 마음의 스크린에 비추었다가는 잊고 맙니다. 하지만 분명하게 〈누군가〉에 대한 추억을 소유하게 되죠. 영원히.
 그곳에서는 분명 사람들이 생활하고 있고, 많은 것들을 생각하고, 느끼고, 그래요, 인격을 지니고 명백하게 살아 있어요.
 고등학교 시절 친구의 소식을 오랜만에 듣는 것처럼, 나는 그 이야기 속의 사람들과 재회하여, 옛날과 함께 내 가슴을 설레게도 하고 아프게도 했던 강렬한 기억이 되살아나면서 나와 내가 이어지는 순간에, 역시 그 사람들의 인격이 자리를 같이해 주었던 거예요. 이해가 되나요? 싫든 좋든, 우리는 히스클리프와 캐서린의 인격을 알고 있죠.
 당신이 좋아하는 캐포티의 소설에 나오는, 저 뭐랄까 어쩐지 징글징글한 조엘이란 녀석, 몹시 싫은데도 무슨 일이든 잘 알 수 있잖아요. 자기도 모르게 좋아하게 되잖아요.
 소설은 살아 있어요.
 살아서, 이쪽에 있는 우리들에게 친구처럼 영향을 끼쳐요.

그 사실을 몸으로 알았어요.

두 시간이나 하룻밤쯤, 우리는 그 세계를 사는 것이죠. 흔하디흔하고, 다들 그렇다고 하기는 하지만, 진실이에요.

그 소설, 카사이 키요시란 작가의 『철학자의 밀실』이란 작품인데, 시리즈물이고, 고등학교 시절 열심히 읽었더랬어요. 그러고는 까맣게 잊고 있다가 아무 생각 없이 책을 사와서 읽고 있는데, 아무래도 등장인물들을 알고 있는 것 같은 기분이 들고, 그러다 기억이 줄줄이 되살아났어요. 어이없을 정도로 간단하게. 잊고 있는 부분이 있었다는 사실조차 까마득하게 여겨질 정도로 자연스럽게.

이번 일은 류이치로와 사이판과 동생, 그런 여러 가지 것들이 겹쳐서 얼마 전부터 조금씩 진행되었던 것이라고 생각해요. 분명 기억은 조금씩 되살아나고 있었던 거예요. 이 일상과 에이코와, 당신과의 만남. 그동안에도 수많은 책을 읽었고, 텔레비전 영화를 보면서 〈이 영화, 어릴 때 봤는데〉하고 생각하는 일이 있었어요. 하지만 이렇게 연결되는 느낌은 없었어요. 어쩌면 이것도 착각인지 몰라요. 아직도 기억하지 못하는 일이 잔뜩 있을지도 모르고, 혹은 기억은 오래전에 전부 돌아와 있었는데, 내가 없다고 믿고 있었던 것뿐인지도 몰라요. 이것만큼은 다른 사람과 비교할 수 없으니까. 나 혼자서만 이해할 수 있으니까.

다만 직접적인 계기가 옛 친구도, 가족 앨범도 아닌 가공의 세계, 가공의 현실이었어요. 아주 흥미로운 일이죠.

〈볼 수도 만질 수도 없지만, 분명히 있는〉 어떤 것을 관장하는 내 뇌 속의 한 부분, 기억 속에서 소설과 가장 비슷한 무엇인가가 때마침 자극을 받은 것이겠죠.

당신을 만나고 싶어하는, 당신이 없어서 따분하고 심심하다고 생각하는 나와 이 소설 속 남녀 주인공의 상황이 겹쳐진 것인지도 모르고. 그런 것들이 쌓이고 쌓여, 사소한 일에서 중요한 일까지 모두모두 뇌 속에 잡다하게 살아 있다면, 그것은 분명 소설을 쓸 때 당신의 머리에 생생하게 비치는 화면이 있는 장소. 영(靈) 능력자가 영을 〈볼 수 있고, 들린다〉고 주장하는 장소. 그런 기분이 들어요.

다 쓰고 나면 소설은 하나의 우주로서 영원한 기능을 지니게 되죠. 사람을 죽이기도 하고, 사람의 일생을 봉쇄시켜 버리기도 하고. 끔찍한 직업이에요! 그런 일만 내내 하고 있으니까, 그래서 당신은 왠지 늘 무거워 보이고, 자유스럽지 못한 것처럼 보이는 거로군요. 이 세상 것이 아닌 어떤 중력에 얽매여 있는 것처럼.

이상하죠.

기이하게도, 주인공인 나디아가 도달한 〈행복과 쾌적함을 갈망하면서, 눈앞에 있는 인생을, 그리고 사랑을 살아갈 수밖에 없다〉는 결론이, 지금 내가 있는 자리와 아주 흡사한 분위기라는 점이, 인상적이었습니다.

그게, 내가 주인공과 마찬가지로 고생을 모르고 사랑받으며 자라났기 때문인지, 아니면 내가 여자라서인지, 그 양쪽 다인지는 잘 모르겠지만.

모든 것이, 아주 옛날 일까지도 가깝게 느껴집니다.

방에 있는 것들이며, 동네 가로수들, 그 얼마나 많은 정보를 간직하고 있는지.

살아가는 것이란 잊는 것, 이라고 정말 그렇게 생각합니다.

한꺼번에 기억이 되살아나, 기억을 잃었을 때처럼이나 혼란스럽습니다.

망가진 컴퓨터 같지요.

다시 만나면 내가 어떻게 보일까요? 또 뭔가 바뀌어 있을까요?

소설처럼, 제자리로 돌아왔더니 이번에는 새로운 일들을 전부 잊어버렸다, 고 하는 일은 없어요. 사이판에서 있었던 일, 그 밤, 베란다에 나란히 걸터앉아 내내 길 가는 사람들과 별을 보며 행복한 기분에 젖어 있었던 일들, 염려 마세요, 기억하고 있어요.

아무튼 지금은 다른 사람들은 모두 잊고 있는 물건이 있는 장소라든가, 친척집 아들 이름 같은 것도 척척 기억하는 인간 백과사전으로 가족들에게 보물 대접을 받고 있습니다.

엄마는 〈부분부분 기억이 없다고 생각하며 대하던 버릇이 안 떨어지잖아, 아이 참〉이랍니다.

재미있는 인생이에요.

그러고 보니 생각이 나는데, 옛날, 마유가 죽었을 때 행복에 관해서는 욕심이 많은 자매라고 한 적이 있죠?

지금에서야 이해가 가요.

유전입니다. 엄마나, 나와 마유의 아버지나, 이탈리아 사람인가 싶을 정도로, 쾌락과 쾌적한 상태에 탐욕스럽고 정직했습니다.

그러나 마유와 저의 차이는 사소한 것이지만 컸어요.

아주 경치가 좋은 곳에 여행을 가면, ……가령 그때는 나라(奈良)였는데.

미와(三輪) 산의 전망대에서 가족 모두가 지는 해를 보고 있었어요. 정말이지, 야마토(大和)란 글자의 혼을 경치로 옮겨놓은 듯한, 안개가 서린 듯하면서도 또렷한, 더없이 온화하고 부드러운 풍경이었습니다. 눈 아래로 저녁 햇빛을 받고 있는 거리가 선명하게, 고대의 황금의 도시가 떠오른 것처럼 휘황하게 가로누워 있었습니다.

엄마와 아버지, 어린 마유와 나, 네 사람은 앉아서 상큼한 공기를 마시고 있었죠. 뒤돌아보면 녹색 중에서도 가장 아름다운, 지는 햇살을 받아 짙은 초록을 띤 산이 솟아 있었습니다.

그때 만약 우리를 보고 있던 누군가가, 〈아버지는 죽고, 어머니는 재혼하여 사내아이를 낳고는 이혼하고, 둘째 딸은 여배우가 되기는 하는데 그다지 유명해지지는 못하고, 결혼 비슷한 장난을 하다가는 자살. 큰딸은 머리를 다친 끝에 자기 여동생의 애인과 사귀게 될 것〉이라고 말한다면 모두들 미친 듯 화를 냈겠죠. 그러나 아무도 몰랐어요. 다만 즐겁게 웃으며 저녁 해를 보고 있었어요. 저녁엔 풀코스 정식에 차죽 먹자꾸나, 라는 둥 얘기하면서. 엄마와 아버지는 사이가 좋았고, 오랜만의 여행이라 연인들처럼 다정했어요. 아무도 절대로 믿지 않았을 거예요.

그렇게 될 텐데도.

그렇게 되다니, 슬퍼요!

아무튼 마유는 그런 때면, 너무 경치가 아름다우면 오히려 겁을 내면서, 결코 지루해서가 아니고, 〈이제 집에 가요, 빨리 가요〉라고 하는 애였어요.

나는 〈이 경치가 좀더 잘 보이는 데가 꼭 있을 테니까, 산으로 올라가요〉라고 조르는 애였죠.

그 차이는 어디에서 오는 걸까요.

태어나기 전, 태어날 때, 무슨 혼 같은 게 있어서, 그 색깔, 같은 무언가. 그것이 다르다는 것. 하지만 어째서일까요, 어째서 그렇게 사람과 사람의 길은 갈라지는 것일까요. 같은 부모에게서 태어났는데, 그런데 삶과 죽음으로.

나는 훨씬 더 오래 살고 싶고, 훨씬 더 많이 알고 싶고, 훨씬 더 많은 것을 보고 싶어요. 나는 이 차이가 기쁩니다. 이 희망 비슷한 것이 어디에 뿌리를 두고 있는지 정말 모르겠지만 말이에요.

태어난 거리를 어슬렁거리다 보면, 멀고도 오랜 기억의 홍수에 떠밀려, 일본이란 나라의 엷은 저녁노을을 향하여 아버지, 하고 부를 것 같아요. 그리워요. 어린 시절 냄새. 아버지 스웨터의 털실 냄새. 길가에 있는 우물의 차가운 물 냄새. 하나하나 느껴져요.

사이판의 그 압도적인 저녁 하늘과 달리 일본의 풍경은

섬세하고, 위태롭고, 한없이 미묘하고, 감각을 활짝 열어놓지 않으면 정확하게 포착할 수조차 없어요.

여기서 태어나고 자랐다는 것도, 한동안은 띄엄띄엄 부분적으로만 기억났다는 것도. 그 사이에 당신과 새로이 알게 됐다는 것도.

죽음의 침상에서, 얼음주머니로 머리를 식히며 몽롱하게 졸다가 꾼, 기분 좋은 꿈처럼 여겨집니다.

멀고, 아름답고, 달콤하고.

사세코가 부르는 노래의 저 독특한 음색이며 멜로디처럼. 사이판의 아침, 사람 없는 해변의 하얀 모래처럼.

언젠가 이렇게 휑하니 사라져버리듯, 모든 것이 허용되는 그날이 온다면 나는 또 아버지나 마유를 만나곤 할까요.

왜 나는 여기에 남아 있는 걸까요. 우윳빛 유리창 너머는 비, 내 기분은…… 쓸 수 없어요.

……라는 건 거짓말이고, 오늘은 청명한 날씨입니다.

아침부터, 아주 쾌청한 하늘.

일본의 겨울, 깨끗한 공기도 버리기 어려워요.

빨리 돌아와요.

찌개를 끓이자고요.

보고 싶어요.

만나서 많은 얘기를 하고 싶어요.

얘기하고픈 마음을 언제까지고 유지하고 싶어요.

놓치고 싶지 않아요. 늘 전하고 싶어요. 아무도 몰라줘도 좋아요. 하지만 이 기분을 전하고 싶어요.

무슨 소리를 쓰고 있는 건지.

둘의 역사는 무척 아름다울 것이란 생각이 듭니다.

소설처럼, 당연하게. 온 세계의 영화나 소설이 얘기하고 있는 것처럼, 하나밖에 없습니다.

그런 당연한 것을 느끼기에는 기억을 일단 잃어버렸다가 되찾으면 좋은 것 같습니다.

느낌이 좋아요. 가을 낙엽의 마른 내음과 색깔과 소리처럼. 고전적인 표현이지만,

〈모든 것이, 여기에 있는 이유를 잘 알겠습니다.〉

당분간은 이 느낌을 즐기겠어요.

그럼.

사쿠미

다시 읽어보고 내가 정말정말 류이치로를 보고 싶어한다는 것을 알았다.

모든 걸 이해해 주는 사람으로서, 그에게 내가 무언가를 전하려 하고 있다.

이 유치함도, 이 동요도, 나는 어느 한밤의 애틋하고, 흥분된 심정으로 기억에 새겨 넣는다. 그리하여 살아간다. 그런 한 장면으로, 그 밤 편지지 위로 비쳐 보이던 책상의 색과, 스탠드 불빛을 받은 자신의 손을 기억한다.

난로에서 뿜어져 나오는 후끈한 열기와 달아오른 뺨과 아래

층에서 들려오는 어머니와 준코 아줌마의 얘깃소리와 그날 저녁에 먹은 카레의 냄새를 기억한다.

그런 일들을 생각하며 잠들었는데, 지배인이 나오는 꿈을 꾸었다.

나는 베리즈의 카운터에 기대어 시간이 빨리 좀 안 지나가나 하고 생각하고 있다.

부드러운 갈색 실내에 저녁이 밀려온다.

어째서일까, 여름이었다.

창문으로 풀 내음이 들어온다.

저녁 하늘의, 밝은 파랑이 보인다.

지배인은 고기를 굽고 있다.

경쾌한 소리와 냄새가 실내로 퍼진다.

손님은 없다.

「한번 맛볼래?」

라며, 작은 접시에 고기를 얹어주었다.

그 손가락에, 늘 끼워져 있던 터키석 반지가 보인다.

고기가 부드럽고 맛있어, 맥주 마시고 싶은데요, 라고 했더니 정말 맥주를 꺼내다 주었다.

한가하니까 상관없어, 오늘 Z씨 패거리들이 올 모양이니까, 밤에는 바쁠 테고, 지금 충전을 해둬야지.

지배인은 웃었다.

나는, 지배인은 좋은 사람, 이라고 생각한다. 아주 좋아한다.

지배인은 말한다.

여긴 정말 좋은 술집이야. 일하는 자네들도 아주 좋은 아가씨들이고, 마음 편하고, 차분하고. 이십대에는 내가 이렇게 좋은 장소를 만들 수 있으리라곤 꿈도 못 꾸었어.

매미 소리가 난다.

저녁 어스름, 지나가는 부자간의 대화가 들린다.

나는 말한다. 저녁때 먹은 고기와 맥주, 부드러운, 사랑이 가득한 분위기. 너무도 기분이 좋아 슬퍼진다.

안 돼요, 지배인, 그런 말 입 밖에 내서는. 그런 말 하면 끝이 오고 말아요. 나도 이 장소를, 여기 사람들을 좋아하니까. 잃고 싶지 않으니까.

지배인은 웃으며, 그럼 영원히 술집 하지, 라고 말했다.

눈을 뜨자, 꿈속의 분위기에서 혼자만 추방당한 겨울의 아침이었다.

슬퍼서 반쯤 울며 깨어났다.

아아, 인간이란 참 바보스럽지. 살아간다는 것과 그리운 사람과 장소가 늘어난다는 것은 이토록 괴로운 일인데, 애달프고 살을 에는 반복을 계속하는 것일까, 도대체 뭐란 말인가.

꿈의 여운에 쫓기듯, 그렇게 생각했다.

「정말, 또 느낌이 바뀌었는데」
방문을 열고 내 모습을 보는 순간, 류이치로가 말했다.

나는 아무리 친한 사람이라도, 외국에서 돌아오는 사람을 마중하기 위해 나리타 공항까지 가는 것은 좋아하지 않는다.
비행기 여행에 지쳐 기진맥진한 데다, 안색도 안 좋고 피부도 거칠거칠한 나를 마중하러 나와주기를 아무에게도 바라지 않는 마음과 관계가 있을지도 모르겠다.
돌아오는 길, 도쿄로 향하는 차 속에서 쿨쿨 자다 보면 백 년 동안의 사랑도 식어, 어서 빨리 목욕하고 자고 싶다고 생각하는 것이 보통이다. 그래서 그가 귀국하는 날도 마중하러 가지 않았다.
그래도, 자기 애인이 같은 아침과 밤, 같은 시간의 흐름 속에 동시에 있다는 생각만 해도, 여느 때와 다름없는 해거름도 달콤하게 보인다. 전화를 걸어도, 느긋하게 얘기할 수 있다.
 밤이 고요하고 길게 느껴진다.
 평소 외롭다고 생각하고 싶지 않아 마비시켜 두었던 감각이 하나하나 깨어나는 것이 눈에 보이는 듯하다.
 제철의 태양빛을 받은 꽃처럼 소리 없이, 확고하게.

 그래서 나는 그가 귀국한 다음날, 호텔로 만나러 갔다.
 옛날, 어린 시절, 해외 출장 갔다 돌아오는 아버지가 좋았다. 외국에서 돌아온 사람은 모두 어딘가 긴장감이 감돌고, 향긋한 냄새가 나는 듯했다. 그 사람 자체가 다시 태어난 것 같은 신선한 느낌을 풍겼다.
 오래간만에 푹 잠자고, 마음은 아직 사이판의 바다 곁을 헤매고 있는 그 사람이야말로 새롭게 보였다.
 화창한 창문으로는 신주쿠의 고층 빌딩들이 보인다. 온 거리를 채운 봄의 새로운 바람이 눈에 보이는 듯했다.
 류이치로는 녹차를 끓여주었다.
「안 나가요? 뭐 먹으러 갈까요?」
 나는 말했다.
「응, 그러지. 아침부터 아무것도 안 먹어서, 배고프다」
라고 말해 놓고도 그는 한동안 침묵하였다.
「왜?」
「말을 줄곧 찾고 있었는데, 알았어」
 그는 말했다.

「당신, 행복해 보여, 즐거워 보여」

그렇다, 나는 행복했다.
흥분해 있었던 것이 아니다. 흥분이란 반드시 뒤탈이 따르는 일방적인 상태다. 어느 밤, 내팽개쳐 두었던 부분이 느닷없이 반란을 일으킨다.
나의 상태는 오히려 〈안심〉에 가까웠다.
나는 왠지 모르게 마음이 편안해져 있었다. 머리를 다치고부터, 모호한 기억의 연속선 위에서 무리하게 일상을 영위하고 있었으니 그만한 스트레스도 쌓여 있었으리라. 자기가 어떤 일은 어디까지 기억하고, 어떤 일은 까맣게 잊고 있다고 의식하는 기회가 많다는 것은 분명 부자연스러운 일이다. 어디까지 기억해 낼 수 있고, 어디까지 잊어버렸나 하는.
염두에 두지 않으려고 애쓰기는 했지만, 몰래 숨어들듯 불안은 거기에 도사리고 있었다. 그 불안이 없어져 나는 매일매일이 마냥 즐거웠다. 사람과 얘기를 나누고 있을 때면 언제나 나를 에워싸고 있던 긴장으로부터 해방된 듯한 편안함을 느꼈다.
아침에 일어나 창문을 열면, 부드러운 햇살과 풀 내음 섞인 봄 냄새가 나고, 벚꽃이 봉오리를 틔우고, 그것이 시간이 흐르면 옅은 핑크빛으로 만개한 공간을 낳는다는 것. 그것을 보았었는데, 올해도 본다. 그렇게 삶을 지속시켜 나간다는 것. 모든 것이 너무너무 신기했다. 그런 것들이 어째서 이다지 신기할까 하고 생각할 만큼 신기한 느낌이 들었다. 몸속 깊은 곳에서 〈자신〉이란 이름의 정수(精髓)가 샘솟는 것 같은, 여느 때보다 시력이 좋아진 듯한 느낌이었다.

스님이나 약에 절어 사는 사람 중에 자기 자신을 사랑한다는 사람이 곧잘 책에다 이런 기분을 〈다행감(多幸感)〉이라 명명하며 얼마나 행복한지를 얘기해 놓곤 하는데, 나 자신이 그렇게 되고 보니 소스라칠 만큼 기분 좋은 것이란 걸 알았다. 자신의 기분을 상하게 할 아무것도 이 세상에 존재하지 않는 것이다.

지배인이 귀가 간지러울 정도로 권하는 바람에 한때 그런 종류의 책을 일괄하여 읽었다. 그때는 자신의 행복을 굳이 글자로 써대는 번잡스런 종족, 이라고 생각했는데, 이런 기분을 맛보고서는 뭔가 써서 남겨놓지 않으면 안 되겠다 싶은 사명감에 사로잡히는 것도 무리가 아니다. 전대미문의 인생으로 돌입하는 감각을, 그 누구의 방해도 받고 싶지 않고, 모두에게 맛보게 해주고 싶은 기분이 충분히 이해가 갔다. 그러니까 고통스런 시기가 있었기에 쓰고 싶어지는 것이리라. 미래의 자신이 과거의 자신에게 가르쳐주고 싶은 마음의 움직임인 것이리라.

하지만 되어보면 잘 알 수 있다. 단순히 비할 데 없이 행복할 따름인 것이다. 노이로제나 슬픔에 잠기는 것과 마찬가지로, 단순히 그런 상태일 뿐.

류이치로에게 그 일을 전부 얘기했더니, 그는 나를 아주 꼭 안아주면서 이렇게 말했다.

「당신이 점점 변화해 가는 걸 보고 있으면, 인간이란 정말 그릇이다 싶은 생각이 들어. 그릇일 뿐 그 내용물은 어떤 식으로든 변할 수 있다고. 전혀 다른 인간이 될 수도 있다고. 길 가는 어떤 사람과 기본적으로는 아무 다른 점이 없어. 운명에 따라 당신은 잇달아 새로운 것을 안에 집어넣는데, 그 변화하는 그릇에 불과한 당신이란 인간의 깊고 깊은 곳에, 어쩐지 〈사쿠미〉란 무언가가 있어서, 아마도 그것이 바로 혼일 거라고 생각하지만, 그것만은 어째서인지 변하지 않고 늘 거기에 있으면서 모든 것을 받아들이기도 하고, 즐기려고도 하지. 당신이 죽을 때까지 그것이 거기에 있으리란 생각을 하면 왠지 애처롭기도 하고 답답한 기분도 들어서, 안절부절못하겠어」

나는 웃었다.

「말솜씨 무지 좋네」

그는 웃었다.

나도 그에게서 배운 것이 있다.

이 방을 채우고 있는 따스하고 새로운 햇살과 아주 흡사한 것이다. 그리고 무엇보다 만사가 기를 펴려는 조짐에 관한 것이다.

이렇게 성격이 강렬한 두 사람이 함께 저 〈연애〉라는 끔찍스런 태풍에 좌지우지되면서도 익사하지 않고 있다는 것은, 이 사람의 본질에 거리에 대한 천재적인 감각이 있기 때문이다.

사람과 사람이 있고, 서로가 이 세상에 하나밖에 없는 연인이고, 둘 사이에 생겨나는 공간도 하나밖에 없다.

그러함을 알면, 더구나 거기에 어떤 특별히 재미있을 만한 공간이 있다는 걸 알면, 사람은 무의식적으로 거리를 좁혀 좀 더 자세히 보려고 한다.

하지만 그는 작가이기 때문에 거기서 멈춰 설 수가 있다. 그리고 두 사람 사이에만 존재할 수 있는 양지와도 같은 것, 따스하고 밝고, 혼자서는 창조할 수 없는 공간, 거기에 수많은 것들이 생성될 수 있는 미묘한 공기만을 소중하게 키워간다.

그 우선 순위를 명백히 구분하는 점이 그의 재미있는 구석이었다.

그리고 마유가 괴로워했던 것도 아마 그의 그런 부분 때문이었으리라고 생각한다.

어느 날 밤, 타는 듯 목이 말라 잠에서 깨어났다.

천장에, 달빛이 어려 있었다.

너무도 고요하고, 시간이 없어진 것처럼, 엄숙하고 아무런 기척도 없다. 시계를 보니 3시, 깊은 밤이었다.

나는 잠시 그냥 그렇게 눈을 뜨고 있었다.

왔다, 오랜만에 왔다, 고 생각했다.

이런 상태에 빠지기는 오랜만이었다. 머리를 다쳐 입원해 있었을 때, 한밤중에 곧잘 이런 상태에서 눈을 떴다. 그것은 그야말로 〈상태〉이고, 문득 있다 싶으면 이미 거기에 있는 식이라서, 한마디로 표현할 수는 없다.

그냥, 모든 게 사라지고 없다. 내가 그냥 공중에 떠 있다. 이치상 이해는 할 수 있고, 그런 심정이 될 수도 있다. 지금이 언제이고, 자기 전에 무엇을 했는지.

하지만 아무래도 멀다. 감정도 감각도 없다. 그저 공허한 공간에 몸을 누이고 있다는 것만 실감할 수 있다. 내가 세 살인지, 서른 살인지, 정말 모른다. 지금이 언제이고, 자기 전 어떤 하루를 보냈는지. 모든 게 꿈이고, 너는 앞으로 태어날 갓난아기야, 라고 누군가 말한다면, 아아 그런가, 그렇구나, 하고 여긴다. 마냥 고요하고, 헐벗고 있고, 백지이다.

나는, 미치는 걸까?

하고, 이런 상태가 되면 늘 생각했다.

그러나 그렇게 잠시 누워 있으면, 기억이 조금씩 가느다란 흐름으로 되살아나, 돌아가고픈 해안으로 흘러가는 돛단배처럼 나를 살짝 묶어놓는다.

자기 전에 본, 잘 자라던 어머니의 웃는 얼굴.

자기에게, 좋아하는 사람들이 있다는 것.

지금은 이미 만날 수 없는 사람들과 멋진 한때를 보낸 일이 있다는 것.

여름밤의 불꽃놀이, 파도가 찰랑이는 물가에서 반짝반짝 빛나는 야광충, 눈이 펑펑 내리던 밤의 창가, 하염없이 어둠 속에서 춤추는 하얀 결정을 보며, 조그만 스탠드 불빛 아래에서 라디오에서 흘러나오는 음악에 맞춰 마유와 함께 노래했던 일.

이상하게도 그런 일들만 떠올라, 조금씩 현실에서 내 공간의 분량이 늘어난다. 붙들어맨다.

사이판의, 이 세상 것이라 여겨지지 않는 붉은 태양이 바다로 떨어질 무렵, 빨갛게 물든 사세코의 뺨과 불타 올라 갈색으로 보이는 머리칼…….

그것은 막 피기 시작한 튤립을 들여다보며, 그 향긋한 꽃내음을 음미할 때 같은 조화였다.

어린 동생이 어머니를 찾느라 울면서 뒤뚱뒤뚱 걸어다닐 때의, 그 웃음이 터져나올 만큼 필사적인 걸음걸음.

류이치로의, 또는 지금까지 같이 잠들었던 사람들의 비슷한 정도로 마냥 따뜻하게 겹쳐지는 발의 감촉.

극장에서 영화를 보고 나왔을 때의, 한낮의 눈부신 태양.

화분갈이를 할 때 느껴지는, 흙의 차가움.

그런 감각의 잔상만이 살아 있고픈, 기억하고픈, 이어져 있고픈 욕망을 부채질한다.

아직 나는 이어져 있고 싶다.

그것은 기도를 닮았다. 자기의 어린애가, 가족이, 가축이, 논밭이 무사하기를, 올해가 멋진 해가 되고, 멋진 해라는 행복감을 느낄 수 있기를. 고대로부터, 인간의 역사가 시작되고부터 쉼 없이 되풀이되는 어딘가를 향한 외침.

그렇게도, 운명이란 엉뚱한 것이다. 자신의 내일은 그 정도로 부실한 것이고, 그렇게 머리를 부딪히고서도 아직 살아 있다는 것은 그대로 죽는 것과 마찬가지로 흔히 있는 일이고, 그런 모든 일, 예측할 수 없어 지금 있는 자리에 더 이상 있을 수 없는 것이야말로 우리들 모두가 두려워해 온 일이다.

그런 일들을 왠지 잘 알 수 있을 듯한 느낌이 들고, 기분도 회복되어 나는 일어났다. 그리고 뭐 좀 마실까 하고 부엌으로 갔다.

커피를 끓이다가 식탁 위에 놓여 있는 봉투가 눈에 띄어 무심히 들어보고는 깜짝 놀랐다. 그것은 자폐아나 등교 거부 아동이 가는 사립학교의 팸플릿이었다. 그것이 뭘 의미하는지는 상상할 수 있었다. 하지만 동생이 그런 상황에 처해 있다니, 아무도 그런 말은 하지 않았고, 학교로 가는 모습을 어제도 본 것 같은데.

무슨 일이 일어나고 있는 것일까, 사이판에서는 뗄래야 뗄 수 없는 단짝처럼 가까이에 있던 동생이 지금은 아무래도 먼 곳에 있는 모양이다.

같은 집 안에서 한솥밥을 먹고 있어도.

묘하게 그것만은 확실히 알 수 있었다.

「글쎄, 그 학교엘 가고 싶다는 거야」

아침, 준코 아줌마에게 그 일에 대해 물었더니 그런 대답이었다.

「자기가 팸플릿을 갖고 와서 말이야. 그래서 오늘 아침 너희 엄마가 견학하러 갔다. 요시오하고 같이」

「참 내, 다니던 학교는 어쩌고. 그런 일은 나중에 생각해도 되잖아」

나는 어이가 없어 말했다.

「실은 말이지, 사이판에서 돌아와서는 한 번도 학교에 가지 않았다는 걸 지난주에야 알았지 뭐니」

준코 아줌마가 말했다. 나는 뭐라고요! 하고 큰 소리를 지르고 말았다.

「결석했어」

「책가방 메고?」

「그래. 그런 데다 누군가 어른인지 나이 많은 친군지, 그런 사람이 학교에 그럴싸하게 전화를 걸었던 모양이야. 그래서 이제서야 알게 된 거야」

「전혀 모르고 있었어요」

「그러니? 처음에 우린 그 얘기를 듣고, 어차피 사쿠미가 걸었겠지, 이번엔 무슨 일을 꾸미고 있는 걸까, 하고 별로 심각하게 생각하지 않았어. 그런데 전화를 건 사람이 사쿠미 네가 아니라 남자인 것 같은 눈치여서, 나나 너희 엄마나 정말 가슴이 철렁했다」

「무슨 친구가 있다는 얘기 안하던가요? 그 사람들, 어떤 사람들이죠?」

나는 물었다.

「몰라. 절대로 말 안하는걸. 이제 그런 학교는 싫다면서, 보내려면 그 사립학교에 보내달라고만 하더라」

준코 아줌마가 말했다.

「어떻게 된 건지」

「우리 집 애들이 모두 아줌마한테 걱정만 끼쳐드려서 미안하네요」

내가 말하자, 준코 아줌마는 웃었다.

남의 집 일인데도 이렇게 염려해 주는 것은, 이곳이 준코 아줌마가 지금 살고 있는 장소이기 때문이다.

가족이란, 늘어날 수 있는 것이다. 살 곳을 넓히면, 일상을 함께하면 아마도 무한하게.

 그것이 그저 평범하고 얌전한 주부였던 준코 아줌마에게 다행스러운 일인지 어쩐지는 잘 모르겠지만, 아무튼 동생 일에 관한 한 그녀 성격의 중추가 보이고, 내게도 어머니에게도 없는 재능을 발휘하곤 한다. 어머니로서의 정열이라고나 할까.

 그럴 때면 나는 그녀가 사랑스럽다고, 이 사람과 언젠가 헤어진다 해도 변함없이 내 가족이라고 생각한다.

 신기한 일이다.

 아줌마하고 할 얘기가 좀 있으니까, 그동안 요시오 데리고 나갔다 올래? 라고 돌아온 어머니가 말했다. 동생은 울어서 퉁퉁 부은 눈을 하고, 자기 방으로 직행하고 말았다.

 자초지종은 나중에 설명할 테니까, 저애 혼자 울고 있어봐야 속상하기만 할 거고, 저녁이라도 먹고 와. 그렇게 말하는 어머니의 눈길에는 〈이렇게 된 데는 너한테도 책임이 있다〉고 말하고 싶은 책망이 어려 있었다. 나는 알았어요, 내게 맡겨요, 라고 말하고 동생 방으로 갔다.

 침대에 누워 있는 동생의 눈빛에 가슴이 저몄다.

 그것은 버려진 고양이 따위의 천진하기에 느껴지는 불쌍함이 아니라, 남이 어떻게 해줄 수 없는, 그러나 혼자서 감당하기에는 너무도 벅찬 무게를 짊어지고 있으리란 걸 빤히 알기 때문에 느끼는 가엾음이었다.

 그러나 나의 〈즐거운〉 힘은 그런 것에 크게 동요하지 않았다.

「저녁 먹으러 나가자」

내가 웃으며 말하자,

「가고 싶지 않아. 요즘처럼 기운 넘치는 누나는 곁에 있기만 해도 피곤해」

하고, 여전히 아픈 곳을 얄밉게 찔렀다.

이런 꼬맹이의 어디에, 또 무엇 때문에 이런 능력이 있는 것일까. 어른에게도 흔치 않은, 미묘한 테크닉이다.

그리고 또 이 녀석한테 이런 능력이 무슨 도움이 될까.

「하지만, 이러고 있어도 배는 고파질 거고, 밑에서는 엄마하고 준코 아줌마가 네 얘기를 하고 있으니, 나가는 게 좋지 않겠니? 내가 뭐 꼬치꼬치 물을 것도 아니고. 학교 바꾸고 싶다고 했다면서?」

나는 말했다.

「학교에 안 갔다면서? 제법이야. 전혀 눈치 채지 못했잖아」

동생은 다소 얼굴을 반짝이며, 자랑스럽게 말했다.

「고생했지, 뭐. 이번에는 사쿠 누나 신세 지지 않고 혼자서 어떻게든 해보려고 했거든」

「어디 갔었는데?」

순전히 호기심으로 물었는데, 의외로 술술 얘기를 털어놓았다.

「전철 타고 여기저기 구경도 하고, 다마(多摩) 강둑에도 가고, 그리고 어른 친구도 생겼어. 초능력이라든가, 좋아하는 사람 얘기도 해주고, 많은 걸 가르쳐주었어. 밥도 사주고. 그리고 말이지, 불량 소년들이랑 과자도 한 번 슬쩍했어. 좋은 사람들이야. 그날 만나고는 한 번도 못 만났지만, 게임센터에서 옆자리에 앉았는데, 아이스크림 사줬어」

「듣고 보니 너, 누가 뭘 사주는 데 약한 모양이구나」

나는 말했다.

아무튼 여러 가지 경험을 하고 싶어한다는 것을 알았다. 빠른 속도로 어른이 되고 싶어하고, 되려 하고 있다.

「나는 돈이 별로 없으니까 그렇지」

「하기야 그건 그렇지만」

잠시 생각했다. 길거리에서 마주치는 뉴에이지라든가 양키. 결코 칭찬할 만한 것은 못 되지만, 이 아이가 노력하고 있음을 알 수 있다. 열심히 노력하고 있다는 것을 나나 다른 사람들한테 자랑하고 싶은데, 그 마음을 감추느라 근질근질했다는 것도 안다.

나는 무엇보다도, 동생이 건강한 일면을 은밀히 간직하고 있음에 안심했다. 왕따나 뭐 그런, 훨씬 슬픈 일을 예상하고 있었다.

「친구를 사귀는 것은 좋지만, 조심해. 호모들한테 유괴당하는 일만은 없도록」

나는 말했다.

「문제없어, 친해질 수 없는 사람은 금방 아는걸. 매일 거리에 나가보면 정말 한가하고 정말 여유가 있는 사람은 별로 없어. 모두 한가한 척하고 있지만, 마음속은 태풍처럼 분주하다고. 공원에서나, 강둑에서나」

동생은 계속해서 말했다.

「그런 사람들은 얘기를 하다가도 갑자기 변덕을 부릴 것 같은 느낌이 들어서 기분이 별로 안 좋아. 그래서 정말 머리가 텅 빈 듯한 표정으로 거리를 어슬렁거리고 있는 사람들하고만 친하게 지냈어」
「으음, 그래」
나는 말했다.
「그건 그렇고, 밥 먹으러 나가자. 다음 얘기는 거기서 듣고」
「그럼 나 부탁이 있어. 돈이 없어서 도저히 할 수 없었던 일」
동생이 말했다.
「뭐야? 스테이크라도 먹고 싶은 거니?」
「아니, 아빠를 만나고 싶어」
동생은 내가 뭐라 말하기 전에 다시 말을 이었다.
「나 위로를 받고 싶은 것도 아니고, 고자질을 하자는 것도 아니고, 물어보고 싶은 게 있어」
 어머니는 이혼한 전남편을 만나고 싶어하지 않는다. 나조차 어떤 이유로 이혼했는지, 자세한 것은 모른다. 동생이 만나고 싶어하면 반대는 하지 않지만, 내심 썩 내켜하지는 않는다. 그래서 자연히 아버지에게서 발길이 멀어졌다. 스스로 찾아갈 수 있는 나이가 되면 네 멋대로 가라는 뜻이겠지. 아직 어린 동생이 어머니에게 이런 말을 꺼내기는 어려웠을 것이다. 그는 지금 요코하마에 살고 있다.
「좋아, 같이 만나러 가자. 그리고 중국인 거리에서 중국 음식도 먹고」
「괜찮아?」
「나중에 엄마한테 들키겠지만」

「응」

류 아저씨에게 운전을 부탁할까, 했더니 동생은 싫다고 말했다.

「왜 그러니? 그러고 보니 너 요즘 류 아저씨 싫어하는 것 같더라」

나는 말했다. 그가 귀국하고부터 만나려 하지 않는다. 질투를 하나 싶어,

「알았어. 전철 타고 가자」

고 말하자, 동생은 아직도 무슨 하고 싶은 말이 있는지 주춤거렸다.

「알고 있어? 사쿠 누나, 속고 있는 거라고」

동생이 말했다.

「뭐야, 그 사람한테 다른 여자라도 있다는 말이니?」

나는 웃었다.

「그런 건 아니지만」

동생은 어물거렸다.

「궁금하니까 말해 봐」

나는 다그쳐보았다.

「알아? 마유 누나가 류 아저씨의 아기, 두 번이나 뗐다는 거?」

「몰랐어」

나는 말했다. 그런 사실이 있었다는 것보다 동생이 그런 단어를 알고 있다는 것, 그리고 그런 말을 했다는 것에 오히려 놀랐다.

「너, 그런 말 그렇게 일찍부터 사용하면, 너야말로 일찍 사고치게 돼」

역시 양키와 접촉해 영향을 받은 것일까…… 하고 생각하며 나는 말했다. 그리고 생각해 보았다.

이 아이에겐 분명 보이지 않는 것을 감지하는 재능이 있다. 그것을 이용하는 방법도 알고 있다. 그리고 사람을 움직여 자기편으로 만드는 법도 알고 있다. 어린애란 이유로 그런 것들을 용서하고 싶지는 않지만, 지금은 좀 다르다. 내게 상처를 주지 않으려는 배려와 무엇 때문인지는 모르겠지만 슬퍼하는, 그런 느낌이 들었다.

「언제, 어떻게 알았지? 류 아저씨한테 직접 들었니?」

「미안해」

동생은 말했다.

「충격 안 받았어?」

「아니…… 좀 생각해 보고」

잠시 짧지만 깊은 생각에 잠겼다.

「아주 오래전 일이고…… 어차피, 마유가 필요 없다고 하지 않았을까. 마유는 요시오 너 말고는 애들 싫어했으니까. 자기가 어린애였으니까 말이지. 그렇긴 해도 말해 주었으면 좋았을 텐데. 그런 말까지 간직하고 죽어버리다니. 나는 말이지, 굳이 말하자면 그 사람이랑 마유가 같이 잤다는 쪽이 충격이야. 그런 거 아주 촌스런 일이잖아」

심각하게 생각한 까닭에, 동생에게 그만 본심을 털어놓고 말았다.

「어떻게 그렇게 태연해?」

동생이 말했다.

「하긴 넌 엄청 마유 팬이었으니까」

나는 말했다. 엄격한 어머니보다, 남자 같은 나보다, 그는 아마도 마유에게서 여성에 대한 동경을 느꼈을 것이다. 멍청한 녀석, 이 녀석 장차 여자 때문에 고생 좀 하겠군, 하고 나는 생각했다.

마유 같은 여자는, 남자를 자기라는 구렁텅이로 끌고 들어가 놓아주지 않는다. 지나치게 독특한 가치관으로 생을 관철하고 있기에, 일단 사귀기 시작하면 아무리 지치고 쇠하여도 다른 현실에는 매력을 느낄 수 없는 시스템이다. 마유가 그런 자기 자신을 자각하지 못하였던 만큼 보다 어둡고 위험한 면이 있어, 그런 모습을 볼 때마다 나는 내가 남자가 아니길 천만다행이라고 생각했다. 결코 평화로울 수 없는 기술, 여자친구가 없어지고, 남자들이나 상대해 주는 삶의 양식. 오로지 자기 혼자만이 이 세상에서 괴로워하고 상처받고 있다고 무의식중에 믿어버리는 소우주의 여왕.

거기에 걸려들었던 한 남자와 사귀고 있는 나도 나지만, 그 애는 정말 절실했고 그는 똑똑한 사람이라서 마유의 그 애처로운 생명에 사랑을 느꼈을지도 모르겠다.

「그런데 어떻게 알았니? 아직 대답 안했어」

나는 말했다.

「꿈속에서 봤어」

동생은 말했다.

「하지만 그건 꿈이 아니었어. 믿어?」
「나한테는 이제 그런 말 일일이 하지 않아도 돼」
「마유 누나를 만났더랬어」

 동생은 꿈속에서, 가본 적도 없는 장소에 있었다고 한다.
 긴 복도가 있고 화환이 있고, 작은 방들이 많이 있는 곳. 알록달록한 헝겊이 있고, 포스터도 있고, 그러나 무언가의 이면이란 느낌이 드는 곳.
 분장실, 이라고 나는 생각했다. 마유가 류이치로와 함께 살기 시작했을 무렵, 연극 무대에 선 적이 있다. 마유가 관계한 일 중에 가장 평판이 좋았던 작업이다. 분명 그 극장의 분장실일 거라고 생각했다.
 동생은 분주하게 움직이는 사람들 사이를 헤치고, 마유란 명패가 붙어 있는 방으로 들어갔다.
 어수선한 방안, 새하얗게 화장한 마유가 혼자, 전등이 붙어 있는 거울 앞 조그맣고 둥그런 의자에 앉아 있었다. 그리고 돈 모양이 들어가 있는 기모노를 입고 있었다고 한다. 과연 그랬다. 나도 기억하고 있다. 그때 마유는 관음보살 역을 맡아 어느 유명한 디자이너의 호화스런 의상을 입었었다.
 동생은 반가워서 마유를 만지고 싶었지만, 만질 수 없었다. 그 비쳐 보일 듯 투명한 하양과 웃는 얼굴이 성스러워 겁나기도 했고, 꿈속이지만 마유가 죽었다는 걸 알고 있었기 때문이다.
「요시오, 앉아」
 마유는 상냥하게 말했다.

동생은 앉았다.

마유는 자세히 보려고 하면 흐릿해지고, 무심결에 보면 눈부실 정도로 또렷하게 보였다.

「태어나지 않은 아이가 둘 있어」

마유가 말했다. 동생은 그때, 그 말이 무슨 뜻인지 알 수 없었다.

「억울한 건 그뿐. 그뿐이라고 사쿠 언니한테 전해 줘. 사이판의 식물원에서, 둘이서 나를 생각해 줘서 고마웠다고. 그리고 사쿠미의 사쿠(朔)는 신월(新月)이란 의미가 아니라고. 엄마에게는 아버지가 자기를 잊었다고 분해하더라고. 그렇다는 것만 알고 있으면 된다고. 다 기억할 수 있겠니?」

동생은 고개를 끄덕였다.

「착하구나, 많이 컸어」

마유는 미소 지었다.

「반드시 행복한 어른이 돼야 해」

동생은 울었다.

마유가 무리하고 있다는 것을 알기에.

「너, 대단원이란 말 아니?」

마유가 말했다.

동생은 고개를 저었다. 마유는 필사적으로 말을 찾아가며 계속 얘기했다.

「그런 게 보이면, 그러면 나는 만족이야, 정말. 내가 언젠가 또다시 인생을 거듭할 날이 있을지 모르겠지만, 그때는 서두르지 않겠어. 나는 줄곧 서둘렀지. 아무도 나쁜 사람은 없었어. 그렇게 생각하고 있어. 요시오, 너도 조숙하니까 조심해. 나처럼 서둘지 말고. 엄마가 만들어준 밥이며, 사준 스웨터며, 잘 봐. 반 친구들의 얼굴이며, 공사를 하느라 무너뜨린 이웃집이며, 잘 봐. 실제로 살면서는 잘 모르지만, 분장실에서 보면 아주 잘 보이거든. 하늘이 파란 것도, 손가락이 다섯 개라는 것도, 아버지와 어머니가 있고, 길거리에서 모르는 사람과 인사를 나누고, 그건 맛있는 물을 꿀꺽꿀꺽 마시는 것하고 똑같은 일이야. 매일 마시지 않으면 살 수 없잖아. 모든 게 그래. 마시지 않으면, 바로 거기에 있는데 마시지 않다니, 목이 말라서 끝내는 죽는 것과 마찬가지야. 난 어리석어서 얘기는 잘 못하겠지만, 그런 거야. 후회하지 않는다고 말해, 모두에게. 나는 여름방학 숙제를, 일기 같은 것까지 방학이 시작된 지 일주일 만에 다 해버렸지. 모두들 방학이 끝날 무렵에야 부랴부랴 허둥거리는 것이 부러웠어. 그래도 일찍 끝내 버려, 무서워서. 그런 애였어, 난. 하지만 이 다음엔 일기는 매일매일 쓸 거고, 여름의 뜨거운 태양도, 그날 일은 그날 느끼도록 할 거야. 전엔 너무 서둘렀어. 그저 그랬을 뿐이야」

동생은 고개를 끄덕였다.

마유는 웃으며 일어나, 차를 끓여주려고 주전자를 들었다…….

동생은 눈을 떴다.

마유는 없고, 자기 방 침대에 있었다.

그게 동생이 꾼 꿈의 전모였다.

나는 요코하마로 가는 전철 안에서 그 의미를 곰곰이 생각하느라 침묵했다.
 창밖에는 빛나는 밤의 도시가 있었다.
 전철은 타고 있는 다양한 사람들의 인생을, 그저 목적지를 향하여 조용히 흔들리며 나르고 있었다.
 마냥 서글프고, 마유를 생각하면 그냥 슬프고. 지금은 그뿐이다.
 아마도 내가 죽어 같은 곳에 가지 않는 한, 내내 그런 식으로밖에 느낄 수 없을 것이다.
 만나고 싶고, 되돌이키고 싶고, 슬프다.
 사랑스럽고, 얄밉고, 만지고 싶다
 반복, 빙글빙글 도는, 닫혀진 고리.
 역에서 전화를 걸자, 동생의 아버지는 깜짝 놀라긴 했지만, 별일 없으니까 지금 바로 나가겠노라며 중국인 거리의 입구에 있는 찻집으로 가 있으라고 했다.
 나만 해도 몇 년 만에 만나는 것인가. 젊은 처녀가 전혀 남남인 사람을 아버지라 부르며 함께 살고, 빨래에도 신경을 써가며 지내던 지나간 세월이 그리웠다.
 우리가 중국차를 마시며 깨강정까지 먹고 벅찬 기분으로 기다리고 있는데, 〈아버지〉가 들어왔다. 스웨터에 청바지에, 젊디젊은 분위기였지만, 함께 살던 무렵에 비하면 주름이 늘었고 약간 찌들어 있었다.
「둘이서 가출이라도 한 거냐?」
〈아버지〉는 웃었다. 그리고 동생을 보고는 눈을 가늘게 뜨고, 미소를 머금고 정말이지 반갑다는 표정을 지었다. 그 기뻐하는 얼굴이, 그 어떤 좋은 약보다도 효과가 있을 것이라고 생각했다. 멀리 있어도 사랑하고 있다고 굳이 입으로 말하지 않아도, 아들을 사무치게 만나고 싶어했다는 애틋함이 전해졌다.

「요시오, 많이 컸구나」

그는 말했다.

「아빠」

동생은 울음을 터뜨릴 것만 같았다.

「사쿠미는 분위기가 달라졌는데. 어른스러워졌어. 마지막 본 게 언제였더라?」

「마유의 장례식 때였던가요」

「그때는, 참 안됐어. 마유, 아직 한참 젊은데. 그런데 그렇게 오랫동안 안 만났던가. 그런 기분이 안 드는데. 어머니는 어떠, 잘 계시나?」

「네, 여전해요」

존댓말로 얘기하는 나 자신이 이상했다.

함께 살았었는데, 이유가 없어지면 그저 평범한 아저씨인 것이다. 〈이유〉는 이렇게 소중하다.

번개 모임을 가진 가족은 중국인 거리를 걸었다.

거리는 굉장히 혼잡하고 시끌시끌했다. 거리를 걷는 사람들의 얼굴이 이국적이었다. 길가에서 김이 모락모락 나는 점심을 팔고 있었고, 본 적도 없는 음식 재료가 가게 앞에 즐비했다.

나는 중국인 거리를 유난히 좋아하여, 어렸을 적 처음으로 왔을 때는 까불고 떠드느라 코피가 터졌을 정도다.

창피했다고 어머니는 말했다.

이 뭐라 형용할 수 없는 활기는, 내 안에 잠들어 있는 무언가 뜨거운 것을 마구 흔들어댄다. 다닥다닥 겹쳐 있는 싸구려 네온 간판과 식사를 하러 온 사람들의 들뜬 모습. 골목 하나하나에도 조그만 가게가 빼곡이 들어차 있고 사람들이 줄기차게 흘러간다.

여기 한 나라가 있고, 한 질서가 있다는 것에 신기함과 경의를 느낀다. 그런 기분.

〈아버지〉와 동생은 손을 꼭 잡고 있었다.

거리의 여기저기를 설명하는 〈아버지〉의 얼굴도, 진지하게 듣고 있는 동생의 얼굴도 불빛에 환했다.

보기 좋은걸, 꿈을 꾸고 있는 것 같아, 하고 나는 생각했다. 걸으며, 아련하게. 사랑하는 사람의 얼굴과 길 가는 사람들의 얼굴에서 공평하게 무언가를 느낀다. 소중함, 저녁밥 냄새, 그 집에 놓여 있을 차주전자. 그 사람들의 할아버지, 할머니, 결혼식과 추석, 다녀온 외국, 그 선물.

모두가 지니고 있는 그런 끈적끈적한 것들에 대한 그리움, 그림자. 인간이 살아서 생활하고 있는 장소의 냄새. 모두 어머니와 아버지가 있어 기저귀를 갈기도 하고, 부부 싸움을 하기도 하고. 그리하여 비슷한 삶의 모습으로 늘어나 이 거리를 걷고 있는 사람들. 아무리 어마어마한 부자도 가난뱅이도, 밤에는 이부자리에 들어가 꿈을 꾼다.

그런 일들의 뜨뜻미지근한 온기.

지금은 이 거리를 걷고 있지만, 언젠가는 죽어 없어질 것이다. 그때도 이 거리는 이렇게 변함없이 활기를 띠고 있으리란 것에 대한 묘한 안심, 허망함. 몸이 있다는 것을 잊고 나 자신이 기체처럼 느껴진다.

어슬렁어슬렁 이렇게 걷다가 사라져가는 환상처럼 생각된다.

「아버지는 여전히 대학 교수님이에요?」

화기애애한 분위기 속에서, 나는 그런 질문을 했다. 아버지가 데리고 들어간 중국 요릿집에서, 신나게 먹고 나서 디저트로 나온 타피오카를 먹으면서.

「아직 목이 잘리지는 않았어」

그는 아시아 문학을 연구하고 있고, 몇 개 국어를 말할 수 있다.

「나 아빠 대학에 진학할까?」

동생이 말했다.

「그 무렵엔 벌써 그만두었을지도 모르지. 학생들 앞에서 가르치는 일은, 아마 은퇴했을 거야」

「결혼 생활 순조롭다고 했던가요. 아이가 생겼다고 했었죠?」

나는 말했다.

「내 형제?」

신기하다는 듯 동생이 말했다.

「지금 한 살짜리 여자앤데, 이름은 쇼코라고 한단다. 〈莊子〉라고 쓰지. 어이가 없을 정도로 간단하고, 멋대가리도 없는 이름이지만」

「대단한 사람이 될 것 같군요」

정말 간단하군, 이라고 생각하면서 나는 말했다.

「사쿠미만큼 멋스럽지는 않아도, 같은 중국에서 유래한 이름인데」

〈아버지〉는 웃었다.

아니? 하고 나는 생각했다. 동생도 그렇게 생각한 것이리라, 우리는 동시에 서로의 얼굴을 보았다.

「제 이름인 사쿠미의 사쿠는, 달이 차오르기 시작할 때의 신월(新月)을 의미하는 것 아닌가요? 엄마한테서 그렇게 들었는데」

나는 말했다.

「내가 지은 이름이 아니라서 정확한 건 잘 모르지만, 나는 다르게 들었는데. 엄마가 잊어버렸든지 잘못 기억하고 있는 것 아닐까?」

「그럼, 어떤 뜻인지 알아요?」

나는 말했다.

「자세하게 설명할 수 있을지 자신이 없는데, 사쿠미의 아버지는, 경제 서적 같은 걸 열심히 읽는 사람이었잖아. 성공을 위한 책이니 하는 거 말이야. 그런 책에서 인용한 모양이야. 중국의 고전이고, 나도 알고 있는 얘기라서 인상이 남아 있는데」

「어떤 내용이죠?」

「옛날 한(漢) 나라에 동방삭(東方朔)이라는 아주 유별난 사람이 있었는데, 무슨 이유에서인지 황제에게 끔찍한 총애를 받고 있었어. 그런데 그 사람은 황제가 어떤 선물을 내려도 전혀 고마워하지 않았다는 거야. 포목이면 어깨에 아무렇게나 걸

치고 가고, 고기 같은 것이면 허리춤에다 그대로 집어넣고, 돈이 생기면 여자한테 갖다 바치고, 그런 사람이었다고 해」

「전혀 바람직한 얘기가 아니잖아요」

「아니, 이제부터 달라져. 그래서 주변 사람들이 너는 이상하다, 유별난 사람이다, 라고 하면, 그는 〈천만의 말씀, 옛날 사람들은 심산유곡에 몸을 감추었지만, 나 같은 사람은 조정에 몸을 감추고 있다〉고 했다는 거야. 그런 얘기」

「아무래도 뭐가 좋다는 건지 모르겠는데요」

나는 말했다. 이야기의 뜻은 알겠지만, 마유가 무슨 얘기를 하고 싶었던 건지는 모르겠다.

「달이라고 하는 편이 로맨틱하고 여자다운데」

동생이 말했다.

「사쿠미, 너한테는 그 이름이 딱 맞는 것 같은데」

〈아버지〉는 말했다.

「나도 알 것 같아」

동생은 말했다.

「무슨 얘긴지는 알겠는데……」

나는 대답했다. 잘 알기는 하겠는데, 한곳으로 이어지지 않는다. 내가 알 수 있는 것은, 마유의 호의뿐. 마유가 내게 기대하는 사소한 배려뿐.

「그럼 됐지 뭐」

라고 〈아버지〉는 말했다.

이 사람은 굉장히 질투심이 많은 사람이라, 어머니와 함께였을 때는 한시도 긴장을 풀지 못하는 느낌이었는데, 지금은 차분하고, 자신감이 넘쳐 보였다.

 어머니와 함께였던 그 장소가 잘못된 것이었다고는 생각하고 싶지 않지만, 지금 그는 아주 기분 좋은 곳에서 지내고 있는 것이리라.

 동생은, 싹 바뀐 표정으로 어린애답게 웃고 있었다. 이렇게 금방 반응하고, 이렇게 금방 회복될 수 있는, 그것이 젊음이란 것이다.

 우리들을 택시에 태워주며 〈아버지〉는 〈또 오는 거다〉라고 몇 번이나 강조하고, 운전사에게 〈베이 브리지를 통해서 가주십시오〉라고 말한 후, 하염없이 손을 흔들어주었다.

 동생은 결국, 아버지에게 특별한 질문은 전혀 하지 않았다. 하지만 동생이 묻고 싶었던 질문은 〈아직도 나를 사랑하나요?〉였으리라. 그리고 그 대답은 아버지가 요시오를 보자마자 보여주었던 웃음과 저렇게 열심히 흔들어주는 손으로 충분히 알 수 있었을 것이다. 나는 그런 것들에 필요 이상 감격하여, 마치 어딘가 멀리로 여행을 떠나는 듯한 기분에 젖었다.

 동생과 둘이서, 한없이 먼 곳으로.

 그 기분은 밤의 베이 브리지를 지날 때 한층 짙어졌다.

 불빛 위에 아른아른하게 떠 있는 다리의 모습, 〈H〉자 모양의 그림자, 부근에서는 이 항구의 불빛이 입체적으로 겹쳐 빛나고 있었다. 항구에 잠든 수많은 배가 조용히 밤의 해변을 비추고 있다. 빨강과 오렌지와 하양. 멀리로, 가까이로.

 나선을 이루는 도로의, 줄줄이 아름다운 곡선의 빛. 마치 빛 속을 이동하는 것 같았다. 호화스런 야경 속으로 모든 것이 눈 깜짝할 사이에 미끄러져 간다.

「은하 같다!」
라고 동생이 말했다.

「전에 여기 와본 적 있어?」

「있지」

몇 번이나 왔다. 그리고 늘, 오늘이 가장 아름답다고 생각했다. 지난번 왔을 때보다, 몇 배나 더.

「여행 온 것 같아」
동생이 말했다.

그러는 사이에 자동차는 빛의 나선을 빠져나와 밤의 고속도로로 진입했다.

그런 느낌이, 농축된 어떤 시간을 되돌아보는 것이, 그 당시 아주 애틋한 느낌이 드는 것이, 바로 여행이다.

돌아와서 류이치로에게 전화를 걸었다. 마유 얘기는 아직 할 수 없어, 만나면 하리라고 생각했다. 그래서 일단 이름의 유래에 관해서만 얘기했더니, 그는 킬킬대며 웃었다. 이제, 그쯤 해둬, 라며 또 웃었다.

사랑하는 사람의 이 웃음이야말로, 마유가 한 말이나 아버지가 내게 바란 것을 나타내는 것인가 하는 생각이 들자, 그리 싫지는 않았다. 기분이 상쾌해졌다.

에이코가 보낸 편지, 하와이에서 온 러브 레터.

　잘 있니?
　여긴, 정말 하와이란 느낌.
　하와이다운 매일이다.
　지난번엔 고마웠어.
　정말, 정말 고마웠다.
　그때의 기억만으로도 밥을 맛있게 먹을 수 있어.
　해수욕도 즐길 수도 있고.
　부모님께 효도도 할 수 있고, 쇼핑도 신이 난다.
　정말 감사해, 사랑한다. 아주아주.
　　　　　　　　　　　　　　　　　에이코

막힘이 없는 달필에 이렇게 유치한 문장이 씌어 있는데도, 무엇보다 에이코의 햇볕에 탄 환한 얼굴과 골프 웨어 밖으로 드러난 가느다란 팔다리가, 지금 눈앞에서 움직이는 듯했다.
 그런 곳에서 에이코가 나를 생각하며 어떤 기분에 젖는지도 전해져 왔다. 그렇게 생각하자 나 자신이 조금 좋아진 듯한 느낌이 든다. 깨끗해진 듯한, 좋은 사람이 된 듯한.

 동생이 집을 떠난 것은, 봄이 무르익은 5월의 아침이었다.
 나뭇가지들이 몹시 흔들리고, 길 가는 사람들의 옷자락이 유난히 펄럭이는 탓에 평소보다 풍경이 다이내믹하게 보이는, 바람이 세게 부는 날이었다.
 아침 일찍 눈이 떠졌기에, 동생의 방을 들여다보았다.
 동생은 아침 햇살 속에서 짐을 싸고 있었다. 조그만 가방에 중요한 것들을 열심히 쑤셔넣고 있었다. 정말 어딘가 멀리로 여행을 떠나는 사람처럼 보였다.
 「어째서 보통 학교는 안 된다는 거니?」
 나는 문턱에 서서 그 모습을 바라보며 끈질기게 만류해 보았다.
 「여러 가지로 노력해 봤지만, 아무래도 잘 되지 않는걸」
 「집에서 다니면 되잖아? 기숙사로 들어가지 말고. 그런 애들도 있지, 그 학교?」
 「안 돼. 이미 결정했어」
 동생은 말했다.

「네가 없으면 허전하잖아, 심심하기도 하고」

내가 투정을 부리자, 〈누나, 주말에는 돌아오니까 걱정 마〉라며 나를 설득했다.

어머니는 〈보호자〉다운 정장 차림으로 동생을 데려다주러 갔다. 두 사람의 뒷모습이 현관을 나서서 멀어져 가자, 햇살에 드러난 뜰이 휑하니 비어 보였다.

준코 아줌마와 둘이서 부엌으로 돌아가 보니, 식탁 위에는 동생이 마시다 만 찻잔이 놓여 있었다.

왠지 견딜 수 없는 기분이었다.

강아지처럼, 고양이처럼, 시끄러울 정도로 늘 부산을 피우며 이 집 안에 있었는데. 갓난아기였을 때부터 오늘까지. 따로따로 사는 날이 오게 되리라고는 생각지도 못했다. 언젠가 그런 날이 오리라고 생각 안한 건 아니지만, 이런 식으로 이런 때 홀로 집을 나서리라고는 생각지 못했다. 그렇게 모두들 지나치게 동생을 귀여워하여, 그는 빗나간 방향으로 성장하지 않을 수 없었는지도 모른다.

「요시오한테 좋은 결과를 갖다 주면 좋을 텐데」

준코 아줌마가 말했다.

「이번 일로 생각 많이 했어. 게다가 나도 언제까지 이 집에 붙어살 수는 없는 노릇이고」

「아니, 나가겠다는 거예요? 준코 아줌마까지?」

나는 낙심한 목소리로 말했다.

「그렇게 급하게는 안 나갈 거니까, 애 같은 얼굴 하지 마라」

준코 아줌마는 웃었다.

매일 반복되는 일은 이상한 일도 이상하지 않게 여겨진다. 타인과 사촌동생과 어머니와 나와 동생이 뒤섞여 사는 것. 밥을 먹고, 제각각 서로의 권리를 지니고, 생활하고 있었다. 변화는 동생에게서 일어난 것인지도 모른다. 아니, 정답은 없다. 내 기억도 관계 없다고는 할 수 없다. 베리즈가 문을 닫은 것도, 내가 류이치로와 사귀게 된 것도, 모든 것이 조금씩 서로 맞물려, 이런 형태를 띠고 나타났다.

변해 간다. 좋지도 나쁘지도 않게, 그저 형태를 바꾸어 계속된다. 흘러간다.

류이치로의 방을 구하느라, 내내 그를 쫓아다녔다.

몇 집이나 봤을까, 스무 집은 넘게 봤을 것이다. 그러나 그런 일에 까다로운 그는, 누가 뭐라든, 내가 귀찮아서 〈여기면 됐잖아〉라고 해도 결코 타협하지 않았다.

사람이 살고 있지 않은 방을 몇 군데나 돌다 보니까 이상한 느낌이 들었다.

문을 열 때마다, 지금까지 거기에 살았던 사람의 냄새가 난다. 새로 지은 건물에서는 페인트 냄새만 난다. 그리고는 류이치로가 거기에 사는 모습을 상상한다. 골목길이 있으면, 시장을 보고 그 길을 걸어 돌아가는 두 사람을 떠올린다. 그렇게 하여 짧은 시간에 몇 가지 미래를 살다, 성사가 안 될 때마다 몇 가지 미래가 죽었다.

그런 인간의 공상은 누구도 막을 수 없다.

「아침에 해가 들지 않으면 안 돼. 역에서 아무리 멀어도 상관없어. 서향은 도저히……」
라고 역설하는 류이치로를 보는 것도 재미있었다. 무엇엔가 필사적으로 매달리는 그의 모습은 보기 드무니까, 이런 일이라도 없으면 그런 일면은 볼 수 없으니까.

간신히 마음에 드는 방을 찾은 것은, 공교롭게도 동생이 집을 떠난 그날이었다. 슬픈 일이 있으면 좋은 일도 있는 법이다.

더구나 그 방은 내가 구른 계단 바로 옆에 있는 낡은 아파트에 있었다. 창문으로 그 계단이 보인다.

틀림없이 계단을 올라오는 내 모습도 보이리라.

「이 창문에 류이치로가 서 있는 게 보이면 손을 흔들다 또 구르겠네. 그래서 또 기억을 잃고. 그러면 내 인생은 도대체 어떻게 될까?」

나는 말했다. 밖에서 복덕방 사람이 기다리고 있다. 휑뎅그렁한 방에서는 밝은 햇살과 먼지 냄새가 났다. 바닥은 싸늘하게 식어 있고, 목소리가 잘 울렸다.

「분명 또 되살아날 거야」

「어머, 저기」

「어, 뭔데?」

「내 혈흔이 아직도」

「거짓말하고 있네. 그만해, 섬뜩하잖아」

정말 언짢다는 듯 그가 말했다.

동쪽에도, 남쪽에도 창문이 있었다. 바람이 불어오자, 전 주인이 그냥 남겨두고 간 하얀 커튼이 오로라처럼 흔들렸다. 음악으로 친다면, 오르골의 선율 같은 흔들림이었다.

「여기로 할까?」

그는 말했다.

「돈, 있나? 류이치로 같은 사람한테?」

「무슨 실례의 말씀을, 늘 나한테 그렇게 얘기하는데, 지난번 책이 아주 많이 팔렸단 말이야. 지금도 계속 팔리고 있고. 이제 나한테 이런 말 하게 하지 마」

「저축해 둔 돈 있어요?」

「있지」

「그래요?」

그 방은 햇빛이 드는 각도하며, 벽지의 색깔하며, 사이판의 호텔 방과 느낌이 비슷했다. 그러고 보니 정말이군, 창밖으로 바다가 보일 듯한 기분인데, 라고 류이치로가 말했다. 그때,

모르는 사람이 아닌 것 같다.

라고 생각했다.

얼마 전까지만 해도 서로 다른 곳에서 성장했을 텐데, 전혀 그런 느낌이 들지 않았다.

줄곧, 이렇게 함께였던 것 같은 기분, 오랜 옛날부터.

유적지처럼 횅한 곳에 있기에 더욱 잘 알 수 있다. 생활의 망령은 그 모습을 보이지 않고, 두 사람의 목소리만 잘 들리니까. 길거리에서는 좀처럼 이런 공간에 서는 일이 없으니까, 이런 생각은 못한다.

하지만 이곳은 모든 것이 백지 상태여서 강해진다. 여기에 나와 이 사람이 있고, 서로 다른 사람인데도 무언가를 유난히 짙게 공유하고 있다는 생각이.

동생이 없는 생활은 무성영화처럼, 무언가가 결여된 듯한 느낌이었다.

 동생의 방 문 앞을 지날 때마다, 죽은 것도 아닌데 마유나 아버지의 사진을 보았을 때처럼 가슴이 찡했다. 조금은, 마음에 그늘이 지는 듯한 느낌이 들었다.

 무슨 일을 하고 있어도, 한동안은 동생한테 마음이 가 있었다. 미키코도 케이크를 한 개씩 더 사오곤 하여, 울적하게 나누어 먹었다.

「이런 기분, 요시오가 대학에 진학하거나 첫사랑 애인이 생겨서 집에 잘 안 들어오게 되면 그때 비로소 느껴야 되는 거 아냐? 너무 빨랐어」

 천진난만하게 얘기하는 미키코의 말이, 아직도 믿지 못하는 마음에 울렸다.

 있으면 아무것도 아닌 일도, 없다는 것만으로 의식하고 만다. 소중한 사람을 포기한 것 같은, 후회감 비슷한 쓸쓸함이 남는다.

 그 여자가 말을 건 것은, 아르바이트를 끝내고 돌아가는 길에 들른 찻집에서였다.

 나는 책을 읽고 있었고, 더구나 널찍한 나무 테이블 한가운데에 큼직한 꽃병이 있고, 새하얀 카사블랑카며 백합꽃이며 레이스 플라워며 나뭇가지 같은 것들이 담겨 있어, 그 사람이 바로 앞에서 나를 한참이나 열심히 보고 있었다는 걸 전혀 눈치 채지 못했다.

「저……」

하는 가냘픈 목소리가 들려 얼굴을 들어보니, 그 사람이 테이블 건너편에서 이쪽을 보고 있었다. 꽃과 꽃잎 사이로 그 하얀 얼굴이 보였다. 꽃 속에 섞여 있는 것처럼 예쁘게 보였다.

「실례합니다만, 혹시 제 친구의 형제 분이 아닌가 싶어서요」

빠른 말투로 그렇게 말했다.

그 사람은, 긴 갈색 머리칼이 구불구불 등뒤로 늘어진, 품위 있는 분위기였다. 속눈썹이 길고 약간은 치켜 올라간 눈, 갈색이 어려 있는 깊은 눈길. 아주 얇은 입술. 새하얀 피부. 아주 평범한 하얀색 스웨터에, 아주 평범한 검정색 긴 타이트 스커트를 입고 있었다. 영국 귀족 같다고 나는 지식도 의미도 없이, 이미지만으로 그렇게 생각했다.

「네?」

하고 나는 대꾸했다. 또 이상한 사람인가. 이상한 사람이라면 내다 팔아도 될 만큼 사방에 있으니까, 더 이상은 필요 없어, 라는 생각을 안했다면 거짓말이다. 그러나 고양이를 죽일 수 있을 정도로 힘을 갖고 있다는 호기심, 그것이 나로 하여금 미소짓게 했다.

「그럴지도 모르겠는데…… 대체 어떤 사람이죠?」

라고 내가 물었다.

「저, 그게 초등학교에 다니는 남자아이예요」

라고 그 사람은 말했다.

「어쩌면, 제 동생일지도 모르겠군요」

나는 말했다.

「이쪽에 와서 앉지 않겠어요?」

그녀는 비로소 웃었다. 콧잔등에 잔주름을 모으고. 치열이 가지런한 하얀 이가 보였다. 사람의 마음을 끌어당기는 귀염성 있는 얼굴이었다. 그녀는 마시고 있던 로열 밀크티 잔을 들고 내 옆자리로 왔다. 아아, 이 얼마나 이 사람다운 차인가, 하고 생각했다. 첫 만남인데.

「어디서 만났죠, 동생을? 동생의 이름은 요시오예요, 저는 사쿠미라고 합니다」

「제 소개가 늦었군요. 저는 지금 대학생인데, 학교에서는 내내 밀국수라는 별명으로 불리고 있어요. 점심때면 늘 밀국수만 먹으니까요, 후후후」

역시 이상한 사람이다. 나는 평소에도 늘 이상한 사람 전용 채널을 방송하고 있는 것일까.

「요시오하고는 공원에서 만났죠. 그는 학교를 땡땡이쳤는지, 심심해 보이길래, 마침 휴강이어서 한가롭게 공원을 산책하고 있던 제가 말을 걸어보았죠. 그리곤 서로 기분이 맞아 여러 가지 얘기를 나누는 사이에 친구가 되자고 하여, 몇 번인가 그곳에서 만났는데, 그가 안 보인 지가 꽤 오래됐어요. 그래서 어떻게 지내는가 싶어서. 주소도, 전화번호도, 이름도 모르는 어린 친구였기 때문에」

「그런데 어떻게 내가 그 아이의 누나라는 걸 알았죠? 얼굴도 그렇게 닮지 않았고, 터울도 많이 지는데」

나는 말했다.

「제게는 그런 걸 직감적으로 알 수 있는 능력이 있어요. 요시오도 그렇죠? 그래서 아까 당신이 저 문을 열고 들어와 제 바로 건너편 자리에 앉았을 때, 특별히 눈에 띄는 것도 없는데 왠지 아주 독특한 인상이 느껴지고, 그 인상이 요시오 군이 말했던 〈기억을 잃은 누나〉와 아주 닮은 듯한 기분이 들어서, 한번 말을 걸어본 거예요」

그녀는 말했다.

「그랬나요?」

나는 그럭저럭 납득이 갔다. 동생과 사이판 사람들 덕분에, 이런 얘기에도 충분히 면역이 되어 있었다.

「그 아이, 학교 그만두고 기숙사가 있는 사립 아동원에 들어가 버렸어요. 아침부터 밤까지 일정이 정해져 있는 학교인 모양이니까, 그래서 못 가게 된 거 아닐까요」

「네, 그래요. 몰랐군요. 그렇지만 건강하게 잘 있다면 그걸로 충분해요. 학교엘 다시 다니기 시작한 건지, 이사를 간 건지, 어디 아프기라도 한 건지 알 수가 없어서, 좀 걱정됐을 뿐이에요」

그녀는 웃었다.

「제 주소와 전화번호를 일단 적어드릴게요. 그에게 전해 주세요」

라고 말하며, 테이블 위에 놓인 종이 냅킨에다 사브작사브작 글을 썼다. 〈스즈키(鈴木) 카나메〉라는 평범한 이름이었다.

「전해 드리죠」

라고 말하고 나는 냅킨을 받아들었다.

「역시, 안 보낼 걸 그랬어. 그래 가지고야 군대하고 다를 게 없잖아. 학교 같은 데 안 보내도 좋으니까, 차라리 집에 그냥 두는 편이 좋겠어」

어느 날 면담을 하고 돌아온 어머니가 화가 나 히스테리를 부렸다. 학교에 들어간 지 아직 얼마 되지 않아, 동생이 주말에 집에 다니러 오는 것은 허용되지 않았다.

「왜요? 자기 마음대로 할 수 없대요? 선생들이 이상한가요?」

나는 물었다.

「그렇진 않아, 사람들은 다 친절해. 하지만 말이야, 이혼했을 때의 일 같은 걸 꼬치꼬치 캐묻는 거야, 정말 믿을 수가 없어. 난 벌써 다 잊어버렸는데」

어머니는 말했다.

「당사자는 어때요?」

나는 물었다.

「명랑해 보였어. 학교에 가는 것보다는 재밌대. 친구도 생긴 거 같고」

「그럼 됐잖아요」

「내가 싫어. 왜 나까지 개인 면담에 응해야 하냔 말이야」

어머니가 말했다.

「엄마가 그렇게 말하면, 설득하기도 곤란하네요」

나는 말했다. 어머니는 엉뚱한 일에는 관대하고, 이런 일에는 제멋대로이다.

곁에서 텔레비전을 보고 있던 미키코가,

「하지만 이모 기분도 이해가 가요. 요시오는 아무데도 문제가 없는걸요, 뭐. 자폐증도 아니고, 등교 거부라고 해도, 그냥 학교 안 가고 노는 것뿐이니까, 딱히 정신적으로 결함이 있는 것도 아니고. 그런 데에 가는 애들과는 조금 다른 것 같은데」
라고 말했다.
「맞아」
어머니는 말했다.
「그 나이에 집에서 나가고 싶다, 학교에 가고 싶지 않다고 생각했다면 그 방법밖에 없잖아? 하지만 그런 게 아니고 최선의 방법이 있는데, 그 아이에게 그걸 생각할 수 있는 머리가 없었을 뿐 아닐까, 싶은 생각이 들어」
「그럴지도 모르겠네요」
나는 말했다.
「모든 학생이 기숙사에 들어가는 사립학교에 넣는다든가, 외국 학교에 보낸다든가」
「그럴 만한 돈은 없어」
「그럼, 최소한 전학을 시킨다든가」
「그 방법을 생각해 보긴 했지만」
「하지만 왜 그렇게 그 학교엘 가고 싶어했을까? 그 점에 대해서는 나 묻지 않았네, 그러고 보니」
「낸들 아니」
「만나러 가볼까. 면담은 누나라도 상관없나요?」
「사전에 얘기하면 상관없어」

암리타 395

어머니는 말했다.

일련의 여행 덕분에, 지금 우리 집에서는 〈동생 담당〉이 암암리에 나로 정해져 있다. 나는 주머니에 그대로 들어 있는 〈밀국수〉의 주소를 만지작거리며, 동생을 만나봐야겠다고 생각했다.

면담 시간은 토요일 오후이다.

나는 별 뜻 없이 철조망 너머…… 그런 정경을 상상했는데, 형무소도 아니고, 전혀 달랐다.

그 아동원은 아주 평범한 건물의 한 층에 있었다. 밝고 깜찍하게 꾸며져 있고, 적당한 생활감이 있고, 애들이 좋아할 만한 포스터와 장난감이 있고, 결코 궁상스럽거나 암울한 분위기는 없었다. 안내 창구에서 보고 있자니, 안쪽에서 아이들이 잔뜩 오락가락하는 것이 보였다. 와글와글 뭔가 즐거운 듯 보였고, 언뜻 봐서 이상한 아이는 없는 것 같았다.

내가, 「누나인데요, 데리고 나가도 괜찮습니까?」라고 묻자 안내에 있는 여자는 생긋 웃으며 「물론이죠. 만약 저녁도 함께 드실 거라면, 7시 반까지 이곳으로 데려다주세요」라고 말했다.

까다롭게 굴지 않아 마음이 놓였다.

가정에서 제대로 쉴 수 없어 정상적인 생활이 불가능해지면, 여기에 쉬러 오는 아이도 있겠지. 그런 아이들에 비하면 동생이 엄살을 부리고 있다고는 생각되지 않는다. 말을 하지 않아서 그의 머릿속에서 어떤 일이 벌어지고 있는지는 알 도리가 없다. 옛날처럼 심령적인 일로 밤잠도 못 이룰 만큼 혼란스러운 것인지도 모르고, 하물며 어머니에게 그런 일을 설명한다고 해도 이해해 줄 리 만무하다. 그는 그런 모든 것을 다 알기에 스스로 이곳에 오기로 결정한 것이리라.

친절해 보이는 한 남자를 따라 동생이 나왔다. 동생은 다녀오겠습니다, 라고 웃으며, 안내 창구를 지나 내 쪽으로 왔다.

「사쿠 누나, 오랜만이야」

「뭐 먹으러 가자. 먹고 싶은 거 없어?」

「케이크, 케이크를 실컷 먹고 싶어」

「여기 식사는 어때?」

「응, 그런대로 맛있어」

「그래」

소곤소곤 낮은 목소리로 그런 얘기를 주고받고 나서, 그곳을 뒤로했다.

「사바 세계의 공기는 좋은걸」

건물 밖으로 나오자, 부드러운 햇살 속에서 동생이 웃었다. 얄밉게도 정말 동생은 이전보다 차분하였고, 누군가에게 보호를 받고 있는 듯한 느긋한 분위기에 싸여 있었다.

「재밌니? 모두들 좋은 사람?」

「응, 친구도 생겼어. 자폐증인 애도 있지만, 함께 있어도 마음이 안 통한다는 느낌은 안 들어. 그리고 갑자기 울거나 난동을 부리는 아이, 선생님한테는 절대로 입을 열지 않는 아이, 조금 전까지만 해도 모두와 신나게 놀고 떠들고 했는데, 엄마 아빠가 오면 갑자기 입을 꼭 다물어버리는 애도 있고」

「그래. 모두들 나름대로는 힘들겠구나」

「응. 잠들기 전 같은 때, 자기 집안의 골치 아픈 얘기들을 해」
「너는 어떤 진단이 내려졌는데? 상담 같은 거 했겠지?」
「감수성이 너무 예민하대」
「그야 그렇지」
「좌우지간 엄마와 아빠가 이혼을 해서 굉장히 슬펐다, 그 점을 강조하고 있어」
「그렇군. 효과가 있겠는데」
「나중에 부모님 상담 때, 엄마 화낼까?」
「그것도 효과가 있을 거야. 뭐 어때, 상관없어」
나는 그렇게 말해 주었다.
「그렇게 오래 있지는 않을 거니까 괜찮겠지」
「그러니?」
「응」
동생은 말했다. 전철을 타고 우리 집이 있는 역으로 향했다. 근처에 그래도 번화가가 있는 곳은 거기뿐이다. 가는 김에 집에 잠깐 들를래? 하고 물었더니 동생은 아니, 라고 대답했다. 대단하군, 하고 생각했다. 아직 어리니까, 어머니가 보고 싶을 텐데.

창밖 풍경은 안개가 낀 것처럼 부드럽고, 거리 여기저기에 봄꽃이 박혀 있었다. 토요일 한낮. 기분 좋게 흔들리는 차 안은 사람도 드물고 햇빛이 넘친다.

「그런데, 어쩐지 모두하고 마음이 잘 맞아. 무슨 생각을 하고 있는지 알 수 있을 것 같은 기분이 들어. 보통 학교에 다니는 애들보다 좀 유별나기도 하고 편파적이기도 하고. 다음에 무슨 말을 꺼낼지 몰라 무서울 때도 있지만, 왠지 좋아져」

「너는 또래 아이들보다 조숙하고, 아마 머리도 더 좋을 테니까, 그만큼 생각하는 것도 많아서, 분위기가 튀는 거겠지. 그런 아이는 역시 보통 애들이 생각하지 않아도 좋을 일까지 자기도 모르는 사이에 느껴버리니까, 맞는 거겠지」

일단 그렇게 분석해 보았지만 이 아이가 몸으로 느끼는 것에 비하면 설득력이 없다. 동생은 고개를 끄덕이며,

「보통 학교에도, 틀림없이 마음이 맞는 애가 있을 거야. 지금까지 찾아보지 않았을 뿐이지, 찾을 기운이 없어서」
라고 말했다. 나는 무리하지는 마, 라고 말하지 않았다. 필사적으로 온몸의 감각을 곤두세우고 있는 그에게, 무슨 말을 할 수 있을까. 할 수 없다.

단골 찻집에 가서 그 커다란 테이블에 앉을 때까지, 나는 〈밀국수〉의 부탁을 까맣게 잊고 있었다, 멍청하게도.

동생이 케이크를 네 개나 주문하여, 깜짝 놀란 내가 〈지난번에 여기서 무슨 케이크를 먹었더라?〉 하고 생각한 순간에 기억의 밑바닥에서 갑자기 떠올랐다.

「아 참, 미안. 잊고 있었네!」

나는 말했다.

「얼마 전 여기에서 만난 사람한테 주소와 전화번호 전해 달라는 부탁을 받았었는데」

「그 사람, 남자?」
라고 묻는 동생의 표정이 형용할 길 없이 딱딱하고 이상했다. 두려움, 이라고 나는 판단했다.
「아니, 여자」
그렇게 말하고 나는 받은 메모를 건네주었다.
「이거, 밀국수라는 사람이 준 거지?」
종이를 보며 동생은 말했다. 본명밖에 씌어 있지 않아, 누군지 알 수 없었던 모양이다.
「그래, 그 사람이야」
동생은 이번에는 아주 반갑다는 표정이었다. 그 변화에서 비밀스런 냄새가 풍겼다.
「친구니?」
「응. 그 여자랑 공원에서 만나 친구가 되었는데, 아주 좋은 사람이라 친해졌어! 그런데 그 사람의 남자친구가 굉장히 무서운 사람이야, 내가 아무 연락도 안하고 아동원에 들어가 버려서, 걱정하고 있었어」
「무섭다고, 어떻게 무서운데?」
「뭐라고 잘 설명은 못하겠는데, 무서워. 내가 마음에 든 모양이야」
「호모?」
「그런 건 아니고」
「어떤 거야, 그럼?」
「매일 밤 일부러 꿈에 나타나. 또 나한테 무슨 전파를 보내기도 하고」

「어, 너, 아주 전형적인 소리를 하고 있는데, 혹 이 찻집 안에 스파이가 있어서, 너를 감시하고 있는 듯한 느낌이 들곤 하니?」

끝내 분열증인가 싶어 물었더니 동생은 울컥 화가 치민 듯,

「무슨 소리야, 그건?」

하고 말했다.

「왠지 나 무서워서, 학교에도 안 간 데다, 지난번에 아빠한테 당분간 함께 살 수 없느냐고 물어보려고 했었어. 사실은」

그 일은 몰랐었기에, 가슴이 아렸다.

「그랬니」

「하지만 갓난아이가 있어 힘들 텐데, 거절하지도 못할 거란 생각이 들어서, 말을 꺼낼 수가 없었어」

「너 대단하구나. 자기 일을 스스로 생각하고」

「응」

동생은 테이블 위에 줄줄이 나온 케이크를 볼이 불거지도록 먹기 시작했다. 나는 커피를 마시며, 지난번과 다른 꽃병의 꽃을 바라보았다.

산뜻한 오렌지색 글라디올러스, 그리고 짙은 갈색의 구불구불한 나뭇가지가 곁들여져 있었다.

지난번에는 하얀 백합과 레이스 플라워였고, 그 사람이…… 하고 생각했을 때, 동생이 말했다.

「밀국수 누나는 마음에 들어. 뭐랄까, 그 사람 좀 신기한 느낌 안 들어?」

「응, 그래. 지난번 그 사람이 이 바로 앞에 앉아 있었고, 꽃

암리타 401

사이로 하얀 얼굴이 보이면서, 글쎄, 뭐랄까……」

말하는 사이에 마치 어렸을 적 추억처럼, 오래된 영상처럼 그 사람의 모습이 냄새가 피어오르듯 되살아났다. 마치 사랑을 하고 있는 것처럼, 그때의 인상이 눈앞에 떠올라 애틋해졌다.

「전화해 볼까」

「너, 아주 적극적이로구나」

「친구인걸 뭐」

그렇게 말하며, 그는 전화를 걸러 갔다가, 집에 아무도 없나 봐, 전화를 안 받아, 라며 돌아왔다. 그리고 나머지 케이크를 먹기 시작했다.

나도 머쓱해져 남은 커피를 홀짝거렸다. 그리고 멍하니, 창가에 죽 진열돼 있는 도자기의 부드러운 선을 바라보았다. 이 찻집의 모든 용기는 일본식 도자기이고, 알맞게 볶은 원두를 갈아 끓인 짙은 커피가 나온다. 테이블은 전부 나무이고, 여유롭고 크다. 바닥도 나무라서 사람이 걸어다니면 좋은 소리가 난다. 케이크도 생크림이 담뿍 올려져 있는 큼직한 게 아니고, 조그만 게 유럽식이다. 좋은 가게다. 아르바이트를 끝내고 돌아가는 길에 이 찻집에 들러 커피를 한잔 하는 것이 큰 즐거움이었다. 도시에서 생활하는 자의 조그만 기쁨.

한 주에 몇 번이나 오는데도, 주변에 어떤 사람이 있는지 전혀 안 봤네. 그 사람은 이전부터 이 찻집에 드나들었을까…… 하고 생각했을 때였다.

입구의 벨이 가볍게 울리고, 웨이트리스는 어서 오세요, 라며 생긋 웃고 왁자지껄한 한 무리의 대학생이 들어오고, 그

뒤로, 그림자처럼 소리 없이, 바람처럼 가볍게, 미끄러지듯 그녀가 들어왔다.
「밀국수!」
라고 암호처럼 동생이 말했다.

그녀는 놀랐다는 표정을 지은 후, 함박 웃는 얼굴이 되었다.

역시 여기 있었네, 라고도 언젠가 꼭 만날 줄 알았어, 라고도 해석되는 환히 웃는 얼굴이었다.

밀국수와 얘기하고 있을 때, 자신의 기분이 아주 복잡함을 깨달았다. 그런데 과거의 지식 속에서는 아무리 총동원해 봐야 이 기분을 표현해 줄 언어를 찾을 수 없었다. 그 정도로 설명하기 어려운 감정을 품고 있었다. 이런 감정은 류이치로에게서도 느낀 적이 없었다. 혹 내가 첫사랑을 했었나, 싶은 생각까지 들었다.

성격이 어떻다든지, 얼굴 생김이 마음에 든다든지, 그런 따위는 전혀 개입되지 않은 기분이었다. 나는 분명 여자도 좋아하지만, 예를 들어 사세코나 에이코를 아름답다고 생각하고 사랑스러워도 하지만, 이렇듯 필요 이상으로 절실한 기분을 품은 적은 없다.

있는 것만으로도 족한, 그런 기분. 이 세상에 같은 하늘 아래 없을 리가 없었다는, 안도감.

예컨대 고풍스런 건물들이 죽 늘어선 거리 속의 거대한 교회. 사진과 텔레비전 속에서 몇 번이나 보았던 반짝반짝 빛나는 사원. 맑게 갠 짙푸른 하늘 아래, 깨끗한 공기 속. 직접 보면 이런 기분이 들리라. 역시 있었던 것이다. 내가 알기 전에도, 여기에 와 있는 지금도. 그리고 그 존재에 존경심을 느낀다.

포근하고, 달콤한 향수를 느낀다. 어렸을 적 들은 노래처럼, 멜로디만 흐른다. 희미하고 아름답고, 빛 속에 있는 것처럼 아른거린다.

뭐야, 이거. 왜 이렇게 감격해 있는 거지?

혼란스러웠다. 미지의 무언가를 만나면, 사람은 혼란을 느낀다.

「미안해, 요시오. 그 사람이 폐를 끼쳐서」

앉자마자 밀국수는 말했다.

「아니, 밀국수 누나 탓이 아니야. 지금 사쿠 누나한테도 얘기했는데, 내 머리가 좀 이상해진 줄 알고 상대를 안하던걸」

「그, 무섭다는 사람 얘기?」

나는 물었다.

「맞아요. 한때 저의 애인이었는데, 조금 남다른 데가 있거든요. 요시오가 마음에 든 모양이에요」

밀국수는 말했다.

「어떻게 남다르죠?」

「만나보지 않고서는 잘 몰라……」

나의 질문에, 두 사람은 동시에 그것도 재빨리 그렇게 대답했다. 웬만한 사람은 아니겠다 싶었다.

「타인을 자기도 모르는 사이에, 그것도 강력한 힘으로 자기한테로 끌어당기는 사람이에요」

밀국수가 보충했다.

「나쁜 사람?」

「글쎄」

밀국수는 잠시 생각했다.

「한마디로 그렇다고도 할 수 없어요」

「하긴 그 사람이랑 사귀었었으니까, 그렇죠?」

나는 말했다.

「그가 요시오하고, 신흥종교를 만들려고 생각하나 봐요, 정말로」

밀국수의 말에, 나는 커피를 뿜어내고 말았다.

「미안, 미안, 사람은 정말 놀라면 웃음이 터져나오나 봐. 드라마에서나 볼 수 있는 일인 줄 알았는데」

나는 사과하며, 동생을 보았다.

동생은 미간을 찌푸리고 있었다.

「진심인 거 같아요. 나에게도 그 일을 너무나 집요하게 권유하길래, 결국은 싸우고 헤어진걸요」

밀국수는 말했다.

기본적으로 나는 이방인이었기에 그 이야기는 귀담아듣고 있지 않았다. 다만 밀국수가 얘기를 할 때마다 무언가가 떠오를 듯했다.

무언가 소중한 것, 지금까지 잊고 있었던 것.

연애 같은 것은 아닌데, 유독 로맨틱한 기분이었다.

「날 끌어들이려고 해, 떨어져 있어도」

동생은 말했다.

「내 쪼끄만 뇌수로 추측하건대, 무섭다는 것은, 즉 네 속에 그것을 받아들이려는 마음이 있기 때문 아닐까?」

나는 말했다.

「나는 그 사람이 조금도 무섭지 않은걸. 네 속에 아주 미미하게나마 자신의 특수한 힘을 그 사람에게 알리고 싶어하는 그런 감정이 있는 거 아니니?」

「그런 걸까」

동생은 말했다.

「알아, 무슨 말인지. 내게도 그런 게 있었는걸. 이 사람은 아주 강한 사람이란 느낌. 나를 이해해 줄 수 있는 사람이란 느낌. 그래서 오랫동안 헤어지지 못했는데, 요시오 덕분이야. 지금은 겨우겨우 내가 나 자신으로 돌아와 있는 기분이야, 고마워」

밀국수는 말했다.

「카나메 씨도 뭘 할 수 있어요?」

「별 거 없어요. 가끔 사람의 아픈 곳을 낫게 하고, 상자 속에 들어 있는 내용물이 보이기도 하고, 그 정도」

라며 그녀는 웃었다.

그 정도라니, 나는 그중 어느것도 할 줄 모른다.

오늘 밀국수는 머리를 양 갈래로 땋아 어깨에 늘어뜨리고 있다. 검정색 스웨터에 초록색 치마를 입고 있다. 그런 꾸밈없는 차림인데도 어딘가 모르게 딱딱하고, 공식적인 자리에 나온 것 같은 단정한 분위기를 띠고 있었다. 아무도 그녀의 흐름을 흩뜨려 놓을 수 없다, 그런 느낌이었다. 보통사람들보다 훨씬 오래 살아 있는 듯한 느낌. 그리고 어딘가 모르게 그림자가 엷은 듯한, 슬픈 듯한 느낌이 들었다. 그리고 딱히 말을 걸거나 웃음을 던져주는 것도 아닌데 자신이 이 사람에게 상당히 사랑받고 있는 듯한 느낌이 들었다.

「저, 사쿠미 씨가, 아주 말이죠……」

밀국수가 말했다.

「사쿠미라고 불러도 좋아요」

나는 말했다.

「사쿠미가 아주 정겨운 느낌, 오랜 친구인 듯한 느낌이 들어요. 이상한 걸까?」

나는 대답할 길이 없었다. 그런가, 서로 생각하고 있는 것이 똑같다면, 그 다음 무얼 하면 좋을까? 섹스? 아니다.

그래, 친구가 되면 될 것이다. 그런 것이 친구다.

오랜만에 그렇게 단순한 생각을 했다. 어렸을 때부터, 모르는 아이들과 한 교실에 갇혀, 그 안에서 억지로 사이가 좋아질 만한 사람을 찾아내지 않으면 안 되었다. 그것이 운명이고, 그것이 친구가 되는 일이라면 그 얼마나 갑갑한 일인가. 어른이 되었으니 자유롭게, 친구는 거리에서 자기 눈과 귀로 구하면 될 텐데, 상자 속에 처박혀 있던 때의 버릇이 떨어지지 않는다.

그 버릇을 떼려 하는 동생이야말로 건전한 건지도 모른다.
「친구가 돼요, 우리」
나는 말했다. 이상해, 라고 동생이 말했다.
「오늘 나한테 남은 시간이 많지 않다고. 어디 놀러 가」
맞는 말이었다.
「우리 집에 갈까?」
밀국수가 말했다.
「뭐 먹을 거 있어?」
동생이 말했다. 그만해, 창피하다. 내가 말리자, 밀국수는 상관없어, 피자 주문할까? 라며 웃었다.

웃으면, 공기가 떠는 듯한 느낌이다. 코에 약간 주름을 모으고. 뭔가 달콤한 비밀을 감추고 있는 듯한.

어렸을 때, 저녁이 온다는 것이 슬퍼서, 친구와 끝없이 놀고 싶어서 몇 번이나 가출을 한 적이 있다. 그래도 역시 밤이 되면 겁이 나서 집으로 돌아와 꾸중을 들었다. 그럴 때는 흔들리는 초록이 깊어 보였다. 어둠은 미래를 덮어 가리고, 내일의 태양은 믿을 수 없으리만큼 멀었다. 그래서 시간의 밀도가 짙게 느껴지고, 곁에 있는 친구가 한결 소중하게 느껴졌었다.

좀더 오래 같이 있고 싶다, 내내 같이 놀고 싶다. 그렇게 생각했다.

어린 마음에도 어른이 되도록 이 친구와 함께 있을 수 없다는 것을, 사고방식도 진로도 바뀌리라는 것을 알아서였을까? 아니다. 어린아이는 〈지금은 오직 한 번뿐〉이라는 것을 피부로 느끼기 때문이다. 자신의 팔다리가 우둑우둑 소리를 내며 자라나는 것처럼 빠른 속도로, 지금이 어딘가로 날아가 버리는 것에 민감하기 때문이다.

그 절박함에 눈뜨고 있는 것이다.

이렇게 새로운 친구와 있는 동생을 보니, 그 기분이 되살아나는 것 같았다.

혼자서 생활하는 밀국수의 방, 새하얀 인테리어 속에서 피자를 먹고 있으려니, 마음은 옛날부터 사귀던 친구인 것 같은데 이 사람에 대해 아무것도 모른다는 안타까움을 느꼈다.

그리고 중요한 얘기는 하나도 하지 않았는데, 벌써 6시 반이 되고 말았음에 아쉬움을 느꼈다. 만난 지도 오래지 않아, 정작 해야 할 중요한 얘기는 전혀 없지만. 동생은 훨씬 더 아쉬워하는 듯했다. 어렸을 적, 여름방학 때 미키코가 놀러 왔다가 자고 돌아갈 때면, 마유가 곧잘 울음을 터뜨렸고, 나도 덩달아 슬퍼져서 아무것도 할 수 없는 기분에 빠지곤 했었다. 그때 같은 분위기가 세 사람을 지배하기 시작했다.

라디오에서는 「미셸」이 흐르고 있었다. 관련하여 생각했다. 아아, 비틀즈가 결성됐을 때도, 모두들 이렇게 그저 헤어지기 어려웠던 것이리라. 존과 요코가 하룻밤을 지새워가며 얘기를 나누었던 그 운명의 순간도. 세계는 옛날부터 줄곧 이런 식으로 돌아가고 있는 것이다.

작별을 고하고 방에서 나왔다. 엘리베이터를 타고 1층까지

내려와 올려다보니, 4층에 있는 그녀의 방 창문에서 밀국수가 손을 가볍게 흔들고 있었다. 방의 불빛이 뒤에서 비추어 얼굴은 보이지 않았지만, 틀림없이 웃는 얼굴로 우리들의 뒷모습을 마냥 배웅했으리라.

「요즘 배웅을 자주 받네」

모퉁이를 돌아 그 창문의 불빛이 어둠에 떠 있는 수많은 창문과 구별할 수 없게 됐을 즈음, 나는 말했다. 밤 공기가 서늘하여 아쉬움도 사라지고, 왠지 상쾌한 기분이었다.

「응」

동생은 말했다.

「처음엔 말이지, 저 밀국수의 애인이었던 사람이 하루 스물네 시간 내내 무서워서, 거의 그 무서움에서 벗어나기 위해서 기숙사로 들어간 거야. 하지만 지금은 조금 달라졌어. 친구도 생겼고」

딱히 누구에게 하는 말이 아닌, 그냥 중얼거림 같은 말이었다.

그 말을 들으며, 무슨 영문인지 돌연 머릿속이 새하얘졌다. 동생은 이미 동생이 아니고, 나도 이미 누나가 아니었다. 정말 알 수 없었다. 이 밤에, 이 사람과 내가 걷고 있는데, 그게 언제이고, 자신이 몇 살인지. 그런 것들이 무의미하게 느껴졌다.

오직 그 감정만이 어둠 속에 강렬하고 선명하게 떠 있었다.

그날 나는 여느 때와 다름없이 아르바이트를 끝내고, 밤에 집으로 돌아왔다.

현관을 열었을 때, 묘한 정적이 흘렀다.

그것은 아주 희미하기는 하지만, 그래도 평소와는 다른, 죽음의 냄새가 느껴지는 이질적인 정적이었다. 집 안에서 무언가가 끝나 있는 것 같은 느낌이었다. 너무도 확실하게 느껴져, 나는 더럭 겁이 났다. 이런 때면, 나는 여러 가지 사연을 겪으면서 감각이 점점 예민해져 어린아이에 가까워져 있음을 알 수 있다.

구체적으로 그것은 단순히 현관에 전등이 켜져 있지 않다는, 보통 때 같으면 있을 수 없는 조명의 조화였지만, 그것만은 아닌 듯하여 나는 평소보다 조용히 부엌으로 들어갔다.

그러자 건너편 거실의 캄캄한 어둠 속에서, 어머니가 소파에 앉아 포도주를 마시고 있었다. 텔레비전에서는 흑백영화를 방영하고 있는데, 어찌된 일인지 소리는 나지 않았다. 다만 그 부연 화면이 번뜩번뜩 어머니를 비추고 있었다. 어두운 방, 검게 빛나는 잔 속의 붉은 포도주, 어머니의 하얀 뺨이 거기에 비쳐 있었다.

미적인 광경이라서, 나는 꿈을 꾸고 있는 것인가 하고 생각했다.

하루하루의 일상 중에 확실한 것이란, 어떤 의미에서건 아무것도 없다.

나는 어둠 속에서도 완벽한 균형을 이루고 있는 그 광경을 깨뜨리고 싶지 않았지만, 무슨 일이 생긴 것인지 알 수 없어, 아무튼 말을 걸어보았다.
「무슨 일, 있었어요?」
어머니는 왔니, 라고 말했다. 커다란 눈동자가 내게 초점을 맞추었다. 거기에 어려 있는 것은 분노와 실망이라고 불리는 감정에, 자포자기가 섞인 흥미로운 표정이었다.
「준코가 도망쳤어. 가출했어」
나는 놀라 입을 다물었다. 준코 아줌마라면 오늘 아침까지도 당연히 이 집에 있지 않았던가. 그녀가 만들어준 아침을 게걸스레 먹고 있는 나와 미키코에게 수다스럽게 와이드 쇼 얘기를 하고, 내가 집을 나설 무렵에는 아마 빨래를 하고 있었을 것이다. 다녀와라, 라고 웃으며, 그 웃음에는 그 이상의 아무런 의미도, 아무런 감회도 포함돼 있지 않았다고 생각한다.
아침 메뉴는 오믈렛과 된장국과 나물이었다. 그녀가 만든 나물은 달콘하고, 너무 데쳐 지나치게 부드럽다 싶은 게 특징이다. 냉장고 안에 먹다 남은 그 나물이 아직 들어 있을 것이다. 이제 더 이상 그녀가 만든 나물을 먹을 수 없단 말인가? 하고 생각하자 갑자기 현실감이 생겨났다. 그 하얀 손. 어젯밤까지 보았던 잠옷 차림의 그녀. 슬리퍼 끄는 소리. 밤이 깊도록 소곤소곤 끊이지 않던 그녀와 어머니의 대화.
「어쩌자고, 왜?」
나는 말했다.
어머니는 실의에 찬 나머지 성가신 듯하였지만, 대답했다.
「모르겠다. 아마 며칠쯤 지나 편지가 오든 전화가 걸려오든 할 테지만, 짐도 거의 들고 갔고. 참 내, 기가 막혀서, 돈까지 들고 갔어」

「뭐라고요?」

나는 그 말을 믿을 수 없었다.

듣기는 들었지만 귀가 거부했고, 마음이 받아들이지 않는 것이다.

「어디에서? 그 말, 정말이야?」

나는 말했다.

「저기 서랍장에서, 내가 꼬깃꼬깃 모아두었던 돈을. 현금으로 팔십만 엔」

「왜 그런 걸 집 안에다 놔두는 거야. 은행에 넣지 않고」

나는 말했다.

「참 내, 은행에 갖다 넣을 돈이나 되니? 현금으로 그냥 두면 이자는 없지만 꺼내고 집어넣고 하는 성가신 일도 없고, 갑자기 여행을 간다든가 할 때도 쉽게 떠날 수 있고」

얘기가 빗나갔다.

아무래도 서로 얘기하고 싶지 않은 것이다.

사실만으로도 충분했다.

「고민거리가 있다든가, 그런 얘기 한 적 없어요?」

나는 말했다.

「네 말을 듣고 보니 있었던 것 같기도 한데, 그렇지만 구체적으로는 모르겠다」

어머니는 말했다.

「빌려달라고 하면 빌려주었을 텐데」

「그도 그렇네, 이상하지」

「무슨 돌발적인 일이 있었던 모양인데. 그래도 그렇지, 얘기를 해주면」

「뭐가 뭔지 모르겠네. 그런데 돈은? 아줌마가 틀림없이 들고 나갔다는 증거는 있어요?」

나는 말했다. 간신히 정신을 차린 것이다.

「이게 놓여 있었어」

어머니는 식탁 위를 가리켰다. 나는 불을 켜고, 그제야 겨우 공기가 움직이기 시작한 그 공간 안에서 편지를 보았다.

〈꼭 돌려드리겠습니다, 준코〉라고 준코 아줌마의 글씨로 씌어 있었다.

「참, 인간이란 알 수 없군! 도대체 무슨 생각을 하고 있는 거야」

「그렇지!」

그것이 어머니와 내가 내린 단순한 결론이었다.

한동안 잠자코 각자 자기 할일을 하였다. 어머니는 계속해서 포도주를 마시고, 나는 저녁식사로 빵을 먹고 있었지만, 뭔가 석연치 않다. 역시 된장국도 나물도 남아 있었다. 귀중한 느낌이 들었고, 귀중하다고 생각하면 슬퍼질 것 같아 생각하지 않으려고 애썼다. 미키코에게 설명하고, 동생에게 보고하고, 그러면 이 있을 수 없는 일도 일상으로 녹아들까.

친구라는 이유만으로 함께 생활하도록 허용한 사람 쪽이 잘못이었는지도 모른다.

어쨌든 여기엔 사실만 있다.

그 사람은 이제 여기에 살지 않고, 그리고 아마도 두 번 다시 돌아오는 일은 없을 것이다.

예전과 똑같은 생활로 돌아가는 일은 없을 것이다.

그녀를 떠올리며 미소를 머금을 수 있기까지는 시간이 꽤 걸릴 것이다.

그런 생각만이, 아직 납득을 못하는 마음속에 마냥 충격적인 소리를 내며 울려 퍼지고 있었다.

「아! 짜증나. 아무 생각도 하기 싫으니까, 그이랑 술이나 마셔야겠다」

라며 어머니는 나갔다.

그럴 만도 하여, 실컷 마시고 오세요, 라고 말하고 배웅했다.

집으로 돌아온 미키코에게 상황을 설명하자, 미키코는 천진스럽게도 야단법석을 떨며, 여대생다운 몇 가지 추리를 내세웠다. 치정에 얽혔다는 설, 딸이 야쿠자랑 사귀어 매춘을 했다는 설, 예전에 사귀던 남자가 빚에 쪼들려 돈을 마련해 달라고 부탁했다는 설 등등…… 좌우지간 그런 가설들을 몇 가지고 생각해 내는 미키코와 얘기에 빠져 있었더니 기분이 좀 풀렸다. 이 해프닝이 신나는 사건처럼 생각되기도 했다.

그리하여 완전히 흥분한 우리는 마치 화재를 입어 하룻밤, 이상한 상황 속에 모여서 철야를 하는 사람들처럼 고조되어, 한밤중까지 부엌 식탁에서 텔레비전도 안 보면서 맥주와 과자로 시간을 보내고 말았다.

그러고서 미키코가 먼저 2층으로 올라가 잠들었고, 나는 목욕을 한 후에도 거실에 남아 커피를 마시고 있었다.

불도 켜지 않고, 소리를 죽여놓고 심야 프로그램을 보았다.

2시가 되었다. 어머니는 아침이나 돼야 돌아올 것이라 생각하고, 현관문을 잠갔다.

이제 슬슬 자야지, 하고 매니큐어를 바르고 있는데, 갑자기 해일처럼 외로움이 밀려왔다.

이제는 만날 수 없고, 이 집에서 함께 생활할 수도 없다.

아까부터 말로는 알고 있었는데, 왜 그토록 간단한 일을 실감할 수 없었을까, 하고 자문해 봤더니. 혼자가 되지 않았기 때문이란 걸 알았다.

지금 처음으로 이 깊은 밤에, 혼자가 되고서야 이 집의 분위기가 싹 바뀌어 있음을 알았다. 아버지가 돌아가신 날 밤, 어머니가 이혼하고 난 첫날 밤, 마유가 집을 나간 날 밤과 비슷했다.

황량하고 서늘한 느낌.

부재의, 어디 마음 붙일 곳 없는 느낌.

헤어짐의 절대적인 고독.

맥이 풀리고, 이 공간의 부자연스런 침묵의 의미를 깨닫는다. 공기가 이별을 들이마시고 조용히 고여 있다. 어제까지 이 시간이면 같은 지붕 아래에서 잠잤던 사람이, 아마도 영원히 그 생활로 돌아오는 일은 없을 것이다.

아무리 언어로 표현하려 해도, 압도적으로 밀려오는 외로움은 감당하기 벅찼다.

온 집 안에 아직도 준코 아줌마의 자취가 남아 있었다.

모든 추억의 에너지가 이 집을, 당사자처럼 훌쩍 떠나버리기까지는 꽤나 시간이 걸릴 것이다.

외로움은 나의 사고를 제압하고, 방안을 채우고, 나 말고는 잠든 미키코밖에 없는 이 집을 부드럽게 감쌌다. 얼마 전까지만 해도 다섯 식구가 왁자지껄 소란을 피우며 살았다. 지금은 텅 비어 있다.

이런 변화에는 익숙할 텐데, 아니, 그렇기에 더욱 허전함이 빨리 찾아온 것이다.

시간만이 해결할 수 있는 이 고통이.

어쩐지 꼼짝하기도 싫어져, 겨우 설거지를 하고, 이제 그만 잘까 하고 부엌의 전등을 끄는데, 이미 어두워진 거실 창에 사람 그림자가 보였다.

흠칫 놀라, 유심히 보았다.

그러자 똑똑, 하고 창문을 두드리는 손이 어두운 우윳빛 유리창 너머로 어렴풋하게 보였다.

열쇠를 깜빡한 어머니가 부엌에 불이 꺼져 있는 것을 보고 거실 창 쪽으로 돌아온 것인가, 아니면 준코 아줌마가? 하고 살금살금 창가로 다가가 보았다.

「누구?」

낮은 목소리로 나는 물었다.

「나」

동생의 목소리가 들렸다.

나는 순간, 비현실적인 기분에 사로잡혔다. 동생은 그 학교 안에서 잠들어 있을 시간이다. 하지만 그것은 사이판에서처럼 혼뿐인 그가 아니라, 정말 밤의 공기를 진동시키며 밤으로 울려 퍼지는, 현실 속의 동생의 목소리였다.
 나는 서둘러 창문을 열었다.
 까치발을 하고 동생이 서 있었다.
「어떻게 된 거니? 탈주한 거야?」
 아직 꿈속 같은 얼떨떨한 기분으로 물었다. 나 자신의 목소리가 비현실적으로 느껴졌다.
「아니야. 그냥, 좀 걱정돼서」
 동생은 말했다.
「저, 그런데 준코 아줌마한테 무슨 일 있었어?」
「아무튼 들어와. 현관으로 돌아서」
 나는 말했다.
 밤의 뜰에 서 있는 동생은 그 윤곽이 희미하여, 아주 연약한 것이거나 아니면 그 무엇보다도 확고한 것으로 보였다.
 현관문을 열자, 동생이 들어왔다.
 나는 그에게 코코아를 끓여주며 물었다.
「왜, 벨을 누르지 않았니? 사람 놀라게」
「자고 있을 것 같아서 들여다봤더니 부엌에 불이 켜져 있길래, 상황을 좀 살필까 하고」
 동생은 말했다.
「어떻게 왔어?」
 나는 물었다.
「간단하지 뭐. 밤에는 모두들 자니까. 틈을 봐서 살짝 튀어나왔지」

동생은 말했다. 자세히 살펴보니 정말 점퍼 속은 잠옷 차림이었다.
 「코코아 맛있네, 한 잔 더 줘」
라며 웃었다.
  그러나 나는 이 시간에 미처 적응하지 못하여 야릇한 느낌이 남아 있었다. 그것은 외롭고 잠잠한 세계에, 심야의 탈주로 흥분한 동생이 꿈처럼 둥실 날아들었기 때문이다.
 「어떻게 준코 아줌마한테 무슨 일이 생겼다는 걸 알았지? 실제로 무슨 일이 있긴 하지만」
  나는 말했다.
 「아줌마가 오늘 하루 종일 내게 무언가를 보냈어. 아주 강하게, 아주 슬프게」
  동생은 살풋 말했다.
 「너한테는 정말 사람의 정념이 통하는 거로구나」
  나는 새삼 놀랐다.
 「집 나가버렸어, 준코 아줌마」
  나는 설명했다. 돈 얘기는 하지 않았다. 그러나 그 일이 이 사건에 드리우고 있는 복잡한 어둠을, 그 그림자의 냄새를 동생도 느낄 수 있으리라 추측할 수 있었다.
  그는 정말 통달한 듯한 얼굴로 듣고 있었기 때문이다.
 「저 말이지, 딸이 아버지한테서 어마어마한 돈을 훔쳐내서 가출했나 봐. 아마 그 비슷한 일일 거야」
  동생은 말했다.
 「자기밖에 모르는, 짐작 가는 곳을 찾고 있어. 준코 아줌마, 자기 탓이라고, 모든 게 자기 탓이라고 생각하고 있는 거 같아」

동생의 말이 미키코의 추리 수준이라서, 사실이 어떤지는 잘 모르겠지만, 아무튼 그와 유사한 일일 것이라고 나도 생각했다.

「아주아주 강했어, 머리가 아파서 양호실에 갔을 정도로」
「뭐라고 하든?」
「몰라, 얼굴이 떠오를 뿐, 이제 우리 집에서는 못 살겠지, 하고 생각했어. 이제 집으로 돌아가도 없을 거라고」

동생은 말했다.

「왠지 허전하고, 우리 집이 어떻게 되었을까 하고 걱정했더니 잠이 안 와서. 준코 아줌마가 만약 죽었다면 어쩌지, 엄만 울고 있을까, 하고」
「안 울었어. 화가 나서 술 마시러 나가셨다」

나는 웃었다.

「나중에 분명히 울 거야」

눈물을 흘릴 것 같은 사람은 동생이었다. 눈길을 따라가 보니, 동생은 부엌 바구니 속에 아무렇게나 둘둘 말린 채 담겨 있는 준코 아줌마의 앞치마를 보고 있었다.

「나 어떻게 하지, 돌아올까? 그러는 편이 좋을까?」
「너 좋을 대로 해. 준코 아줌마가 빠진 자리는 준코 아줌마 밖에 메울 수가 없는걸. 어차피 당분간은 울적할 거야」
「엄마, 결혼할까?」

동생이 가장 신경 쓰고 있는 것은 그 문제겠지, 하고 알았다.

「그럴 수도 있겠지」

나는 말했다. 어머니보다 연하인 그 사람이 이 기회에 이 집에 함께 산다는 것은 충분히 있을 수 있는 일이다.

「그렇게 되면 사쿠 누나는 어떻게 할 건데?」

「이 나이에 그렇게 젊은 아버지와 같이 사는 건 싫으니까 아마 집을 나가게 되겠지」

「류 아저씨랑 살 거야?」

「글쎄. 아마 그런 일은 없을 거야」

「나는 어떻게 되는 거지?」

당연히 불안할 수밖에 없을 것이다. 자기를 기르는 주인의 환경에 좌지우지될 수밖에 없는 그 나이 때는, 애완동물과 다름없는 신세다.

「엄마도 그렇게까지 멍청하지는 않으니까, 너를 생각하고 있을 거야. 발리에는 갔지만, 결혼은 그보다 훨씬 중요한 일이니까. 그러니까 너의 기분을 잘 정리해 둬. 어떻게 하고 싶은지. 지금은 그 이상 상상해 봐야 아무 소용 없는 시기가 아닐까」

「응」

조금은 기분이 가라앉은 듯, 동생은 고개를 끄덕이며 말했다.

「한 사람이 무슨 일을 하니까, 파도처럼 모두에게 영향을 미치네」

마치 남의 얘기를 하듯 차분하게 얘기하는 그 모습이 우스워 웃고 말았다.

아침이 되면 데려다 주고, 집에서 자고 왔다고 사실대로 얘기해 줄까? 라고 했더니 동생은 아니, 들키지 않게 돌아갈 수 있을 테지만, 만약 무슨 일이 생기면 전화해서 말을 맞춰달라고 했다. 그보다 라면 먹고 싶어, 라고 간청하길래 한밤중인데 배웅하는 길에 라면을 사주기로 했다. 심야의 유선방송이 앵앵 울리는 라면집에서 곱빼기를 먹고 있는 우리들이 다른 사람들 눈에는 과연 어떻게 보일까. 호스티스와 그 호스티스가 꽤 젊었을 때 낳은 아들쯤으로 보일까, 피곤한 머리로 그런 생각을 했다.

「너, 마늘 냄새 지독하게 난다」

아동원으로 돌아가는 길에서, 나는 웃었다

「어떻게 9시에 잠자리에 든 아이가 자고 있는 사이에 마늘 냄새를 풍길 수 있단 말이니. 들키겠다」

「그럴까, 곤란한데」

「껌이라도 씹어야겠다」

나는 핸드백에 들어 있던 껌과 사탕을 모두 그에게 주었다. 사각사각 포장지를 여는 소리가 어둠 속에 울렸다.

밤거리는 아무 일 없이 고요하게 잠들어 있어, 마치 아무 탈 없이 하루가 안식을 취하고 있는 것처럼 여겨졌다.

그러나 그런 상큼한 기분, 뭔가를 깨끗이 끝내고 돌아가는 길목, 오늘 무슨 일을 했더라, 하고 무심코 생각할 때마다 준코 아줌마의 얼굴이 불쑥 눈앞을 가로지른다. 그러면 순간 몹시 아파진다. 이유는 없고 그냥 아프다. 눈앞이 캄캄해진다.

「앗!」

동생이 소리를 질러, 나는 황망히 얼굴을 들었다.
그러자 동생이 향하고 있는 쪽 바로 앞 하늘 한가운데로 길게, 획 하고 유성이 흘렀다. 가늘게 빛나는, 진주 같은 하양이었다. 그리고 그것은 아주 긴 선을 그리며 떨어져, 어떤 소원이라도 빌 수 있을 것 같았다.
아무 소원도 빌지 않았지만.
유성이 떨어지고 난 후의 투명한 밤하늘에는 별들만 소리 없이 반짝이고 있었다.
「사쿠 누나, 지금 그거 유성이지?」
동생이 말했다.
「UFO 아니지?」
나는 웃음을 터뜨렸다.
「네가 왜 나한테 그런 걸 묻니? 네가 더 전문가잖아」
「응, 너무 예뻐서. 길고」
동생은 말했다.
「그런 건가」
「뭐가 그런 건가야?」
나는 물었다.
「좋아하는 사람이랑 있으면서 지금처럼 신나는 기분으로 보면, 별이든 UFO든 상관없이 그냥 예쁘게만 느껴지고 감탄하게 되나 봐」
동생은 말했다.

어느 오후, 우편함을 들여다보았더니 내 앞으로 온 수수께끼의 우편물이 들어 있었다.
 그것은 카세트테이프만 하나 달랑 들어 있는 봉투로, 편지는 없었다. 보내는 사람의 이름도 없다.
 내 이름을 쓴 글씨를 보니 아무래도 남자가 쓴 듯한, 힘차고 큼직한 필체였다.
 기분은 찜찜했지만, 호기심에 못 이겨 듣고 말았다. 다이얼 Q2(유료 전화 서비스——옮긴이) 같은 목소리가 녹음되어 있지 않을까, 그런 생각만 했기에 느닷없이 음악이 흘러나왔을 땐 놀랐다. 여자들의 보컬에 격렬한 록 사운드, 우울한 느낌의 아름다운 곡이 딱 한 곡 들어 있었다. 나머지는 공백.
 점점 더 알 수 없었다.
 그래서 또, 그만두면 좋을 텐데 무슨 수수께끼라도 숨겨져 있는 건 아닐까, 하고 영어 가사를 알아들을 수 있는 부분만이라도 들어보려 필사적으로 애썼다. 대충 이런 가사였다. 결코 싫지는 않았다.

눈을 감고 상상해 봐
당신은 예전과는 전혀 달라
스트립쇼에서 본 제일 날씬한 여자
어떻게 하면 히피가 될 수 있는지 잘 알고 있지
미친 여행 얘기를 해봐
엉망진창이 된 스타, 입이 딱 벌어지는 트릭을

눈을 감고 상상해 봐
그것은 전혀 옛날 같지 않아
언덕 위의 커다란 유리집
마약을 마시고 학교는 땡땡이
어제 블루즈베리가 왔어
와일드한 애인데, 난 굉장히 멋지다고 생각했지

눈을 감고 상상해 봐
어떤 식으로 끝내야 할지
밤의 신데렐라
오른쪽도 왼쪽도 모르고
물어뜯을 정도로 굶주려
나이프와 포크도 잊고 있지

누가 점수를 매기고 있는지 알 바 아니고
누가 문 앞에서 짖고 있는지

꼭 껴안고, 조금은 두려워하며

그것은 옛날 일, 지금과는 달라
언제나 내 방식을 보며, 이렇게 말하던 여자를 떠올리고
아무튼 꼭 껴안고, 그것으로 족해, 놀이만으로도
어둠을 기억하고 있다, 나는 거기에서 왔지, 농담이지만

그래도 통 알 수 없었다. 나는 짐작 가는 모든 사람을 떠올려 보았고, 혹시 록을 좋아하는 코즈미 씨의 소행인가 하고, 사이판에 전화까지 걸어보았지만 아니었다. 사세코와 함께 신난다는 듯 전화 속에 등장하여, 내게 또 한순간 변함없이 푸른 하늘과 바다 냄새를 가져다 주었을 뿐이었다.

무슨 영문인지 알지도 못한 채, 가사를 알아들으려고 몇 번이나 들은 그 선율만이 귀에 남았다.

그래도 나는 그 선율에서 무언가 절실한 것을 느꼈다.

메시지 같은 것.

왠지 나와 느끼는 방식이 상당히 비슷한 사람이 내게 무언가를 전하고자 고통스러워하는, 그런 이미지의 잔상이 지워지지 않고 계속 남아 있었다.

준코 아줌마로부터는 아무 연락도 없이 시간만 흘렀다.

그녀는 이 집에 사는 사람에겐 쐐기와도 같은 존재였다. 〈어머니〉란 이미지를 짊어지고 있던 사람은, 어머니가 아니라 오히려 준코 아줌마였다.

그후, 어머니는 집을 비우는 일이 많아졌고, 미키코야 애초부터 친구들이랑 놀러 다니느라 자려나 들어오는 하숙집이나 마찬가지였고, 나는 내 방보다는 류이치로의 방에 있는 일이 많아졌다. 살풍경한 방이었지만, 가만히 그냥 놔두어 주는 공기로 충만해 있어, 부담이 없었다.

류이치로에게 「이 곡 알아?」 하고 테이프를 들려주었더니 「들어본 적은 있는데, 제법 오래된 밴드인 것 같은데」라고만 알고 있었다.

「옛날 러브 레터 아니야?」

수상쩍다는 듯 그가 말했다.

「짐작이 안 가는걸요. 게다가 만약 그렇다면 가사가 이런 노래는 고르지 않겠죠. 전혀 사랑을 고백하는 내용이 아닌걸요」

「가사를 열심히 들은 모양이군, 역시」

「의외로 질투심이 많군요」

재미있어 나는 말했다.

정말 아무것도 없는 방이다. 커다란 트렁크에 옷가지들이 아무렇게나 걸려 있고, 지금이라도 또 짐을 꾸려 외국으로 떠나버릴 것만 같다.

그런 장면을 상상해도 신기할 정도로 외롭지 않았다.

그냥 놀러 왔다가, 창밖을 보면, 저녁나절, 멀리서 태양이 기울고, 하늘이 불그스름해지고, 마침내 샛별이 강한 빛을 발하고, 하늘색이 짙어진다.

그러면 시장을 보러 가는 아줌마들과, 집으로 돌아가는 어린애들의 목소리가 들려오고, 창문마다 불이 켜진다. 그쯤이면 배가 고파오고, 시간이……. 자신의 몸도 시간을 새기고 있다는 걸 알면 뭐랄까, 서글퍼 견딜 수가 없어지고, 몹시 외로워지고, 그러나 살아 있음을 느낀다.

류이치로와 함께가 아니라면 이렇듯 강렬하게 느끼지 못하리라 생각한다. 사람과 사람이 우연히 같은 장소에 있고, 그 눈앞으로 시간이 지나간다는 것은, 그것만으로도 어떤 이미지를 환기시킨다.

아주 멀리까지 계속되는, 햇빛도 다 통과하지 못하는 울창한 숲과, 아침 햇살로 가득한 호수와 거울처럼 매끈하게 비쳐 있는 산들의 색채.

그런 것.

별이 흐르는 하늘의 강을 올려다보며 견우성과 직녀성과 백조자리의 데네브를 삼각형으로 연결하다가 목이 아파지고, 그러면서도 아주아주 큰 백조를 그린다.

그런 느낌.

시간이 멈춘 것 같은 순간에, 그래도 뭔가가 계속하여 흐르고 있다는 것, 사무치도록 안다는 것.

이런 모든 것으로부터 둘만이 분리될 수 있을 것 같은 기분이 들고 만다. 혼과 혼만으로, 시간이 존재하지 않는 곳에서 영원히 서로에게 기대어 있을 것 같은 기분. 어딘가 멀리, 너무도 멀어서 상상조차 할 수 없을 만큼 아름다운 곳으로 갈 수 있을 것 같은 기분이 든다. 사람 없어, 바다와 산 같은 것들만 얘기를 걸어오는 그런 곳. 자신이 인간이란 사실이 지워질 듯한 지점.

그러나 정신을 차리면 배가 고프기도 하고, 내일은 몇 시부터 아르바이트를 해야 하니까 전화를 하겠다든지, 그런 일들뿐. 이 잡지 읽어도 돼? 응, 벌써 다 읽었으니까, 같은 대화, 그런 일들밖에 할 수 없다. 이 육체, 이 목소리. 갈 수 있는 곳과 갈 수 없는 곳. 제한되어 있는 것과 제한되어 있지 않은 것을 생각하는 것.

그런 일들밖에 할 수 없고, 그런 것들이야말로 모든 것을 포함하고 있다.

그런 모든 공간을 몰고 가, 마냥 호화스럽게 하루가 끝나는 것이다.

「그것은, 당신 얘기입니다. 가사도 들으셨나요?」

그렇게 말하면서 불쑥, 길모퉁이에서 알지도 못하는 남자가, 더구나 나이도 꽤 많아 보이는 사람이 불러 세웠다면 어떤 기분일지, 상상할 수 있을까?

나는 놀라고, 그리고 또 자신이 다른 차원의 다른 인간이 돼버렸나 싶은 기분이 들었다. 내가 지금까지 해온 것과는 다른 차원으로 홀연 자리를 옮긴 듯한.

그런 기분으로 뒤돌아, 투명한 해거름의 붉은 하늘과 그 키 큰 남자의 눈을 보았다. 삼십대 후반? 사십대? 아저씨라고 부르기엔 조금 젊고, 친구라고 여기기에는 너무 늙수그레하다. 인상이 희미하고 쓸쓸해 보이는 가냘픈 인물. 코즈미 씨를 연상케 하는 투명한, 그러면서도 묘한 갈색 눈동자를 갖고 있었다.

「무슨 일이죠?」

나는 말했다.

벌써 이상한 사람 모집은 다 끝났어, 라고 생각하면서.

「저, 꽤 오래전 일인데, 테이프를 하나 받았죠? 그거, 내가 보낸 겁니다」

그는 차분하게, 그러나 분명하게 말했다.

「아아, 그거, 그거 말이군요」

나는 말했다.

「그런데 당신은 누구죠?」

「본명을 얘기하는 게 좋겠습니까?」

「이름 같은 것보다, 누구고 어떻게 나를 알고 있으며, 왜 테이프를 보냈는지, 무슨 얘기를 하고 싶은 건지, 그걸 알고 싶은데요」

나는 설명했다.

「내 별명은 메스머입니다. 그렇게 말하면 모두들 압니다」

그는 말했다. 밀국수 다음은 메스머라, 나는 혼자 생각했다.

「동생 분한테 당신 얘기를 듣고, 왠지 그 곡이 떠올랐어요. 그래서 그런 방법으로나마 흥미를 갖게 된다면 내 얘기를 들어줄까, 하고 말이죠. 난 이제 곧 멀리 떠납니다만, 동생 분이 나를 상당히 오해하고 있는 것 같아서, 그걸 풀려고」

암리타 431

「혹시 그럼, 당신이 밀국수의 애인이었던 사람인가요?」
나는 물었다.
「카나메 말씀이로군요」
그는 말했다. 나는 고개를 끄덕였다.
「그렇습니다, 애인이었죠」
그는 말했다.
「얘기를 조금 듣긴 했어요」
나는 말했다. 그리고 동생은 이 조용하고 차분한 사람의 어디가 그렇게 무서웠던 걸까? 하고 의문스러워졌다. 좀더 젊고 강인한 사람을 상상하고 있었는데, 혼란스러웠다. 이렇게 유약한 인상의 아저씨이리라고는 생각지도 못했다. 그러나 테이프를 먼저 보내놓고 흥미를 유발시키는 테크닉이라니, 얕잡아볼 수 없을 만큼 자연스럽고 능숙한 솜씨다. 긴장을 풀 수 없다.

「어디에 좀 앉아서 얘기할 시간이 있겠습니까?」

그는 말했다. 나는 류이치로의 집에 들를 참이었으므로, 한 시간 정도라면, 하고 말했다. 늘 가는 찻집에는 혹 밀국수가 있을 가능성이 있으니까, 역 앞 빌딩에 있는 생맥주집에 가기로 했다.

아직 이른 시간이라, 홀 안은 꽤 한산했다.

그런데도 손님들은 나름대로 시끌벅적한 취흥에 젖어 있고, 싸구려 제복을 입은 웨이터들은 분주하게 커다란 맥주잔을 나르고 있었다.

흐릿한 파란색 하늘을 배경으로 떠 있는 빌딩의 창문이 벌레 먹은 퍼즐처럼 또렷이 빛나고 있었다.

나와 메스머 씨는 제일 안쪽에 있는 테이블에 앉았다.

무슨 말부터 해야 좋을지 몰랐다. 아무튼 이 사람에 관해서는 좋지 않은 평판밖에, 그것도 밀국수와 동생 두 사람 다 그다지 말하고 싶어하지 않았으므로, 거의 듣지 못했다.

그는 말했다.

「나에 관해선, 나쁜 식으로만 들었겠죠?」

「글쎄요, 모두들, 모두라 그래 봤자 밀국수와 동생뿐이지만, 당신 얘기를 별로 하고 싶어하질 않아서. 잘 몰라요. 무슨 일이 있었는지도」

「난 동생 분을 캘리포니아에 데리고 가려고 했습니다. 그 일 때문에 얘기가 꼬이고 말았어요」

「캐, 캘리포니아?」

나는 깜짝 놀랐다.

그때, 웨이터가 생맥주와 간단한 안주를 들고 와 얘기가 중단되었다. 언뜻 불륜의 상사와 부하 여직원쯤으로 보일까. 우리는 만나서 반갑다는 건배를 하고, 이 여름 첫 생맥주를 마셨다.

여름 내음이 났다. 사이판과는 다른. 훨씬 더 옅은 그림자와 함께 찾아온, 깊은 음영을 지닌 여름이다. 어느 틈엔가 여름은 우리가 마시는 것들과 나무의 초록에 섞여들고, 드러난 팔로 다가와, 문득 정신을 차리면 하늘 한가득 펼쳐져 있다. 온 거리를 힘차게 활보하고 있다.

「그러고 보니 밀국수가 당신이 동생과 신흥종교를 만들려하고 있다는 얘기를 하던데, 그게 오해란 말인가요?」

나는 물었다.

「그럴 생각은 추호도 없습니다. 종교라뇨」

놀란 얼굴로 그는 말했다.

「다만 그가 일본에 있기 힘들어하는 것 같아서, 데리고 함께 갈까 하고 생각했을 뿐입니다」

「캘리포니아에? 거긴 또 왜요?」

「대학의 연구 시설이 있거든요. 이를테면 어떤 특수한 능력이 발달한 사람들이 모여 있는 그런. 그쪽에서 살 곳도 마련해 주고, SF 소설처럼 실험 재료나 인간 병기로 둔갑하는 게 아니고, 종교도 아무 관계 없고, 매일 실험에 참가하면서 재능의 신장을 꾀하는 그런 곳이라서, 동생 분처럼 어린 나이의 아이에겐 좋지 않을까 하고. 친구나 집안 사람들에게도 폐를 끼치지 않을 수 있으니까, 그한테는 좋지 않을까 하고 진심으로 그렇게 생각했습니다」

「메스머 씨는 가본 적이 있나요?」

「예, 아주 어렸을 때부터 들락거리고 있습니다. 부모님 사정으로 죽 그쪽에서 살았으니까요. 카나메…… 밀국수와도 그 시설에서 서로 알게 되었죠」

나는 흠칫했다.

「처음 듣는 얘긴데요」

「그녀는 자기한테, 소위 초능력이 있다는 게 실은 별로 탐탁지 않았던 모양이에요. 갈등한 나머지 거기에서 노이로제 증상을 보이게 되었습니다. 그래서 저도 연구실에 남아 있기를 포기하고 함께 돌아온 겁니다. 이제 더 이상 그런 일에는 관계하고 싶지 않다고, 평범한 생활을 하고 싶다면서요. 그녀의 경우, 초능력의 대상도 우울한 것이었으니까요」

「어떻게?」

「전혀 못 들었습니까?」

「네」

「다시 생각하기도 싫은 거겠죠. 그녀는 행방불명된 사람이라든가 죽은 사람의 유품에서 여러 가지 정보를 유출해 낼 수 있었어요. 그쪽 경찰에 협력한 경력도 있고. 그런데 죽은 사람이나, 심한 경우에는 행방불명이 됐다가 비참하게 살해당한 사람들을 너무 민감하게 느껴 그만 지치고 만 것이죠. 게다가 어렸을 때는 보다 강력했던 모양이에요. 성장하면서 점점 초능력도 약해졌고, 노이로제 증세가 다 낫고부터는, 아예 그런 힘이 없어진 것 같았어요. 이런 유의 힘은 언제 어떤 계기로 어떻게 없어지는지 알 수 있는 것도 아니고. 어쨌든 그녀는 두 번 다시 돌아가지 않을 겁니다. 이제 거기는 진절머리가 난다고 늘 말했으니까요. 하긴 거기 있는 사람들의 화제도 뉴에이지에 편중되어 있고, 보통 유학과는 뉘앙스가 다르니까」

「전혀 몰랐어요」

나는 말했다. 밀국수의 나이와 학년이 안 맞는 것은 재수를 했든지 낙제를 했든지 해서일 거라고 생각하고, 자세히 묻지도 않았었다.

「당신은요? 뭐가 특기죠?」

나는 물었다.

「난 최면이랄까, 그런 쪽 전문입니다. 메스머란 사람을 알고 계신가요?」

그는 말했다.

「이름은 알아요. 의사죠? 옛날 유럽에서, 뭐라더라 자석인가 그런 걸 사용해서 치료를 했다던가……. 잘은 모르겠지만」

「맞아요, 대충 그런 사람입니다. 내 별명은 그 사람 이름을 딴 것이죠. 오랫동안 그 사람을 연구하여 논문을 쓰기도 했으니 말이죠. 1700년대에 최면이나 트랜스 상태를 이용하여, 당시로는 획기적인 치료를 시도한 인물로, 메스머리즘이란 용어가 남아 있습니다」

그가 흥겹게 설명했다.

모두들 참, 취미가 다양하기도 하구나, 하고 나는 감탄했다. 바다 저 건너에서, 그런 사람들이 모여 그런 특수한 분야에 대해 일상적으로 얘기하고 있는 장면을 상상하니, 기묘한 꿈 같았다. 동생이 그렇게 되기 전까지는 나의 인생과 아무 관계도 없던 세계이다.

「흐음, 그래서 메스머 씨로군요」

「그래요, 그렇습니다」

「돌아와서는 뭘 할 생각인데요?」

「정신과에 조력하는 시설이 있는데, 상담이라든가, 최면을 사용해서 말이죠. 거기서 일할 생각입니다. 필요하다면, 어쩌면 나중에 의대에 들어갈지도 모르겠습니다만, 지금은 최면의 가능성을 탐구하고 싶고, 나 자신도 아직 미숙한 상태이니까요」

「그러세요」

나는 고개를 끄덕였다.

옥상이 점점 사람들로 붐볐다. 회사 일을 끝내고 돌아가는 사람들이 꾸역꾸역 모여들어 여기저기 테이블에 자리를 잡고 앉았다.

벌써 취기가 돌아 터무니없이 큰 소리로 웃어대는 사람들도 있었다. 바람이 세차, 테이블 위에 있는 안주가 날아갈 것만 같았다. 그런데도 하늘은 천천히 그 짙푸름을 더해 갈 뿐, 여전히 투명한 빛을 띠고 있었다.

그 사람과 멍하니 그런 하늘을 보고 있으려니, 갑자기 묘한 기분이 들었다. 외국에 와 있는 듯한, 홀로 동떨어져 있는 듯한.

옛날에 길가에 버려진 고양이를 보고, 주워다 기를 수는 없어 못 본 척했다가, 한밤중까지 그 울음소리가 귀에서 지워지지 않았던 일. 누군가 전학을 갔는데, 그 다음날 모르는 아이가 그 의자에 앉았을 때. 사귀던 사람과 헤어져 울지는 않았지만, 집으로 돌아가는 저녁, 길이 캄캄하게 보였던 일. 지금이라도 전화를 걸면 다시 만날 수 있을 텐데, 하지만 그것은 소용없는 일. 그래도 그러고 싶어서, 길은 점점 어둠에 묻혀가고 괴로웠다.

그런 일들만 생각났다.

아아, 어서 류이치로의 방으로 가자. 나는 생각했다. 저 아무것도 없는 따뜻한 곳. 밝은 방안에서 언제나 한결같이 나를 기다리고 있는 그의 품으로.

「그런데」

나는 말했다.

「가고 안 가고는 본인 마음이라 쳐도, 왜 동생이 당신을 무서워해야 하죠?」

「그가 너무 예민해서 나에 대해 필요 이상 알아버렸기 때문이라고 생각합니다」

그는 슬프게 말했다.

너무너무 슬퍼서, 어디론가 꺼져버릴 것 같았다. 동생은 너무 아팠던 것, 이라고 나는 생각했다. 동생이 어째서 이 사람으로부터 도망쳐야 했는지 알 것 같았다. 다른 이유에서가 아니라 이 사람의 모든 것이, 너무도 아프게 느껴져, 어째야 좋을지 당황스러웠던 것이다.

「카나메는 오해하고 있어요. 내가 동생 분한테 억지로 권유하고 있다고. 나는 그런 게 아니고, 그의 기분을 잘 알 수 있을 것 같아서 힘이 돼주고 친구가 돼주고 싶었어요. 어렸을 때, 나도 비슷한 경험을 한 기억이 있으니까. 어떻게 도움을 줄 수는 없을까, 하는 마음으로」

「어떤 느낌이죠?」

나는 물었다. 그는 고개를 갸웃하며 나를 보았다.

「아니 저, 나도 동생이 어떤 일에 괴로움을 느끼는지 아직은 잘 모릅니다」

「타인의 느낌은 절대로 알 수 없는 법이니까요. 아무리 마음이 맞고, 함께 생활하고, 피로 이어져 있다 해도」

그는 웃었다. 들에 핀 이름 없는 작은 꽃처럼 조심스러운 웃음이었다.

「내가 어렸을 때 미국에서, 옆집에 최면술사 아저씨가 살았었는데, 곧잘 놀러 갔었죠. 그래서 요령을 터득한 건지 어쩐 건지, 사춘기를 맞기도 전에 많은 일들이 있었습니다. 내가 무언가를 강하게, 누군가를 향하여 생각하면 영향이 미쳤어요, 확실하게. 그렇게 돼버리고 말았죠. 제일 심했을 때, 나는 뉴욕에서 고등학교를 다녔었는데, 비교적 얌전한 편이라서 남들 앞에 나서서 뭘 하는 일도 별로 없었죠. 그런데 사람의 감정에 호소하는 힘이 지나치게 강했는지, 내가 그걸 알았을 땐 주변에 자살한 사람이 다섯 명, 그리고 노이로제에 걸린 사람이며, 마치 종교처럼 나를 우러러보며 따르려 하는 사람들이 좌우지간 많이 생겨, 어찌할 바를 몰랐었습니다. 정말 심한 시기였죠. 아직 사춘기라서 그 힘을 억누를 수도 없고, 나 자신이 느끼거나 생각하는 것조차 스스로도 어떻게 할 수 없으니까」

「정말인가요?」

「정말입니다. 실제로 체험한 일이니까요. 그래서 여러 가지로 생각했죠. 자살을 생각하기도 하고, 그러다 최종적으로 캘리포니아의 그 연구 시설로 간 겁니다. 거기에는 나와 비슷한 기분을 안고 괴로워하는 사람들이 많이 있어서, 나의 악마 같은 부분을 재능이라고 불러주었습니다. 어린 시절에 최면과 친숙하게 지냈다는 것과 어머니가 몇 번이나 재혼을 거듭하면서 온 미국을 전전한 일이, 심적 외상으로 강렬하게 남아 있다가 그 능력에 박차를 가했다는 것도 알게 되었죠. 나아가 훈련하기에 따라서는 그 힘을 사람들의 정신이나 육체를 치료하는 데 사용할 수도 있다는 걸 알았습니다. 그래서 꽤 부담을 덜었죠」

「몇 살 때쯤의 일이죠?」

「열일곱 살 때쯤일까요」

「구체적으로 어떻게 하면, 어떻게 된다는 거지요? 최면을 거나요?」

「아니오, 심할 때는 그런 식이 아니었어요. 아무것도 하지 않고 있는데, 이미 뭔가가 작용하고 있었어요. 컨트롤을 할 수 없었죠. 좋아하는 여자가 있어도, 그냥 평범한 연애를 할 수가 없어서, 결국은 상처를 주게 되었습니다. 내가 무언가를 골똘히 생각하면, 그 사람의 꿈에 며칠이고 계속 나타나 그 사람의 의식에 지나치게 강렬한 호소를 하게 되는 것이죠」

메스머 씨는 진지한 얼굴로 말했다.

나는 반신반의했다. 예를 들어, 연애를 하면서 정신 상태가 〈보통〉인 사람이 있을까? 이렇게 인상이 유약한 반면 독특한 부분이 있는 사람이 타인에게 영향력을 행사하고 싶어하는 것은 흔히 있는 일 아닌가. 그렇다면 동생은 어떤가? 그러고 싶어하는 사람에게 동생처럼 암시에 걸리기 쉬운 민감한 인간이 수신 장치처럼 존재한다면, 그걸 사실이라 할 수 있을까. 그런 것은 연애와 마찬가지로 상대가 있음으로 해서 서로를 보충해 가며 특수한 모양을 창조하는 게 아닌가. 이런 얘기를 하는 사람들은 모두, 자기 생각에 너무 깊이 빠져 있는 것이 아닐까. 좀더 행복하게 살 수 있는 것은 아닐까.

「설명을 잘 못하겠군요, 하지만 모두 꿈이라면 얼마나 좋을까, 하고 생각합니다. 지금까지 있었던 일 모두가」

그는 혼자 중얼거리듯 말했다.

나는 울고 싶은 심정이었다. 정말로 그렇게 생각하고 있음이 그 말투에서 묻어났던 것이다. 그래서 나는 그가, 그의 능력과 관련하여 일어난 지금까지의 방대한 사건을 상세하게 얘기하기가 괴로워, 잊고 싶어한다는 것을 알았다.

「실례지만, 그 밀…… 카나메 씨하고는 평범하게 연애할 수 있었나요?」

나는 물었다. 한심하게도 내가 품고 있는 의문 중에서 그나마 정상이고 무례하지 않을 만한 질문은 그뿐이었다.

「그렇습니다. 그녀는 나보다 나이가 그렇게 어린데도 어마어마하게 강한 사람입니다. 그런 사람은 만난 적이 없었죠」

그는 새삼 그립다는 듯 말했다.

「그녀만이 나를 무서워하지 않았고, 나의 영향을 받지 않았습니다. 아무리 강하게 어떤 생각을 해도, 끄떡도 하지 않았습니다. 그래서 나는 정말 처음으로 연애를 했고 행복했습니다. 다른 사람들의 기분을 알 수 있었습니다. 두려워 떨지 않고 타인을 좋아할 수 있다는 게 얼마나 즐겁고 용기를 북돋아 주는 일인지」

「그런가요」

밀국수는 그와의 결별에도 전혀 동요가 없어 보였다. 늘 한결같은, 불가사의한 사람. 과거도 없고 기대를 걸 만한 미래도 없는 그런 눈빛이었다. 너무 오래 살아서 모든 것을 다 알아버린 듯한.

「지금은 평범한 여대생으로 살아가고 있는 모양이던데요」

「그게 그녀의 희망이었으니까요. 나와 함께 있으면 아무리 피하려 해도, 그녀가 가장 싫어하는 세계와 그에 속한 사람들과 관계하지 않을 수 없죠. 헤어질 수밖에 없었습니다. 피차 충분히 알고 있었으니까요. 다만 요시오 군 일로 오해가 생겨서」

「그래요」

「잘 좀 전해 주십시오, 저의 기분을. 당신께 맡기겠습니다. 오해를 풀지 못한 채 헤어지는 게 안타깝습니다」

그는 쓸쓸히 말했다.

「가능하면 모두 함께 만나 얘기할 수 있으면 좋을 텐데······. 물어보겠어요. 적어도 동생한테는. 카나메 씨도 틀림없이 알아줄 거라고 생각해요. 그렇게 꽉 막힌 사람은 아니니까」

나는 말했다. 나는 그 사람과 더 있고 싶었다. 그 사람이 지닌 외로움의 두께는 인류의 역사만큼이나 두껍고, 거기에 부는 바람은 아무도 돌보는 이 없는 무덤 위를 스쳐 지나가는 것처럼 서늘했다. 그런데도 그것은 인간이 원래 지니고 있는 외로움과 아주 흡사한 에센스를 지니고 있어 헤어지기 어려웠다. 사실은 외로워서 견딜 수 없는데 안 그런 척 외면하고 지낸 수천 수만 밤의 아픔이 한꺼번에 밀려왔다. 그리고 그 홍수에 떠내려가지 않기 위해서는, 이 사람과 함께 있어야 할 것 같았다.

나는 벌써 그의 최면에 걸려들고 만 것일까?

애달프다. 빌딩의 창도, 사람들의 웃음소리도, 등불도, 슬프고 허전하다.

「저, 한 가지 더 물어봐도 될까요?」

나는 말했다.

「어째서 그 가사가 나라고 생각했나요?」

메스머 씨는 나를 똑바로 쳐다보며 고개를 끄덕였다. 그리고 말했다.

「그 질문에 대한 대답이 될 수 있을는지 모르겠습니다만, 저, 오늘 만나뵙고 알게 된 것을 몇 가지 말씀드려도 좋겠습니까?」

「어서 해보세요」

「동생 분한테서 당신 얘기를 들었을 때, 어쩐 일인지 그 노래 중에서 〈밤의 신데렐라〉가 나오는 소절이 생생하게 떠올랐습니다. 그래서 이미지가 고정되어 버렸는지도 모르겠어요. 그러나 오늘 만나보고 알았습니다. 당신은 구제할 길 없이 굶주려 있고 고독합니다. 당신이 머리를 다치기 전에 가족이 많이 죽었죠. 그래서 그 다음은 당신이 죽을 차례였던 겁니다. 그렇게 되기 쉬운 핏줄이에요」

나는 사세코가 했던 〈반은 죽어 있다〉란 말을 떠올렸다.

「하지만 당신한테는 뭔지 모르겠지만 플러스 알파가 있어서, 바로 그게 아슬아슬하게 당신의 목숨을 연장시킨 겁니다. 나는 운명론자도 아니고, 점성술에도 별 관심이 없습니다. 그러나 그런 느낌이 들어요. 머리를 다친 후의 당신의 인생은 새하얀 백지, 덤, 뜻하지 않은 선물, 아무런 시나리오도 없고, 그리고 당신은 그렇다는 걸 어렴풋이 알고 있습니다. 그래서 외로워지거나 허무해지지 않도록 상당한 주의를 기울이고 있어요. 말할 수 없이 고독합니다. 애인은 꽤 머리도 좋고, 좋은 사람이기도 하고, 아주 가까운 곳에서 당신의 고독을 감싸주기도 하지만, 그래도 당신 개인의 내면적 혼란에 있어서는 그 존재도 단순한 위로에 지나지 않습니다. 진정한 절망에 이르기는 간단합니다. 그렇게 되지 않도록 하는 것이 지금 당신의 전부입니다. 한 번, 죽었어요. 이전의 인생에 마련돼 있었던 꽃과 열매는 모두 변화했습니다.

아마, 어머니 쪽에 특별한 피가 흐르고 있어서, 동생도 그 영향이겠죠.

한밤중에, 자신이 누군지 몰라 잠에서 깨어나는 일이 있죠.

그게 당신입니다.

몹시 불안정한 상태입니다.

만남도, 헤어짐도 지나갈 뿐, 보고 있을 수밖에 없어요.

헤맬 수밖에 없어요, 살아 있는 동안, 내내. 아마 죽어서도. 그렇다는 걸 깨닫지 않도록, 내면에서는 굉장한 혼란과 전쟁이 일어나고 있습니다.

당신이 지금 이렇게 버티고 있다는 걸 칭찬해 주어도 좋을 만큼」

「그게 나인가요?」

나는 말했다.

「고독하기는 모두가 마찬가지이고, 자신이 특별하다고 생각하는 사람은, 늘 관객을 필요로 하니까」

그렇게 말하며 마유 생각이 어렴풋이 비껴갔다.

「그런 식으로 살고 싶지는 않아요」

「당신을 지탱하고 있는 것은 의지의 힘이 아니고, 그 사고 속에 있는 어떤 것. 뭔가 아름다운 것. 갓난아이의 첫 웃음과 아주 무거운 짐을 들어올리는 순간의 인간과, 배가 고파 허덕일 때 풍겨오는 빵 냄새, 그런 것들과 비슷한 것. 당신의 할아버지도 갖고 있었어요. 그런 방법을 자연스럽게 물려받았어요. 여동생한테는 없었죠. 요시오 군에게는 있어요. 뭘까요, 그게?」

「비전인가」

나는 웃었다.

「웃는 얼굴이 아름답군요. 희망의 향기가 납니다」

그는 말했다.

외롭고 쓸쓸해서, 이 사람이 보는 나도, 같은 밤, 희미한 별밤, 질러가는 바람도. 빌딩도 테이블도, 쇠로 만든 무거운 의자의 감촉도 맥주잔을 몇 개나 한 손에 들고 나른하게 움직이고 있는 웨이터도, 이 사람의 위치에서 보면 다르다.

알아버린다는 것은 그 얼마나 불쌍한 일인가.

내가 (그의 말과 똑같지는 않아도) 굳이 마음에 담지 않으려고 하는 모든 것이, 풍경처럼 보이고 마는, 그 투명한 눈동자.

사람을 불쌍하다고 여기고 싶어하지 않는 내가, 그만 당하고 말았다. 밤과 이 가련한 반평생에. 동생과 마찬가지로, 밀국수와 마찬가지로.

너무 무겁다, 구원이 없다. 너무 잘 알고 있다, 흘려버릴 수 없다.

웃는 얼굴로 헤어졌지만 허전함을 이기지 못하여 류이치로에게 갔다.
「어서 와」
라며 그가 나와,
「늦길래 촬영놀이했어, 이것 봐」
라고 수줍은 웃음으로 폴라로이드 사진을 내밀었다.
내 원피스를 입고 미소 짓고 있는 류이치로가 찍혀 있었다.
「뭐야 이거, 어떻게 된 거야?」
나는 말했다.
「응, 저기에 걸려 있어서 돌아오면 놀래켜 주려고 그랬는데, 안 오잖아, 많이 기다렸는데도. 한참이나 이러고 있었더니 벗기가 좀 허전해져서, 이렇게 형태로 남겨둔 거지」
「참 내, 노는 방법도 다양하네요」
나는 말했다.
「밥 먹으러 나가자!」
그는 말했다. 이런 날에 한해 애인이란 유난스레 기분이 좋은 법이다.

하지만 그것으로 족하다.

말을 해서는 안 된다, 인생이라든가 역할이라든가 그런 것에 대해서는.

한정된 정보로 환원시켜서는 안 된다.

그대로 가만히 놔두고, 보는 수밖에 없다. 그런 건 그 사람도 당연히 알고 있을 것이다.

하지만 얘기하고 싶었다. 전하고 싶었다. 외로워서, 외로운 배경 화면 속에서 살고 있기에.

류이치로가 화장실에 간 사이, 다시 한번 그 사진을 보았더니, 류이치로는 귀염성 있는 얼굴로 미소 짓고 있었다. 예전에 사진으로 본 그의 어머니와 꼭 닮아, 이런 모습으로 여기에서 멍청하게 기다리고 있었나 하고 생각하니, 키득키득 웃음이 나왔다.

  웃고 있는 동안은, 나도 내 생각도 내 얼굴도 아무것도 없고, 그저 허물어져 내리듯 모두 웃음으로 녹아들었다. 구원도 고독도 없고, 웃음이 웃음을 낳고, 나는 나인 채, 웃음이 되었다.

  아주 짧은 순간.

  그런 느낌을 알고 있는 듯한 기분이 든다. 무슨 일이 있어도 끝내 눈앞이 흐려지지는 않았다.

  내가 갖고 있는 보석과도 같은 것.

그날 밤, 나는 고열에 시달렸다.
추운 생맥주집에 너무 오래 있어 감기에 걸린 탓도 있지만 메스머 씨에게 들은 얘기에 상당한 충격을 받은 모양이다.
평소에는 그런 일에 신경 쓰지 않으려 하고 있고, 그때도 실제로는 그다지 신경 쓰지 않았다. 그런데도 눈을 감으면 빙글빙글, 어둠이 선회하는 것 같은 느낌이 들어 잠을 자려 해도 잘 수가 없었다. 게다가 편두통이 일고 강렬한 감정이 잇달아 밀려오고, 울고 싶기도 하고, 숨이 콱콱 막히는 듯한 이상한 느낌이었다.
그래서 이상한데, 하고 생각했을 때는 이미 〈열〉의 세계에 사로잡혀 있었다. 그래서 몰랐던 것이다. 밤중에 한번 일어나 비틀비틀 화장실에 가는데, 제대로 걸을 수가 없었다. 정말 이상하다 싶어 류이치로를 깨웠다.

「나 좀 이상하지 않아?」
「뭐가?」
놀라서 그가 말했다.
「머리는 뜨겁고, 다리는 얼음장같은데」
양쪽을 만져보며 그가 말했다.
「정말이네」
그러더니 일어나 체온계를 가지고 왔다.
재어보니 열이 39도나 되었다.
「우와, 굉장한데. 축하할 만한 온도야」
그는 말하고, 비닐주머니에 얼음을 담아다 주었다.
「세상이 재미있게 보여」
나는 말했다.
육체적으로는 힘겨웠지만, 모든 게 떠 있는 것처럼 선명하게 보여 기뻤다.
「어디 아픈 데 없어? 뭐 마실래?」
「물이나 마실까……」
물을 마시자 몸이 받아들이지 않아 토할 것 같았지만, 잠시 후에는 진정되었다. 다리도 따뜻해졌다. 얼음은 피부를 찌를 듯 차가웠고, 얼굴은 타들어 갈 듯 뜨거웠다.
「이렇게 긴장감 있는 세계도 괜찮은데」
라고 말했더니, 열에 취하셨군, 이라고 류이치로가 말했다.
그래도 그런 대화의 흐름과 동시에, 머릿속 화면에서는 빙글빙글 메스머 씨의 모습과 그의 말이 나타났다가는 사라졌다. 그의 나에 대한 〈묘사〉가 상당히, 상당히 충격스러웠다.

하지만 결코 억지가 아니라, 그가 말한 것처럼 그렇게 형편없지는 않다, 모든 것이. 열도, 다리가 자기 다리가 아닌 것처럼 차가웠다는 사실도, 같은 방에 있으면서, 곁에 있는 이 사람은 아주 건강하게 잠들어 나의 이런 지독한 상태를 전혀 느낄 수 없었다는 것도. 나는 좋다. 나는 재미있다. 보통 때는 알기 어려운 희귀한 감각이다.

「약 먹고 자는 편이 좋을 것 같아」

라고 내가 말하자, 그는 아스피린을 갖다 주었다.

아스피린은 그 날카롭게 벼려진 감각 속에서, 정확하게 몸속을 통과하며 효력을 발했다.

그러고 보니 같은 방안에 있으면서, 가족이라고 아무리 얘기해도 그 사람들의 얼굴이 기억나지 않아 전혀 낯선 타인처럼 여겨졌을 때도 난 고독감을 느끼지는 않았다.

그런가 보다고 생각하고 나름대로 녹아들어 갔다.

아이들도 그렇지 않은가.

자기가 태어난 집이, 자기가 살고 싶은 나라이고, 자기 마음에 드는 인테리어로 꾸며졌으리란 보장은 없다. 젖을 물려주는 사람이, 어머니였으면 하고 바랐던 사람이란 보장도 없다.

타인의 상자 속으로 불쑥 내려온다.

그와 똑같은 기분에 불과하다고 생각했다.

모두가 나를 좋아해 주는데, 내가 같은 정도로 애틋해하지 않는 것도 나쁘다고는 생각되지 않았다. 갓난아기도 그렇지 않은가. 만약 말할 수 있다면 그렇게 말할 것이다.

그런 기분을 고독이니 어쩌니 한다면, 그야 나중에 고독이란 단어에 생각이 미친 것이지, 혼에서 솟아오른 감정은 아니라고 생각한다.

되돌아가고 싶다고도 생각지 않았다.

다만 그 무렵의 〈기억〉으로 무장하지 않은 헐벗은 자신을 상상하면, 그 윤곽이 늘 엷은 색으로 뒤덮여 있어 왠지 서글퍼 보인다. 어째서인지 애달파진다.

내일이면 다른 집으로 보내질 텐데, 아무것도 모르는 고양이 새끼처럼 보인다.

그것만이 마음에 걸렸다.

아직 의식은 빙글빙글 돌고 있는데, 육체 쪽으로 묵직하게 잠이 떨어져 내렸다.

아침에 일어나니, 아주 기분이 상쾌했다.

열은 싹 내리고, 마치 새롭게 태어난 것처럼 가뿐했다.

머리맡에,

〈집에 전화해 두었습니다. 편안히 쉬세요. 외출합니다. 저녁때 돌아오겠습니다. 냉장고 안에 먹을 것이 있습니다.〉

라고 류이치로가 쓴 쪽지가 놓여 있었다.

햇살은 눈부시고, 공기는 신선했다.

호흡하기도 수월했고, 공기와 창틀에서 춤추는 빛도 여느 때보다 한결 눈부셨다.

아직 몸은 좀 후들후들거렸지만, 그것도 어쩐지 부드러운 느낌으로 다가왔다. 이 세상 모든 것이 내게 유리한 쪽으로 존재하는 듯한 착각에 사로잡혔다.

땀을 흠뻑 흘린 게 좋았던 모양이다.

이불에 벌렁 누워 맑게 갠 하늘을 올려다보며 〈오늘은 뭘 하지?〉 하고 생각했다.

오랜만이었다. 이런 식으로 정지하여 생각하기는. 모든 것을 한없이 가볍게 느끼기는.

샤워를 하고, 뭐를 좀 먹고, 커피나 마시러 나갈까, 하고 생각하는 것만으로도 행복했다.

자유. 그래, 아주 자유로워진 듯한 느낌이었다. 고열의 세계에서 해방되어 몸이 기뻐하는 걸 알 수 있다.

열에 시달려보는 것도 나쁘지는 않은데, 하고 혼자 중얼거렸다. 바보처럼.

일단 얼음물을 마시고, 그리고 동생에게 전화를 했다. 메스머 씨 일로.

동생은 말짱하게 깨어 있는 상태였다.

호출을 하여 수화기를 집어든 순간, 「감기라도 걸렸어? 열에 들뜬 목소린데」
라고 그는 말했다. 그래, 라고 말하고 나는 메스머 씨 얘기를 꺼냈다. 이제 곧 외국으로 갈 거니까 화해를 했으면 좋겠다는 그의 의지도 전했다.

「어, 그 사람을 만났어? 힘들지 않았어?」

동생은 말했다.

「만나게 하고 싶지 않았는데. 생각해야 할 얘기만 잔뜩 늘어놓지. 난, 그 사람 만나고 나서 생각에 빠져서 굉장히 힘들었거든. 하지만 지금은 아무렇지도 않고, 결국 내게는 좋은 경험이었다고 생각하지만. 아무도 나한테 해주지 않을 얘기, 많이 들려주었어. 굉장히 고통스러울 거야, 그 사람 성격도, 재능 같은 것도」

「알아 알아, 무슨 얘기 하고 싶은 건지. 만나기 전에는 너희들이 뭘 무서워하는지 몰랐지만」

「사쿠 누나는 자기 자신에 대해서 잘 알고 있으니까 그만큼 상처도 크지 않을까 해서, 그래서 만나게 하고 싶지 않았던 거야. 만났으면 그걸로 됐어. 밀국수도 후회하고 있으니까. 그녀도 만나고 싶어할 거야」

「그럼 만나자. 그냥 보내기는 안쓰러워서. 밀국수한테도 얘기해 볼게」

나는 말했다.

「응, 알았어, 나는 정말 괜찮아. 뭐가 무서웠느냐면, 나 사실은 조금 가고 싶었어」

「캘리포니아에?」

「응」

「가면 되잖아, 정말로 가고 싶으면」

나는 말했다.

「언젠가 갈지도 모르겠지만, 하지만 지금은 도망치는 것밖에 안 돼. 나 자신의 의지가 아닌 상태에서 이끌려갔다가, 거기에서도 그 사람 꽁무니만 졸졸 따라다니고 싶진 않았어. 내가 뭘 하고 싶은지도 모르면서, 그런 사람들과 생활할 수는 없어」

「네 생각이 그렇다면 어쩔 수 없지만」

「그런데 말이지, 그 사람이랑 얘기하면서 캘리포니아에서 있었던 일 같은 거 들으면, 내가 너무 쉬 느끼기 때문이긴 하겠지만, 그게 마치 아주 멀리에 있는 행복한 별 얘기처럼 들려서, 그립고 가보고 싶어 견딜 수 없는 기분이 들어. 알아? 그건 내가 느끼는 진정한 외국은 아니야. 코치나 사이판처럼 진정한 나의 기억이 될 수 없어. 하지만 만약 함께 간다면, 그 사람이 있는 한, 그 사람이 말하는 외국에 있는 셈이겠지. 그 사람이랑 있으면, 그 사람의 배후에는 늘 꿈처럼 포근한 바다라든가 하늘이, 친구가 보이는걸. 도쿄에 있어도 그렇게 느끼니까. 그 사람 주위에는 왠지 참을 수 없는 공기가 있어, 함께 있는 것만으로도 그 공기 속에 살 수 있어. 그래서야 아무런 의미가 없지 않겠어. 그렇지만 가고 싶다고 한번 생각하니까, 가고 싶어서 도저히 참을 수가 없었어. 거기밖에 갈 데가 없는 것 같은 기분이었는걸. 그게 그가 지닌 힘인가 싶어 처음에는 불쾌했지만, 지금은 알 수 있어. 내가 가고 싶어했기 때문에, 그의 기분이 내 안으로 들어왔다는 걸」

그 얘기를 듣고 있자니, 어쩐지 불쌍하다는 느낌마저 들었다.

「하지만 일본이란 나라, 그렇게 인내하면서까지 있을 만한 곳은 아니라고 생각하는데. 일본의 교육도, 네가 받는다고 득이 될 만한 것도 아니고 말이야. 가보는 게 어때? 가고 싶으면」

나는 말했다.

「응, 그래서, 다시 한번 만나고 싶었어. 사람의 기분을 너무 잘 알아서, 밤에 자기 전까지 내 의식으로 파고들어오다니, 그런 식으로 연결될 수 있다니 처음 당하는 일이라, 굉장히 동요했었거든. 뭐가 뭔지 통 알 수가 없어서」

동생은 말했다.

「그래서, 다시 만나고 싶어」

네 사람의 만남은, 그렇게 의외로 간단히 실현되었다.

밀국수의 「좋아요, 어차피 만나는 거니까 어디 멀리 가서 놀다 와요. 차 가지고 나갈 테니까」란 말에도 다른 뜻은 없었다. 애써 설명할 필요도 없이 사정은 다 알고 있다는 식이었다.

다만 앞으로 나아가고자 하는 그런 느낌.

후텁지근한 오후, 밀국수가 운전을 해서 우리는 가마쿠라로 갔다.

네 사람이 도쿄 역에서 만나기로 했다. 그것은 송별회나 다름없는 모임인데, 외출 허가를 받은 동생과 함께 그곳으로 향할 때는 가슴이 두근두근해서 무슨 신나는 일이 시작되는 듯한 느낌마저 들었다. 그런 식으로 뜨겁고도 긴 여름날이 시작될 때, 우리는 끝남 따위 상상도 못한다. 태양이 너무 강렬하고, 녹음이 너무 짙어, 도저히 그런 기분일 수 없다.

은방울 광장에 서 있는 메스머 씨는 지난번보다 다소 즐거워 보였다. 밀국수와도 「여, 오랜만이야?」하고 한마디 인사만 했는데, 벌써 서먹서먹한 응어리가 다 씻겨내린 듯 얘기를 나누었다.

이렇게 자기 자신에 대해 잘 알고 있고, 그렇기에 헤어짐은 이미 다른 길을 걷겠다는 결정적인 약속이란 걸 또 잘 안다.

그러니까 오늘 하루는 덤으로 얻은 꿈, 하늘에 뜬 시(詩)인 것이다.

모두들 흥분해 큰 소리로 웃고 창 너머로 펼쳐지는 파란 하늘을 보며 그렇게 생각했다.

평일이어서 정체 구간도 없어, 우리는 한낮의 하얀 길을 질주했다.

나는 사이판에서 이렇게 차를 신나게 몰았던 날의 일이며, 지난 반년 동안 만난 사람들과, 일어난 일에 대해 단편적으로 생각했다.

그 단편은 기억을 잃었을 때의 공간처럼 뿌리 없이 허전한 단편이 아니고, 역시 시처럼, 아름다운 한 시구처럼, 반짝반짝 일본의 녹음과 여름 해변 사이에서 춤추었다.

「지난번엔 실례가 많았습니다」

메스머 씨가 말했다.

「불쑥 나타나 여러 가지로 무례한 얘기를 해서」

「충격 때문에 열이 다 났어요. 그 탓이라고밖에는 생각되지 않아요」

나는 웃었다.

「정말요?」

「정말」

「미안합니다」

「하지만 신나는 열이었어요. 어른이 되면 여간해서 그렇게 심한 열은 경험할 수 없으니까」

「초조했었어요. 내 마음을 어서 알리고 싶어서. 혹 뭔가가 비틀려 사이가 나빠지면 세 사람과 다 틀어질 테니까, 너무 필사적이었던 나머지, 지나쳤나 봅니다」

솔직한 목소리로 그는 말했다.

「날카롭게 정곡을 찌르는 얘긴, 너무 많이 하면 좀 그렇죠」

넌지시, 밀국수가 말했다.

그녀의 운전 솜씨는 수준급이었다. 외국에서 면허를 딴 사람 특유의 대담한 운전이었지만, 익숙한 솜씨라 불안정함이 없었다.

「노파심이야, 메스머. 그런 거, 어쩌다 보니까 여러 가지가 한꺼번에 겹쳤을 뿐이잖아?」

밀국수는 중얼중얼 말했다.

「우연이라니까 참 내, 우리 그냥 평범했잖아?」

몇 번이고 거듭, 내게 열까지 나게 해서 미안하다는 둥 끈질기게 얘기하는 메스머 씨에게 밀국수는 말했다.

「그래요, 내가 감도가 지나치게 좋은 탓도 있고」

「나도. 우린 형제니까」

위로는 아니지만, 거짓말이었다.

그렇다는 것을 모두 알고 있었다.

하지만 지금 그런 식으로 말하면, 손으로 만지는 모든 것이 금으로 변한다는 임금님 이야기처럼, 과거의 어두운 것들이 이 새하얀 햇살에 표백되어 모두 파도로 부서질 듯한 기분이 들었다.

말한 것이 그대로 다 사실이 될 듯한.

대화는 별 의미를 갖지 못하고, 걸핏하면 폭소가 터져나왔다. 머리가 어떻게 된 것이다.

그리고 어? 하고 생각했다. 문득 돌아보면 또 여기에 있다. 동생과 나는 늘 이런 태양 아래에서 만난다.

태양과 바다가 있는 곳.

이럴 때. 시간의 흐름과 동떨어져 바다를 마주하고 있을 때, 문득 옆을 보면 늘 거기에 동생이 있다.

멀리 떨어져 있어도, 이런 곳에 올 때마다, 이렇게 한없이 뜨겁기만 한 곳에 서서, 머리가 기분 좋을 정도로 텅 비어, 파도 소리와 모래와 하염없는 바다와 먼 하늘에서 빛나는 구름. 자신마저 하얗게 빛나 공기 속으로 풀어져 버릴 듯 여겨지는 이런 해변에서, 하루라는 살아 있는 물체를 그저 바라보고 있을 때, 늘 곁에 있어준 사람을 서로 생각할 것이다.

거기에 있었던 것은 바다와 하늘과 강렬한 헤어짐의 예감이었다. 이 모임에 다음주나, 또 그 다음주는 없고…… 각자의 길이 저렇게 구름에서 쏟아지는 금빛 줄기처럼, 달콤하고 멀고 똑바로 갈라져 있다.

웃다가 침묵하다가 할 때마다 모두 그런 걸 느끼고 있었다.

속절없이 저녁이 찾아와, 사방을 모두 짙은 파란색으로 물들인다.

우리들은 해변을 따라 오래 걸었다.

소리 없이 밤의 기척이 퍼지고, 스쳐 지나는 사람과 뛰어

집으로 돌아가는 개의 실루엣이 뿌옇다.

메스머 씨가 캘리포니아에서 길렀던 커다란 개 이야기를 했다. 밀국수가 귀여웠지, 그 녀석, 하고 말했다. 메스머 씨와 얘기할 때의 밀국수는 상큼하고, 아주 매력적이었다.

구이 먹고 싶다, 라고 동생이 말했다.

구이? 하고 모두들 고개를 갸웃했다.

그러니까 있잖아, 누나. 옛날에 엄마랑 이즈에 갔을 때 먹었잖아, 고기랑 조개랑 철판 위에 올려놓고 치지직! 하고 굽는 거.

내가 알았다, 그러니까 철판이 있고, 그렇지만 빈대떡은 아니란 말이지?
라고 묻자, 그래 맞아, 라며 웃었다.

좋았어, 오늘 저녁은 구이로! 라고 밀국수가 말했다.

그리하여 붙잡고 싶어도, 오렌지색과 금빛 선명한 줄무늬와 호텔 창문으로 반사되는 빛이 완전히 사라져갔을 때, 모두의 입에서 한결같은 한숨이 흘러나왔다.

「오늘 하루에게 안녕, 이라고 다른 나라의 해변에서 기도하듯이 말했었지」

밀국수가 말했다.

「응」

메스머 씨가 느릿느릿 걸으며 고개를 끄덕였다.

「하지만 쓸쓸하진 않아, 아직 밤이 길잖아. 밤새도록 놀다가 외롭다고 생각할 여유도 없을 만큼 지쳐서 침대에 쓰러지듯 잠들었어도, 아침이면 햇님이 반짝 하고 올라오니까, 일어나게 되잖아. 그러니까 역시 하루에 작별을 고하는 시간은 지금이야. 틈새가 있잖아, 숨결처럼 조용히, 모든 게 아쉬워지고 말이야」

「응」

고급 철판 구이집이 호텔 안에 있었다.
메스머 씨가 오늘 모임을 갖게 해준 답례로 한턱 내겠다고 말했다.
모래투성이에 구두가 아직 젖어 있는 수상쩍은 4인조가 치지직! 하고 소리를 내며 이것저것 굽고 있다. 대합에서 국물이 흘러나왔다고 왁자지껄 웃고, 너무 구워서 눌어버린 양파를 한 켠으로 밀어내면서 웃고, 남들이 보면 무슨 위험한 장난이라도 하는가 싶을 것이다.
끝내는 메스머 씨의 「「로보캅 3」 말이지, 그거 정말 날아다닌다니까!」라는 말에 전원이 까닭도 없이 폭소를 터뜨리다, 밀국수가 간장 그릇을 쓰러뜨렸다.
특별히 뭐가 재미있어서도 아닌데, 즐거웠다.

돌아오는 길, 차 안에서 모두들 말이 없었다.
조수석에 앉은 동생에게 자도 괜찮아, 라고 밀국수가 말하자, 아니, 아까운걸. 이라고 동생이 말했다. 대신 다음 휴게소에서 커피 마셔.
나와 메스머 씨는 뒷좌석에서 그 얘길 들으며 여유로움을 느꼈다.

이렇게 여유롭기는 오랜만이라, 그렇게 해준 사람들의 존재에 감사하고픈 마음이었다. 그래서〈유성〉이라고 씌어진 턱없이 큰 트럭이 번쩍번쩍 빛나는 불빛과 엄청난 소음을 남기며 옆을 질주했을 때도〈여기 있는 사람들 모두가 하루하루를 기분 좋게 지낼 수 있기를〉하고 기도했다.
　밤은 가차없이 시간을 새기고, 눈에 익숙한 도쿄의 풍경이 네온 광고와 함께 점점 다가왔다.
　차는 속도를 줄이지 않고 도시 고속도로의 복잡한 커브길을 달린다.
「언제 떠나?」
　결국 밀국수가 말했다.
「모레」
　메스머 씨가 대답했다.
「나를 버린 거, 이제 원망 안하니까」
　밀국수가 웃었다.
「거짓말하고 있네. 내 쪽이 버림받은 거잖아」
「어느쪽이면 어때, 헤어지는걸. 이제부턴 친구야」
　밀국수가 말했다.
「응」
　메스머 씨가 말했다.
「친구가 있으면」
　밀국수가 애처로울 정도로 진지하게 말했다.
「그러면 어떤 사람이 어떤 작용을 가해 와도 괜찮아. 지키는 힘 쪽이 강하니까, 친구에게 부끄럽지 않도록 하고 싶다는

암리타　461

의지 쪽이 강하니까」

「재미있었어, 정말!」
이라고 동생이 말했다. 시부야 역에서 헤어지기로 했다.
「돌아가고 싶지 않다고 생각했던 일, 안 잊어버릴 거야」
「언제든 와, 캘리포니아에」
메스머 씨는 동생에게 말했다.
「응」
「모두 다 함께 와요」
그렇게 말하고 밤 속으로 사라져갔다.
역 안으로 연약한 뒷모습이 사라져간다. 밤 속을 헤매는 굶주린 신데렐라는 내가 아니라 그다, 라고 나는 생각했다.
우리들이 사는 동네까지 바래다 준 밀국수와 웃는 얼굴로 안녕, 하고 헤어졌다.
나와 동생은, 둘이서 어머니와 미키코가 기다리는 집으로 돌아갔다. 시부야에서 전화를 하자,
「지금 기다리고 있다, 미키코가 과자랑 잔뜩 사왔으니까, 뭐 따로 사올 건 없고」
라고 어머니가 말했다.
그때, 허전한 마음과 바다의 추억이 조금씩 깎여나갔다.
아직 햇볕에 탄 팔이 따끔거리는데, 구두 속은 그 멋진 장소의 모래로 자글거리는데.
조금 전까지, 눈을 감으면, 그 사람들의 웃는 얼굴이 파도

소리와 함께 그렇게 강하게 울려 퍼졌었는데.

어린애 같은 기분이었다.

먼 곳에 있는 친척집에 놀러 갔다가, 너무 재미있어서 돌아오는 기차가 싫다고 왕왕 울어버리는.

그런 기분을 떠올렸다.

떠올린 순간, 그 나이에 경험한 다른 어떤 기억이 되살아난 것보다 뜨거운 느낌을 맛보았다.

메스머 씨가 떠나는 날 밤, 나는 류이치로의 방에 있었다.

류이치로가 무슨 바람으로 빌려왔는지, BGM 대신으로 보기로 한「바람과 함께 사라지다」에 사로잡혀, 두 사람이 이부자리에 든 것은 4시가 지나서였다.

그렇지만 류이치로는 침대에서 자고, 나는 그 아래에다 이불을 펴고 자고 있으니까, 낙차가 있다.

「잠이 오는데」

「정말. 어쩌다 끝까지 다 보고 말았지? 본 적 없어요?」

「아니, 세 번은 봤을 거야」

「역시?」

「졸려서 섹스하고 싶은 생각도 안 드는데」

「우리야말로 섹스리스 커플인가!」

「무슨 말씀. 노부부지」

「아니야. 잠이 와」

「그건 그렇고, 하필이면「바람과 함께 사라지다」였을까? 그렇게 좋은 영화인가」
「명작을 본 보람은 있었잖아」
 이미 잠에 취해 혀도 잘 돌아가지 않는 상태로, 이런 대화를 주절거리다 어느 사이엔가 잠들어 버렸다.

 그리고 내가 있는 곳은, 햇빛이 눈부시게 쏟아지는 호텔의 로비 같은 곳이었다.
 거대한 천장은 유리로 장식되어 있고, 파란 하늘이 또렷하게 보인다.
 햇빛은 거기에서 온 로비 안으로 구석구석 쏟아져 내리면서, 로비에서 서성이는 사람들의 금발과 하얀 피부를 하나하나 비춰내고 있다.
 아름답다고 생각하며 보고 있었다.
 그 일렁이는 금빛 머리칼도, 속삭이는 음악처럼 사방으로 울리는 영어의 재잘거림도.
 나는 선드레스를 입고, 등나무 의자에 앉아 있었다. 역시 등나무로 된 테이블 위에는 유리가 얹혀 있고, 붉은 꽃 한 송이가 조그만 꽃병에 꽂혀 있었다.
 저쪽에서 눈부시게 빛나는 건 뭘까? 하고 유심히 보니, 네모나게 도려낸 것처럼, 바깥을 향한 테라스 창 너머는 바다였다.
 새하얗게 빛나고 있어, 눈을 찡그리고 보지 않으면 그 반짝반짝 빛나는 물체가 바다라는 것을 알 수 없다.
〈이 얼마나 잔혹한 일인가, 손바닥 안으로 춤추듯 내려왔다가는 다시 거두어들여지다니.〉 문득, 그런 감정이 스쳐갔다.

그것은 어째서인지, 이 우아하고 시원한 오후의 광경에 아주 잘 어울리는 느낌이었다.

나는 사방을 돌아보았다.

저쪽에서 햇볕에 탄 사람들이 걸어온다. 홀쭉하게 큰 키, 차분한 몸짓. 알고 있다……고 생각하자 곧, 그는 웃는 얼굴에 잰걸음으로 이쪽으로 다가왔다.

메스머 씨였다.

「메스머 씨, 여긴 어디죠?」

나는 물었다.

「여기는 당신의 머릿속에 있는, 공항과 캘리포니아와 외국의 이미지가 섞인 장소입니다」

내 앞자리에 앉아서, 웃으며 그는 말했다.

「건강해 보이는군요. 역시 일본이 적성에 안 맞나 봐요」

「글쎄. 태양이 모자라는 걸까요」

메스머 씨는 싱글싱글 웃으며 말했다.

「하지만 그날은 즐거웠어요. 정말 고마워요」

수영복 차림의 어린애들이 바다를 향해 뛰어갔다.

웨이터가 무슨 음료인지 아름다운 잔이 놓인 은쟁반을 들고 우리 옆을 스쳐 지나갔다.

우리는 한참을, 말없이 조용히 바다를 바라보았다. 너무 눈이 부셔 바다는 은처럼, 금처럼 보였다. 혹은 빛의 덩어리처럼.

「밀국수 일은 괜찮아요?」

나는 말했다.

「무슨 전할 말이라도 있어요?」

「됐습니다. 즐거웠어요. 이미 지나간 일이지만, 난 정말 그 사람을 좋아합니다. 그 어린애 같은 구석도, 섬세함도.

아직은 내 것이지만, 시간이 흐르면 그때마다 멋진 일이 그녀를 기다리고 있을 겁니다. 언젠가 그 사람이 다른 누구와 지내게 된다면, 그 녀석이 볼 그녀의 치맛자락에조차 나는 마음 아파할 것입니다. 그녀는 꽃이고 희망입니다. 빛이고 가장 약한 것이며 또한 가장 강한 것입니다. 하지만 이제 곧 누군가의 것이 되겠죠. 모든 것이. 그 잠든 얼굴도, 뜨거운 손바닥도.

언젠가 반드시 그런 날이 온다는 것은 너무도 잔혹한 일이죠.

하지만 지금의 내게는, 그 잔혹함이 다른 무엇보다도 아름다운 가스펠처럼 부드럽게 울립니다. 세월의 흐름이 가져다 주는 인생의 아름다움과 잔혹함. 놓아주면 또 손 한가득이 되는, 무언가 새로운 것으로. 그 구조보다 더 아름다운 것은 이 세상에 없습니다. 그것이 내가 살아가는 힘, 나를 치유해 주는 진실한 친구입니다」

「네」

나는 말하고, 밀국수를 생각했다.

이미지 속의 밀국수는 언제나 웃는 얼굴이고, 그 방안에서 긴 치마를 입고 있었다.

메스머 씨가 말했다.

「즐거웠어요, 정말, 고마웠어요. 어디에 있든 당신들을 기억하고 사랑할 거예요」

거기에서 눈을 떴다.

어두운 방이었다.

아아, 메스머 씨가 작별을 고하러 왔었구나, 하고 생각하자 가슴이 서늘해졌다. 지금 꾼 꿈을 하나하나 빠짐없이 써서 새기고, 봉하여, 언제까지나 영원히 소중하게 간직하고 싶었다.

하지만, 아니다.

손에 넣었다가는, 점점 놓아주는 아름다움. 꼭, 세게 쥐어서는 안 된다, 저 바다도, 멀리 사라진 친구의 웃음 띤 얼굴도.

문득 류이치로를 올려다보니, 그는 침대 위에서 눈을 똑바로 뜨고 내 쪽을 내려다보고 있었다.

「어떻게 된 거예요? 잠이 와서 죽겠다고 하지 않았나요?」

나는 놀라 말했다.

「어, 그냥 잠이 달아났어. 지금, 당신 아주 예쁜 꿈 꾸고 있었지?」

「응, 왜? 잠든 얼굴이 예뻤나?」

내가 말하자, 아니, 하고 그가 말했다.

「치. 그럼 잠꼬대라도 했단 말이에요?」

「아니, 왠지 방안에 빛이 가득한 듯한 기분이 들었어. 그래서 일어난 거야. 그랬더니 당신은 자고 있는데, 잘 들여다보니까, 해변에 있는 커다란 호텔의 멋진 로비 풍경이 보였어」

「우와, 굉장하네, 초능력자 아냐」

나는 말했다.

「아니지, 난 작가고 사랑에 빠진 남자야」

「그렇지!」

나는 동의했다.

그리고 일어나, 뜨거운 커피와 함께 크래커를 먹었다.

커튼 사이로 햇빛이 새어 들어올 무렵, 잠이 쏟아져 다시 잤다.

그리하여 이번에 찾아온 것은 수렁처럼 깊은 잠, 꿈은 모습을 보이지 않았다.

어느 날 류이치로의 방에서 텔레비전을 보면서 그가 돌아오기를 기다리다가, 뜬금없이 요즘 생긴 일을 써보았다.

· 여동생의 죽음
· 머리를 다쳐 수술
· 기억의 혼란
· 동생이 오컬트 꼬맹이가 됨
· 류이치로와 좋은 사이로
· 코치에
· 사이판에
· 아르바이트하던 바 문닫음
· 새 아르바이트
· 기억이 돌아오다

- 동생, 아동원에
- 준코 아줌마 도망
- 밀국수, 메스머 씨와 친구가 됨

글자로 써서 들여다보니 신기했다.

그 종이를 테이블에 올려놓았더니, 당연한 일이지만 테이블에 놓인 그저 네모나고 하얀 종이 조각일 뿐, 꾸깃꾸깃 쓰레기통에 버려도, 바람에 날려가도, 아무 의미도 없다.

그런데도 그 종이가 사랑스럽고, 마치 마이크로필름처럼 거기에 넘치도록 담겨 있는 지난 몇 년 동안의 어지러운 정보가 흘러나와 공간을 물들이고 있는 것처럼 여겨진다.

마음은 하얀 종이를 영상으로 바꾼다.

나는 그 영상 속을 헤매다가 어느 틈엔가 여기까지 왔다.

여기는 연인의 방, 테이블이 있는 곳.

그런데 이 여행중에 이곳은 내일이라도 적의 진지가 될 수 있고, 이렇게 사랑스런 나의 역사를 기록한 종이 역시 내일이면 깨끗하게 잊혀질지도 모른다.

돌아가는 길 차에 치여 인생은 막을 내리고, 방금 전까지 쉬이 얘기도 나누고 만날 수 있었던 사람도 모두 영원으로 사라지고 말 수도 있다.

내년의 지금쯤, 어디에 있을지도 미리 알 수 없다.

그렇다는 걸 잘 알면서, 모두들 잘도 살아가는구나, 하고 생각했다.

모두들 요령 좋게 연막을 치기도 하고 비켜가기도 하고, 직면하여 대항하기도, 울기도 웃기도 원망하기도 얼버무리기도 한다.

언젠가는 죽는다, 그런 것이 아니고, 전부를 너무 민감하게 느껴 부서지지 않도록.

살며시 부드럽게 기억의 베일에 둘러싸여, 금빛 햇살과 몇 천 년이나 서 있는 나무를 그저 올려다보며. 저녁 해를 반사하며 하염없이 이어지는 산맥과 옛날 사람들이 창조한 거대한 건물의 그림자에 넋을 잃은 채 몸을 맡기고, 평온해진다.

내일도 어딘가에서 눈을 뜨려 한다.

분명, 살아 있으면서 어딘가 행복한 곳에서 새로운 기분으로. 잠들었을 때 지니고 있던 자신의 혼을 그대로 간직한 채. 꿈속에서의 그 확고했던 감촉을 잃어버리지 않도록.

그런 일 따위, 귀찮아서 죽고 싶은 심정도 있었고, 재미있으니까 계속해 볼까 싶은 마음도 있었다.

만화에서 자신 속의 천사와 악마가 싸움을 하는 장면처럼, 그 욕망은 딱 반반으로 팽팽하게 맞붙어, 나를 이 대지의 중력에 붙잡아 매어둔다.

여러분께

그런 짓을 저질러놓고, 사실은 연락하는 일조차 꺼려지지만, 아무래도 편지를 보내고 싶어서 펜을 들었습니다.

지금은, 딸과 함께 어머니가 계신 곳에 있습니다.

빌린 돈은 반드시 돌려드리겠습니다.

여러분과 함께 지낸 시간, 즐거웠습니다.

하지만 나는 종종 〈타인과도 이렇게 즐겁게 지낼 수 있는데, 친딸과 함께라면 얼마나 즐거울까〉 하고 마음 아파했던 적이 많았습니다.

그러나 현실은 내 마음 같지 않아서, 떨어져 있었던 딸은 아직도 나를 용납해 주지 않습니다. 요시오와 사쿠미 그리고 미키코가 그리워집니다.

유키가 내 남편을 대신하고, 나는 주부를 대신하여, 그 집에 언제까지고 있을 수 있다면 얼마나 좋았을까요.

그러고 싶은 마음을 돌이키기 위해서는 이런 방법밖에 없었습니다. 이해해 주지 못한다 해도 어쩔 수 없지만, 괴로웠습니다.

하지만 나는 내 어머니와 딸과 함께 그곳에서처럼 즐거운 생활을 만들어나가고 싶습니다.

그럼, 부디 행복하게.

언젠가 또 만날 날이 있겠죠.

모두, 건강하게, 성장하길 바랍니다.

준코

나는 다른 사람 앞에서는 쉬 울지 않고, 하물며 어머니는 〈울면 손해〉라고 생각한다고밖에 여겨지지 않는 그런 인간인데, 그때만큼은 울고 말았다. 이런 걸 어쩔 수 없는 부모의 눈물이라고 하는 것이리라.

그때란 동생이 아동원을 나오던 날이다.

햇볕이 쨍쨍한 아침, 나와 어머니는 동생을 데리러 갔다.

안내에서 「이렇게 외출이 잦은 어린이는 드물었어요. 하지만 쓸쓸해지겠어요, 요시오 군이 나가고 나면」 하고 선생님들의 얘기를 듣는 사이, 동생이 오른손에 조그만 가방을 들고 이쪽으로 걸어왔다.

어린 여자애가 동생과 손을 잡고 생글거리고 있었다.

「저애는 요시오 군하고만 얘기를 했더랬어요」라고 여자 선생이 말했다.

그러나 그애만이 아니고, 다른 아이들도 줄줄이 동생과 작별 인사를 하기 위해 방에서 달려나왔다.

대화를 제대로 할 수 없거나, 덩치는 커다란데 아직 기저귀를 차고 있거나, 난폭하고 음울한 눈빛을 하고 있거나, 비정상적으로 야위었거나, 뚱뚱하거나 한, 아이들이 모두들 눈물을 훌쩍거리기도 하고, 멀거니 쳐다보기도 하고, 손을 꼭 잡고 악수를 하기도 하며 자신이 할 수 있는 최대한의 방법으로 아쉬움을 표현했다. 동생은 그들에게 빙 둘러싸여, 편지니 손으로 직접 만든 조그만 물건이니 하는 것들을 받아가며 북새통을 이루고 있었다.

그러나 동생은 울지는 않았다.

편지 쓸 테니까, 놀러 올게, 다음엔 낚시하러 가자, 응, 그런 말로 그들을 위로하였다.

어머니는 「어머, 예수님 같네」 하고 농담조로 말했지만, 좀처럼 수그러들지 않는 아이들의 모습에, 교실에서 선생님이 「수업이 시작돼요」라고 언질을 주어도 모두들 동생에게서 떨어지려 하지 않는 모습에 눈물을 떨구었다.

나는 내가 동생을 좋아한다는 걸, 절실하게 알았다.

그리고 요즘 한동안 있었던 일이, 단순히 생각나는 게 아니라 굉장한 속도로 공기와 함께 내 주위로 밀려왔다. 그것은 모두 동생과 함께였던 공간이 지니는 독특한 빛으로 차 있었고, 풍경이나 사건에 관한 기억보다 몇만 배 절실하게 그 모든 것을 소생시켰다.

그것이 눈물을 흘리게 했던 것이다.

끝내 동생도 울고, 훌쩍거리며 모두 엘리베이터에 올라탔다. 동생의 친구들은 하염없이 따라오고 싶어했다.

「너 도대체 뭘 한 거니, 거기서? 종교 활동이라도 한 거니?」

코맹맹이 소리로 어머니는 물었다.

「친구를 사귀었어요, 처음으로. 사이판에서나, 밀국수와 친구가 된 것처럼, 정말 사이가 좋아졌어요. 학교에서는 그런 일 없었거든요」

동생은 말했다.

「앞으로도 계속 사이좋게 지낼 거예요. 그리고 더 많이 사귀고」

「그래, 그래야지」

어머니는 말했다.

「친구는 소중한 거지」

나와 동생은 침묵했다.

나는 지금도 준코 아줌마와 어머니가 한밤중에 부엌에서 밤이 새도록 소곤대던 모습을 그림처럼 확실하게 그려낼 수 있다.
 화장실에 가려고 일어난 내가 잠이 덜 깬 머리로 복도를 지나가면, 그녀들은 늘 여고생처럼 고개를 맞대고 고민을 털어놓거나 웃고 있었다.

 사쿠미에게

 새삼스럽게 편지라니!
 지난번엔 고마웠어!
 정말정말 즐거웠어.
 너무너무 즐거워서, 나는 살아 있길 잘했다고 생각했어.
 나는 솔직하게 말해, 나에게 초능력 비슷한 게 있어서 미국에 유학 가게 된 걸, 자랑스레 여기고 있었어.
 무진장 싫었지만, 반쯤은 자랑스러워했지.
 그런데 그게 시간이 흐름에 따라 점점 사그라들어, 그 나라에 있는 게 고통스러워져서, 메스머와도 순조롭지 못하고 (그 사람, 오로지 그 한 길에만 매달려 있는 사람이니까). 도대체 내 인생은 뭐였단 말인가? 미국에 뭣 때문에 갔지? 하는 생각만 했어. 일본에 다시 와서 메스머와도 헤어진 뒤, 줄곧 생각했지. 하지만 그날 바다에 가서,
 바다가 있고, 하늘이 파랗고 뜨겁고, 옛날의 그이와 새로

운 친구들과 너무 즐거워서, 아무것도, 아무 문제도 없다고, 살아 있는 것만으로, 하는 생각이 절실하게 들었어.

그런 기분은 처음.

잘못된 것은 하나도 없다고.

고마워.

이렇게 신나고, 좋아하는 사람들과 함께 행복 가도를 달리고 있다. 그러다 어느 날 폴싹 고꾸라져 죽어버린다.

그런 것…… 이렇게 쓰고 보면 아무 멋도 없지만, 그런 것.

하지만 상관없지 뭐, 하고 생각했다.

그날.

난생처음으로.

앞으로도 잘 부탁해요.

카나메로부터

「어, 여기 와본 적 있다 싶었는데, 생각났어」

나는 말했다.

「뭐야, 아직 잊고 있는 게 있었어?」

류이치로가 말했다.

멀리 갔다가 류이치로의 방에 둘 책꽂이를 사고 돌아가는 길에 들른 그 카페는, 온실로 지은 건물 안에 있었다. 격렬한 여름 햇살이 모든 나무와 식물에게로 쏟아지고, 세찬 바람에 펄럭펄럭 흔들리는 길 가는 사람들의 치맛자락과 머리칼과 거리의 나뭇가지들이 잘 보였다.

동생은 이렇게 바람이 세찬 날 집을 나가, 그렇게 많은 친구를 사귀고 자신감을 얻어 집으로 돌아온 거야, 란 얘기를 하고 있을 때, 으응? 이 카페 언젠가 온 적이 있는데, 싶은 느낌이 엄습했다.

반은 옥외이고, 바닥은 콘크리트, 둥그런 테이블에 누구랑…… 먼 옛날, 나는 주스를 마시고, 그 누군가는 대낮에 맥주를 마시고…….

그 얘기를 하자 류이치로는「옛날 애인 아니야?」라며 시큰둥한 표정을 지었다.

「아이 참, 이렇게 먼 동네까지 왔다고요. 그랬으면 잊어버렸을 리 없지. 나, 이 역에 내려보기는 처음인 것 같은데……」

「혹, 잡지에서 본 걸 가지고 와본 적 있다고 생각하는 거 아니야? 여기 옛날부터 유명해서 잡지 같은 데 잘 실리는 모양이던데」

「알았다!」

희미한 기억, 눈앞에서 맥주를 마시던 사람의 뿌연 영상이 점차 또렷해질 때까지 집중하여 생각한 결과, 웃음 띤 어떤 얼굴이 나타났던 것이다.

「아버지하고 왔었어요」

「돌아가신?」

「그래요. 아아, 후련하다」

「그거 몇 살 때 일이지?」

「열 살 때쯤인가……」

「그래……」

암리타 477

류이치로는 열 살짜리 나를 보려고나 하는 듯 눈을 가늘게 찌푸렸다.

그래, 그때 아버지와 나는 무슨 일이 있어서 어머니와 마유 없이 여기에 앉아 있었다.

그렇다, 생각이 났다.

아버지는 이 근처 병원에서 종합 진단을 받았는데, 그 검사 결과를 보러 가는 데 날 데리고 간 것이다.

이미 혈압은 높고 과로도 누적돼 있어 검사 결과에는 죽음의 그림자가 어려 있었던 것일까? 아니면 그냥 딸은 어린 딸로서, 아버지는 건강한 아버지로서 영원히 계속될 듯한 평화스런 오후였을까? 알 길이 없다.

하지만 아버지는 바로 그 무렵부터 비정상적으로 살이 찌기 시작했고, 일도 무모하게 많이 하여 회사에서 밤을 새우는 일도 있었다.

아무튼 아버지는 그때, 큼직한 유리잔에 들어 있는 금빛 맥주를 맛있다는 듯 깨끗이 비우고, 그래, 나는 그때 어린 마음에도 맥주란 참 맛있는 것인가 보다, 고 생각했었다.

이 카페에서 생각했다. 그리고…… 아직 무언가가 생각나지 않았다. 소중한 그 무엇이.

아버지는 말했다.

「전부 쌍쌍인데, 이 가게에 온 손님들은」

그리고 웃었다.

「우리도 쌍쌍이잖아」

그렇고 그런 나이였던 나는, 아이 징그러워, 아버지랑 쌍쌍이라니! 우엑, 이라고 했다.

「상상이 안 되는데」

아버지는 눈을 가늘게 떴다(마치 류이치로가 열 살짜리 나를 보려고 했던 것 같은 모습으로 어른이 된 나를 보려고 눈을 찌푸렸다).

「너나 마유가 저기에 있는 사람들처럼 결혼을 한다든가 남자랑 함께 산다든가, 하는 일들보다, 나 자신이 그때, 뭐랄까 너희들을 보고 있는 나 자신이 안 떠올라」

그런 식으로 중얼거렸다.

꿈을 꾸고 있는 듯, 외로운 듯, 여느 때와는 다른 얼굴이었다.

가르쳐줘요, 라고 말하고 싶었지만 못했다.

말하려 하자 고통스러워서, 가슴이 메이고, 울고 싶지도 않은데 눈물이 쏟아질 것 같았다.

가르쳐줘, 아빠, 멀리 떠날 때는. 떨어져 있어야 할 때는.

대답을 하듯 아버지는 말했다.

「이 세상에 없을지도 모르겠구나」

「싫어, 아빠 없어지면 안 돼. 있잖아, 아빠, 아까 거기서 인형 사가지고 가자, 응」

나는 말했다. 인형 따위 갖고 싶지 않았다. 그런 척한 것이다. 끝낸 것이다. 무서운 생각을.

할 수 없지, 라며 얼굴이 붉어진 아버지가 일어섰다. 마유가 투덜댈지도 모르니까 마유 인형도 사가지고 가자.

「다시 소설 쓸 거야」
류이치로가 말했다.
그리움에 겨운 내가 맥주를 사겠노라고 말하고, 두 잔을 주문한 직후였다.
「그럼, 취재하러 또 외국에 나가는 거예요?」
나는 말했다.
「그렇다면 가서 방 빌려둬요」
「당신은 어째서 그 모양이지, 안 가」
「일본에서 쓴다고요? 어떤 내용? 팔려요? 나한테 뭐 사줄 건데?」
나는 말했다.
「글쎄, 어떨지」
류이치로는 말했다.
옛날과 똑같이 큼직한 유리잔에 금빛 맥주가 나왔다. 건배를 했다.
태양은 균일하게 카페 안과 바깥 길을, 백일홍을 비추고 있다. 의자와 잔과 거울과 쟁반으로 그 빛을 반사시키며.
「모델료는 낼게」
「나한테?」
「그래. 기억을 잃었다가 되찾은 여자 얘기야」
「안 팔리기 십상이겠네」
「당신을 그대로 그리겠다는 건 아니고. 어디까지나 당신을 보고 생각한 것. 얼마 전, 당신이 내 방에 왔다가 메모를 적어두고 간 일 있지? 지난 몇 년 동안에 생긴 일. 그걸 보고 느끼는 게 상당히 많았어. 쓰고 보면 그것밖에 안 되는 일인데, 어떻게 그렇게 많은 것이 포함돼 있을까 하고 깜짝 놀랐거든. 쓸 수 없을까 하고 생각했지」

「제목은? 〈어느 아름다운 여인 이야기〉 같은 거?」

나는 말했다.

류이치로는 상대도 해주지 않았다.

「〈암리타〉란 제목이야」

「팔릴 가망 없겠는데」

나는 말했다.

「그럴까?」

「농담이에요, 어떤 의미죠? 암리타란?」

「신이 마시는 물이란 뜻. 흔히 감로수라고 하잖아. 바로 그거. 살아간다는 것은 물을 꿀꺽꿀꺽 마시는 것 같은 거라고, 그런 생각을 했어. 왜인지는 모르지만. 그러다 생각해 냈어. 좋은 제목이지. 안 팔릴지도 모르지만」

「그런 사태에 부닥치면 내가 빵가게에서 돈벌 테니까」

꿀꺽꿀꺽 하고 물을……. 나는 어디선가 이 이야기를, 누군가에게 들은 일이 있다고 생각했다.

누군가 아름답고, 천연의 웃는 얼굴로, 달콤한 목소리로, 누군가가 가냘프게 빛나는 공간에서 언젠가. 모든 것의 처음에 있었던, 지금은 없는, 무척 사랑하고 있는. 만나고 싶다.

그애.

암리타 481

사쿠미 씨에게

잘 있어요? 사세코도 아주 잘 있어요.
지난번에 모처럼 전화를 받았는데, 화제가 누군가 장난삼아 보냈다는 테이프 얘기뿐이어서.
나와 코즈미는 분해서, 사쿠미한테 무슨 이상한 테이프라도 보내줄까 보다고, 온 집 안에 있는 레코드란 레코드는 다 뒤지고, CD도 온통 들어젖히고, 둘이서 한여름 밤의 노래 경연대회를 펼치고 말았어요.
어떻게 해줄 거예요?
결국, 바로 이거다 싶은 게 없어서 두 사람은 다시 듣고픈 곡을 들으며 노래하고 춤추고, 이튿날 아침까지. 그래서 잠도 안 오고.
새벽녘의 해변을 산책했어요.
바다는 끝없이 파랗게 일렁이고, 하늘은 보라색이고, 저 먼 바다는 핑크색이고, 저쪽에서 찬란한 빛이 이제 곧 비치기 시작하여 하루가 시작되고. 어제는 가버리고. 두 사람이 사이판에 있을 때는, 아 참, 그 꼬맹이 동생도, 모두들 이렇게 노느라고 밤을 꼬박 새웠죠. 보고 싶어요.
사쿠미 씨도 보고 싶고, 류이치로 씨도 보고 싶어요.

돌아갈 때, 사실은 말이죠, 가지 말고 여기서 함께 오래오래 살자고, 같이 놀자고 말하고 싶었어요.
안 그렇겠어요, 얼마나 즐거웠는데.

사쿠미 씨랑 같이 있는 것만으로도 하루하루가 가슴 설레고, 일상이 고운 색으로 물든 것 같았으니까.

거짓말이라도 좋으니까 내내 함께 있을게요, 라고 말해주기를 바랐을 정도.

하지만 당신들은 우리처럼 고통스러운 일만 잔뜩 당하여 나이를 순식간에 먹고 여기에 정착하는 길을 선택하기엔 너무 젊은걸요.

꿈결 같아요. 시간이 존재하지 않는.

여기에는.

이제 더 이상은 나와 코즈미 씨를 숨쉬기 어렵게 만드는 것들이 쫓아오지 않아요.

이곳에는 시간도 공간도 유령도 살아 있는 사람도 죽은 사람도, 최근에 죽은 사람도 옛날에 죽은 사람도, 일본 사람도 외국 사람도 모두 있지요. 바다도 마을도 가라오케도, 산도 노래도 샌드위치도 오순도순 있어요. 꿈이죠. 꿈속에서는, 케이크가 먹고 싶은데, 하고 생각하면 툭, 하고 나오잖아요? 그것하고 똑같아요. 그런 나날과 생활.

우리에겐 여러 가지 일들이 너무나 많았기에, 다른 사람들보다 몇 배나 더 나이를 빨리 먹었어요. 그러니까 이제 여기에서 쉬는 것을, 그냥 떠 있는 것을 선택했지요. 여기에 있어요, 늘. 언제든 놀러 오세요. 대환영입니다.

그건 그렇고 어째서 편지를 쓰기로 했는가 하면, 오늘 아침, 해변에서 아주 예쁘장한 여자아이가 조개를 줍고 있는 걸 봤어요.
 이 동네에서 본 적이 없는 아이라서, 나도 그이도 잠자코 걸으면서 보기만 했지요.
 두 갈래로 땋은 머리를 늘어뜨린, 빼어난 미인이었어요. 속이 다 들여다보일 듯 하얗고, 눈이 커다랗고, 똑바로 이쪽을 보며 웃었어요.
 우리도 웃음을 보내며 지나갔는데, 아침 해가 찬란한 해변, 뒤돌아보니 그 아이는 없었어요.
 이곳에서는 흔히 있는 일, 그런 건.
 그런데 그 여자아이는 사쿠미 씨의 여동생이었어요.
 남편이 그러더군요.
 우리가 사쿠미 씨가 보고 싶다고 생각하며 걸었기 때문에, 잠깐 와준 거라고.
 그럴지도 모르겠다고 나도 생각했지요.
 정말 예쁜 아이였어요! 꼭 안아주고 싶을 만큼 가녀리고.
 좋고 나쁘고를 떠나, 이곳은 그런 곳. 피안이라고 불리는 곳에 아주 가까운.

 사쿠미란 대체 무얼까?
 늘 생각해요.
 살아 있는 그 자체? 살아 있는 것?
 당신이 살고 있는 곳, 보고 있으면 눈물이 나요. 슬퍼서가 아니고, 왠지 기뻐서. 신기하고.
 만날 수 있었던 것도, 이 시대에 태어난 것도 생각하게 돼요. 언제나 알지도 못하면서.

언제나 늘 거기에 분명 있는 듯한 느낌이 드니까.

지금 뭘 생각하고 있을까, 어떻게 생각할까, 늘 설레요. 어떻게 행동할까, 어떻게 엉뚱한 일을 할까, 어떻게 화를 낼까. 예측할 수 없어서, 하지만 알고 있어서, 그러니까 살아 있다는 느낌이 드는! 그런 느낌이에요.

그것은 최고의 선물.

사쿠미 씨가 이곳에 있었던 것도 꿈이었나…… 하고 이따금 혼자서 낮잠을 자는 오후에 생각해 봐요.

눈을 뜨면, 커튼이 흔들리고 있고, 창밖으로는 바다도 보이고, 빛으로 충만해 있고.

꿈이었나? 그 사람들과 함께였던 시간.

밤 바다에서 키들키들 웃으며 서로 껴안기도 하고, 오후의 바닷가에서 나란히 드러누워 쿨쿨 자기도 하고.

현실이었나?

꿈이었나?

하고 생각해요.

최고로 멋진 꿈이었죠.

하고 말이에요.

그리곤 눈을 감고, 사쿠미 씨의 웃는 얼굴을 떠올려요.

모든 것을 헤치고 나아가는 강한 운명의 얼굴.

하얀 뻐드렁니, 달 모양 눈썹, 반짝이는 갈색 눈동자, 속눈썹, 늘씬하게 뻗은 두 다리, 의외로 투박한 손, 차가운 반지, 그 가방, 가죽이 너덜너덜해진. 그리고 엄격한 느낌의 옆얼굴. 곧바른 등줄기.
 그 모든 것을 떠올려요.
 보고 싶다고 생각하고.
 그 시간은 특별했지요.
 순간순간이 흘러 넘치는 물방울처럼 소중하고, 아주 많은 것들을 얘기해 주었어요.
 태양도 물도 모두가, 오늘이 한 번밖에 없고 지금은 많은 것들이 아낌없이 흐르고 있다는 걸 가르쳐주었어요.
 그냥 걸어도.
 이런 것도 사랑일까.
 그냥 고마운 것일까.

 평소에 하드 록을 좋아하지 않지만, 밤새워 찾아낸 달착지근한 흘러간 옛 노래, 아주 좋아하는 노래를 테이프에 담아 동봉하여 편지를 마무리하고, 자겠습니다.
 내 힘으로는 도저히, 그 전부를 말로 표현할 수 없으니까.

사세코로부터

청청한 저녁, 녹슨 우편함 속에서 항공우편을 발견했다.
안에는 예쁜 편지와 테이프가 들어 있었다.
봉투에서, 어떤 양지 바른 방의 내음이 퐁퐁 풍겨 나를 숨막히게 했다. 그리고 테이프를 돌리자, 아름다운 음악이 실내를 채웠다.
 노래는 이런 얘기를 하고 있었다.

> 당신은 그렇게도 멀고, 이렇게나 가깝습니다
>
> 언제나 그 눈길이 느껴집니다
>
> 나는 봉투에 내 꿈을 담아,
>
> 그리고 내 언어는 아흐레 동안 하늘을 날겠지요
>
> 이 해변에서, 당신을 부릅니다
>
> 부릅니다, 보냅니다. 극동에서 사랑을
>
> 내 마음에 날개를 달고.

 그때 시간은 조용히 걸음을 멈추고, 맹렬한 속도와 기세로 나를 몰아 사이판의 저녁으로 인도했다. 나의 세계로 하염없이 사세코의 목소리와 몸짓과, 저녁 해를 뒤로하고 선 가냘픈 몸매, 그런 것들이 끝없이 미세하고 찬란한 빛이 되어 노래와 함께 쏟아져 내렸다.
 인생을 사는 순간의 은총, 광휘로 가득한 자비의 여우비.

그것은 기억이거나 미래가 아니고, 유전자가 보는 먼 꿈과 같은 것.

그렇게. ……늘 거기에 충만하게 있으면서도, 쉽사리 만질 수 없는 찬란한 것이 있다.

나는 그것이 때로 나를 감싸고 있음을 느낀다.

오른쪽에서 왼쪽으로, 그때에서 지금으로 흐르는 물처럼 풍요롭게, 마셔도 마셔도 마르지 않는 달콤한 산소.

아무것도 없는 빈 공간에서 보석을 꺼낸다는 전설 속의 성자처럼, 나는 내 몸속 어딘가에 그것들을 꺼내는 방법이 마련되어 있음을 늘 느낀다.

머리를 다쳐보는 것 또한 좋은 일이다.

그렇게 단언하자.

아무것도 변하지 않는다

「지금 생각하면, 내가 좀 이상했을 때……」

며칠 전, 어머니가 데이트를 하느라 집을 비운 밤, 나와 동생은 오랜만에 집에서 둘만의 저녁을 먹었다. 내가 만든 된장국 우동을 2인분씩이나 먹은 후, 차를 마시고 포테이토칩을 오물오물 먹으면서, 동생이 불쑥 말했다.

「사쿠 누나하고 코치에도 가고 사이판에도 갔을 무렵, 뭐랄까, 행복했던 것 같아」

「너한테 그런 말 듣고 싶지 않아!」

나 너 때문에 얼마나 힘들었는데, 라고 나는 말했지만 실은 동생이 무슨 말을 하고 싶은지 족히 알 수 있을 듯한 기분이었다.

지금 생각하면, 그 무렵에는 너무도 많은 일이 있어서, 시간이 휙휙 지나가는 느낌이었다. 그런데도 전혀 황망하다는 느낌은 없었다. 그 무렵에 알게 된 사람들과 함께 지낸 사람들, 찾아간 장소, 모든 것이 농밀하고, 어쩌면 그때야말로 뒤늦게 찾아온(동생에게는 너무 일찍 찾아온), 청춘이었는지도 모르겠다는 생각마저 든다.

「그런 생각이 드는걸. 하루하루가 굉장히 진했잖아」

동생은 말했다.

「지금은 어떤데?」

나는 말했다. 동생은 중학생이 되면서 어찌된 셈인지 탁구에 심취하여 동아리 활동에 몰두하였고, 초능력적인 요소는 점차 사그라들었다. 몸집도 변하여, 겉만 봐도 운동을 하고 있다, 는 분위기다. 운동으로 승화란 말처럼, 체육 교과서에나 등장할 법한 단순한 녀석, 이라며 나는 웃었지만, 인간이란 대개 이렇듯 단순하고 잘 만들어져 있다. 복잡하게 하는 것은 몸과 마음이 따로따로 움직이고, 마음이 혼자 폭주할 때뿐이라고 생각한다. 그럴 때, 인간은 어떤 틈새를 본다. 그 틈새는 더할 나위 없이 아름다운 것과, 되돌아갈 수 없을 만큼 두려운 어둠으로 꽉차 있다. 그것을 본다는 체험은 행복도 불행도 아니지만, 그 추억만큼은 행복한 느낌이 들 때가 많다.

「지금은, 그때만큼 머리 쓸 일이 없어. 그때는 머리가 정말, 늘 뜨거웠으니까」

동생은 말했다.

나도 별다른 의미 없이 머리가 뜨거웠으므로, 그의 말을 잘 안다. 자기를 지키느라 버거워서 몹시 힘들었지만, 지금 그런 우리를 상상하니, 아주 재미있을 것 같다.

마치 한겨울 추운 밤, 난로 앞에서 발그스름한 얼굴로 음악을 틀어놓고, 달콤한 것을 먹고 술도 마시면서 키들키들 웃고, 심각해지기도 하면서 얘기꽃으로 밤을 지새려는 젊은이들을 보고 있는 듯한 느낌이다.
 그만큼 소동을 피우고 모두들 우와좌왕했는데, 지금 그런 광경을 떠올릴 수 있음이 무엇보다 다행이라고 생각했다.

 나는 빵가게 일은 그만두었지만, 프랑스 사람인 주인에게 잘 보여, 그만둔 후에도 가끔은 일을 거들러 가기도 하고 빵을 사러도 간다. 한번은 니스에 있는 별장에 초대받아 간 일도 있다.
 니스는 정말 아름다웠다. 시골스럽고, 그러면서도 세련되고, 바다가 영화에서 보는 유럽의 바다 꼭 그대로였다. 하늘의 색이며 거리의 색이 다이내믹했다. 개도 많고 노부부도 많고, 니스 근처에 있는 마티스 미술관은 무료였고, 늘 열려 있었다.
 멋진 것들을 무상으로 공개한다는 것 자체가 도쿄에서는 절대로 있을 수 없는 일이다. 나는 그 고적한 공간에 넘치는 색채를 보고, 마티스의 마음의 편린을 영원히 몸과 마음에 복사한 듯한 느낌마저 들었다.
 그리고 베리즈의 지배인은 돌아와 다른 장소에 레게 베리즈를 열었다. 옛날처럼 기분 내키는 대로 음악을 바꾸지 않고 오로지 레게 음악만 트는 가게가 되었다. 그의 취미가 바뀌면 또 모든 것이 바뀌겠지만, 그런 생각은 하지 않기로 하였다.

나는 개점 스태프로, 실내 장식에서 요리까지, 꽤나 고심하였다. 레게 음악은 전혀 좋아하지 않고, 자메이카에도 가본 적이 없는데 음악에는 해박해지고 말았다. 그렇게 공부하다니 대단하다고 스스로는 생각했지만, 가게에 넘실대는 가짜 자메이카인 아저씨와 젊은이들과, 그중에도 꽤나 유명하다는 사람과 그렇지 않은 사람이 있는 것과, 그 사람들이 내내 간자(자메이카 산 마리화나——옮긴이) 소리만 해대는 것과, 냄비 찌개의 계절인데 남미 요리만 만들어야 하는 나날에 싫증이 나서, 그만둘까 하고 생각한 적도 있었다.

하지만 재미있는 일도 있는지라, 그런 어느 날 택시를 탔더니 어디로 보나 평범한 운전사 아저씨, 머리는 옆으로 가르마를 타고 얼굴은 일본 사람, 와이셔츠에 회색 바지를 유니폼으로 입은 그 사람이,

「나는 애스워드를 태운 적이 있어요, 가장 큰 자랑거리죠」
라며 레게 얘기를 시작했다. 나는 그렇게 대단한 레게광인 줄은 모르고,

「아저씨, 애스워드 같은 외국인하고 애스워드를 용케 구분했네요」
라고 했더니,

「그때 레게 선스플래시에 자네트 케이하고 같이 와 있는 거 알고 있었거든요」
라며 무척 소상하게 알고 있었다. 그후 그는 밥 말리와 레게를 얼마나 좋아하는지, 얼마나 멋진 음악인지를 뜨겁게 얘기하였다. 단순한 나는 택시에서 내릴 무렵에는 가게를 그만두

「지금 생각하면, 내가 좀 이상했을 때……」

며칠 전, 어머니가 데이트를 하느라 집을 비운 밤, 나와 동생은 오랜만에 집에서 둘만의 저녁을 먹었다. 내가 만든 된장국 우동을 2인분씩이나 먹은 후, 차를 마시고 포테이토칩을 오물오물 먹으면서, 동생이 불쑥 말했다.

「사쿠 누나하고 코치에도 가고 사이판에도 갔을 무렵, 뭐랄까, 행복했던 것 같아」

「너한테 그런 말 듣고 싶지 않아!」

나 너 때문에 얼마나 힘들었는데, 라고 나는 말했지만 실은 동생이 무슨 말을 하고 싶은지 족히 알 수 있을 듯한 기분이었다.

지금 생각하면, 그 무렵에는 너무도 많은 일이 있어서, 시간이 획획 지나가는 느낌이었다. 그런데도 전혀 황망하다는 느낌은 없었다. 그 무렵에 알게 된 사람들과 함께 지낸 사람들, 찾아간 장소, 모든 것이 농밀하고, 어쩌면 그때야말로 뒤늦게 찾아온(동생에게는 너무 일찍 찾아온), 청춘이었는지도 모르겠다는 생각마저 든다.

「그런 생각이 드는걸. 하루하루가 굉장히 진했잖아」

동생은 말했다.

「지금은 어떤데?」

나는 말했다. 동생은 중학생이 되면서 어찌된 셈인지 탁구에 심취하여 동아리 활동에 몰두하였고, 초능력적인 요소는 점차 사그라들었다. 몸집도 변하여, 겉만 봐도 운동을 하고 있다, 는 분위기다. 운동으로 승화란 말처럼, 체육 교과서에나 등장할 법한 단순한 녀석, 이라며 나는 웃었지만, 인간이란 대개 이렇듯 단순하고 잘 만들어져 있다. 복잡하게 하는 것은 몸과 마음이 따로따로 움직이고, 마음이 혼자 폭주할 때뿐이라고 생각한다. 그럴 때, 인간은 어떤 틈새를 본다. 그 틈새는 더할 나위 없이 아름다운 것과, 되돌아갈 수 없을 만큼 두려운 어둠으로 꽉차 있다. 그것을 본다는 체험은 행복도 불행도 아니지만, 그 추억만큼은 행복한 느낌이 들 때가 많다.

「지금은, 그때만큼 머리 쓸 일이 없어. 그때는 머리가 정말, 늘 뜨거웠으니까」

동생은 말했다.

나도 별다른 의미 없이 머리가 뜨거웠으므로, 그의 말을 잘 안다. 자기를 지키느라 버거워서 몹시 힘들었지만, 지금 그런 우리를 상상하니, 아주 재미있을 것 같다.

마치 한겨울 추운 밤, 난로 앞에서 발그스름한 얼굴로 음악을 틀어놓고, 달콤한 것을 먹고 술도 마시면서 키들키들 웃고, 심각해지기도 하면서 얘기꽃으로 밤을 지새려는 젊은이들을 보고 있는 듯한 느낌이다.

그만큼 소동을 피우고 모두들 우와좌왕했는데, 지금 그런 광경을 떠올릴 수 있음이 무엇보다 다행이라고 생각했다.

나는 빵가게 일은 그만두었지만, 프랑스 사람인 주인에게 잘 보여, 그만둔 후에도 가끔은 일을 거들러 가기도 하고 빵을 사러도 간다. 한번은 니스에 있는 별장에 초대받아 간 일도 있다.

니스는 정말 아름다웠다. 시골스럽고, 그러면서도 세련되고, 바다가 영화에서 보는 유럽의 바다 꼭 그대로였다. 하늘의 색이며 거리의 색이 다이내믹했다. 개도 많고 노부부도 많고, 니스 근처에 있는 마티스 미술관은 무료였고, 늘 열려 있었다.

멋진 것들을 무상으로 공개한다는 것 자체가 도쿄에서는 절대로 있을 수 없는 일이다. 나는 그 고적한 공간에 넘치는 색채를 보고, 마티스의 마음의 편린을 영원히 몸과 마음에 복사한 듯한 느낌마저 들었다.

그리고 베리즈의 지배인은 돌아와 다른 장소에 레게 베리즈를 열었다. 옛날처럼 기분 내키는 대로 음악을 바꾸지 않고 오로지 레게 음악만 트는 가게가 되었다. 그의 취미가 바뀌면 또 모든 것이 바뀌겠지만, 그런 생각은 하지 않기로 하였다.

나는 개점 스태프로, 실내 장식에서 요리까지, 꽤나 고심하였다. 레게 음악은 전혀 좋아하지 않고, 자메이카에도 가본 적이 없는데 음악에는 해박해지고 말았다. 그렇게 공부하다니 대단하다고 스스로는 생각했지만, 가게에 넘실대는 가짜 자메이카인 아저씨와 젊은이들과, 그중에도 꽤나 유명하다는 사람과 그렇지 않은 사람이 있는 것과, 그 사람들이 내내 간자(자메이카 산 마리화나——옮긴이) 소리만 해대는 것과, 냄비 찌개의 계절인데 남미 요리만 만들어야 하는 나날에 싫증이 나서, 그만둘까 하고 생각한 적도 있었다.

하지만 재미있는 일도 있는지라, 그런 어느 날 택시를 탔더니 어디로 보나 평범한 운전사 아저씨, 머리는 옆으로 가르마를 타고 얼굴은 일본 사람, 와이셔츠에 회색 바지를 유니폼으로 입은 그 사람이,

「나는 애스우드를 태운 적이 있어요, 가장 큰 자랑거리죠」

라며 레게 얘기를 시작했다. 나는 그렇게 대단한 레게광인 줄은 모르고,

「아저씨, 애스우드 같은 외국인하고 애스우드를 용케 구분했네요」

라고 했더니,

「그때 레게 선스플래시에 자네트 케이하고 같이 와 있는 거 알고 있었거든요」

라며 무척 소상하게 알고 있었다. 그후 그는 밥 말리와 레게를 얼마나 좋아하는지, 얼마나 멋진 음악인지를 뜨겁게 얘기하였다. 단순한 나는 택시에서 내릴 무렵에는 가게를 그만두

겠다던 생각을 깨끗이 잊고 있었다.

 그 사람은, 레게의 신이 지상에 내려보낸 천사였는지도 모르겠다고, 그렇게 생각하기로 하였다.

 나는 류이치로와 지금도 사귀고 있다. 거의 함께 사는 것이나 마찬가지이다. 그의 소설이 또 조금 팔려서, 그 돈으로 사이판에 놀러 가기도 했다. 젊은 은둔 부부도 여전히 활기찼다. 외국에서 생활하는 사람 특유의 피로감이 얼굴에 배어 있었다. 나는 그런 모습을 아주 섹시하다고 여겼고, 그 느낌은 바람과 햇빛이 만드는 것인지 풍경이 만드는 것인지, 밤의 어둠이 만드는 것인지 알 수 없었지만, 일본에서와는 다른 시간을 다른 뇌수로 살고 있기에 그런 것이리라고 생각한다.

 류이치로가 바람을 피운 것은 1년 전쯤일까. 외국에 나가 어째 좀 너무 오래 있는다 싶었더니, 스페인에서 현지의 일본 여자네 집에서 살고 있었다. 그 여자한테서 전화가 걸려와, 나는 그 사실을 알았다.

 본인으로부터 전화가 왔을 때, 그녀에게서 전화가 왔었다고 하자 류이치로는 입을 다물고 전화를 끊어버렸다.

 그리고 일주일 후에 귀국하였다.

 뭣하러 돌아오는 거지, 라고 여러 생각을 하면서 방에서 한참 짐을 끌어내던 참이어서, 나는 깜짝 놀랐다.

「왜 그렇게 빨리 포기하는 거야?」
라며 류이치로도 깜짝 놀랐다.

 그는, 원래는 당신처럼 심술궂게 생긴 여자보다는 천사에 약해, 라며 영문 모를 변명을 하였고, 그 말은 마유를 떠올리게 해 나는 정말 낙담하고 말았다. 그런 데다 당신처럼 예상도 못할 사람하고 있는 게 제일 재미있으니까, 기분 나빠 하지 않도록 빨리 돌아왔다고 말했다.

나는 나대로 그 솔직한 면이 재미있어, 남자로서 좋아한다고는 생각지 않아도, 이 사람은 정말 싫증나지 않는 사람이라 생각하고 그를 용서하기로 하였다.

그때는 그런 식이었는데, 어이없게도 그것으로 끝나지 않았다. 그로부터 두 주일 후, 혼잡한 역 앞을 걷고 있을 때, 조그만 꽃가게가 눈에 들어왔다. 외국산 졸망졸망한 꽃이 조그만 부케를 이루어 소담스럽게 진열되어 있었다. 저녁나절, 그 주변의 약국과 채소가게, 정육점은 시장을 보러 나온 주부들로 복작거렸고, 고등학생들은 한데 어울려 있었고, 휘황한 가게의 불빛이 길목을 비추고 있었다.

그런 저녁에, 모두들 돌아갈 곳이 있는 사람들 속에서, 가벼운 기분으로 꽃을 사가지고 류이치로의 방에 가, 그 꽃을 꽃병에 꽂기도 하고 바라보기도 하고, 맛있는 음식을 먹고, 편안히 텔레비전을 보고, 조그만 꽃처럼 조그만 애기를 꽃피울 수 있으려면 얼마나 걸리려나, 하고 생각했더니 나는 정말 슬퍼져, 비로소 울었다.

인간은, 마음속에서 떨고 있는 조그맣고 연약한 무언가를 갖고 있어서, 가끔은 눈물로 보살펴주는 것이 좋으리라.

이때 일을 류이치로에게 말했더니, 반성하고 말이 없었다.

하지만 그때, 창밖 어두운 길을 바라보며 나는 생각했다.

나는 언젠가 누군가와 이 밤길을 하염없이 걷고 싶다, 고 생각할지도 모른다. 그럴지도 모른다, 그러니까 반성이니 뭐니 그럴 필요는 없다, 고 생각했지만, 애써 반성까지 하고 빨래도 해주어서 잠자코 있었다.

그렇게, 무슨 일이 생기든, 나의 생활은 변함없이, 쉼 없이 흘러갈 뿐이다.

역자 후기

액튼*: 나는 복수의 장소에 나 자신을 동시에 존재시킬 수 있지요. 하지만 그 〈복수의 장소〉란 것은 시간과 공간을 초월한 상태에서야 가능한 일이라서, 이 세계의 말로는 표현할 수 없습니다. 예를 들어서 자기가 구름이라고 상상해 봅시다. 끝없이 퍼져 있고, 자기가 어떤 곳에 가고 싶다고 생각한 순간에 이미 그 장소에 있는 구름 말이에요. 나 또한 의사, 즉 자기를 표현하고 싶은 자연스러운 욕구를 가지고 있다는 점에서 인류와 닮았습니다. 비물질적 세계에서 나는 내가 바라는 대로 나의 형태를 변용시킬 수 있지요. 어떤 특정한 형태로 나의 인상을 보거나 느끼고 싶어하는 사람이 있으면, 그에 맞추어 나를 자유

---

* 『바나나의 바나나』에서 대담자 리처드의 몸을 빌어 나타나 요시모토 바나나와 대화하는 초현실적 존재. 우주에 편재하는 영적 존재의 집합체로 제시되어 있다.

자재로 변화시킵니다.

 그리고 나를 보거나 느끼는 사람은 그 이미지를 자기 안에서 번역하지요. 그렇게 나는 물질적인 세계를 초월한 꿈의 차원을 통해서 여러분과 소통할 수 있는 것입니다.
——『바나나의 바나나』(대담집) 중에서

깨고 나면 허망하고 애틋한 꿈이 있다.

 이미 이 세상에서는 다시 만날 수 없는 사람과 반가이 해후하거나, 멀리 떨어져 있어 어쩌다 한번 소식이나 주고받을 수 있는 사람과 모처럼 만나는 꿈을 꾸고 나면 그 여운이 오래 남아 왠지 가슴이 텅 빈 듯 그 사람의 빈자리가 느껴지고, 만날 수 없는 현실이 재삼 확인된다.

 현실 속의 꿈이 화려하게 실현되는 꿈을 꾸었을 때도 그렇다.

 이런 때 꿈은 현실과 자신의 내면을 비추는 거울이다.

 꿈을 곱씹으며 우리는 자신이 놓여 있는 현실과 자기 안의 진실을, 욕망을 보는 것이다.

 그 꿈이 아주 강력한 힘을 지닐 때, 우리는 액튼과 같은 초현실적 존재를 자신의 삶에 끌어들이게 된다. 진실하고도 강렬한 욕망이 마치 자석처럼, 온 우주에 티끌로 분산되어 있는 이 액튼을 하나의 형태로 끌어 모으는 것이다. 그리고 이 액튼을 통해 우리는 복수의 장소에 자신을 있게 할 수 있고, 다른 차원의 언어를 통해 대화하는 신비한 체험을 한다.

요시모토 바나나가 『암리타』를 통해 얘기하고 있는 것은 이런 세계이다. 태어날 때부터 〈신비주의자〉였다고 자처하는 요시모토 바나나는 『암리타』를 씀으로써 비로소 〈신비주의자〉인 자신을 현실 속에 구현했는지도 모르겠다. 그만큼 이 소설에는 그녀가 가장 목말라한 테마가 고스란히 녹아 있다.

2001년 다시 시작되는 봄
김난주

요시모토 바나나가 『암리타』를 통해 얘기하고 있는 것은 이런 세계이다. 태어날 때부터 〈신비주의자〉였다고 자처하는 요시모토 바나나는 『암리타』를 씀으로써 비로소 〈신비주의자〉인 자신을 현실 속에 구현했는지도 모르겠다. 그만큼 이 소설에는 그녀가 가장 목말라한 테마가 고스란히 녹아 있다.

2001년 다시 시작되는 봄
김난주

옮긴이 **김난주**

1987년 쇼와 여자대학에서 일본 근대문학 석사 학위를 취득했고, 이후 오오쓰마 여자대학과 도쿄 대학에서 일본 근대문학을 연구했다. 현재 대표적인 일본 문학 전문 번역가로 활동하며 다수의 일본 문학을 번역했다. 옮긴 책으로 요시모토 바나나의 『키친』, 『하드보일드 하드 럭』, 『하치의 마지막 연인』, 『암리타』, 『티티새』, 『불륜과 남미』, 『몸은 모든 것을 알고 있다』, 『허니문』, 『하얀 강 밤배』, 『슬픈 예감』, 『아르헨티나 할머니』, 『왕국』, 『해피 해피 스마일』, 『무지개』, 『데이지의 인생』, 『그녀에 대하여』 등과 『겐지 이야기』, 『모래의 여자』, 『가족 스케치』, 『훔치다 도망치다 타다』 등이 있다.

암리타

1판 1쇄 펴냄 2001년 4월 16일
1판 30쇄 펴냄 2009년 3월 24일
2판 1쇄 펴냄 2011년 3월 4일
2판 4쇄 펴냄 2021년 11월 17일

지은이 요시모토 바나나
옮긴이 김난주
발행인 박근섭, 박상준
펴낸곳 (주)민음사

출판등록 1966. 5. 19. 제16-490호
주소 서울특별시 강남구 도산대로1길 62(신사동)
  강남출판문화센터 5층 (우편번호 06027)
대표전화 02-515-2000 | 팩시밀리 02-515-2007
홈페이지 www.minumsa.com

한국어 판 © (주)민음사, 2001, 2011. Printed in Seoul, Korea

ISBN 978-89-374-0365-1 (03830)

* 잘못 만들어진 책은 구입처에서 교환해 드립니다.